16	3	2	13
5	10	11	8
9	6	7	12
4	15	14	1

**AMBASSADE
DE FRANCE
AU BRÉSIL**
*Liberté
Égalité
Fraternité*

*Cet ouvrage, publié dans le cadre du Programme d'Aide à la Publication 2017
Carlos Drummond de Andrade de l'Ambassade de France au Brésil,
bénéficie du soutien du Ministère de l'Europe et des Affaires Etrangères.*

Este livro, publicado no âmbito do Programa de Apoio à Publicação 2017
Carlos Drummond de Andrade da Embaixada da França no Brasil,
contou com o apoio do Ministério da Europa e das Relações Exteriores.

François Rabelais

PANTAGRUEL
E GARGÂNTUA

Organização, tradução, apresentação e notas
Guilherme Gontijo Flores

Ilustrações
Gustave Doré

editora■34

EDITORA 34

Editora 34 Ltda.
Rua Hungria, 592 Jardim Europa CEP 01455-000
São Paulo - SP Brasil Tel/Fax (11) 3811-6777 www.editora34.com.br

Para a tradução de *Gargântua*, Guilherme Gontijo Flores contou com
uma bolsa de residência na Casa de Tradutores Looren, na Suíça, em 2018.

Imagem da capa:
Ilustração de Gustave Doré para as Oeuvres *de François Rabelais,
Paris, J. Bry Ainé Libraire-Éditeur, 1854*

Capa, projeto gráfico e editoração eletrônica:
Franciosi & Malta Produção Gráfica

Revisão:
Cide Piquet
Sergio Maciel

1ª Edição - 2021 (1ª Reimpressão - 2021)

Catalogação na Fonte do Departamento Nacional do Livro
(Fundação Biblioteca Nacional, RJ, Brasil)

Rabelais, François, 1483?-1553
R724p   Pantagruel e Gargântua (Obras completas
de Rabelais — 1) / François Rabelais; organização,
tradução, apresentação e notas de Guilherme Gontijo
Flores; ilustrações de Gustave Doré. — São Paulo:
Editora 34, 2021 (1ª Edição).
448 p.

Tradução de: Pantagruel et Gargantua

ISBN 978-65-5525-061-9

1. Ficção francesa. 2. Obras completas
de Rabelais — 1. I. Gontijo Flores, Guilherme.
II. Doré, Gustave, 1832-1883. III. Título. IV. Série.

CDD - 847

PANTAGRUEL E GARGÂNTUA

GARGÂNTUA

Testando o relé:
Rabelais em vida, obra e tradução

Guilherme Gontijo Flores

Esta é a primeira tradução integral em língua portuguesa das obras de François Rabelais (1483?-1553) que nos chegaram. Apesar de ser um autor central no cânone ocidental, Rabelais tem recebido uma atenção excessivamente esparsa e contida em português, dos dois lados do Atlântico. Até o momento, temos apenas algumas traduções parciais dos dois livros mais conhecidos, *Gargântua* e *Pantagruel*, também temos uma versão em dois volumes do *Terceiro livro* e do *Quarto livro* por Élide Valarini Oliver; e uma versão integral dos romances por Davi Jardim Júnior, sendo que esta última, apesar de várias soluções inventivas, apresenta uma série de problemas editoriais (cortes do texto, falhas diversas) e tradutórios (pequenos e grandes erros espalhados pela obra); quanto às obras menores, temos apenas um voluminho discreto com tradução da *Pantagruelina prognosticação* e dos *Almanaques*, ao passo que as cartas latinas e gregas, os prefácios, as dedicatórias e poemas esparsos de Rabelais permanecem praticamente todos inéditos em português. Nesse contexto, já se passou há muito da hora de termos uma nova tradução integral dos cinco livros voltados às aventuras de *Gargântua* e *Pantagruel*, bem como do resto da obra atribuída ao autor francês. É essa lacuna que busco agora preencher enquanto crio uma nova unidade tradutória. Assim a tradução que apresento em três volumes, seguindo a edição mais recente da Pléiade, editada e anotada por Mireille Huchon em colaboração com François Moreau, terá todas as obras do mestre francês, incluindo algumas de autoria bastante duvidosa. Nesse sentido, mais do que traduzir Rabelais como certeza autoral, traduzo certa tradição rabelaisiana que permite sua presença ou movência. Os volumes incluirão:

Volume 1
1. *Pantagruel*
2. *Gargântua*

Volume 2
1. *Pantagruel — Terceiro livro*

2. *Pantagruel — Quarto livro*
3. *Pantagruel — Quinto livro*
4. Capítulos do manuscrito que não aparecem na edição do *Cinquiesme livre*

Volume 3
1. *Le grandes et inestimables chroniques* e *Le vroy Gargantua* (obras nas quais Rabelais teria alguma participação)
2. *Epistre du Lymosin*
3. *Cresme philosophale*
4. *Prognostications et Almanachs* (incluindo as sob o nome de Seraphino Calbarsy)
5. *La Sciomachie*
6. *Épitres-dédicaces*
7. *Lettres*
8. *Pièces de vers* (em francês, latim e grego)
9. *Vers inserés dans l'"Adolescence Clementine"* de Clément Marot
10. *Supplicatio Rabelaesi*
11. *Traité de bon usage du vin*
12. *Songes drolatiques de Pantagruel*

Além das obras da edição da Pléiade, incluí a peça curiosa que é o *Traité de bon usage du vin*. Trata-se de um caso singularíssimo: a obra só existe originalmente em tcheco, numa edição de quase setenta anos após a morte de Rabelais datada de *c.* 1620, supostamente feita a partir de uma versão alemã, sem termos qualquer conhecimento acerca de um original francês — o textículo foi recentemente traduzido ao francês por Marianne Canavaggio, e é a partir dessa versão de retorno ao francês que traduzo também essa obra. Também optei por inserir as gravuras que compõe o livro postumamente atribuído a Rabelais, intitulado *Songes drolatiques de Pantagruel*, uma peça publicada em 1565, e que contém de texto apenas um curto prefácio na suposta pena rabelaisiana, seguido de várias ilustrações sem título ou comentário, ou seja, um livro que praticamente sai da seara literária.

Outro ponto singular é que, em vez de colocar as obras em sua ordem cronológica de aventuras, começando pelo *Gargântua*, julguei melhor manter a ordem de publicação, começando pelo *Pantagruel*, até chegarmos ao duvidoso *Quinto livro*, tal como Michael Screech em sua tradução para o inglês, aliás, uma das mais hilárias que pude consultar. Essas obras narrativas ocupam os dois primeiros volumes da coleção. Já o terceiro volume coleta todas as obras esparsas e menos lidas, como já listei acima, bem como as gravuras também mencionadas. O desafio, portanto, é tentar mostrar a polivalência estonteante de Rabelais, seja naquela linguagem carnavalesca dos romances, apresentada no livro clássico de Bakhtin, seja no rebuscado latim humanista das cartas e prefácios, seja nos poemas celebratórios em francês, latim e grego.

O presente experimento tradutório tem dois desejos. O primeiro, e maior de todos, é recuperar toda a *potencialidade* dessa linguagem carnavalizada, apresentando a possibilidade de convívio entre formas eruditas (derivadas de latim, grego, hebraico, árabe, dialetos medievais) com neologismos importados de outras línguas (no caso de Rabelais, sobretudo o italiano, mas com origens outras e várias) e o vocabulário rápido, ágil e mesmo sujo das ruas, das feiras, dos bares, ao mesmo tempo em que busco recriar o sem-fim de trocadilhos, jogos sonoros, conceituais, geográficos, os trechos em verso rimado, toda a verdadeira pirotecnia verbal, quase sempre sob a égide do riso. Isto quer dizer que toda a filologia precisa ceder lugar ao desbunde também tradutório; e, para isso acontecer, fui beber nos vários modos de falar e escrever no Brasil contemporâneo, sem deixar de lado gostos arcaicos, ou mesmo a possibilidade de invencionices inúmeras. Isso tudo para deixar claro: Rabelais não era nem pedante, nem coloquial, mas sim uma coisa muito outra, que demanda reinterpretações contínuas. Esta tradução busca situá-lo nas múltiplas linguagens do Brasil do século XXI, sem hesitar em tomar coisas de todos os outros países lusófonos ou mesmo do espanhol e de outras línguas neolatinas. Fui do puro decalque aos saltos mais distantes, passei por todo tipo de cretinice linguística, revisitei adágios populares, ditos infames, notas de rodapé da história do jogo, da construção civil, da filosofia escolástica e do pensamento humanístico, dicionários de teologia, náutica, anatomia, etc., e assim fui produzindo diversos tipos de anacronismos deliberados, cruzamentos inesperados, frutos híbridos, como entendo que existem por toda a parte também na obra rabelaisiana. Digo isso tudo para afirmar um ponto que me parece fundamental na empreitada: não dá para saber exatamente como Rabelais soava aos seus contemporâneos; isso porque sua escrita é disparada a mais vertiginosa e exuberante do período, um traço que praticamente não deixou herdeiros numa literatura francesa que, nos próximos séculos, iria primar pelo modelo classicizante dos temas, modos e linguagens; também não dá para definir um só modo como os eruditos contemporâneos leem Rabelais, porque há várias disputas ainda em cena, algumas radicais; claro que todos concordam com a mistura de registros linguísticos diversos e muitas vezes incompatíveis de vários estratos sociais e geográficos num mesmo parágrafo, mas é difícil, com séculos de distância, avaliar com precisão o gosto de cada coisa, a minúcia dos encontros lexicais e sintáticos, o gingado da língua que atravessa ruas de bairros bem diferentes sem perder o traquejo. Se assim é, compreendo que o dever de um tradutor de Rabelais no presente, mais do que resolver pendengas que têm tudo para permanecer assim por novos séculos, é propor uma linguagem em sua língua que responda às potências que encontrou na obra rabelaisiana; é, no fundo, uma crítica imaginativa, criativa, quase onírica, que desdobra potência da obra antiga em outra, nova potência linguageira. Isso é questão de risco; e, como todos sabem, poesia é risco, mesmo quando está na prosa. Isso quer dizer que não coloquei uma palavra coloquial brasileira no exato local em que a filologia francesa me sugere que Rabelais fora coloquial, mas que fui aproveitando as singularidades do português segundo as chances que a tradução me dava, para criar novos risos sempre que possível, porém tentando respeitar um certo maquinário rabelaisiano, ao mesmo tempo em que tentava resguardar as grandes diferenças de estilo que ele mesmo domina em contextos diferentes.

Em segundo lugar, há o desejo de tornar Rabelais mais compreensível para o leitor moderno. Ele não era fácil nem para seus contemporâneos, fiquem certos disso, porque estava explorando possibilidades ainda inauditas no francês; mas, mesmo assim, muito do riso estava em jogos bem compreensíveis para quem vivia a mesma época, os mesmos dilemas históricos, as mesmas personas políticas, etc. Por isso, optei por anotar tudo, e bastante. Preciso assumir que, numa primeira versão, a nota de rodapé prevalecia, de modo incômodo, como um cisco no olho das piadas. Busquei diminuí-las, condensá-las, ajuntá-las, qualquer coisa que deixasse o texto mais fluido, mas sem grande sucesso. A nota de rodapé matava até as piadas que não precisavam dela, dava a entender que o texto precisava de pausas inúmeras a todo tempo, e Rabelais não é do tipo que quer *explicar* nada para ninguém. Por isso, depois de vários testes, optei por seguir um modelo que tinha encontrado na tradução já referida de Screech ao inglês e na premiada tradução espanhola de Gabriel Hormaechea: nesses trabalhos, os dois tradutores, em vez de fazerem notas de rodapé, escrevem uma nota introdutória a cada capítulo, onde podem comentar com muita liberdade sobre sua função no livro, seus vínculos com acontecimentos históricos, ou mesmo explicar piadas complicadas, traduzir passagens em outras línguas ou justificar soluções tradutórias. Essas notas introdutórias têm um grande valor, a meu ver, porque não só deixam o texto limpo para que o leitor simplesmente chafurde a seu bel-prazer, feliz que nem pinto no lixo, como, ainda por cima, dão um repertório vasto para a curiosidade, sem perder o pique de leitura. Elas são, num só movimento, fundamentais e absolutamente desnecessárias: quem lê decide seu destino. Assim dialogam com o espírito de tradução poética (sim, a prosa demanda uma poética e, no caso de Rabelais, posso dizer sem medo que demanda várias poéticas simultâneas e até mesmo contraditórias), são uma aposta no convívio entre filologia, estudo crítico e criação literária no presente, sem precisar cindir prazer e saber.

*

A tradução me fez passar circularmente pela obra, que agora retorna ao homem. Ora, a vida de François Rabelais foi certamente singular em seu tempo, tanto pela trajetória literária que escapa a qualquer previsibilidade, quanto pela série de experiências que viveu num dos momentos mais turbulentos da história da França e da Europa. Homem eruditíssimo, monge franciscano e depois beneditino, apóstata normatizado e médico entendedor da florescente ciência anatômica, celibatário outrora devoto e pai de três filhos, poliglota interessado em latim, grego, hebraico, italiano, alemão, espanhol e várias outras línguas, editor e tradutor de obras da Antiguidade greco-latina, talvez espião internacional, evangelista de pendor protestante, secretário pessoal de grandes nomes da política de seu tempo... Convenhamos, já seria o bastante para falar de um ser fora de série; porém, como se não bastasse a vida capaz de englobar as contradições e dilemas de sua época, Rabelais persiste sendo um dos maiores nomes de toda a literatura ocidental, nome que infelizmente acaba muitas vezes ficando de lado por seu pendor ao riso desbragado (a conversa sobre nosso pendor a desqualificar o riso fica para outra hora), quando estamos de fato diante de uma das maiores forças da linguagem em qualquer tempo. No entanto, com ou sem renome devido, embora tenhamos muitos dados e talvez até documentos supérstites de sua própria pena, com algumas informações muito certeiras sobre essa vida, também somos pegos por grandes vazios de informação, a começar pelas datas de nascimento e morte, passando por períodos em que o autor virtualmente desaparece de cena, escondido dos perigos de seu tempo. Por isso, apresento aqui um resumo cronológico entrecruzando alguns dos acontecimentos históricos e biográficos que podemos confirmar, para situar um pouco a obra que nos chegou na vida e no mundo que o cercavam. É por esse caminho que algumas leituras recorrentes, como a do *roman à clef*,[1] podem ganhar maior

---

[1] Para o leitor leigo, a expressão francesa, que pode ser traduzida como "romance com

clareza; do mesmo modo, pontos que podem nos parecer hoje banais voltam a assumir sua força poética e política (por exemplo, entender que o uso do grego e do hebraico tinha certo caráter transgressor aos olhos da Sorbonne, que representava o conservadorismo religioso e acadêmico da época). Basicamente tudo que vai apresentado logo abaixo pode ser encontrado, de um modo ou de outro, nos estudos de Michael Screech (1992 [1979]), Madeleine Lazard (2010 [1993]) e na biografia de Mireille Huchon (2011), todas as três obras intituladas simplesmente *Rabelais*, num triste atestado de falta de criatividade frente ao gênio alucinado do mestre francês.

Antes do parto, comecemos; afinal, todo ser humano nasce num mundo que vem antes e que, de certo modo, o conforma e o conclama. Para falar de um francês nascido no final do século XV, seria o caso talvez de retomar todo o fim da Idade Média que ainda se prolongava em costumes, ideias, modos de vida, apesar de boa parte da revolução renascentista já vir acontecendo havia certo tempo. Essa tensão, uma contradição frutífera, por assim dizer, está em vários nomes da época, como na obra do holandês Hieronymus Bosch (1450-1516), para ficarmos em apenas um nome igualmente impressionante por uma série de motivos. É preciso, por exemplo, entender que essas pessoas vivem depois dos Concílios de Pisa (1409) e de Constança (1414-18), que conseguiram dar fim ao Grande Cisma iniciado em 1378 e que vinha dividindo a Igreja Católica em dois papados: o papa situado em Roma, e o antipapa situado em Avignon. Com o restabelecimento do papado único sediado em Roma, a partir de 1417, a Igreja ganhou nova força e potência de unidade, que ela buscou preservar, sem o sucesso esperado, nos séculos seguintes. Esse anseio de unificação resultou no Concílio de Basileia (1431-39), que não conseguiu efetivar plenamente a reunião dos vários polos concorrentes nas igrejas nacionais; além disso, a queda de Constantinopla, em 1453, parece ter acabado com qualquer esperança de reconciliação entre forças ocidentais e orientais no âmbito religioso e político. É nesse espírito que a Pragmática Sanção de Bourges praticamente garantiu a independência administrativa da Igreja Galicana em relação a Roma, aumentando o abismo entre a França e a Santa Sé e incitando maiores tensões e

---

chave", designa obras que fazem de suas personagens verdadeiras alegorias de pessoas ou acontecimentos históricos. Fico em apenas um exemplo clássico em Rabelais, no *Pantagruel*, onde o herói seria uma representação do rei Francisco I, enquanto o rei Picrócolo encarnaria o imperador Carlos V. Nas notas, sempre lembro essas possibilidades de leitura, muitas vezes instigantes; no entanto, me recuso a ler os livros apenas pelo viés da chave de leitura e prefiro ver esta como uma camada possível, dentre várias.

Guilherme Gontijo Flores

disputas. É com essa tensão que vivia o papa Sisto I, que assumiu o cargo em 1471 com o intuito de ampliar os estados papais e seu prestígio geral; por um lado, como fundamental patrono de artes de gosto inovador (a Capela Sistina, como diz o nome, foi feita por sua encomenda), porém ao mesmo tempo dando força revigorada às ações nefastas da Inquisição e reforçando práticas arcaicas de nepotismo dentro e fora da Igreja.

Mas não é só isso que está na base dos acontecimentos imediatamente anteriores. Também é uma revolução cultural que se inicia com a queda de Constantinopla, fazendo com que uma série de intelectuais e livros em árabe e grego comecem a aportar na Europa, renovando o estudo de línguas praticamente abandonadas até então e apontando para a noção de um renascimento dos saberes antigos. O mundo da leitura foi também virado pelo avesso com a invenção da prensa de Johannes Gutenberg, em 1455, e a impressão da primeira Bíblia nesse novo formato. Entretanto, essas inovações não fazem uma linha reta na história; elas ainda convivem com muito do espírito medieval, já que obras que muito influenciaram Rabelais guardam muito mais traços do medievo que do humanismo renascentista: é bem o caso da *La farce de maistre Pathelin* (*A farsa do mestre Patelin*), drama hilário e anônimo composto provavelmente em 1457 e impresso pela primeira vez em 1474; numa peça como essa, sobretudo impressa, vemos o mundo medieval adentrar a nova cultura do livro mecanicamente reproduzido. Rabelais beberá avidamente das duas fontes para fazer seu patoá: Medievo e Renascença, oralidade e literatura, religião e profanidade — a série de dicotomias borradas poderia se estender longamente.

François Rabelais nasceu muito provavelmente vinte anos depois da morte do célebre poeta e bandido francês François Villon (outra influência incontornável); a data mais aceita é 1483, não sabemos ao certo o dia, numa casa em La Devinière, uma fazenda situada em Seuilly, a sete quilômetros do centro da comuna de Chinon, em Touraine, na região central da França. Seu pai era Antoine Rabelais, advogado de renome na região e senescal de Lerné. Ali o pequeno François sem dúvidas teve uma formação típica da burguesia crescente e ainda de gosto medieval, estudando o *trivium* (gramática, retórica e dialética) e o *quadrivium* (aritmética, geometria, música e astronomia). No mesmíssimo ano, para entendermos o panorama das artes, seria finalizada a Capela Sistina pelas mãos de Michelangelo; em 30 de agosto, morre o rei Luís XI da França, e Carlos VIII acede ao trono; pouco depois nasce também Martinho Lutero, em 10 de novembro; no ano seguinte morre o papa Sisto I, de modo que Inocente VIII assume o cargo até 1492 (ano em que Colombo chega a San Salvador, dando início a uma corrida fora de série no mundo marítimo e ao grande golpe contra o terraplanismo então vigente; e em que também Alexandre VI torna-se o novo papa). Essas mudanças políticas e também a abertura para mudanças religiosas serão o clique que arremessará todos às turbulências que vão agitar a Europa inteira dentro de poucas décadas.

Nesse meio-tempo, veremos em 1494 a publicação da *Nau dos loucos* (*Narrenschiff*) de Sebastian Brant, com desenhos de Albrecht Dürer, um marco na poesia satírica de entre o medieval e o renascentista e influência também certa sobre Rabelais. Aliás, é nesta parada do tempo que podemos indicar uma outra data possível de nascimento para Rabelais, também sem dia certo.[2] Pouco depois, em 1500 serão publicados os *Adágios* de Erasmo de Roterdã, uma obra de pensamento evangélico que terá profundo impacto sobre nosso autor, tanto por seu caráter enciclopédico como por sua potência crítica, teológica, e, muitas vezes, cômica.

Quando Rabelais era uma criança de apenas quatro anos, ou um adolescente com seus quinze, morre Carlos VIII da França, em 1498, dando lugar ao rei Luís XIII. E tudo indica, supondo a idade mais avançada do nosso autor, que poucos anos depois — entre 1500 e 1510 — ele terá feito seus primeiros estudos de Direito em Bourges, Angers ou Poitiers, todas elas razoavelmente próximas de Chinon. Essa indicação nos leva a crer que a primeira data de nascimento estaria mais correta (1483). Nesse meio-tempo, morre Filipe I de Castela, o Belo, deixando como herdeiro o ainda jovem Carlos I de Castela, de apenas seis anos, que passa a dominar os Países Baixos e outras regiões; logo ele se tornará Carlos V, imperador do Sacro Império Romano-Germânico, e será um dos maiores calos nas aspirações do domínio francês projetadas por Francisco I. O teólogo João Calvino, figura central nos embates da Reforma, nasce pouco depois, em 1509. Em algum momento depois disso, é provável que Rabelais estaria em La Baumette como franciscano (coisa não de todo certa), para logo receber as ordens mo-

---

[2] Difícil não nos espantarmos ao percebermos uma diferença tão grande, de mais de dez anos, entre os dois momentos mais prováveis para o nascimento de Rabelais. Um dos argumentos em favor da data mais recente está na carta a Guillaume Budé (cf. Vol. 3), escrita em 1521, onde o escritor se apresenta como *adulescens*, que designa a idade entre 17 e 30 anos, porém nada impede que seja uma autorrepresentação de jovem para indicar humildade perante o grande erudito que Rabelais admirava. Sigo, como a maioria dos estudiosos, a datação de 1483, até porque um dos epitáfios sugere que sua morte, em 1553, teria se dado aos setenta anos de idade. O estudioso Claude Bougreau sugeriu ainda a data de 5 de maio de 1489 para o nascimento de Rabelais, a partir de um estudo do capítulo 40 do *Terceiro livro*.

Guilherme Gontijo Flores

nacais na Igreja Católica; a partir de então, ficará em Fontenay-le-Comte até 1526. Lá ele trocaria suas primeiras correspondências com o erudito Guillaume Budé (a mais antiga que nos chegou é de 1520) e fará grande amizade com Pierre Lamy, também franciscano de sua geração no mosteiro.

Em 1513 sai o livro *Sobre as leis do casamento* (*De legibus connubialibus*), de André Tiraqueau, intelectual que parece ter sido também amigo de Rabelais. Esse livro receberá uma crítica severa da parte de Amaury Bouchard em 1522, o que resultará em mais uma cena na longa Querela das Mulheres e que terá grande impacto nas discussões do período. Em 1514 sai a segunda edição do *Elogio da loucura*, de Erasmo, com uma pegada ainda mais satírica do que antes; e no primeiro dia do ano seguinte se dará a consagração de Francisco I como rei da França, figura que ocupará o cargo por um longo período e terá papel fundamental, ainda que no mais das vezes indireto, na vida de Rabelais. Em 1516, Thomas More publica sua *Utopia*, outra obra de grande influência sobre nosso autor, e Carlos V se torna também rei da Espanha além de soberano dos Habsburgo, de Nápoles, da Sicília e de terras no Novo Mundo. É nesse mesmo ano que Francisco I assume o ducado de Milão e que uma bula papal declara a concordata entre ele e o então papa Leão X; para conseguir isso, Francisco sacrifica boa parte dos poderes da Igreja Galicana para ganhar mais poderes para si próprio e conseguir paz com a Confederação Helvética (futura Suíça).

Se a cena já parece bastante complexa até agora, é em 1517 que a crise vai começar de fato: em 16 de março, termina o Quinto Concílio de Latrão, que rejeitou o Concílio de Pisa (1511-12), condenou a Pragmática Sanção de Bourges, assim afetando a autonomia da Igreja Galicana, e regulou as relações da Santa Sé com a França; em 31 de outubro Lutero prega suas *95 teses* contra as indulgências em Wittenberg, dando início ao intenso movimento da Reforma. Poucos anos depois, em 1519, Carlos V, em rivalidade aberta contra Francisco I, se torna oficialmente imperador do Sacro Império. Seu emblema, que será retomado em tom de piada por Rabelais, é *plus ultra*, "mais além", ou seja, explicita inequivocamente seus planos de ampliação desmedida das terras conhecidas e desconhecidas, no Velho e Novo Mundo. Em 1521, como consequência de suas posturas e escritos, Lutero é banido do Sacro Império, acontecimento que aprofunda ainda mais o cisma; já perto do fim do mesmo ano, os franceses perdem o ducado de Milão, e morre Leão X, que dará lugar ao breve papado de Adriano VI, que logo é sucedido por Clemente VII, em 1523.

É entre 1523 e 1524 que temos uma nova informação biográfica segura sobre Rabelais: ele e Pierre Lamy estudavam grego por conta própria no mosteiro; no período, Rabelais chega a traduzir o primeiro livro das *Histórias* de Heródoto para o latim; no entanto, quando os monges descobrem que os dois estudam uma língua então proibida no ambiente católico, porque poderia incentivar a livre interpretação do Novo Testamento (escrito originalmente em grego), os livros dos dois são confiscados, Lamy foge do mosteiro, e Rabelais pede para ser desvinculado da ordem franciscana e assim se tornar beneditino, cuja ordem é mais tolerante com seus anseios constantes de saber. Com um indulto do papa Clemente VII, Rabelais consegue o que quer e pode ter abertura para aprofundar seus estudos sem maiores riscos. Tudo indica que é nessa época que ele conhece no original a obra de Luciano de Samósata e começa a traduzir suas narrativas e diálogos satíricos do grego ao latim, uma provável pérola que infelizmente não nos chegou. Importante é frisar, nessa influência explícita de Luciano, que, com o tempo, Rabelais acabaria por ganhar, por sua própria obra, o epíteto de Luciano francês. No ano seguinte, já em Saint-Pierre-de-Maillezais, sob a ordem beneditina, Rabelais também começa a trabalhar para o bispo Geoffroy d'Estissac e passa ter acesso livre à biblioteca do patrono, então vasta — para os padrões da época, já que tinha cerca de 80 volumes —, e a viajar com ele. Esse momento é central para a formação do escritor e para terminar de firmar seu pendor evangélico, anticlerical e humanista, o que lhe rendeu muitas vezes a acusação de ateu, o que com certeza não era o caso.

Provavelmente em 1525 Rabelais estava em Lyon, quando tomou conhecimento da morte de Pierre Lamy na Basileia, um acontecimento que deve ter tido impacto afetivo de peso. Nesse ínterim, a França segue tendo derrotas militares em sequência, com desfechos desastrosos: em 1524 no Piemonte, no ano seguinte em Pavia, com uma fuga vergonhosa de vários chefes do exército francês, entre eles Carlos IV de Alençon, marido de Margarida de Angoulême e cunhado do rei Francisco I. Como resultado dessa Batalha de Pavia, Francisco I foi aprisionado, donde só seria liberto com a Paz de Madri em janeiro de 1526, quando cede Milão a Carlos V e deixa os próprios filhos como reféns; com isso, os dois monarcas buscam uma aliança propondo o casamento de Francisco I com Leonor da Áustria, irmã de Carlos V (matrimônio selado em 1530). Nesses dois anos de 1524 e 1525 também se desdobra uma grande disputa entre Erasmo e Lutero em torno da questão do livre-arbítrio e da salvação das almas, tema que aparecerá nos escritos rabelaisianos. Em 8 de dezembro, enrijecendo as normatividades, o Parlamento Francês proíbe a encenação de farsas e quaisquer outras peças cômicas que seriam apresentadas na Folia de Reis nos colégios da Universidade de Paris, gerando um profundo mal-estar na população.

Guilherme Gontijo Flores

É quase certo que, entre 1526 e 1530, Rabelais estuda medicina, muito provavelmente em Paris, ainda que possa ter sido em outro lugar. É difícil afirmar com toda certeza se nesse período ele estava a trabalhar no ramo secular ou abertamente laico, ou se permanecia no campo clerical. É quase certo que também nesse período nasceram seus dois primeiros filhos, François e Junie, que ele reconhece como seus, apesar do voto de celibato, o que lhe pesa bastante como um passo da apostasia.

Em 1527, Margarida de Angoulême, antes duquesa de Alençon, fica viúva, mas logo se casa com Henrique II de Navarra, assumindo assim o seu nome mais famoso de Margarida de Navarra e ampliando seu trabalho de apoio às artes, em franco diálogo com os interesses de seu irmão Francisco I. Em 1528 começa o longo período da seca devastadora que se estenderá por mais de cinco anos em várias regiões da França, provocando estragos enormes e flagelando boa parte da população; essa seca é mote contextual no *Pantagruel* de Rabelais, inclusive para o poder do herói de secar a garganta das pessoas. Em 1529, para sanar as crises diplomáticas, se estabeleceu a famosa Paz de Cambrai, ou Paz das Damas (já que selada por Luísa de Saboia, Margarida de Navarra e Margarida da Áustria), que fez com que Francisco I renunciasse a todas as suas pretensões sobre o território italiano e à suserania de Artois e Flandres, na França; em troca disso, no ano seguinte, os filhos de Francisco I foram devolvidos ao pai, por um resgate de dois milhões de coroas.

Em 1530, finalmente, surgem os "leitores reais", que passam a ensinar oficialmente não só o latim e o grego, como também o hebraico, dando assim início a um florescimento singular do Renascimento francês, sob patronato do rei. É também nesse ano que Rabelais entra na Universidade de Montpellier e em poucas semanas termina de se tornar bacharel em medicina (provavelmente por ter estudado antes, como já observei), e logo depois realiza aulas públicas; aliás, é na medicina que está o cerne da carreira oficial de Rabelais, que foi um grande erudito no assunto, tanto no estudo das obras antigas como na pesquisa dos avanços mais recentes de sua própria época, embora não pareça ter apresentado nenhuma inovação digna de nota na área. Tudo indica que ele permaneceu na cidade até 1532, onde deu conferências sobre os *Aforismos* de Hipócrates e a *Ars parva* de Galeno, usando seu conhecimento já profundo da língua grega original, em vez das tradicionais traduções latinas que até então circulavam pela Europa. Sabemos que Rabelais também assistiu a pelo menos uma aula de anatomia de Guillaume Rondelet, com direito à dissecção de um cadáver, em 18 de outubro de 1530, em plena aurora do estudo sobre o corpo humano, um assunto que ainda era considerado tabu (basta lembrar que André Vesálio viveu entre 1514 e 1564). Nesse período, em 1531, o Parlamento Francês toma para si a censura dos livros, até então exercida pela Sorbonne, talvez pelo excesso que vinha ocorrendo nas mãos conservadoras; esse é um ato de moderação apoiado pela política de Francisco I, que buscava promover o convívio entre católicos e reformistas. Nesse ano, a seca iniciada em 1528 chega a um pico que produz um número imenso de esfomeados e demanda medidas excepcionais do governo, num ambiente de tensão generalizada. É também nesse mesmo ano que Erasmo publica a primeira edição completa de Aristóteles em grego, causando uma verdadeira reviravolta intelectual na recepção da filosofia grega entre os humanistas.

O ano de 1532 terá grande impacto pessoal e será uma guinada na carreira do nosso escritor. Enquanto a seca parece crescer ainda mais em alguns lugares da França, tudo indica que na Festa de Reis, em Montpellier, Rabelais toma parte numa comédia moral sobre um homem que se casa com uma muda; nessa mesma festa, uma farsa zomba das deformidades de Noël Béda, o nome à frente da conservadora Sorbonne. Poucos meses depois, Rabelais parece estar de volta a Lyon, à época um centro comercial e também intelectual, que sedia o florescimento de imprensas e livrarias. Rabelais publica ali sua tradução das *Epístolas medicinais* de Manardi pelo prestigioso selo de Sébastien Gryphe e escreve uma epístola introdutória dedicada a Tiraqueau; poucos meses depois publica ainda sua tradução latina de livros de Hipócrates e Galeno com dedicatória a Geoffroy d'Estissac, marcando assim seu lugar como erudito ativo e importante. É nesse mesmo ano que saem as *Grandes e inestimáveis crônicas do grande e enorme gigante Gargântua*, livro anônimo publicado em Lyon que pode ter tido a mão de Rabelais e que dará origem aos grandes ciclos sobre o gigante Gargântua, por ter alcançado grande fama e venda em pouquíssimo tempo. É bem possível que na segunda metade desse mesmo ano tenha saído a primeira edição de *Pantagruel*, impressa e vendida por Claude Nourry em Lyon; edição que sai sem o nome do autor, mas sim com o pseudônimo de Alcofribas Nasier, anagrama algo cômico de François Rabelais. O livro vai ter sucesso imediato de vendas e aumentar as demandas por sua escrita, o que faz com que publique sua *Pantagruelina prognosticação para o ano de 1533* na edição de François Juste. Em setembro Rabelais também publica a tradução do *Testamento de Lúcio Cuspídio*, dedicada a Amaury Bouchard, e em novembro é nomeado médico no hospital Hôtel-Dieu. No fim do mesmo mês, ele escreve pessoalmente para Erasmo enquanto frequenta a casa de Hilaire Bertolph, que passa a ser amigo dos dois.

Com uma pressão feita por nomes como Margarida e Henrique de Navarra, as ruas de Paris voltam a ter permissão oficial para o uso de máscaras no carnaval de 1533, o que gera grande animação popular, já que se trata de uma medida festiva contra as forças mais conservadoras. No entanto, no mesmo período, a Sorbonne produz uma série de sermões contra os luteranos, o que leva Margarida de Navarra e Jean du Bellay a serem acusados de leniência com a heresia, e uma tentativa de censura de O espelho da alma pecadora, da mesma Margarida (entenda-se, a Sorbonne nesse momento pressionava diretamente a irmã do rei da França). Nesses conflitos, no fim de maio, Noël Béda, Picart e Leclerc são exilados de Paris, o que resulta em cartazes pregados pela cidade em franca crítica às ações do rei contra a Sorbonne. Começam as represálias e tensões, e os membros da Sorbonne negam que teriam tentado censurar o livro de Margarida. Com o recuo da Sorbonne, e uma visita ao papa Clemente VII em Marselha, Francisco I volta atrás e termina o ano ordenando fortes medidas contra a heresia, dando início a uma verdadeira perseguição aos evangélicos e reformistas, enquanto a seca continua e também há um surto da peste negra na Europa, matando várias pessoas, como o próprio Hilaire Bertolph, o amigo de Erasmo e Rabelais. É no meio dessa guerra interna, política e teológica que Rabelais publica a segunda edição de *Pantagruel* e uma nova *Pantagruelina prognosticação*.

No começo de 1534, a seca acaba finalmente, dando alívio à população. No ano em que morre Clemente VII e Paulo III é eleito o novo papa, Rabelais trabalha sob as ordens do então bispo Jean du Bellay e parte como médico e secretário de seu patrono em 15 de janeiro para sua primeira viagem a Roma, de onde retornará a Lyon em abril e logo retomará seu cargo no Hôtel-Dieu. Em Roma, sabemos que Du Bellay foi enviado diplomaticamente para interceder com o então papa Clemente VII em favor de Henrique VIII da Inglaterra, a fim de evitar sua excomunhão iminente (essa história paralela começa com o casamento irregular com Ana Bolena e termina com a afirmação plena da Igreja Anglicana). Como resultado da viagem, Rabelais tinha o projeto de fazer ele próprio a topografia de Roma, mas ao conhecer a obra de Marliani a julgou imediatamente superior, vindo a publicar uma edição nova da *Topografia de Roma* de Marliani, por Sébastien Gryphe, dedicada a Jean du Bellay. Ele também vai publicar em algum momento do ano a primeira edição de *Gargântua*, bem como novas edições de *Pantagruel* e da *Pantagruelina prognosticação*, ainda sob o pseudônimo de Alcofribas Nasier. Com o crescimento das tensões políticas e teológicas, tudo culmina no Caso dos Cartazes, momento em que uma série de cartazes anticatólicos geram retaliação e pressão da Sorbonne, fazendo com que Francisco I rompa de vez com seu papel moderador e libere uma intensa perseguição de reformadores em geral, ao mesmo tempo em que Béda já havia sido novamente exilado. No fim desse ano sai o *Almanaque para o ano de 1535*.

Antoine Rabelais, o pai de François, morre em 1535; provavelmente Théodule, filho de Rabelais, também nasce nesse período (ou entre 1538-1540). Uma repetição do Caso dos Cartazes logo em janeiro leva a uma repressão ainda mais violenta das forças conservadoras, queimando hereges na fogueira, forçando muitas pessoas a fugir e impedindo todo o trabalho editorial do país, de modo que as imprensas só voltariam com a pressão feita pelos nomes imponentes de Budé e Du Bellay. Em fevereiro ou março, Rabelais abandona seu cargo no Hôtel-Dieu e depois disso não sabemos para onde vai, pois não deixa traços, talvez Grenoble ou Maillezais, para se preservar dos ataques. Paralelamente, com a ascensão da Igreja Anglicana, o cardeal católico John Fischer é decapitado em Rochester, em junho, por ordens do rei inglês Henrique VIII; em julho será a vez de Thomas More. É bem possível que nesse momento Rabelais, mais uma vez sob a proteção de Du Bellay (agora já cardeal), tenha partido outra vez para Roma; nessa viagem ele pode ter conhecido pessoalmente o poeta Clément Marot. Em julho o édito de Coucy afrouxa a violência contra os hereges. Nesse mesmo ano parece ter saído a segunda edição de *Gargântua*.

Na virada do ano, em algum momento, Rabelais consegue obter a absolvição papal de Paulo III por sua apostasia, ponto de passagem para se tornar oficialmente um monge secular e trabalhar com a medicina. Com isso, ele pode então ficar na abadia beneditina de Du Bellay como cônego, em Saint-Maur-des-Fossés, que logo é inteiramente secularizada, dando a esperada liberdade a Rabelais. É nesse mesmo ano de 1536 que Calvino vai publicar suas *Instituições*, dando um novo golpe no catolicismo; essa obra coincide historicamente com o édito de Lyon, que garantirá dois anos de tolerância relativa na parte religiosa. Ao mesmo tempo, as guerras contra Carlos V perduram com perdas e ganhos, pois enquanto os franceses ocupam Piemonte, as forças do imperador acabam por invadir a Provença.

Em janeiro de 1537, Noël Béda morre exilado. Rabelais parece estar em plena forma, reeditando suas obras em Lyon e Paris e até acompanhando um grande banquete na capital, em presença de nomes como Marot, Dolet, Macrin e outros. É nesse ano também que, em abril, ele passa de bacharel a licenciado em medicina, em Montpellier, seguindo seu caminho rumo ao doutorado no assunto, título recebido logo em maio. Com isso Rabelais dá novos cursos na cidade, agora sobre os *Prognósticos* de Hipócrates.

Em meados de 1538, Carlos V e Francisco I tentam uma nova trégua, marcando um encontro em Aigues-Mortes em julho, do qual Rabelais provavelmente participou como médico particular de Du Bellay. No ano seguinte, os dois monarcas assinam o Tratado de Toledo, numa tentativa de manter a paz. Nesses dois anos, novas medidas contra hereges crescem notavelmente, o que virá formalmente no ano seguinte com o édito de Fontainebleau e grande aumento nas execuções. Em 1540, já devidamente absolvido e secularizado, Rabelais consegue fazer com que seus filhos sejam liberados da mácula da bastardia numa ação com a Cúria Romana. Nesse ano ele esteve também em Turim, provavelmente acompanhando uma viagem diplomática de Guillaume du Bellay, irmão de Jean du Bellay e também senhor de Langey e regente de Piemonte; tudo indica que nosso autor passa um bom período entre França, Turim e Piemonte até 1542, quando adoece seu patrono Guillaume e já deixa Rabelais como um dos beneficiados de seu testamento (Guillaume du Bellay veio a falecer em 6 de janeiro do ano seguinte). Ainda em julho de 1542 rebenta novamente a guerra entre Francisco I e Carlos V.

Em 1543, ano em que Copérnico publica sua teoria do heliocentrismo, logo após Rabelais perder seu patrono e acompanhar o corpo até Mans (para se ter uma ideia, o poeta Ronsard também participou do velório), *Pantagruel* e *Gargântua* figuram entre os livros censurados pela Sorbonne com apoio do Parlamento. A Sorbonne cresce em seus ataques, normatizando a fé católica. É ainda nesse ano que morre o primeiro patrono de Rabelais, Geoffroy d'Estissac; com isso podemos imaginar o desamparo do escritor num momento difícil. A lista de livros censurados do ano seguinte continua apontando as obras de Rabelais, e o ataque às heresias aumenta com o Tratado de Crépy, que ainda uma vez aproxima Francisco I e Carlos V. O resultado disso é que, em janeiro de 1545, François Bribart, secretário pessoal do próprio cardeal Jean du Bellay, é queimado na fogueira, entre vários outros nomes, e em abril acontece o Massacre de Mérindol, pois o Parlamento agora se propõe a erradicar os hereges; essa ação acarreta também uma maior vistoria das livrarias para conter os livros censurados. Ironicamente, em setembro do mesmo ano, Francisco I outorga a Rabelais o privilégio real de publicar o *Terceiro livro*. Em dezembro começa o longo e disputado Concílio de Trento (também conhecido como Concílio Ecumênico), que só terminará em 1563, dez anos depois da morte de Rabelais.

Ao cabo de doze anos sem publicar ficção inédita, Rabelais lança antes da Páscoa de 1546 o *Terceiro livro*, impresso por Christian Wechel em Paris, agora com o nome real de seu autor, e o livro recebe pelo menos três reimpressões em pouco tempo. Em fevereiro, morre Lutero, gerando impacto nos embates religiosos e crescimento das perseguições aos protestantes e evangélicos; isso leva Rabelais a fugir para Metz, a cidade livre imperial, provavelmente para se resguardar um pouco da maré política, enquanto serve novamente a Jean du Bellay. O escritor parece estar certo em seu resguardo, pois em 3 de agosto Étienne Dolet vai à fogueira em Paris. Mais uma lista de censuras sai no fim do ano, dessa vez incluindo já o *Terceiro livro*, condenado por heresia.

1547, ano do nascimento de Miguel de Cervantes, segue em suas reviravoltas. A 28 de fevereiro, morre Henrique VIII, o que deixa a Inglaterra em conflitos, enquanto Eduardo VI assume o trono sob a proteção de Somerset. Em 1º de março morre Francisco I, sucedido por Henrique II, que num primeiro momento continua vinculado a Montmorency e parece se opor à ortodoxia religiosa proposta pelo cardeal de Tournon. Em junho, Rabelais parece ter recebido seu último pagamento em Metz, embora Du Bellay tenha ficado em situação confortável; nosso autor acaba por acompanhar seu patrono mais uma vez a Roma, porém antes entrega a versão inacabada do *Quarto livro* em Lyon, antes de seguir para a Itália, onde ficará até 1549. Essa edição parcial do livro sai no ano seguinte, em 1548, com apenas onze capítulos e ainda por cima repleta de problemas editoriais.

Em 3 de fevereiro de 1549 nasce Luís de Orléans, segundo filho de Henrique II, fato comemorado com uma série de festividades por todos os súditos do rei (a criança morrerá em outubro do ano seguinte). Rabelais descreve a festa que presenciou em Roma em sua *Ciomaquia* (repare-se que ele deixa o nome do infante em branco na obra, de março, pois Luís só vem a ser batizado em 19 de maio). Nesse mesmo ano, Du Bellay retorna à França (talvez com Rabelais) e morre o papa Paulo III, sucedido por Júlio II. No ano seguinte, enquanto cuida de uma doença de seu patrono em Saint-Maur, Rabelais descobre que está novamente nas graças do rei e em agosto recebe novo privilégio real com exclusividade de publicação e venda de todas as suas obras, portanto proibindo a pirataria que grassava à época; tudo isso graças ao cardeal Odet de Châtillon. Na sequência, em janeiro de 1551, Rabelais recebe dois benefícios de Du Bellay: as cúrias de Meudon e de Saint-Christophe-du-Jambert, onde nunca irá residir, já que parece ter ficado entre Paris e Saint-Maur; essas cúrias lhe darão grande estabilidade financeira, que lhe garante finalizar o *Quarto livro*. Os temas da confissão auricular e da penitência, que são tema da 14ª sessão do Concílio de Trento, em novembro desse ano, são objeto de piada no livro que ele prepara.

No comecinho de 1552 é finalmente publicada a versão integral do *Quarto livro*, impressa por Fazendat, em Paris, com uma epístola liminar dedicada a Odet de Châtillon, ao mesmo tempo em que sai uma nova edição do *Terceiro livro*. No entanto, a alegria dura pouco, e o Parlamento condena o *Quarto livro* já em março, a pedido da Sorbonne, e no mês seguinte suspende todas as vendas do livro, ação que dura duas semanas. Em outubro do mesmo ano, correm rumores — muito provavelmente mentiras — de que François Rabelais teria sido preso. Seja como for, em 9 de janeiro de 1553 ele renuncia aos benefícios das cúrias e certamente antes de 14 de março Rabelais está morto, pois será enterrado no cemitério da Igreja de São Paulo em Paris. O fato é que ele morreu na Rue des Jardins-Saint-Paul, no começo do mês, pois temos a informação de que Jamet Rabelais, irmão do autor, passou a ser, por testamento, seu legatário universal; por outro lado, o epitáfio da igreja informa a data de 9 de abril. Seja como for, a morte do escritor gerou uma série de anedotas, verdadeiras lendas literárias, tal como a do testamento que diria: "Nada tenho, devo muito, dou o resto aos pobres". Ou mesmo a suposta frase final "Subam as cortinas, acabou a farsa".[3]

As crises da Europa seguirão por anos, com a morte do papa Júlio III em 1555 e a ascensão de Paulo IV, a abdicação de Carlos V em 1556, a morte de Henrique II num torneio em 1557, sucedido por Francisco II, que também morre menos de um ano depois, dando lugar a Carlos V, etc. O Concílio de Trento ainda se prolongará com vários debates acalorados, até 1563. Embora alguns indícios de paz comecem com o édito de Saint-German, em 1562, que reconhece os direitos dos protestantes na França, o mesmo ano verá o Massacre de Vassy; um protestante vai assassinar o duque François de Guise; tudo isso em tumulto constante até que venha o fim da primeira guerra huguenote com a Paz de Amboise. Nesse meio-tempo, o *corpus* da obra rabelaisiana ainda circula e se amplia com a publicação de obras atribuídas ao mestre, como é o caso da *Ilha sonante*, em 1563, e do *Quinto livro*, em 1564, duas obras de autoria até hoje debatida. No *Index librorum prohibitorum* (Índice de livros proibidos), proclamado nesse mesmo ano, como resultado do Concílio de Trento, todas as obras de Rabelais estão classificadas na primeira classe, sob a rubrica de "Heresias"; porém os decretos desse Concílio não são registrados na França. Por fim, saem os *Sonhos bufonescos de Pantagruel*, em 1565, com uma série de gravuras impressionantemente surrealistas, atribuídas a Rabelais, que, apesar de serem certamente espúrias (hoje a autoria é atribuída a François Desprez), atestam como o nome de Rabelais já transbordava para fora da esfera literária. Por fim, ainda

---

[3] À época de Rabelais, as cortinas ficavam no chão do palco, muitas vezes improvisado, e eram levantadas ao fim do espetáculo.

se passará mais de meio século para emergir o *Tratado de bom uso do vinho*, em língua tcheca, mostrando que essa pervivência vai gerando ramificações complexas e de difícil avaliação. Rabelais vive também na pena de outros, quer por meio da imitação, quer por meio da tradução.

*

Muito do que aqui foi dito retornará nas notas introdutórias de cada livro ou capítulo, seja como comentário à poética rabelaisiana, como excursão geográfica e histórica do seu mundo, seja como prazer da piada. Ainda mais dependeu e depende do apoio de um número imenso de pessoas, partindo dos editores Alberto, Cide e Paulo, que me lançaram nessa aventura longa, linda e louca, e passando por amizades dentro e fora da universidade, que não cabe nomear em sua extensão; no entanto, diante do constante ataque à cultura e à educação que acontece neste país, gostaria de lembrar que nada do que aqui vai poderia acontecer sem a presença do ensino público e do mundo da pesquisa que existe nas universidade públicas do Brasil, onde pude transformar o trabalho de tradução também em projeto de pesquisa, prática que se concede um tempo e uma maturação muito singulares, ou seja, que me concedeu uma chance de rigor que é rara na pressa do mundo do mercado. Também gostaria de agradecer à bolsa que ganhei da Übersetzerhaus Looren, que me garantiu um período exclusivamente focado na tradução do *Gargântua*, numa casa toda dedicada ao labor tradutório no cantão de Zurique, na Suíça, bem como o apoio do PAP-CDA (Programa de Apoio à Tradução Carlos Drummond de Andrade), do Escritório do Livro do Instituto Francês no Brasil: é exemplar, digno da boa Éris e da boa inveja, ver programas que tanto investem na literatura, na tradução e nas outras artes. Esses apoios efetivos — afetivos, epistêmicos e monetários — me deram alegria para estar afundado em Rabelais por quatro anos consecutivos, revirando seu saber enciclopédico e sua verve desbragada. E é assim que convido o leitor a se desdobrar nos prazeres: do rigor ao delírio, com o relé ligado, reler como deleite do saber, como risada sem tamanho. Quem quiser, que prepare como aperitivo a sua dose.

Curitiba, Carnaval de 2017-Carnaval de 2021

Guilherme Gontijo Flores

Obras consultadas

EDIÇÕES

RABELAIS, François. *Oeuvres complètes*. Édition établie, présentée et annotée par Mireille Huchon, avec la collaboration de François Moreau. Paris: Gallimard, 1994.

_____. *Oeuvres complètes*. Texte établi et annoté par Jacques Boulenger. Bruges: Pléiade/NRF, 1938.

_____. *Pantagruel*. Première publication critique sur le texte original par V. L. Saulnier. Genebra: Droz, 1965.

_____. *Gargantua*. Première édition critique faite sur l'*Editio princeps*, texte établi par Ruth Calder, avec introduction, commentaires, tables et glossaire par M. A. Screech. Préface de V. L. Saulnier. Genebra/Paris: Droz/Minard, 1970.

_____. *Le tiers livre*. Édition critique, commentée par M. A. Screech. Genebra/Paris: Droz, 1974.

_____. *Le quart livre*. Édition critique commentée par Robert Marichal. Genebra: Droz, 1947.

_____. *Traité de bon usage du vin*. Traduit du tchèque par Marianne Canavaggio. Paris: Allia, 2016.

Les songes drolatiques de Pantagruel. Introduction de Michel Jeanneret. Postface de Frédéric Elsig. Genebra: Droz, 2004.

TRADUÇÕES EM PORTUGUÊS

RABELAIS, François. *Gargântua*. Tradução de Aristides Lobo revista (texto e notas) por Yara Frateschi Vieira. Introdução de Yara Frateschi Vieira. São Paulo: Hucitec, 1986.

_____. *Gargântua e Pantagruel*. Tradução revista por L. Pereira Gil. Lisboa: Amigos do Livro, s/d.

_____. *Gargântua e Pantagruel*. Tradução de Davi Jardim Júnior. Belo Horizonte: Itatiaia, 2009.

_____. *Gargântua*. Tradução de Maria Gabriela de Bragança. Lisboa: Europa-América, s/d.

_____. *Pantagruel*. Versão portuguesa de Jorge Reis. Desenhos de Júlio Pomar. Lisboa: Prelo, 1967.

_____. *Pantagruel, rei dos Dípsodos*. Tradução revista, apresentação e notas de Aníbal Fernandes. 2ª ed. Lisboa: Frenesi, 1997.

_____. *O terceiro livro dos fatos e ditos heroicos do bom Pantagruel*. Tradução, introdução, notas e comentário de Élide Valarini Oliver. São Paulo: Ateliê, 2006.

_____. *O quarto livro dos fatos e ditos heroicos do bom Pantagruel*. Tradução, introdução, notas e comentário de Élide Valarini Oliver. São Paulo: Ateliê, 2015.

_____. *Almanaques e prognósticos*. Apresentação e tradução para o português actual de Catherine Claude. Tradução portuguesa de Carlos Amador. Porto: Campo das Letras, 1995.

PERRONE-MOISÉS, Leyla. "Leyla Perrone-Moisés traduz previsões de François Rabelais para o novo ano", *Folha de S. Paulo*, 31/12/2017. Disponível em: <https://www1.folha.uol.com.br/ilustrissima/2017/12/1946842-leyla-perrone-moises-traduz-previsoes-de-francois-rabelais-para-o-novo-ano.shtml>.

TRADUÇÕES CONSULTADAS EM OUTRAS LÍNGUAS

RABELAIS, François. *Les cinqs livres des faits et dits de Gargantua et Pantagruel*. Édition integrale bilíngue. Adaptation de l'ancien français par Marie-Madeleine Fragonard. Paris: Gallimard, 2017.

_____. *Gargantua and Pantagruel*. Translated by M. A. Screech. Nova York: Penguin, 2006.

_____. *Gargantua e Pantagruele*. A cura de Lionello Sozzi. Traduzione e note di Antonella Amatuzzi, Dario Cecchetti, Paola Cifarelli, Michele Mastroianni, Lionello Sozzi. Milão: Bompiani, 2013.

_____. *La pantagruelina pronosticazione*. Prima versione integrale di Gildo Passini. Modena: Formiggini, 1930. Disponível em <https://issuu.com/piccola_biblioteca_digitale/docs/004_rabelais>.

_____. *Gargantúa y Pantagruel (los cinco libros)*. Prefacio de Guy Demerson. Traducción y notas de presentación de Gabriel Hormaechea. Madri: Alcantilado, 2015.

_____. *Cartas, almanaques y siomaquia*. Traducción de Ignacio Rodríguez. Buenos Aires: Dedalus, 2010.

PRINCIPAIS OBRAS DE CONSULTA

COOPER, Richard. *Rabelais et l'Italie (Études rabelaisiennes, XXIV)*. Genebra: Librairie Droz, 1991.

DUBOIS, Jean; MITTERAND, Henri; DAUZAUT, Albert. *Grand dictionnaire étimologique & historique du français*. Paris: Larousse, 2001.

GOUGENHEIM, Georges. *Grammaire de la langue française du seizième siècle*. Paris: Picard, 1984.

GREIMAS, Algirdas Julien; KEANE, Teresa May. *Dictionnaire du moyen français: la Renaissance*. Paris: Larousse, 1992.

HUCHON, Mireille. *Rabelais*. Paris: Gallimard, 2011.

SCREECH, Michael Andrew. *Rabelais*. Traduit par Marie-Anne de Kisch. Paris: Gallimard, 1992.

ZEGURA, Elizabeth Chesney (org.). *The Rabelais Encyclopedia*. Londres: Greenwood, 2004.

Traduzido a partir de Rabelais, *Oeuvres complètes*, edição estabelecida, apresentada
e anotada por Mireille Huchon, com a colaboração de François Moreau, Paris, Gallimard,
1994, Coleção Bibliothèque de la Pléiade, n° 15.

Foi respeitado aqui o sistema de aspas e travessões estabelecido por Huchon.

PANTAGRUEL

Nota introdutória

Guilherme Gontijo Flores

A primeira edição do Pantagruel *foi publicada em 1531 ou 1532; não há como termos certeza, porque só existe um exemplar, em mau estado e desprovido de data; nessa época, Rabelais morava em Montpellier como estudante de medicina e ex-monge beneditino, pois sabemos que em 1532 já viria a se tornar médico no Hospital de Lyon. Nessa situação, ele preferiu publicar anonimamente o livro como Alcofribas Nasier, anagrama de François Rabelais, o que era uma prática entre os retóricos da época, inclusive entre os altos funcionários da monarquia francesa. Embora o livro esteja em embate com a Sorbonne (que viria a censurá-lo), o nome de Nasier certamente servia mais como jogo do que como proteção autoral, pois, como observa Screech, na época seria muito fácil descobrir a autoria de Rabelais. A partir da segunda edição, ele se apresentará como "M(estre) Alcofribas, destilador de quinta essência"; a "quinta essência", na tradição alquímica e hermética, é o mercúrio dos filósofos; no entanto não há consenso sobre todas as implicações dessa autoapresentação heteronímica de Rabelais. A designação de "falecido" (feu) só aparece a partir da edição de 1537. François Juste publicará em Lyon a última edição em vida de Rabelais em 1542, que passou a ser considerada a edição definitiva e é a que sigo nesta tradução, a partir de Mireille Huchon, embora consulte a primeira edição de V.-L. Saulnier e sua tradução ao inglês por Michael Screech. Ao longo dessa década foram feitos inúmeros acréscimos e alterações, e o pendor mais notável nelas é a diminuição dos ataques diretos à Sorbonne, vinculada à Igreja. Por outro lado, o sabor mais livremente cômico da primeira edição vai, progressivamente, cedendo lugar à sátira com crítica cada vez mais direta aos costumes da época e aos embates políticos e religiosos.*

O assunto, como será anunciado já no prólogo, deriva do sucesso das Grandes e inestimáveis crônicas do grande e enorme gigante Gargântua *(doravante* Grandes crônicas, *de autoria debatida até o presente); no entanto é Rabelais quem estabelece uma relação de pai e filho entre Gargântua e Pantagruel, aproveitando que este nome já aparecia na cultura popular francesa (cf. suas origens na nota ao cap. 2). Os dipsodos anunciados desde o título derivam do grego* διψώδης, *"sedento".*

PANTAGRUEL,
REI DOS DIPSODOS, RECONTADO
AO NATURAL, COM SEUS FEITOS
E FAÇANHAS ESPANTOSOS:

COMPOSTO PELO FINADO MESTRE ALCOFRIBAS
DESTILADOR DE QUINTA ESSÊNCIA

Décima do mestre Hugues Salel
ao autor deste livro

Hugues Salel (1504-1553) foi poeta da corte de Francisco I e tradutor da Ilíada. *Foi o primeiro a designar Rabelais como um Demócrito francês, por ser uma imagem emblemática do riso sobre as tolices dos costumes humanos (cf.* Sêneca, Da ira, *2.10.5, e* Juvenal, Sátiras, *10.28), uma figura importante no* Elogio da loucura, *de Erasmo de Roterdã (1466-1536). O poema abaixo não aparece no único exemplar da primeira edição que nos chegou, mas certamente já fazia parte da edição de 1534, quando Salel ainda não tinha fama.*

O primeiro verso da décima retoma a proposta de Horácio, na Arte poética, *v. 343, de misturar o útil ao doce. Nas edições de 1534 e 1537, o poema era seguido da frase* Vivent tous bons Pantagruelistes *("Vivam todos os bons pantagruelistas"), retirada da edição de 1542.* [G.G.F.]

———

Se unir doçura e prática é perfeito
E dá louvor e reconhecimento,
Você será louvado por tal feito:
Bem sei que o teu maior conhecimento
Este livro com doce fundamento
mostrando a utilidade é tão preciso,
Que penso ver Demócrito e seu riso
Por sobre os feitos desta humana vida.
Siga adiante, pois, se não tem siso
no baixo mundo, o tem na alta subida.

DIZAIN DE MAISTRE HUGUES SALEL
À L'AUTEUR DE CE LIVRE

Si pour mesler profit avec douceur
On meca en pris un acteur grandement,

Prisé seras, de cela tien soy sœur:
Je le congnois car ton entendement
En ce livret soubz plaisant fondement
L'utilité a si tresbien descriptive,
Qu'il m'est avis que voy un Démocrate
Riant les faictz de nostre vie humaine.
Or persevere et si n'en as mérité
En ces bais lieux: l'auras au hault domaine.

François Rabelais

Prólogo do autor

O prólogo guarda um tom popular de feira e praça pública (algo entre o vendedor de bugigangas e o pregador), numa espécie de chacota com a captatio benevolentiae *típica dos prólogos previstos pelos códigos retóricos; trata-se de uma abertura que evoca discretamente a* História verdadeira *de Luciano de Samósata (séc. II d.C.) desde o início, anunciando sua trama intertextual (não à toa, Rabelais já foi considerado como o Luciano do séc. XVI). No entanto, é também importante lembrar que foi escrito num contexto em que a Contrarreforma pressiona Francisco I para que proíba a imprensa na França. Nessa cena, Rabelais apresenta seu primeiro livro como se fosse continuação das* Grandes e inestimáveis crônicas *(traduzidas no vol. 3), livro do qual ele pode ter de fato participado de algum modo.*

Já na abertura, Rabelais faz piada contra várias frentes: ao atacar certa elite sorbonista incapaz de compreender obras simples, menciona Raimbert Raclet, professor de direito em Dôle (as Institutas *de Justiniano são um dos textos fundamentais do direito romano). Mais adiante, o neologismo* prestinateurs *("predesgitadores", em fusão de prestidigitador e predestinador) zomba da teoria calvinista da predestinação. De modo similar, faz piada com a suposta vida sexual intensa dos protonotários apostólicos.*

O pó de óribus seria feito de excrementos humanos. Era comum, no tratamento de varíola e sífilis, deixar os doentes em estufas para provocar suores intensos e também utilizar emplastros de mercúrio com gordura de porco; a referência a pústulas também indica um dos sintomas das doenças em questão.

Os nomes dos personagens de romances e poemas são de fato encontrados em diversas obras, embora alguns sejam invenções rabelaisianas. Optei por verter o nome de Fesse-pinte por Tomatodas, por ser um nome transparente; seguirei a mesma prática cômica, recorrente ao longo da obra.

A citação latina quod uidimus testamur *("testemunho o que vi") remonta a João, 3:11.* [G.G.F.]

———

Ilustríssimos e cavalheiríssimos campeões, nobres e outros que com gosto se dedicam a tudo que é nobreza e honra, vocês há pouco viram, leram e souberam das *Grandes e inestimáveis crônicas do enorme gigante Gargântua* e, como bons fiéis, com toda cortesia acreditaram e muitas vezes passaram o tempo com honráveis damas e donzelas, enquanto faziam belas e longas narrativas, quando não estavam muito ocupados; por isso, vocês são dignos do maior louvor e de uma memória sempiterna. Da minha parte gostaria que cada um largasse as tarefas, descuidasse dos deveres e esquecesse os afazeres, para se dedicar inteiramente à leitura, sem que seu espírito fosse de algum modo disperso ou impedido antes de aprender tudo de cor, para que, se por acaso a arte da imprensa cessar, ou todos os livros perecerem, no futuro todos possam bem ensiná-las aos filhos e transmiti-las a seus sucessores e sobreviventes como de mão em mão, que nem uma religiosa Cabala. Pois elas têm mais fruto do que talvez pense aquele bando de metidos caracachentos, que entendem ainda menos desses pequenos divertimentos do que Raclet das *Institutas*. Eu conheci altos e poderosos senhores aos montes que, ao saírem para caçar imensas feras, ou para falcoar atrás de patos, quando acontecia de não encontrarem o animal pelas quebradas, ou de seu falcão não planar, enquanto viam a presa fugir num bater de asas, ficavam muito chateados — e dá para compreender; porém o seu refúgio de reconforto, para não caírem no tédio, era recapitular os inestimáveis feitos do tal Gargântua. Outros há neste mundo (e não conto lorota) que, ao serem duramente afligidos por uma dor de dente, depois de gastarem todos os bens em medicamentos que não ajudaram em nada, acharam um remédio mais eficaz ao porem as tais crônicas entre dois bons panos bem quentes, para então aplicá-los no lugar da dor com um sinapismo de pó de óribus. Mas o que dizer dos pobres bexiguentos e gotosos? Ah, quantas vezes nós vimos esses coitados na hora em que estavam besuntados e melados, enquanto a cara reluzia que nem a tranca de um barril de toicinho e os dentes fremiam que nem as teclas de um órgão ou uma espineta quando a gente toca, e a garganta espumava que nem num javali que os cães acuaram entre armadilhas: o que é que eles faziam? Toda sua consolação estava em ouvir uma página qualquer do tal livro. E vimos aqueles que se entregariam a cem tonéis de velhos diabos, se não tivessem sentido um alívio manifesto durante a leitura do tal livro, enquanto suavam nas estufas, nem mais nem menos do que as mulheres que sentem as dores do parto, quando alguém lê para elas *A vida de Santa Margarida*. Parece pouco? Me mostrem um livro, em qualquer língua, em qualquer faculdade ou saber que seja, que tenha essas forças, propriedades e prerrogativas, que eu vou pagar um quartilho de tripas. Não, meu senhores, não. Ele é sem par, incomparável, inigualável. Eu o defendo até a fogueira, exclusive. E quem quiser negar, que seja contado entre os malandros, predesgitadores,

impostores e sedutores. É bem verdade que encontramos em alguns livros dignos de alta conta certas propriedades ocultas, tais como em *Tomatodas*, *Orlando furioso*, *Roberto o diabo*, *Ferrabrás*, *Guilherme sem medo*, *Huon de Bordeaux*, *Mandeville* e *Matabruna*. Mas eles nem se comparam a este que estamos comentando. E todo mundo bem conheceu por experiência própria a infalível benesse e utilidade provindas da crônica gargantuana, já que em dois meses foi mais vendida pelos editores do que ainda irão comprar Bíblias nos próximos nove anos. Como quero — eu, seu humilde servo — ampliar o passatempo de vocês, ofereço de presente um outro livro do mesmo quilate, talvez até um pouco mais imparcial e confiável do que o outro. Pois não acreditem, se não quiserem errar em plena consciência, que falo sobre ele que nem um judeu sobre a lei. Não nasci nesse planeta e nunca pensei em mentir ou assegurar algo que não fosse verdadeiro. Eu falo como um sujeito onocrótalo, quer dizer, um crotonotário sobre os mártires amantes e um croquenotário sobre os amores: *quod uidimus testamur*.

São os assombrosos feitos e façanhas de Pantagruel, a quem servi desde que cresci até hoje, que ele me concedeu visitar meu país capiau e descobrir se ainda tenho algum parente vivo. Portanto, para dar cabo deste prólogo, vou me entregar a cem mil cestadas de bons diabos, corpo e alma, tripas e entranhas, se estiver mentindo uma só palavra ao longo desta história toda. Do mesmo modo, que o fogo de Santo Antônio os queime, o mal-de-terra os contorça, o raio os parta, a úlcera os cambaie, a diarreia os tome, a zipla os fuquefuque pacas, densa que nem pelo de vaca, reforçada de vivo argento, até rasgar seu fundamento, e que nem Sodoma e Gomorra vocês caiam sobre enxofre, fogo e abismo, se não acreditarem firmemente em tudo que eu contar na crônica presente.

François Rabelais

Capítulo 1

Da origem e antiguidade
do grande Pantagruel

Este primeiro capítulo retoma e parodia as genealogias do Velho *e do* Novo Testamento, *enquanto mistura nomes inventados em francês (que em geral traduzi), mitos gregos e romanos, nomes hebraicos e hebraicizantes. Ao fim, temos nova referência a Luciano, dessa vez direta, como uma das principais influências de Rabelais por prosa burlesca e satírica. Outros nomes literários aparecem, tais como o fabulista grego Esopo (tradicionalmente tido por corcunda) e o romano Ovídio, até o contemporâneo Jean Molinet (1537-1507), autor do refrão* il n'en est plus de ces gros *("já não existem mais os grandes"), canção obscena famosa à época de Rabelais.*

Debitoribus, ao que tudo indica, não é forma tradicional latina, mas lionesa ou provençal (debitors a partir de bitors, por sua vez derivado de bis tortus), para indicar um modo torto ou desequilibrado. Também poderia ser referência ao trecho do pai-nosso, sicut et nos dimittimus debitoribus nostribus.

Ventrem omnipotentem ("Ventre todo-poderoso") é retomada irônica do Patrem omnipotentem ("Pai todo-poderoso) da oração do Credo. *"Purê setembrino" era expressão típica para designar o vinho; nessa sequência, a referência é a Públio Ovídio Nasão, o poeta elegíaco romano, autor das* Metamorfoses: *o nome latino Naso significa, literalmente, "narigudo"; assim, o início da antífona* Ne reminiscaris delicta nostra *("não recorde os nossos delitos") joga com a homofonia entre* ne *(não, em latim) e* nez *(nariz, em francês). Num espírito lúdico similar é que lemos sobre iambo, que é um metro poético grego, mas aqui se confunde com* jambe *("perna" em francês).*

Por fim, temos a referência histórica a um soldado, na Batalha de Marignano entre franceses e espanhóis (1515), que tinha o apelido de Touro pelo seu tamanho, ou então porque tocava corneta de touro, e que desmontou parte da artilharia francesa antes de ser morto. [G.G.F.]

———

Não será inútil nem ocioso, já que estamos à toa, rememorar a primeira fonte e origem donde nos nasceu o bom Pantagruel. Pois vejo que todos os bons historiógrafos assim trataram suas crônicas, não somente os árabes, bárbaros e latinos, como também os gregos, gentios de manguaça eterna.

Convém então notar que no começo do mundo (falo de longe, há mais de quarenta quarentenas de noites, se contarmos à moda dos antigos druidas), pouco depois de Abel ser morto pelo irmão Caim, a terra encharcada com o sangue do justo nos foi num certo ano tão fértil em todos os frutos que se produziram de seus lombos, sobretudo em nêsperas, que passaram a chamá-lo imemorialmente de o Ano das Grandes Nêsperas, porque três delas já enchiam uma saca. Nele as calendas gregas se encontravam nos breviários anuais, o mês de março ficou sem Quaresma e os meados de agosto caíram em maio. No mês de outubro, ao que parece, ou talvez de setembro (para não errar, já que pretendo me guardar com esmero), foi a semana tão renomada pelos anais, que se chamou a Semana das Três Quintas, porque foram três quintas por causa dos bissextos irregulares, que o Sol até tropeçou um tanto em *debitoribus* à esquerda e a Lua desviou de seu curso em mais de quinze braças e foi manifestamente visível o movimento de trepidação do firmamento chamado aplanético, de tal modo que a Plêiade média deixou suas companheiras e declinou para o equinócio, e a estrela chamada Espiga deixou Virgem e se mudou para Libra, casos tão espantosos e matérias tão duras e difíceis que os astrólogos nem conseguem morder. E eles bem precisariam ter dentes muito longos para alcançar até lá. Façam a conta: o mundo inteiro comia com gosto as tais nêsperas, pois eram lindas de ver e deliciosas de comer.

Porém tal como o santo Noé (a quem somos gratos devedores por nos plantar a vinha donde vem aquele nectáreo, delicioso, precioso, celeste, gozoso e deífico licor chamado vinho) foi enganado enquanto o bebia, já que ignorava sua grande força e poder, de modo similar, os homens e mulheres daquele tempo comiam com grande prazer desse belo e grande fruto, porém se sucederam acidentes bem diversos sobre eles. Pois a todos sobreveio um horripilante inchaço do corpo, mas não a todos no mesmo lugar.

Pois alguns se incharam pela barriga, e a barriga deles se acorcundou que nem um grande tonel, e deles se escreveu *Ventrem omnipotentem*, tudo gente de bem e *bon vivant*. Dessa raça nasceu São Pançante e a Terça-Gorda.

Outros incharam pelos ombros e ficaram tão corcundas que passaram a se chamar *montíferos*, que nem porta-montes, e que vocês ainda podem ver mundo afora em diversos sexos e ofícios. Dessa raça surgiu Esopo, de quem vocês têm os belos feitos e ditos por escrito.

Outros se incharam de longura pelo membro conhecido como "o lavrador da natureza", e assim passaram a tê-lo tão maravilhosamente longo, grande, grosso, gordo, forte e firme, à moda antiga, que ele até servia de cinto, se dessem cinco ou seis voltas na cintura. Quando acontecia de ficar no ponto, de vento em popa, ao vê-los vocês diriam ser alguém com lança em riste para justar numa quintana. Deles perdeu-se a raça, segundo as mulheres. Pois elas lamentam continuamente que *já não existem mais os grandes*, etc. Vocês conhecem o resto da canção. Outros cresceram na matéria do saco de tal forma, que só três já encheriam um barril. Deles descendem os bagos de Lorena, que nunca cabem nas cuecas, mas tombam no fundo dos calções.

Outros cresceram pelas pernas, e ao vê-los vocês diriam que eram gruas, ou flamingos, ou pessoas andando sobre pernas de pau. Os aluninhos de gramática os chamam de Iambo.

Em outros cresceu tanto o nariz, que parecia flauta de alambique, todo matizado, todo cintilante de pápulas, pululante, púrpura, pujante, todo esmaltado, pustulento e bordado cor de goles. Vocês viram esse tipo no cônego Panzudo e em Pedelenho, o médico dos Angers; dessa raça foram poucos que amaram as tisanas, mas foram todos amantes do purê setembrino. Nasão e Ovídio tiveram aí sua origem. E todos aqueles de quem se escreveu: *Ne reminiscaris*.

Outros cresceram pelas orelhas, que de tão grandes uma servia de gibão, calça e saio, enquanto com a outra se cobriam feito um capote espanhol. Dizem que na Burbônia ainda dura essa herança, donde se diz orelha burbônia. Outros cresceram por todo o corpo, e deles vieram os gigantes e por eles Pantagruel.

O primeiro foi Chalbroth,
Que gerou Sarabroth,
Que gerou Faribroth,
Que gerou Hurtaly, que foi belo comedor de sopas e reinou nos tempos do dilúvio,
Que gerou Nembroth,
Que gerou Atlas, que com seus ombros impediu o céu de cair,
Que gerou Golias,
Que gerou Érix, o inventor do jogo dos copos,
Que gerou Tício,
Que gerou Oríon,
Que gerou Polifemo,
Que gerou Caco,
Que gerou Ecíon, o primeiro a sofrer da bexiga por não ter bebido fresco no verão, segundo atesta Bartachino,
Que gerou Encélado,
Que gerou Ceu,

Que gerou Tifeu,

Que gerou Aleu,

Que gerou Oto,

Que gerou Egeão,

Que gerou Briareu, que tinha cem mãos,

Que gerou Porfirião,

Que gerou Adamastor,

Que gerou Anteu,

Que gerou Agatão,

Que gerou Poro, contra quem batalhou Alexandre, o Grande,

Que gerou Arantas,

Que gerou Gábara, o primeiro a inventar o toque de tintim,

Que gerou Golias de Secundilla,

Que gerou Offot, que tinha um nariz bom dos diabos para beber do
barril,

Que gerou Atarqueu,

Que gerou Oromedonte,

Que gerou Gemmagog, que foi o inventor dos sapatos pontudos,

Que gerou Sísifo,

Que gerou os Titãs, donde nasceu Hércules,

Que gerou Enac, expertíssimo em matéria de tirar sarna das mãos,

Que gerou Ferrabrás, que foi derrotado por Olivier, par da França e
companheiro de Rolando,

Que gerou Morgante, o primeiro neste mundo a jogar dados com
óculos,

Que gerou Fracasso, sobre quem escreveu Merlino Cocajo,

Do qual nasceu Ferrago,

Que gerou Papamosca, o primeiro que inventou defumar línguas de
boi na chaminé, pois antes elas vinham salgadas que nem
presunto,

Que gerou Bolívorax,

Que gerou Longis,

Que gerou Gaiofe, que tinha bago de choupo e pica de sobreira,

Que gerou Mascafeno,

Que gerou Queimaferro,

Que gerou Engolevento,

Que gerou Galehaut, inventor dos frascos,

Que gerou Mirelangault,

Que gerou Galafre,

Que gerou Falourdin,

Que gerou Roboastro,

Que gerou Sortibrando de Coimbra,

Que gerou Brulante de Mommiré,

Que gerou Bruyer, que foi derrotado por Ogier, o Danês, par da
França,

Que gerou Maubrun,

Que gerou Fodanão,

Que gerou Hacquelebac,

Que gerou Paudegrão,

Que gerou Grangorja,

Que gerou Gargântua,

Que gerou o nobre Pantagruel, meu mestre.

Eu sei, é claro, que ao lerem esta passagem vocês sentem por dentro uma dúvida bem razoável. E perguntam como é possível que assim seja, já que no tempo do dilúvio todo mundo morreu, exceto Noé e sete outras pessoas consigo dentro da arca: nesse número estaria o tal Hurtaly? A pergunta é muito boa, sem dúvida, e bem clara; mas a resposta vai lhes satisfazer, se meu bom senso não foi mal calafetado. E como eu não estava lá naquela época para contar ao meu bel-prazer, alegarei a autoridade dos massoretas, bons companheiros, gaiteiros hebraicos, que afirmam que, em verdade, o tal Hurtaly não estava dentro da arca de Noé, nem poderia ali entrar porque era grande demais; mas que montou sobre a arca, uma perna de cá, outra de lá, que nem as criancinhas sobre cavalos de pau e que nem o Touro de Berna, que foi morto na Batalha de Marignano, enquanto cavalgava um imenso canhão pedreiro (uma fera de marcha bela e alegre, sem sombra de dúvida). Desse jeito, com o apoio de Deus, ele salvou a tal arca do naufrágio, porque a impulsionava com as pernas e com o pé a virava para onde quisesse, que nem o leme de um navio. Quem estava lá dentro, mandava alimentos o bastante por uma chaminé, em reconhecimento pelo bem que ele fazia. Por vezes parlamentavam com ele, que nem Icaromenipo e Júpiter na narrativa de Luciano. Vocês manjaram tudinho? Então bebam um bom copo sem água. "Pois se não crerem, eu não creio", diz a parlenda.

Capítulo 2

Do nascimento
do formidabilíssimo Pantagruel

Aqui temos toda tópica da secura, com inúmeras alusões e citações, para justificar para o nome do herói uma etimologia bastante burlesca e que provavelmente não seria levada a sério já pelos contemporâneos de Rabelais. Sabemos que, antes de seu uso rabelaisiano, Pantagruel aparece como um diabinho marinho que punha sal na boca dos bêbados adormecidos no Mystère des actes des apostres *(Mistério dos atos dos apóstolos), atribuído a Simon Gréban (c. 1420-1473/86), porém com o nome Penthagruel; quando Rabelais troca seu nome para Pantagruel, cria uma pseudoetimologia com o grego por causa do radical* panta *("todo", "completo"). Para além dos jogos literários, houve de fato uma seca intensa na França, no ano de 1532, quando Rabelais provavelmente finalizava este primeiro volume romanesco.*

A referência a Elias se encontra em 1 Reis 17 e 18, quando o profeta pede a Deus uma grande seca. Alibantes significa "ressecados", porém o nome é dado por Plutarco, Simposíacas, 8.10.3, quando comenta Homero, e não pelo próprio Homero. O malvado rico alude a Lucas 16:19-25, onde o destino do rico é contrastado com o de Lázaro. A interpretação ligada ao mito de Faetonte remete aos pitagóricos gregos e sua designação como Caminho de São Tiago foi de fato popular; no entanto, ela também pode designar a Grande Obra em termos alquímicos, frequentes em Rabelais. O mito de Hércules aleitado por Juno está em Higino, Fábulas, 2.11. Ao fim, tudo indica que estamos diante de uma paródia complexa dos nascimentos de São João Batista e de Jesus.

A idade de Gargântua seria 524 anos: Rabelais faz uma numeração confusa a partir do modo francês de designar 80 (quatre vingt, *ou "quatro vezes vinte"), que insere apenas múltiplos de quatro. Amaurote, do grego* ἀμαυρός, *"obscuro", é uma das cidades da* Utopia *(1516) de Thomas More (1478-1535).*

Sempre que aparece "o Filósofo" com maiúscula, Rabelais se refere a Aristóteles; aqui se trata de Meteorológicas, 3.3, onde na verdade ele atribui a teoria a Empédocles e depois a refuta. Mais adiante, a referência a Sêneca diz respeito a Questões naturais, livro IV, onde a opinião sobre o Nilo se aproxima, na verdade, da de Teofrasto.

A expressão "aguilhão de vinho" traduz, do francês, aiguillons de vin, *que soa como* aiguillons divins, *num trocadilho que remete parodicamente à prática do "aguilhão divino", um exercício de piedade, e ao tratado de São Boaventura* Do aguilhão do amor divino. [G.G.F.]

Gargântua tinha quatrocentos e quatro vezes vinte e quarenta e quatro anos quando gerou seu filho Pantagruel da esposa Bocaberta, filha do rei dos amaurotes em Utopia, que morreu no parto, porque ele era tão maravilhosamente grande e pesado que não podia vir à luz sem assim sufocar sua mãe.

Porém para entender plenamente a causa e motivo do nome que recebeu no batismo, vocês devem notar que naquele ano teve uma seca tão grande por todo o país da África, que se passaram 36 meses, três semanas, quatro dias, treze horas e mais um tequinho sem chuva, com um calor de Sol tão intenso que toda a terra ficou árida. Nem o tempo de Elias foi mais escaldante do que esse. Pois não tinha uma árvore sobre a terra com folha ou flor, as plantas ficaram sem verdor, os rios murchos, as fontes secas, os pobres peixes privados de seu elemento, vagando e guinchando por terra horrivelmente, os passarinhos tombavam do ar por falta de sereno, os lobos, raposas, cervos, javalis, camurças, lebres, coelhos, fuinhas, texugos e outros animais se achavam pelos campos, mortos, de goela escancarada.

Quanto aos homens, era de dar dó: vocês os veriam de língua para fora que nem um galgo que correu por seis horas. Muitos pularam nos poços. Outros se enfiavam na barriga de uma vaca em busca de sombra, são esses que Homero chamou de *alibantes*.

Toda a região ficou ancorada, era um caso deplorável ver o trabalho dos humanos para se protegerem dessa horrífica sede. Foi uma barra salvar a água benta das igrejas para que não fosse consumida, porém foi dada uma ordem por concílio dos senhores cardeais e do santo pai para que ninguém ousasse tomar mais de um copo dela. Além disso, toda vez que alguém entrava na igreja, vocês veriam montes de pobres sedentos que vinham por trás de quem a distribuía, a bocarra aberta por uma gotinha qualquer, que nem o malvado rico, para que nada se perdesse.

Ah, feliz de quem nesse ano teve um porão fresco e bem fornido!

O Filósofo conta, ao mover a questão "Por que a água do mar é salgada?", que no tempo em que Febo deu a guia de seu carro lucífico ao filho Faetonte, o tal Faetonte, mal educado nessa arte, sem saber como seguir a linha elíptica entre dois trópicos da esfera do Sol, saiu do caminho e tanto se aproximou da Terra que secou todas as regiões subjacentes, queimando uma grande parte do céu, que os filósofos chamam de Via Láctea e os morféticos nomeiam como Caminho de São Tiago, enquanto os poetas empenachados dizem ser essa a parte em que caiu o leite de Juno enquanto aleitava

Hércules. Então a Terra foi tão escaldada que lhe deu um suor enorme, e ela suou o mar inteiro, que por esse motivo é salgado, porque todo suor é salgado; o que vocês podem bem confirmar, se provarem do seu próprio ou dos bexiguentos, quando danam a suar: por mim dá no mesmo.

Um caso parecido aconteceu no mesmo ano, pois numa sexta em que todo mundo prestava sua devoção e fazia uma linda procissão com amplas litanias e belos sermões, suplicando a Deus onipotente que olhasse por eles com seu olhar de clemência nesse aperto, foram visivelmente vistas da terra surgirem grossas gotas d'água que nem quando alguém sua copiosamente. E o pobre povo começou a se alegrar feito fosse coisa de algum lucro para eles, já que uns diziam que, como de umidade não havia nenhuma gota no ar para que pudessem esperar por chuva, a terra supria essa falta. Outros sabidos diziam que era chuva dos antípodas, tal como narra Sêneca no quarto livro das *Questionum naturalium*, ao falar da origem e fonte do Nilo; mas eles se enganaram, porque, ao terminar a procissão, quando cada um queria recolher desse orvalho para tomar às talagadas, perceberam que não passava de salmoura pior e mais salgada que água do mar.

E como foi bem nesse dia que nasceu Pantagruel, seu pai lhe impôs tal nome, pois *panta* em grego quer dizer "todo", e *gruel* em língua agarena significa "sedento", para indicar que, na hora de seu nascimento, o mundo estava todo sedento, e por ver num tom de profecia que ele seria um dia o regente dos sedentos, o que se revelou na mesma hora por outro sinal mais evidente.

Pois enquanto sua mãe Bocaberta o paria e as parteiras esperavam para recebê-lo, saíram primeiro de seu ventre sessenta e oito muleteiros, cada um puxando pelo cabresto uma mula carregada de sal; depois deles, saíram nove dromedários carregados de presunto e línguas de boi defumadas, sete camelos carregados de enguias, depois 25 carroças de alho-poró, alho, cebola e cebolinha; e isso muito espantou àquelas expertas parteiras, mas algumas delas diziam: "Olhe que bela provisão, assim poderemos beber na folga, e não na forca; só pode ser um bom sinal: é o aguilhão de vinho!"

E enquanto tagarelavam sobre essas ninharias, eis que saiu Pantagruel, todo peludo que nem urso, e dele uma delas falou em tom de profecia: "Nasceu cabeludo, fará coisas maravilhosas, se viver, e até a velhice vai ser pau para toda obra."

François Rabelais

Capítulo 3

Do luto que assolou Gargântua
após a morte da esposa Bocaberta

Este capítulo tem tom cômico — numa espécie de paródia do pranto fúnebre — ao mesmo tempo em que toca um problema doloroso muito comum na época: a morte materna nos partos. Como sugere Hormaechea, suas reflexões parecem sugerir, ainda que de passagem, um mundo melhor do que o Paraíso cristão, talvez mais repleto de prazeres mundanos, um pouco como imaginava Santo Ambrósio, ao supor que os santos no Paraíso apenas esperavam para irem a um lugar melhor.

In modo et figura ("em modo e figura"), a saber, dos silogismos escolásticos típicos da Sorbonne, objeto de chacota humanista, aqui aplicado num contexto cada vez mais absurdo.

Do ponto de vista histórico, a expressão Foi de gentilhomme *(que traduzi por "Palavra de nobre") era a expressão favorita do rei Francisco I.*

Da iurandi é versão resumida da expressão latina da iurandi veniam *("permita-me jurar").*

Sobre o epitáfio de Bocaberta: na época de Rabelais, muitas rabecas tinham um punho desenhado com figuras grotescas; as espanholas tinham fama de magras, e as suíças de serem gordas. [G.G.F.]

Quando Pantagruel nasceu, quem ficou encafifado e perplexo foi Gargântua, seu pai, que ao ver de um lado a esposa Bocaberta morta e do outro o filho Pantagruel nascido, tão bonito e tão grande, não sabia o que dizer ou fazer. E a dúvida que perturbava sua ideia era se devia chorar em luto pela esposa ou rir de alegria pelo filho. De um e de outro lado, tinha argumentos sofísticos que o sufocavam, pois ele os realizava muito bem *in modo et figura*, mas não conseguia se resolver. Por isso ficou enredado que nem camundongo preso no piche ou milhafre pego no laço.

"Será que choro?", ele dizia, "Sim, e por quê? A minha boa esposa morreu, que era a mais isso e mais aquilo deste mundo. Nunca mais vou vê-la, nunca mais vou encontrar outra igual; mas que perda inestimável. Ah, meu Deus, o que foi que eu fiz para me punir assim? Por que não me enviou à morte antes dela? Viver sem ela é definhar.

Ah, Bocaberta, minha pequena, meu bem, minha xotinha (embora tivesse bem uns três acres e quatro alqueires), minha lindinha, minha calcinha, minha chinela, minha pantufa, nunca mais vou vê-la. Ah, pobre Pantagruel, você perdeu a mãezinha, a doce nutriz, a senhora amabilíssima. Ah, falsa morte, como me é malévola, como me é ultrajante de tomar aquela que tinha a imortalidade por direito."

E falava chorando que nem uma vaca, mas súbito ria que nem vitela, quando Pantagruel lhe vinha à memória.

"Ah, meu filhinho (ele dizia), meu colhão, meu moleque, como você é lindo e como devo a Deus por ter me dado esse belo filho tão alegre, tão sorridente, tão lindo. Ah, ah, ah, ah, como estou contente, vamos beber, ah, vamos deixar de lado toda melancolia, tragam do melhor, lavem as taças, ponham a toalha, escorracem os cachorros, acendam o fogo, alumiem a vela, fechem essa porta, cortem o pão da sopa, dispensem esses pobres, podem entregar o que pedirem, tragam meu traje, que vou vestir o gibão e festejar com as comadres."

Ao falar isso, ouviu a litania e os mementos dos padres que enterravam sua esposa, o que o fez mudar de ideia num súbito arrebatamento: "Senhor Deus, devo me contristar ainda? Isso me afeta, não sou mais jovem, estou ficando velho, o clima está perigoso, eu poderia até pegar uma febre, me sinto inquieto. Palavra de nobre: é melhor chorar menos e beber mais. Minha mulher morreu: e sei, por Deus (*da iurandi*), que não posso ressuscitá-la com meu pranto; ela está bem, está no Paraíso, no mínimo, ou até melhor: ela reza a Deus por nós, ela está bem feliz, ela não se preocupa mais com nossas misérias e nossos sofrimentos; o mesmo fim nos espera, Deus guarde quem fica: preciso encontrar outra. Mas olhem aqui o que vocês vão fazer", disse às parteiras sábias (mas onde é que elas estão, meus queridos, que não consigo achar?), "vocês irão ao enterro, enquanto vou ninar meu filho, porque me sinto muito sedento e corro risco de ficar doente, mas bebam alguma coisa antes de sair, que isso vai lhes fazer bem, por minha honra." Em plena obediência elas foram ao enterro e ao funeral, e o pobre Gargântua restou em seus aposentos. Nesse ínterim compôs o epitáfio para ser gravado da seguinte maneira:

> Ela morreu, a nobre Bocaberta,
> Durante o parto, meu amor, suplício:
> Pois tinha cara de rabeca esperta,
> Corpo espanhol, com ventre bem suíço.
> Rezem a Deus que seja mais propício

François Rabelais

Para o perdão, se acaso em algo errou:
O seu corpo aqui jaz: viveu sem vício,
Morreu no ano e dia em que findou.

Elle en mourut la noble Badebec
Du mal d'enfant, que tant me sembloit nice:
Car elle avoit visaige de rebec,
Corps d'espaignole, et ventre de Souyce.
Priez à dieu, qu'a elle soit propice,
Luy perdonnant s'en rien oultrepassa:
Çy gist son corps lequel vesquit sans vice,
Et mourut l'an et jour que trespassa.

Capítulo 4

Da infância de Pantagruel

A narrativa sobre infâncias prodigiosas, aqui em chave paródica, era uma tópica em canções de gesta e novelas de cavalaria medievais, a começar pelos partos; a referência é a Plínio, o Velho, História natural; *nas edições da época de Rabelais, o livro em questão era intitulado* De prodigiosis partubus *(Dos partos prodigiosos) e era levado a sério por muitos, embora aqui sirva ao riso. Nesta passagem, "infância" tem o sentido ligado a* infans, *"aquele que ainda não fala".*

Além do exagero do gigantismo e de um diálogo com o Hino homérico a Hermes, *temos uma série de coisas imensas. Saumur, Villedieu e Bramont são locais até hoje famosos pela produção de panelas de cobre. O palácio de Bourges de fato tinha um cocho imenso, que era enchido de vinho uma vez ao ano, para os pobres. A* Grande Francesa *(Grande Françoise) era a maior barca da França até então, feita em 1527, e realmente ficava no porto de Havre-De-Grâce. A corrente imensa de La Rochelle está hoje no museu de Orbigny-Bernan; as outras correntes mencionadas em Lyon e Angers eram visitáveis no séc. XVI.*

Como bom gigante, Pantagruel é comparável a outras narrativas: além de Hércules, temos a narrativa de Sansão entre os filisteus, que está em Juízes 16:8-12. *Sobre* Et Og regem Basan *("Ogue, rei de Basã"), cf.* Salmos 135:11; *Nicolau de Lira (1270-1349) foi franciscano exegeta e compilador de glosas bíblicas; seu comentário sobre Ogue aparece, na verdade, na exegese de* Deuteronômio 3:11. [G.G.F.]

———

Descubro com os antigos historiadores e poetas que muitos nasceram neste mundo de jeitos bem estranhos, que seriam muito longos para narrar aqui; leiam o 7º livro de Plínio, se tiverem alguma folga. Mas vocês nunca ouviram falar de um tão maravilhoso quanto o de Pantagruel, porque é difícil acreditar em como ele cresceu de corpo e força em tão pouco tempo. Hércules nem se compara por ter matado no berço duas cobras, já que as tais cobras eram fracotes e minúsculas. Mas Pantagruel, quando ainda estava no berço, realizou feitos muito espantosos. Nem falo aqui de como a cada refeição ele sorvia o leite de quatro mil e seiscentas vacas, ou de como para preparar o caldeirão do seu mingau foram necessários todos os paneleiros de Saumur em Anjou, de Villedieu na Normandia, de Bramont em Lorena, e que o tal mingau era servido num imenso cocho, que hoje se encontra em Bourges, perto do palácio; mas seus dentes já estavam tão desenvolvidos e fortes que ele arrancou do tal cocho um belo pedaço, como ainda dá para ver.

Certo dia de manhã, quando queriam levá-lo para mamar numa de suas vacas (já que amas-de-leite nunca teve, segundo a história), ele desfez os laços que prendiam ao berço seu braço, pegou a tal vaca por baixo do curvilhão e comeu dela duas tetas e metade da barriga, junto com o fígado e os rins, e a teria devorado por inteiro, se ela não berrasse terrivelmente que nem se lobos a pegassem pelas patas; nesse berro, todo mundo chegou e tomaram a vaca de Pantagruel, mas não sabiam bem como tirar o curvilhão de suas mãos, e ele o comeu tranquilamente, que nem vocês com uma linguiça; porém quando quiseram tomar o osso, ele engoliu rapidinho que nem o biguá come um peixe e depois começou a dizer "bom, bom, bom", porque não sabia ainda falar direito e queria mostrar como tinha achado muito bom e queria mais daquilo. Ao verem isso, os criados o prenderam com grossos cabos, que nem aqueles usados em Tain para o transporte de sal até Lyon, ou aqueles da barca *Grande Francesa* que está no cais de Havre, na Normandia. Mas um dia, quando escapou um enorme urso criado por seu pai e veio lhe lamber a cara, porque as amas não tinham lá limpado muito bem seus beiços, ele se desfez dos tais cabos fácil, fácil, que nem Sansão entre os filisteus, e pegou o senhor urso e o destrinchou feito um frangote e teve sua guloseima como refeição. Gargântua, com medo de que ele se machucasse, mandou fazer quatro grossas correntes de ferro para prendê-lo e mandou fazer arcobotantes bem instalados no berço. Dessas correntes, tem uma em La Rochelle, que de noitinha é puxada entre as duas grandes torres do porto; outra está em Lyon; outra em Angers; e a quarta foi levada por diabos para prender Lúcifer, que tinha se desacorrentado naquela época por causa de uma dor de barriga que o atormentava extraordinariamente, depois de ter comido o fricassê da alma de um meirinho no café-da-manhã. Assim vocês bem podem acreditar no que diz Nicolau de Lira sobre a passagem do *Saltério* onde se lê *Et Og regem Basan*, que o tal Ogue ainda pequeno era tão forte e robusto, que era preciso prendê-lo com correntes de ferro junto ao berço. Assim ele ficou quieto e pacífico, porque não conseguia romper tão facilmente as tais correntes, até porque nem tinha espaço suficiente no berço para agitar os braços. Mas eis que chegou um dia de grande festa, em que seu pai Gargântua oferecia um belo banquete a todos os príncipes de sua corte. Creio que todos os oficiais da corte estavam tão ocupados no serviço do festim, que nem lembraram do pequeno Pantagruel, e ele assim ficou *a reculorum* [deixado de lado]. E que é que ele fez? O que ele fez, meus queridos, escutem. Ele tentou romper as correntes do berço com os braços, mas não conseguiu, porque eram fortes demais; então deu tantas pateadas que rompeu o fundo do berço, embora tivesse uma imensa viga de sete palmos quadrados, e assim que pôs os pés para fora, escorregou como podia, para encostar os pés no chão. Então com toda força se levantou levando o berço na coluna, preso que nem tartaruga quando escala uma muralha, e só de ver parecia uma enorme carraca de quinhentas toneladas em pé. Desse jeito entrou na sala do banquete com tanta audácia que espantou os presentes; porém, como seus braços estavam presos por baixo, não conseguia pegar nada para comer, mas com grande esforço se inclinava para pescar numa linguada algum bocado. Ao ver a cena, o pai compreendeu que ele tinha ficado sem refeição e ordenou que fosse solto das tais correntes, seguindo o conselho de príncipes e senhores presentes e também porque os médicos de Gargântua diziam que, se ficasse assim retido no berço, ficaria por toda a vida sujeito a pedras nos rins. Logo que foi desacorrentado, sentou e se alimentou muito bem e arrebentou o berço em mais de quinhentos mil pedaços numa porrada apenas, dada por despeito, bem no meio, como protesto de nunca mais voltar para lá.

Capítulo 5

Dos feitos do nobre Pantagruel
em sua juventude

Este capítulo tece por vezes relações com a vida de Rabelais, que conheceu de fato a maior parte dos lugares mencionados, e com o período: por exemplo, ele recebeu entre 1531 e 1532 o título de bacharel em medicina na universidade de Montpellier. Nessa vida universitária, vemos a aluette, *um jogo de baralho de origem espanhola, e o jogo* meter a bocha, *com conotação sexual, que aparece na lista de Gargântua, cap. 22. Além disso, temos alusão às primeiras execuções de protestantes, quando Jean de Cahors foi queimado em 1532 em Toulouse, centro de intolerância religiosa. Epidemias da peste assolaram Angers em 1518, 1530 e 1532. O resultado disso tudo é uma crítica ao modelo da universidade medieval.*

A Grande Balestra de Chantelle era defesa da muralha, que se perdeu quando Francisco I transformou o local num monastério beneditino. Passelourdin é uma falésia de Mauroc. A Fonte Cavalina de Croustelles é outro nome para a Fonte de Hipocrene. A Pierre Levée era um menir, dentre outros que fazem parte até hoje da vida dos estudantes universitários de Poitiers; sabemos que Rabelais estudou lá, e as dimensões da rocha, num caso raro, não são exageradas aqui. Avignon foi terra papal de 1271 a 1790, e serve como ataque à hipocrisia do clero. O buraco criado por Pantagruel diz respeito ao fato de que, até o séc. XVII, havia um caminho subterrâneo que, partindo da igreja de Saint-Pierre, passava por baixo do Ródano.

Godofredo de Lusignan foi um barão morto em 1248, já depois de se conciliar com os mônacos de Maillezais; sua imagem esculpida foi encontrada no séc. XIX, durante escavações na abadia. Ardillon foi o sucessor de Geoffroy d'Estissac em Fontenay-le-Comte; Tiraqueau foi jurisconsulto no mesmo local; os dois eram bem conhecidos de Rabelais.

Pictoribus atque poetis, etc. está em Horácio, Arte poética, vv. 9-10. As Pandectas de Justiniano, compiladas em 533, são a suma do direito romano. Francisco Acúrsio foi um dos maiores comentadores da obra, no séc. XIII; porém Rabelais, como muitos humanistas, despreza o trabalho dele, bem como de diversos eruditos medievais.

Epistemão, figura fundamental da narrativa, deriva do grego ἐπιστήμων, *significa "conhecedor", "sábio".* [G.G.F.]

Assim crescia Pantagruel a cada dia e se desenvolvia a olhos vistos, com isso seu pai se deleitava num carinho natural e, quando ainda era pequeno, mandou fazer uma balestra para que se divertisse atrás de passarinhos: é essa que hoje nós chamamos de Grande Balestra de Chantelle. Depois o mandou à escola para aprender e ali passar a juventude. De fato, foi a Poitiers para estudar e aproveitou demais; ao ver que nesse lugar os estudantes de folga por vezes não sabiam como passar o tempo, sentiu pena deles. E um dia ele pegou um imenso rochedo chamado Passelourdin, uma rocha enorme, com cerca de doze toesas quadradas e catorze palmos de espessura. E a colocou em cima de quatro pilares no meio de um campo, tranquilamente, para que os tais estudantes, quando não soubessem mais o que fazer, passassem o tempo subindo na pedra e lá se refestelassem com jarras, presuntos e patês, escrevendo seus nomes com facas; hoje ela se chama Pierre Levée. E em memória disso, ninguém recebe matrícula na tal universidade de Poitiers sem antes beber da Fonte Cavalina de Croustelles, passar por Passelourdin e subir a Pierre Levée.

Em seguida, lendo as belas crônicas de seus antepassados, ele descobriu que Godofredo de Lusignan, conhecido como Godofredo Dentuço, avô do primo distante da irmã mais velha da tia do genro do tio da nora de sua madrasta, tinha sido enterrado em Maillezais, e se deu à liberdade de fazer uma visita como homem de bem. Ao partir de Poitiers com alguns de seus parceiros, passaram por Ligugé para visitar o nobre abade Ardillon, por Lusignan, por Sansay, por Celles, por Colonges e Fontenay-le-Comte, para saudar o erudito Tiraqueau, e de lá chegaram a Maillezais, onde visitou o sepulcro do tal Godofredo Dentuço e sentiu um medinho quando viu o retrato dele, porque ali se via a imagem de um homem furioso que arrancava a cimitarra da bainha. Ele ficou perguntando o motivo disso, e os cônegos do lugar disseram que o único motivo era que *Pictoribus atque poetis*, etc., ou seja, porque pintores e poetas têm liberdade de pintar ao seu bel-prazer o que quiserem. Mas ele não se contentou com essa resposta e disse: "Ele não foi pintado assim sem motivo. Desconfio que fizeram algum mal na sua morte, e por isso reclama vingança a seus parentes. Vou pesquisar mais a fundo e cumprir o que for necessário."

Depois voltou não a Poitiers, mas quis visitar as outras universidades da França; ao passar por La Rochelle partiu ao mar e foi a Bordeaux, onde não encontrou lá muito o que fazer, a não ser os barqueiros que jogavam

aluette na praia; de lá foi a Toulouse, onde aprendeu as manhas para saracotear e manusear a espada de duas mãos, como é a prática dos estudantes dessa universidade, mas não se demorou por ali e, depois de ver que queimavam vivos seus professores que nem arenques, falou: "Benza a Deus que eu não morra assim, porque já sou por natureza seco sem me esquentar demais."

Depois foi a Montpellier, onde encontrou ótimos vinhos de Mireval e boa companhia e pensou em começar medicina, mas ponderou que era uma profissão muito aborrecida e melancólica e que os médicos fediam a clisteres que nem uns velhos diabos. Assim quis estudar direito, mas ao ver que os legistas do local não passavam de três craquentos e um careca, partiu dali. E no caminho fez a Ponte do Gard e o anfiteatro de Nimes em menos de três horas, que mesmo assim parece obra mais divina que humana. E foi a Avignon, onde em menos de três dias se apaixonou, porque as mulheres de lá adoravam brincar de tomanotoba, já que era terra papal. Ao ver isso, seu pedagogo Epistemão o tirou dali e o levou a Valence, em Dauphiné, mas viu que ali não tinha muito o que fazer e que os canalhas da cidade espancavam os estudantes, o que o irritou, e num belo domingo em que todo mundo dançava em público, um estudante quis se meter na dança, mas os tais canalhas não permitiram. Ao ver isso, Pantagruel os escorraçou até a margem do Ródano e bem queria afogar todos eles, mas se enfiaram que nem toupeiras terra adentro uma meia légua por baixo do Ródano. Ainda dá para ver o buraco.

Então partiu de lá e num pulo foi a Angers, onde se deu bem e teria ficado por mais tempo, se a peste não viesse escorraçá-lo.

Assim foi a Bourges, onde estudou por muito tempo e se desenvolveu bastante na Faculdade de Direito.

E dizia algumas vezes que os livros de direito pareciam um lindo vestido dourado triunfal, precioso e maravilhoso, todo bordado de merda; "Pois", ele dizia, "neste mundo não tem livro mais belo, ornado, mais elegante do que os textos das *Pandectas*, mas o bordado, ou seja, a glosa de Acúrcio é tão porca, tão infame e fedorenta, que não passa de imundície e baixeza." Partiu de Bourges a Orléans e lá encontrou um bando de estudantes patetas, que foram muito queridos na sua chegada, e em pouco tempo aprendeu com eles o jogo da palma, até virar um mestre. Porque os estudiosos de lá fazem disso um belo exercício e o levaram algumas vezes às ilhas para meterem a bocha. E em vez de quebrar a cabeça no estudo, não o fazia nem a pau, porque tinha medo de enfraquecer a vista. Ainda mais porque um professor qualquer falava sempre em suas palestras que não tem coisa pior para a vista do que uma doença nos olhos. E no dia em que se licenciou em direito um dos estudantes de seu conhecimento, que de ciência tinha apenas o nariz, mas que em compensação bem sabia dançar e jogar palma, fez o brasão e a divisa dos licenciados da universidade e disse:

"*Com a bola na cueca, com raquete que não peca, com a lei que traz na beca, com a dança já de cor, vejam, já virou doutor.*"

François Rabelais

Capítulo 6

Como Pantagruel encontrou um limusino que estropiava a língua francesa

A tópica do "escumador de latim", que latiniza a própria língua e a torna qua-se incompreensível, vinha de muito antes e é aqui reaproveitada com ampliação de línguas para produzir uma comédia sobre a linguagem afetada do ambiente univer-sitário; assim nesta sátira ao latim macarrônico de pseudoeruditos da época, Rabe-lais dialoga com Champfleury de Geoffroy Tory (1480-1533) e com o Diálogo cice-roniano de Erasmo de Roterdã. Daí que ele seja acusado de "pindarizar", ou seja, agir como o poeta grego Píndaro de Tebas (séc. VI-V a.C.), famoso por sua estética difícil em odes epinícias, que tiveram em Pierre de Ronsard (1524-1585) um imita-dor francês. Por fim, o limusino fala em seu próprio dialeto popular de origem pro-vençal algo como "Ah, meu bom senhor. Ah São Marçal, me ajude. Me largue, em nome de Deus. E não me toque mais!" (São Marçal é um santo imaginário, talvez evoque São Marcial, o primeiro bispo de Limousin.). Em resumo, Rabelais já se mos-tra um defensor da ilustração da língua francesa, antes do clássico livro de Du Bellay, que sairia apenas em 1549.

Sequana é o nome latim do rio Sena. Pomo de Pinho, do Castelo, da Madale-na e da Mula (Pome de pin, du Castel, de la Magdaleine et de la Mule) são tabernas reais de Paris, a primeira é também mencionada por François Villon. Em geral, op-tei por traduzir os nomes transparentes quando aparecem em outros lugares, sobre-tudo quando gera efeito cômico pelo absurdo e pelos equívocos.

Mamon, deus sírio, aqui é o demônio que representa a riqueza. Ao mencionar a morte de Rolando, Rabelais nos lembra que, em algumas versões, o herói Rolan-do morria de sede em Ronceval (chiste com a secura produzida por Pantagruel). Au-lo Gélio, em Noites áticas, *faz referência não a Otávio Augusto César, mas a outro César gramático, autor de* De analogia; *Rabelais confunde os dois.* [G.G.F.]

———

Um dia, sei lá quando, Pantagruel passeava depois da janta com seus parceiros pela porta que vai a Paris e lá encontrou um estudante elegantíssi-mo que vinha pela estrada; depois de se cumprimentarem, perguntou: "Meu amigo, de onde você vem a essa hora?" O estudante respondeu: "Da alma, ínclita, ilustre academia, que apelamos Lutécia."

— O que isso quer dizer? disse Pantagruel a um dos seus.

— É (respondeu) de Paris.

— Você vem então de Paris, ele disse: "E como passam o tempo os senhores estudantes da tal Paris?" Respondeu o estudante: "Transfretamos a Sequana ao dilúculo e ao crepúsculo deambulamos pelos cômpitos e quadrívios da urbe, despumamos a verbocinação lácia e como verossímeis amorabundos captamos a benevolência do onijudicioso, oniforme onígeno sexo feminino, certos diéculos invitamo-nos aos lupanares e em êxtase venérea inculcamos nossos virilismos nos penitíssimos recessos das pudendas dessas meretrículas amicabilíssimas, em seguida cauponizamos nas tabernas meritórias do Pomo de Pinho, do Castelo, da Madalena e da Mula, as pulcras espátulas ovinas perforaminadas de petroselinum. Se por forte fortuna sucede-se rareza ou penúria de pecúnia em nossos masúrpios exaustos do metal ferruginoso, por escote despendemos à penhora nossos códices e vestes, prestolando virem os tabelários dos penates e lares patrióticos." Ao que falou Pantagruel: "Que diabo de língua é essa? Por Deus, você é um herético.

— Senhor, não, disse o estudante, pois que libentissimamente, dês que ilucesce uma minútula luz do dia, demigro em um desses mui bem arquitetados monastérios e lá aspergido da pulcra linfa lustral, mordisco um trincho da míssica precação de nossos sacrifículos. E submurmurando minhas préculas horárias, elevo e abstergo minha ânima de seus inquinamentos noturnos. Revero os olimpícolas. Venero latreuticamente o superno astripotente. Diligo e deamo meus próximos. Sirvo os prescritos decalógicos e segundo a facultátula de minhas vires nem discedo de lata unguícola. Bem é veriforme que a causa que Mamon não se superingurgita em meus lóculos, mostro-me um pouco raro e lento em suprarrogar a elemósina aos egentes queritando hostiamente seu estipêndio.

— Ê bosta, bosta, disse Pantagruel, o que esse doido quer dizer? Acho que ele está nos forjando uma língua diabólica, e fazendo um feitiço que nem mandingo." Ao que um dos seus disse: "Meu senhor, sem dúvida esse jovem quer imitar a língua dos parisienses, mas apenas maltrata o latim e tenta pindarizar, ele acha que é um grande orador em francês só porque desdenha o uso comum da fala." Ao que disse Pantagruel: "É verdade?" O estudante respondeu: "Dômino senhor, meu engenho não é nato apto, como diz tal flagicioso nebulão, para escoriar uma cutícula de nosso gálico vernáculo, mas vice-versamente gnavo opero por vela e remo em locupletar-me da redundância latinícoma.

— Por Deus (disse Pantagruel), eu vou lhe ensinar a falar! Mas antes me diga de onde vem." Ao que disse o estudante: "A origem primeva de meus avos atávicos foi indígena das regiões lemóvicas, onde requiesce o corpo do hagiarca São Marcial.

— Agora entendi, disse Pantagruel. Você é de Limoges, é só isso. E quer bancar de parisiense. Venha aqui, que vou lhe dar um catiripapo." E o pegou pelo pescoço, dizendo: "Você chama o latim? Por São Jano, vou lhe fazer chamar o Raul, porque vou lhe acachapar todinho." Começou o pobre limusino a falar: "*Vee dicou, gentilastre. Ho sainct Marsault adiouda my. Hau hau laissas a quau au nom de Dious, et ne me touquas grou.*" Ao que disse Pantagruel: "Agora você fala naturalmente." E assim o largou, porque o pobre limusino já estava borrando as calças, que eram fendidas, e não costuradas; e disse Pantagruel: "Santo Alipentino, que mutum! Vá para o Inferno esse comedor de nabo, com esse fedor." E o largou.

Mas esse foi um remorso por toda sua vida, e ele ficou tão sedento que muitas vezes dizia que Pantagruel o pegava pelo pescoço. Depois de alguns anos morreu a morte de Rolando, por vingança divina, demonstrando o que disse o Filósofo e Aulo Gélio, que é necessário falar segundo a língua mais usada. E, como dizia Otaviano Augusto, que convém evitar as palavras naufragadas com o mesmo empenho com que os capitães de navios evitam os recifes.

Capítulo 7

Como Pantagruel foi a Paris
e os belos livros da biblioteca de Saint-Victor

A abadia de Saint-Victor fica no atual V arrondissement de Paris, no campus de Joussieu; nele estava a maior biblioteca da cidade até o séc. XVII. Este capítulo foi sistematicamente ampliado ao longo das reedições em vida de Rabelais, numa mistura alucinada de títulos reais e inventados, com tópicas absurdas, títulos deturpados, macarronismos deliberados, etc., que parodia o catálogo real escrito por Claude de Grandrue, em 1514. Importante saber que os monges de Saint-Victor eram inimigos de Erasmo, Reuchlin e do movimento humanista como um todo, portanto, com uma biblioteca forte em escolástica e com pendor reacionário. Como bem observa Huchon, é no contexto de luta pelo evangelismo e contra a Sorbonne que nós devemos ler o catálogo; assim os principais ataques vão contra os espanhóis (em guerra contra a França), o clero papal e o pensamento supersticioso.

Tanto quanto possível, restituí os nomes dos autores identificáveis. Optei por deixar os títulos em latim e em seguida traduzi-los (livremente, a partir do riso em germe) entre colchetes, para separá-los das obras em francês no original. Seguem aqui algumas informações que me pareceram mais importantes para a economia da narrativa pantagruelina. Tiralupino é um trocadilho com turlupinos, membros de uma seita herética do séc. XIV, assim representa aqui o devasso hipócrita em sua devoção; na primeira edição, o autor era o falecido rei Pepino. Pasquim era uma estátua em Roma, onde se pregavam costumeiramente libelos satíricos. Romípeto (Romipete) é um neologismo para designar os viajantes que seguem para Roma. Marfório (como o Pasquim) também era uma estátua usada em Roma para panfletos satíricos e pilhérias. Songecreux era o nome artístico do ator Jean de l'Espine du Pont--Allais (c. 1490-c. 1560). No Pilherório dos sofistas, na primeira edição, em vez de sofistas, estavam os sobornistas; Rabelais, nas reedições de suas obras, evitou o confronto direto, sempre fazendo essa alteração ao longo do livro, de modo que podemos sempre entender os sofistas como representantes do conservadorismo da Sorbonne. A obra do teólogo Gerson (séc. XV), propondo a eleição de um papa único, parece ser a única inteiramente autêntica do catálogo rabelaisiano; nesse sentido, a citação desta obra é uma mensagem cifrada aos leitores da época. Por fim "§ C." é um modo enigmático de nomear Symphorien Champier (1471-1539), médico que trabalhou em Lyon, próximo a Rabelais, mas aqui é objeto de piada.

Aurelianum é o antigo nome de Orléans, que aqui aparece em sua escrita etimológica. Todas essas obras de gregos, romanos e contemporâneos listadas no pri-

meiro parágrafo eram bastante lidas no tempo de Rabelais. O algodão de Malta foi muito famoso entre os sécs. XVI e XVIII. As sete artes liberais são Trívio (gramática, dialética e retórica) e Quadrívio (aritmética, geometria, música e astronomia). A referência ao roubo dos sinos de Notre-Dame retoma as Grandes crônicas, depois será narrado pelo próprio Rabelais em Gargântua.

O Cemitério dos Santos Inocentes, situado entre as ruas da Lingerie, Ferronnerie e Innocents, servia como abrigo aos pobres e tinha ossos exumados secando em suas galerias; aparentemente era um lugar ligado à alquimia. Temos aqui referência à exumações do antigo cemitério, já cheio demais, que acabou levando à criação de catacumbas. [G.G.F.]

———

Depois que Pantagruel estudou bastante em Aurelianum, deliberou visitar a grande Universidade de Paris, mas antes de partir foi avisado que um grande e enorme sino se encontrava no chão de Sant'Agnan em Aurelianum, tinha duzentos e catorze anos, porque era tão grande que nenhuma máquina era capaz de sequer o tirar do chão, mesmo que aplicassem todos os meios apresentados por Vitrúvio, *De architectura* [*Da arquitetura*], Alberti, *De re edificatoria* [*Da edificação*], Euclides, Teão, Arquimedes e Herão, *De ingeniis* [*Dos engenhos*], porque não adiantavam de nada. Por isso livremente movido pelo pedido dos cidadãos e habitantes da tal cidade, decidiu levá-lo ao campanário que lhe tinha sido destinado.

E foi de fato ao lugar onde estava e o levantou do chão com o mindinho tão fácil quanto vocês levariam um sininho de gavião. E antes de levá-lo ao campanário, Pantagruel quis tocar uma alvorada pela cidade e o fez ressoar por todas as ruas enquanto o levava na mão, o que alegrou bastante a todos; porém teve um inconveniente enorme, porque ao levá-lo assim, ressoando pelas ruas, todo o bom vinho de Orléans azedou e estragou. Disso o mundo só se deu conta na noite seguinte; pois cada um se sentiu tão sedento por ter bebido aqueles vinhos azedados, que só conseguiam escarrar branquinho que nem algodão de Malta, dizendo: "A gente provou de Pantagruel e ficou com a garganta salgada."

Feito isso, foi a Paris com os seus. E à sua entrada todo mundo saiu de casa para ver, como vocês bem sabem que o povo de Paris é besta por natureza, por bequadro e por bemol, e o observaram embasbacados, mas não sem um grande pavor de que carregasse o Palácio alhures, para um país qualquer *a remotis* [remoto], que nem seu pai tinha carregado as campanas de Notre-Dame, para pendurar no pescoço da sua égua.

E depois de um certo espaço de tempo que ele ali passou estudando bastante todas as sete artes liberais, dizia que era uma boa cidade para viver, mas não para morrer, porque os pedintes do Cemitério dos Santos Inocentes esquentavam o rabo com os ossos dos mortos. E ele achou a biblioteca de Saint-Victor magnífica, principalmente alguns livros que ele encontrou, dentre os quais segue um repertório, e *primo* [em primeiro lugar]:

Bigua salutis [*A carroça da salvação*].
Bregueta juris [*A braguilha jurídica*].
Pantofla decretorum [*A pantufa de decretos*].
Malogranatum vitiorum [*A romã dos vícios*].
O *textículo da teologia*.
A *cacetância dos pregadores*, composta por Tiralupino.
O *elefantino bago dos bravos*.
A *beladona dos bispos*.
Marmotreta, *De baboinis et cingis, cum commento Dorbellis* [*Dos babuínos e macacos, com comentário de Des Orbeaux*].

Decretum Universitatis Parisiensis super gorgiasitate muliercularum ad placitum [*Decreto da Universidade de Paris sobre a gorgianidade das mulheres para o prazer*].

A aparição de Santa Gertrudes a uma monja de Poissy em trabalho de parto.

Ars honeste pettandi in societate [*A arte de peidar honestamente em público*], por Mestre Hardouin de Graës.

A mostardeira da penitência.

As polainas, aliás, botas da paciência.

Formicarium artium [*O formigueiro das artes*].

De brodiorum usu et honestate chopinandi [*Do uso das sopas e de como beber com honestidade*], por Silvestre de Prierio, jacobino.

O comido na corte.

O cabaço dos notários.

O pacote do casamento.

O crisol da contemplação.

As balelas do direito.

O aguilhão de vinho.

O esporão de queijo.

Decrotatorium scholarium [*O descascatório escolar*].

Tartareto, *De modo cacandi* [*Como cagar*].

As fanfarras de Roma.

Bricot, *De differentiis soupparum* [*Das diferentes sopas*].

O cuzinho da disciplina.

A sapata da humildade.

A tripa do bom pensar.

O caldeirão da magnanimidade.

As cavilações dos confessores.

O biscoito dos curas.

Reverendi patris fratis Lubini, provincialis Bavardie, *De croquendis lardonibus libri tres* [Reverendo padre e frade Lubino, provincial da Tagarélia, *Três livros de como comer torresmo*].

Pasquili doctoris marmorei, *De capreolis cum chardoneta comedendis tempore papali ab Ecclesia interdicto* [Pasquim, doutor de mármore, *Como comer cabrito com alcachofra em tempos de interdito eclesiástico*].

A invenção da Santa Cruz para seis personagens, encenada por clérigos de finesse.

François Rabelais

Os óculos dos romípetos.

Majoris, *De modo faciendi boudinos* [*Como fazer morcela*].

A cornamusa dos prelados.

Béda, *De optimitate triparum* [*Da excelência das tripas*].

O lamento dos advogados sobre a reforma dos temperos.

O gato de pelúcia dos procuradores.

Das ervilhas no toicinho, cum commento [com comentário].

A profiterole das indulgências.

Preclarissimi juris utriusque doctoris Maistre Pilloti Raquedenari, *De bobelidandis glosse Accursiane baguenaudis, Repetitio enucidiluculidissima* [Preclaríssimo doutor nos dois direitos, Mestre Pilhou Rancadindim, *Como desengambelar as bobagens da glosa de Acúrsio, repetição elucidantíssima*].

Stratagemata Francarchieri de Baignolet [*Os estratagemas do Franco-arqueiro de Bagnolet*].

Franco-Talpino, *De re militari, cum figuris Tevoti* [Sapador, *Do exército, com figuras de Tevot*].

De usu et utilitate escorchandi equos et equas, authore M. nostro de Quebecu [*Do uso e utilidade de açoitar cavalos e éguas*, pelo nosso autor Mestre Duchesne].

A rusticidade dos sacerdotes.

Mestre Cozidassadefumado, *De moustarda post prandium servienda, lib. quatordecim, apostilati per M. Vaurrillonis* [*Como servir mostarda após o almoço, catorze livros reunidos por Mestre Vaurrillon*].

O escoamento dos procuradores eclesiásticos.

Questio subtillissima, utrum Chimera in vacuo bombinans possit comedere secundas intentiones, et fuit debatuta per decem hebdomadas in concilio Constantiensi [*Questão sutilíssima, se a Quimera zunindo no vácuo pode comer segundas intenções, debatida durante dez semanas no Concílio de Constâncio*].

O mascafeno dos advogados.

Barbouillamenta Scoti [*Os borrões de Scot*].

O morcego dos cardeais.

De calcaribus removendis decades undecim [*Onze décadas de como remover esporões*], por mestre Albéric de Rosata.

Ejusdem, *De castrametandis crinibus, lib. tres* [Mesmo autor, *Três livros de como medir acampamentos com fios de cabelo*].

A entrada de Antonio de Leiva em terras do Brasil.

Marforii, bacalarii cubentis Rome, *De pelendis mascarendisque cardinalium mulis* [Marfório, bacharel deitado em Roma, *Como pentear e repintar as mulas dos cardeais*].

Apologia do mesmo contra aqueles que dizem que a mula do Papa só come quando quer.

Prognosticação, que incipit Sylvii Triquebille [*que começa por Sílvio Escroto*], estabelecida pelo nosso Mestre Songecreux.

Boudarini episcopi, *De emulgentiarum profectibus eneades novem, cura privilegio papali ad triennium, et postea non* [Bispo Boudarin, *Nove enéadas dos lucros das emulgências, com privilégio papal para o triênio, e não depois*].

O merdebosta das donzelas.

O cudepilado das viúvas.

A coqueluche dos monges.
As ladainhas dos padres celestinos.
A barragem da manducada.
O batedente dos patifes.
A ratoeira dos teólogos.
A embocadura do mestre de artes.
Os ajudantes de Ockham, com cortes modestos.
Magistri N. Fripesaulcetis, *De grabellationibus horarum*
   canonicarum, lib. quadraginta [Nosso Mestre Faztempero,
   Quarenta livros de debulhação das horas canônicas].
Cullebutatorium confratriarum, incerto authore [O *cambalhotário*
   das confrarias, autor incerto].
A cavidade do gulosos.
O bodum dos espanhóis, supragalocanticado por Frei Inigo.
O vermífugo dos assistentes.
Poiltronismus rerum Italicarum, authore magistro Bruslefer
   [*Poltronismo italiano*, por autoria do Mestre Queimaferro].
Raimundo Lúlio, *De batisfolagiis principum* [*Das travessuras dos*
   príncipes].
Callibistratorium caffardie, authore M. Jacobo Hocstratem,
   hereticometra [*Caralhistatório da hipocrisia*,
   por autoria de Mestre Jacob van Hoogstraten,
   hereticômetra].
Sacoquente, *De magistro nostrandorum magistro nostratorumque*
   beuuetis lib. octo gualantissimi [*Oito livros elegantíssimos dos*
   botequins dos nossos mestres e dos aspirantes a mestre].
As peidaradas dos bulistas, copistas, escritores, abreviadores,
   referendários e datários, compilados pelo rei.
Almanaque perpétuo para gotosos e bexiguentos.
Maneries ramonandi foumellos [*Maneiras de varrer fornos*], por
   Mestre Eck.
O cordame dos vendedores.
A boa vida monacal.
O mexidão dos beatos.
A história dos duendes.
A bancarrota dos milionários.
As tretas dos oficiais.
O estofo dos tesoureiros.
Badinatorium sophistarum [*O pilherório dos sofistas*].

Antipericatametanaparbeugedamphicribrationes merdicantium [As anti-peri-cata-meta-ana-para-anfi-discussões dos merdicantes].

O limador dos poetastros.

O fole dos alquimistas.

A niquenoque dos questores, cabebezaçada pelo frei Serratis.

Os entraves da religião.

A raquete dos sineiros.

A cotoveleira da velhice.

O focinho da nobreza.

O Pai-nosso do macaco.

As algemas da devoção.

A panela dos quatro tempos.

A argamassa da vida política.

O moscadeiro dos eremitas.

A balaclava dos penitentes.

O gamão dos frades batentes.

Lourdaud, *De uita et honestate braguardorum* [Da vida e honestidade dos chiques].

Lyrippii Sorbonici moralisationes [As moralizações do cedeefe sorbonense], por Mestre Lupoldo.

As ninharias dos viajantes.

Os barbitúricos dos bispos tomadores.

Tarraballationes doctorum Coloniensium adversus Reuchlin [As embolações dos doutores de Colônia contra Reuchlin].

Os címbalos das damas.

A gamarra dos cagantes.

Virevoustatorum nacquettorum [Das viravoltas dos raqueteiros], por frade Pedebola.

Os tamancos dos valentes.

A mascarada dos trasgos e duendes.

Gerson, *De auferibilitate Pape ab Ecclesia* [Da demissibilidade do Papa pela Igreja].

O trenó dos nomeados e graduados.

João Ricassopa, *De terribiliditate excommunicationum, libellus acephalos* [Da terribilidade das excomunhões, livro acéfalo].

Ingeniositas invocandi diabolos et diabolas [A engenhosidade para invocar diabos e diabas], por Mestre Guingolfo.

O ragu dos monges perpétuos.

A dança mouresca dos heréticos.

As muletas de Caetano.

Molhatromba, doctoris cherubici [doutor querúbico], *De origine Patepelutarum et Torticollorum ritibus, libri septem [Sete livros da origem dos ritos dos hipócritas patapeludos e dos ritos desses torcicolos].*

Sessenta e nove breviários de alta banha.

A gordamarra das cinco ordens mendicantes.

A peleteria dos turlupinos, extraída da bota selvagem incornifistibulada na Suma Angélica.

O frenético dos casos de consciência.

A pança dos presidentes.

O paudejegue dos abades.

Sutor, *Adversus quendam, qui vocaverat eum fripponnatorem, et quod fripponnatores non sunt damnati ab Ecclesia [Costureiro, Contra aquele que o chamou de biltre, e porque os biltres não são condenados pela Igreja].*

Cacatorium medicorum [O cagatório dos médicos].

A vassoura da astrologia.

Campi clysteriorum [Campos de clisteres], por §, C.

O atirapeido dos apotecários.

O beijacu da cirurgia.

Justiniano, *De cagotis tollendis [Como suprimir carolas].*

Antidotarium anime [O antidotário da alma].

Merlino Cocajo, *De patria diabolorum [Da pátria dos diabos].*

Destes, alguns foram já publicados e outros estão agora no prelo da nobre cidade de Tübingen.

Capítulo 8

Como Pantagruel quando estava em Paris recebeu uma carta de seu pai Gargântua e a cópia dela

A carta de Gargântua muda completamente o tom do livro, por isso já foi interpretada de vários modos: seja como ilustração e defesa do humanismo florescente num catolicismo liberal, em oposição ao conservadorismo da biblioteca de Saint-Victor; seja como uma paródia de retórica empolada. De qualquer forma, há um diálogo inequívoco com as cartas de Guillaume Budé ao seu filho, publicadas em 1521 e 1522, e com De pueris statim ac liberaliter instituendis *(Como criar os filhos com firmeza e liberalidade) de Erasmo, publicado em 1529; além de uma grande erudição que funde aristotelismo, Bíblia, tomismo e renascimento dos antigos gregos e latinos. Para compreender melhor os conflitos da época quanto ao estudo de línguas e obras, é bom lembrar que, quando era franciscano, Rabelais teve seus livros gregos confiscados pela ordem, por serem considerados perigosos. Outro ponto que está em jogo é a abolição do celibato, que será realizado por Rabelais, que viria a assumir mulher e filhos e sair da vida monástica. Da minha parte, penso que uma leitura não impede a outra, na lógica rabelaisiana: o elogio do humanismo pode se apresentar num estilo paródico desse mesmo ideal, de modo a garantir o riso.*

A imagem do Soberano Plasmador ecoa Tertuliano, Deus hominis plasmator *("Deus plasmador do homem"). Grego, hebraico, caldeu e latim eram línguas ensinadas no Collège Royal, futuro Collège de France, fundado em 1530 por Francisco I.*

Papiniano foi jurista romano do séc. III d.C. A menção às mulheres cultas é certamente elogio a Margarida de Navarra, a quem será dedicado o Terceiro livro. *Catão, o Velho, foi um político romano que resistiu por muito tempo à moda helenizante de seu tempo, porém cedeu à língua grega quando já tinha cerca de 80 anos. Rabelais dá os nomes correntes na época para as obras de Plutarco, Pausânias e Ateneu: trata-se das* Obras morais de Plutarco, Descrição da Grécia *de Pausânias e* Banquete dos sofistas *de Ateneu. A referência a Salomão é* Livro da sabedoria *1:4; mais adiante retoma que, na escolástica, a caridade é a forma de todas as outras virtudes.*

François Rabelais

Curioso notar que, ao aconselhar estudos, Gargântua faz referência ao Quadrívio, mas não ao Trívio. Depois critica a astrologia judiciária, que tentava predizer o destino humano, ciência condenada por Agrippa (1486-1535), junto com a Ars brevis *de Raimundo Lúlio (1232-1316), teólogo que aparece no catálogo de Saint-Victor.*

Nós sabemos que, como médico, Rabelais realizou pelo menos uma dissecção anatômica em público, contrariando preceitos sobornistas. E nesse período a Sorbonne condena Erasmo e pressiona Francisco I para abolir a imprensa. [G.G.F.]

———

Pantagruel dava duro no estudo, como vocês já sabem, e se desenvolvia, porque tinha inteligência para dar e vender e capacidade de memorizar numa medida de doze odres e cascos de azeite. E como ele permanecia por ali, recebeu certo dia a seguinte carta de seu pai:

"Caríssimo filho,

Entre os dons, graças e prerrogativas com que o Soberano Plasmador Deus Todo-Poderoso dotou e ornou a humana natureza no princípio, a que me parece singular e excelente é aquela pela qual se pode em estado mortal adquirir uma espécie de imortalidade e no curso da vida transitória perpetuar seu nome e sua semente. O que se dá pela linhagem de nós saída em casamento legítimo. Por ela nos foi de algum modo instaurado o que tomado fora pelo pecado de nossos primeiros pais, aos quais se disse que, por não terem sido obedientes ao mandamento de Deus Criador, morreriam, e que pela morte seria reduzida a nada aquela mais magnífica plasmadura em que fora o homem criado. Mas graças ao meio da propagação seminal permanece nos filhos o que se perdera nos pais, e nos netos o que se definha nos filhos, e assim sucessivamente até a hora do Juízo Final, quando Jesus Cristo tiver entregue a Deus Pai seu Reino pacífico fora de todo perigo e contaminação do pecado, pois então cessarão todas as gerações e corrupções e os elementos estarão fora de suas transmutações contínuas, visto que a paz tão desejada será consumada e perfeita e que todas as coisas serão reduzidas ao seu fim e período. Não é portanto sem justa e equitativa causa que dou graças a Deus meu Conservador por ter me dado forças para ver minha grisalha antiguidade reflorir em tua juventude, pois quando, por prazer daquele que tudo rege e modera, minha alma deixar esta habitação humana, não hei de me reputar um morrer total, mas sim passar de um lugar a outro, já que em ti e por ti permaneço em imagem visível e neste mundo, vivendo, vendo e conversando entre pessoas de honra e meus amigos, tal como antes soía. Essa minha conservação foi mediada pela ajuda e graça divinas, não sem pecado, eu bem confesso (pois que pecamos todos e continuamente demandamos a Deus que apague nossos pecados), porém sem reproche.

Porque assim como em ti permanece a imagem de meu corpo, se do mesmo modo ali não refulgissem os modos da alma, não te julgaria ser guarda e tesouro da imortalidade de nosso nome, e o prazer que teria perante tal visão seria parco, considerando que a menor parte de mim, que é o corpo, morreria, e a melhor, que é a alma, pela qual permanece nosso nome em bênção entre os homens, seria degenerante e abastardada.

Isto digo não por desconfiança que tenha de tua virtude, que já me fora provada, mas sobretudo por te encorajar a maior e melhor desenvolvimento. E o que presentemente te escrevo não é tanto a fim de que nesta linha virtuosa vivas, quanto para que por assim viver e ter vivido te regozijes e te revigores em parelha coragem no porvir. Para tal empreitada perfazeres e consumares, podes bem te lembrar que nada poupei; mas sempre te socorri como se não tivesse outro tesouro neste mundo além de ver-te uma vez em minha vida absoluto e perfeito, tanto em virtude, honestidade e prudomia, como em todo saber liberal e honesto, e assim deixar-te após minha morte como espelho representando a pessoa de mim, teu pai, e se não tão excelente e de fato quanto almejo, por certo assim em teu desejo.

No entanto muito embora meu finado pai de boa memória Grangorja houvesse dedicado todo seu estudo para que eu me desenvolvesse em toda perfeição e saber político, e que meu labor e estudo correspondesse perfeitamente e até ultrapassasse seu desejo; mesmo assim, como bem podes compreender, o tempo não era devidamente idôneo ou cômodo às letras tal como no presente, e não tive tal pletora de preceptores como agora tens. O tempo era ainda tenebroso e exalava infelicidade e calamidade dos godos, que haviam destruído toda boa literatura. Porém, por bondade divina, a luz e dignidade em minha era foram devolvidas às letras, e ali vejo uma tal melhora que no presente com dificuldade eu seria aceito na primeira classe de debutantes, quando em minha idade viril fui (não sem motivo) reputado o mais sábio do dito século.

O que não digo por vã jactância, ainda que o pudesse louvavelmente fazer enquanto te escrevo, assim como tu tens a autoridade de Marco Túlio em seu livro *Da velhice* e a sentença de Plutarco no livro intitulado *Como louvar a si próprio sem sofrer inveja*, mas para dar-te afeição pelo mais elevado teor.

Agora todas as disciplinas foram restituídas, as línguas instauradas, o grego, sem o qual é vergonha que uma pessoa se diga sábia, o hebraico, o caldeu, o latim. As impressões tão elegantes e corretas em uso, que foram inventadas em minha era por inspiração divina tal como a artilharia o fora por sugestão diabólica. Todo o mundo está repleto de sábios, de preceptores doutíssimos, de bibliotecas amplíssimas, e julgo que nem nos tempos de Platão, nem nos do Cícero, nem nos de Papiniano haveria tal comodidade de estudo como agora. E doravante não deverá mais se encontrar em público ou em companhia quem não seja bem polido na oficina de Minerva. Vejo meliantes, carrascos, mercenários, palafreneiros de agora mais doutos que os doutores e pregadores de meu tempo.

Que posso dizer? As mulheres e donzelas aspiraram a tal louvor e maná celeste da boa doutrina. Tanto é que na idade em que estou sou constrangido a aprender as letras gregas, que eu não havia desprezado como Catão, mas que não tive o ócio de compreender em minha mocidade. E de bom grado me deleito em ler as *Morais* de Plutarco, os belos *Diálogos* de Platão, os *Monumentos* de Pausânias e as *Antiguidades* de Ateneu, enquanto espero a hora em que aprazerá a Deus meu Criador me chamar e comandar que eu parta desta terra.

Por isso, meu filho, admoesto-te que empregue tua juventude no bom desenvolvimento do estudo e das virtudes. Estás em Paris, tens o teu preceptor Epistemão, aquela por meio de vivas e vocais instruções, este por louváveis exemplos te pode doutrinar. Primeiramente o grego, como quer Quintiliano. Segundamente, o latim. E depois o hebraico para as santas letras, bem como o caldeu e o árabe, e que tu formes teu estilo no grego pela imitação de Platão, no latim pela de Cícero. Que não haja história que não tragas na memória presente, no que te ajudará a cosmografia daqueles que a escreveram. Das artes liberais, geometria, aritmética e música, dei-te certo gosto quando ainda pequeno, com cinco ou seis anos de idade, persigas o resto e de astronomia saibas em todos os cânones, deixa estar a astronomia divinatriz e a *Arte* de Lúlio como abuso e vaidade. Do direito civil, quero que saibas de cor os belos textos e que os compares à filosofia.

E quanto ao conhecimento dos fatos da natureza, quero que te dediques zelosamente, que não haja mar, ribeira, nem fonte cujos peixes não conheças, todos os pássaros do ar, todas as árvores, arbustos e moitas das florestas, todas as plantas da terra, todos os metais escondidos no ventre dos abismos, as pedrarias de todo o Oriente e do meridiano, nada te seja ignorado.

Depois cuidadosamente revisita os livros dos médicos gregos, árabes e latinos, sem desprezar os talmudistas e cabalistas, e por frequentes anatomias adquiras perfeito conhecimento do outro mundo que é o homem. Por muitas horas do dia começa a visitar as santas letras. Primeiramente em grego, o *Novo Testamento* e as *Epístolas* dos apóstolos, depois em hebraico o *Velho Testamento*. Em suma, que eu veja um abismo de ciência; pois doravante, que tu te tornas homem e te fazes grande, ser-te-á necessário sair dessa tranquilidade e repouso do estudo e aprender a cavalaria e as armas para defender meu lar e nossos amigos socorrer em todos seus afazeres contra os assaltos dos malfeitores. Quero que rapidamente ensaies como te desenvolveste, o que não poderás fazer melhor que ao sustentares conclusões em todo saber publicamente diante de todos e contra todos, frequentando homens de letras, seja em Paris ou alhures.

Mas pois que, segundo Salomão, sapiência não entra em alma malévola e ciência sem consciência é mera ruína da alma, convém-te servir, amar e temer a Deus e nele meter todos os teus pensamentos e toda tua esperança, e por fé formada de caridade seres com ele conjunto, de sorte que dele jamais sejas desamparado por força do pecado. Toma por suspeitos os abusos do mundo, não deixes teu coração cair em vaidade, pois esta vida é transitória, mas a palavra de Deus permanece eterna. Sê útil a todos os teus próximos e ama-os como a ti mesmo. Reverencia teus preceptores, foge das companhias daqueles a quem não te queres assemelhar; e as graças que Deus te deu, não as recebas em vão. E quando perceberes que tens todo saber por lá adquirido, retorna a mim, a fim de que eu te veja e doe minha bênção antes de morrer. Meu filho, que a paz e a graça de nosso Senhor esteja contigo, Amém, de Utopia, ao décimo sétimo dia do mês de março,

Teu pai Gargântua"

Recebida e lida esta carta, Pantagruel tomou novo ânimo e mais do que nunca se inflamou para o desenvolvimento, de modo que ao vê-lo se desenvolver nos estudos vocês diriam que seu espírito estava entre os livros tal como está o fogo entre as brasas, de tanto que ele o tinha infatigável e afiado.

Capítulo 9

Como Pantagruel encontrou Panurgo, a quem amou por toda a vida

Este capítulo nos apresenta a personagem impressionante de Panurgo, do grego πανοῦργος, *"o que faz tudo", "astuto", epíteto tradicional da raposa na Sep-* tuaginta *e no* Novo Testamento. *Boa parte das falas desta figura similar a Ulisses e a Hermes, neste capítulo, ecoarão parodicamente a passagem famosa de* 1 Coríntios 13:1 *("Ainda que eu falasse a língua..."), que dará mais valor à caridade e ao amor imediato de Pantagruel, como boa figura evangélica. As várias línguas faladas por Panurgo têm boa parte de seu efeito na sonoridade que ouviria um falante de francês, mesmo que não entendesse praticamente nada da língua em questão e decerto tem base no convívio de várias línguas nas ruas de Paris, apesar do domínio do latim. Ainda assim, verto interpretações aproximadas de cada uma delas em nota de rodapé.*

Nessa mistura de línguas reais e inventadas, surge a figura da "língua pathelina", referência a La farce de maistre Pathelin *(A farsa do mestre Pathelin), em que o personagem principal é um advogado fingindo estar doente que fala uma língua de* imbroglio; *fachanês é ideia fictícia tirada de* O discípulo de Pantagruel, *de 1538, e ajuntado ao texto rabelaisiano na edição de 1542. No fim do Terceiro livro, Panurgo dará uma mostra da língua fachanesa. Importante observar que* lanterne *em francês renascentista quer dizer também "nonsense" e serve de gíria para "vagina", portanto "fachanar" e a "língua fachanesa" buscam recriar o sentido de bobagem e de sexualidade.*

Por fim, ao contar sua história, Panurgo parece aludir à delegação francesa que seguiu para Mitilene, na ilha de Lesbos, em 1502, para libertar a ilha da ocupação turca, e lá foi derrotada; no entanto a data é um tanto desencontrada com os restos dos eventos da narrativa.

Neste capítulo também conhecemos os nomes de alguns companheiros importantes de Pantagruel. Eudemão, do grego εὐδαίμων, *"alegre", seu nome aparece em* Gargântua; *no trecho ele ecoa o nome de Deus, "Genicoa" na fala de Panurgo, sem saber do que se trata. Carpalim é outro nome de origem grega,* καρπάλιμος, *"rápido". Êustenes, do grego* εὐσθενής, *significa "forte", "robusto".*

Perche ficava no noroeste da França, com rica produção de maçãs. Acates foi um dos mais famosos companheiros de Eneias na Eneida *de Virgílio.* [G.G.F.]

Certo dia, quando Pantagruel passeava fora da cidade no caminho da abadia de Saint-Antoine, conversando e filosofando com os seus e alguns estudantes, ele encontrou um homem de boa estatura e elegante em todo contorno do corpo, mas maltratado de dar dó em diversas partes e estava tão destrambelhado que parecia escapado de cachorros, ou então lembrava um colhedor de maçãs da região de Perche. De longe que o viu Pantagruel, já disse aos companheiros: "Vocês estão vendo aquele homem que vem pelo caminho da ponte de Charenton? Juro por Deus que só é pobre pelo acaso, porque tenho certeza que, pela sua fisionomia, a natureza a produziu de uma rica e nobre linhagem, mas as desventuras dos curiosos o reduziram a essa penúria e indigência." E assim que ele passou pelo grupo, perguntou-lhe: "Meu amigo, peço, por favor, que pare um pouco aqui e me responda o que vou lhe perguntar, e o senhor não se arrependerá, porque sinto uma afeição imensa de lhe dar a ajuda que puder para a calamidade em que o vejo, porque você me causa piedade. Portanto, meu amigo, diga quem é, donde vem e aonde vai, o que busca e qual é o seu nome."

O sujeito lhe responde em língua germânica: "*Juncker gott geb euch gluck und hail. Zuvor lieber juncker ich las euch wissen das da ir mich von fragt, ist ein arm und erbarmglich ding, und wer vil darvon zu sagen welches euch verdruslich zu hœrem, und mir zu erzelen wer, vievol die Poeten und Orators vorzeiten haben gesagt in irem spruchen und sentenzen, das die gedechtnus des ellends und armvot vorlangs erlitten ist ain grosser lust.*"[1]

---

[1] Em alemão: "Meu senhor, Deus lhe conceda felicidade e sorte. Saiba primeiro, senhor, que o que vocês querem saber de mim é uma coisa triste e infeliz, que seria horrendo

François Rabelais

Ao que respondeu Pantagruel: "Meu amigo, não entendo nada dessa algaravia, portanto, se quiser que a gente o entenda, fale em outra língua."

Então o sujeito respondeu: "*Al barildim gotfano dech min brin alabo dordin falbroth ringuam albaras. Nin porth zadikim almucathin milko prin al elmim enthoth dal heben ensouim: kuthim al dum alkatim nim broth dechoth porth min michais im endoth, pruch dal maisoulum hol moth danrilrim lupaldas im voldemoth. Nin hur diavosth mnarbotim dal gousch palfrapin duch im scoth pruch galeth dal chinon, min foulchrich al conin butathen doth dal prim.*[2]"

— Entenderam alguma coisa?", disse Pantagruel aos companheiros. Ao que disse Epistemão: "Creio que é a língua dos antípodas, nem o diabo deglutiria." E disse Pantagruel: "Camarada, não sei se as muralhas vão lhe entender, mas de nós ninguém entendeu patavinas."

Assim disse o sujeito: "*Signor mio voi videte per exemplo che la cornamusa non suona mai s'ela non a il ventre pieno. Cosi io parimente non vi saprei contare le mie fortune, se prima il tributato ventre non a la solita refectione. Al quale e adviso che le mani et li denti abbui perso il loro ordine naturale et del tuto annichillati.*"[3]

Ao que respondeu Epistemão: "Tanto faz uma ou outra." Então disse Panurgo: "*Lard ghest tholb be sua virtiuss be intelligence: ass yi body schal biss be naturall relvtht tholb suld of me pety have for natur hass ulss egualy maide: bot fortune sum exaltit hess and oyis deprevit: non ye less vioiss mou virtiuss deprevit: and virtiuss med discriviss for anen ye lad end iss non gud.*[4]

---

ouvirem eu contar, embora dissessem outrora os poetas e oradores em seus discursos e sentenças que a recordação dos feitos tristes e piedosos passados traz grande alegria". A ideia de Panurgo ecoa um verso virgiliano da *Eneida* I, v. 203 (*Forsan et haec olim meminisse iuuabit*).

[2] Língua fictícia que remete ao mouro e espanhol, com alguns trechos transparentes de nomes próprios (Nembroth, Galeth, etc.) e técnicos (*almucathin diavol*, etc.), além de Chinon, onde nasceu Rabelais. É possível imaginar uma ameaça de estupro caso não receba alimento, por parte das palavras ecoadas.

[3] Em italiano, a língua estrangeira moderna mais conhecida na França da época: "Senhor meu, você vê, por exemplo, que a gaita de fole nunca soa sem a barriga cheia. Eu também não saberia contar as minhas venturas, sem que antes minha barriga atribulada tenha sua refeição. Deixo o aviso que as mãos e os dentes perderam sua função natural e foram completamente aniquilados". Hoje sabemos que é possível que Rabelais tenha escrito algumas obras em toscano.

[4] Em escocês: "Senhor, se você for tão poderoso de inteligência como é grande de corpo, deveria ter pena de mim, pois a natureza nos fez iguais, mas o acaso elevou alguns e re-

— Tanto pior", respondeu Pantagruel. Então disse Panurgo: "*Jona andie guaussa goussy etan be harda er remedio beharde versela ysser landa. Anbates, oytoy es nausu ey nessassu gourr ay proposian ordine den. Nonyssena bayta fascheria egabe gen herassy badia sadassu noura assia. Aran Hondovan gualde eydassu naydassuna. Estou oussyc eguinan soury hin er darstura eguy harm. Genicoa plasar vadu.*[5]

— Você está aí, Genicoa?", disse Eudemão.

Ao que disse Carpalim: "São Niniano, será que é escocês, ou não faço ideia." Respondeu Panurgo: "*Prug frest strinst sorgdmand strochdt drhds pag brledand. Gravot chavigny pomardiere rusth pkallhdracg deviniere prés Nays. Bouille kalmuch monach drupp delmeupplist rincq dlrnd dodelb up drent loch minc stz rinquald de vins ders cordelis hur jocst stzampenards.*"[6]

Ao que disse Epistemão: "Você fala em cristão, meu amigo, ou em língua pathelina? Não, é língua fachanesa." E disse Panurgo: "*Herre, ie en spreke anders gheen taele dan kersten taele: my dunct nochtans, al en seg ie v niet een word, myuen noot v claert ghenonch wat ie beglere, gheest my unyt bermherticheyt yet waer un ie ghevoet mach zunch.*"[7]

Ao que respondeu Pantagruel: "Essa já deu." E disse Panurgo: "*Seignor de tanto hablar yo soy cansado, por que supplico a vostra reverentia que mire a los preceptos evangeliquos, para que ellos movant vostra reverentia a lo ques de conscientia, y sy ellos non bastarent para mover vostra reverentia a piedad, supplico que mire a la piedad natural, la qual yo creo que le movra como es de razon, y con esto non digo mas.*"[8]

---

baixou outros. Por isso a virtude é com frequência desdenhada, e os virtuosos desprezados, porque antes do fim derradeiro ninguém é bom".

[5] Em basco: "Grande senhor, todo mal demanda um remédio: ser como se deve, eis a dificuldade. Já pedi tanto. Conceda o que lhe peço: não haverá ressentimento se trouxer algo que me sacie. Depois podem me perguntar o que quiserem. Vocês não se esqueçam de pagar para dois, Deus permita".

[6] Outra língua fictícia, com algumas palavras reconhecíveis (Gravot, Chavigny, Devinière — pátria de Rabelais —, Pomardière, também pertencente à família do autor, etc.) que por vezes evocam uma sonoridade escandinava.

[7] Em holandês: "Senhor, não falo uma língua que não seja cristã; creio, no entanto, que sem lhes dizer uma só palavra, meus trapos indicam muito bem o que desejo. Sejam caridosos e me forneçam o que preciso para me restaurar".

[8] Em espanhol: "Senhor, estou cansado de tanto falar. É por isso que suplico a vossa reverência que considere os preceitos evangélicos, para que eles levem vossa reverência ao que exige a consciência, e se não forem o bastante para mover vossa reverência à piedade,

François Rabelais

Ao que respondeu Pantagruel: "Ah, meu amigo, que não duvido nem um pouquinho sequer que o senhor saiba bem falar diversas línguas, mas diga-nos o que quer numa língua que possamos compreender."

Assim disse o sujeito: *"Myn herre endog jeg med inghen tunge talede, lygesom boeen, ocg uksvvlig creatner: myne kleebon och myne legoms magerhed uudviser allygue klalig huvad tyng meg meest behoff girereb, som aer sandeligh mad och drycke: hwarfor forbarme teg omsyder offvermeg: och bef ael at gyffuc meg nogeth: aff huylket jeg kand styre myne groeendes maghe, lygeruss son mand Cerbero en soppe forsetthr. Soa shal tue loeffve lenge och lyksaligth.*[9]

— Acho (disse Êustenes) que os godos falavam assim. E se Deus quisesse, assim falaríamos pelo cu."

Então disse o sujeito: *"Adoni scolom lecha: im ischar harob hal habdeca bemeherah thithen li kikar lehem, chancathub laah al adonai cho nen ral."*[10]

Ao que respondeu Epistemão: "Agora entendi melhor: porque é língua hebraica bem retoricamente pronunciada."

E disse o sujeito: *"Despota tinyn panagathe, dioti sy mi uc artodotis, horas gar limo analiscomenon eme athlios, ce en to mctaxyeme uc eleis udamos, zetis de par emu ha u chre ce homos philologi pamdes homologusi tote logus te ce rhemeta peritta hyparchin, opote pragma asto pasi delon esti. Entha gar anancei monon logi isin, hina pragmata (hon peri amphisbetumen) me prosphoros epiphenete.*[11]

---

suplico que considere a piedade natural, a qual eu creio que lhes tocará como é de razão e com isto não digo mais".

[9] Em dinamarquês: "Senhor, mesmo que, como bebês e feras, eu não falasse língua alguma, minhas roupas e esta magreza do corpo mostrariam claramente do que preciso, ou seja, comer e beber. Tenha piedade de mim e peçam o suficiente para aplacar o ronco do meu estômago, que nem pomos sopa diante de Cérbero. Assim vocês viverão felizes por muito tempo".

[10] Em hebraico, com certos problemas: "Meu senhor, a paz esteja consigo. Se quiser fazer um bem ao seu servidor, conceda imediatamente de uma migalha de pão, tal como está escrito: Empresta ao Senhor quem tem piedade do pobre". Referência a *Provérbios* 19:17 (*Foeneratur Domino qui miseretur pauperis*).

[11] Em grego antigo, em transcrição oriental moderna: "Excelentíssimo senhor, porque não me dá um pão? Você me vê definhar piedosamente de fome enquanto não mostra nenhuma piedade e insiste em perguntas despropositadas. No entanto todos os filólogos reconhecem que os discursos e as palavras são supérfluos quando os feitos são evidentes para todos. Os discursos só se impõem quando os fatos não são claros".

— O quê?", disse Carpalim, lacaio de Pantagruel, "É grego, eu entendi. Mas como, você morou na Grécia?"

E disse o sujeito: "*Agonou dont oussys vou denaguez algarou, nou den farou zamist vous mariston ulbrou, fousquez vou brol tam bredaguez moupreton den goul houst, daguez daguez nou croupys fost bardounno-flist nou grou. Agou paston tol nalprissys hourtou los echatonous, prou dhouquys brol panygou den bascrou noudous caguons goulfren goul oust troppassou.*[12]

— Entendo, acho, disse Pantagruel, pois ou é a língua do meu país de Utopia, ou bem parece com seu som." E quando ele já queria começar um assunto, o sujeito disse: "*Iam toties uos, per sacra, perque deos deasque omnis obtestatus sum, ut si qua uos pietas permouet, egestatem meam so-laremini, nec hilum proficio clamans et eiulans. Sinite, queso, sinite, uiri im-*

---

[12] Outra língua fictícia com algumas palavras perceptíveis (*prou, daguez*, etc.). Diante de tantos experimentos, podemos lembrar que Thomas More chegou a inventar um alfabeto para a língua de Utopia.

François Rabelais

pii quo me fata uocant abire, nec ultra uanis uestris interpellationibus obtundatis, memores ueteris illius adagi, quo uenter famelicus auriculis carere dicitur.[13]

— Ah, meu amigo, disse Pantagruel, o senhor não sabe falar francês?

— Claro, e muito bem, respondeu o sujeito, por Deus, perdão: é minha língua natural e materna, porque nasci e fui criado desde jovem no jardim de França, em Touraine.

— Então, disse Pantagruel, conte para a gente o seu nome e donde vem. Pois, por Deus, que já fui tomado de um amor tão grande que, se depender da minha vontade, o senhor não vai carecer nunca mais da minha companhia, você e eu faremos um novo par de amizade tal como a de Eneias e Acates.

— Senhor, disse o sujeito, meu verdadeiro nome de batismo é Panurgo, e no momento venho da Turquia, onde fui levado como prisioneiro enquanto íamos para Mitilene em má hora. Com gosto contarei para vocês minhas venturas, que são mais maravilhosas que as de Ulisses, mas como querem que eu fique com vocês e aceito com gosto a oferta, enquanto juro jamais deixá-los, mesmo se forem aos diabos nós teremos um tempo mais adequado e mais folga para contar tudo, pois agorinha tenho a necessidade muito urgente de me alimentar: dentes agudos, barriga vazia, garganta seca, apetite berrante, tudo pronto! Se vocês me concederem essa obra, vai ser duca me ver traçar tudo, por Deus, podem mandar." Então ordenou Pantagruel que comessem em sua moradia e que lhe trouxessem vários víveres. O que foi feito, e comeu muitíssimo bem até de noite e foi deitar que nem um capão e dormiu até a manhã seguinte, na hora do almoço, então foi num pulo da cama à mesa.

---

[13] Em latim: "Já tantas vezes atestei por coisas sagradas, por deuses e deusas, que se alguma piedade move vocês, deem um fim em minha miséria, se serve de alguma coisa meu clamor e meus gemidos. Permitam, eu peço, permitam, homens ímpios, que eu vá aonde o destino me chama, e não me fadiguem mais com essas perguntas vãs, lembrem do velho adágio que diz que uma barriga faminta carece de ouvidos". Referência a Erasmo, *Adágios* II, 8, 86 (*Venter auribus caret*).

Capítulo 10

Como Pantagruel julgou com equidade uma controvérsia maravilhosamente obscura e difícil com tanta justiça que seu julgamento foi considerado admirabilíssimo

Este capítulo e sua sequência levam ao limite a chacota contra certas práticas de confusão jurídica, tanto com os ridículos personagens da disputa (Beijacu, para Baisecul, e Chuparrabo para Humevesne), quanto pelos nomes reais mencionados, como meros tergiversadores da lei, que talvez poderíamos resumir com um adágio traduzido de Erasmo (3.4.83): "Um surdo foi à corte com outro surdo: o juiz era ainda mais surdo". Se em Erasmo é a incompetência que é acusada, em Rabelais é a verborragia sem sentido. Um contraponto importante está entre o mos italicus, *com seus tradicionalistas glosadores verborrágicos, e o* mos gallicus, *que defendia que apenas com amplo conhecimento sobre vários temas é que seria possível explicar o direito romano; Rabelais aqui defende a segunda linha. Assim, podemos entender que Rabelais, como Budé, entendia o direito como uma espécie de filosofia moral, que deveria ser levada muito a sério.*

Ao mesmo tempo, segundo Screech num argumento bastante convincente, seria possível ver em Beijacu e Chuparrabo a representação satírica dos homens que combatiam a força do rei Francisco I.

A série de teses pantagruelinas muito provavelmente ecoa em tom de paródia o livro de Pico della Mirandola, De omnibus rebus et de quibusdam aliis *(De tudo quanto existe e mais um pouco).*

O Grande Conselho foi um tribunal instituído por Carlos VIII em 1497. Jasão de Maino (1485-1519) foi jurisconsulto em Pádua, comentador das Pandectas; *Felipe Décio (morto em 1535) foi professor de direito italiano, participou dos Parlamentos de Bourges e de Valença e era um nome importante do catolicismo antipapal ao qual aderiam os Du Bellay e também Rabelais. Pedro de Petronibus é uma invenção rabelaisiana, provavelmente num trocadilho com* petro, *"obtuso", "imbecil". Os rabinistas aqui são evocados como juristas cavilosos apoiados sobre a Bíblia. Briand Vallé, senhor du Douhet, foi professor de direito em Pisa, além de conselheiro de Luís XII em Bordeaux; este é um caso provável de elogio rabelaisiano. Bartolomeu Cipolla foi jurisconsulto do séc. XV, autor de* Cautelae juris *(Astúcias da lei), e aqui é também zombado.*

Na segunda lista de nomes, que começa por Acúrsio, vale lembrar que Rabelais, como boa parte dos humanistas estudiosos de direito, desprezava a maior parte dos glosadores medievais, aqui elencados em sua vertente italiana, com autores

François Rabelais

até contemporâneos de Rabelais, tais como os dois últimos. Ulpiano foi um jurista romano do séc. II-III d.C., autor de De lege posteriori de origine iuris *(Da lei posterior sobre a origem do direito), ele é dos poucos que permanecem sem ataque de Rabelais; mas trata-se, na verdade, de referência à obra de Pompônio,* De origine iuris *(Da origem do direito). A referência a Demóstenes e seu prazer em ser reconhecido aparece em Erasmo, Adágios, 1.10.43.*

Na primeira edição, este capítulo e os próximos três formavam um capítulo longo. Posteriormente, Rabelais optou por dividi-lo em quatro partes. [G.G.F.]

———

Pantagruel, bem lembrando a carta e o conselho de seu pai, quis um dia testar seu saber. Assim, por todas as esquinas da cidade pregou nove mil setecentas e sessenta e quatro teses em que tocava as mais controversas que já apareceram em todas as ciências.

E em primeiro lugar, na Rue du Fouarre, enfrentou todos os regentes, mestres de artes e oradores e fez todos tomarem no cu. Depois na Sorbonne enfrentou todos os teólogos pelo período de seis semanas, das quatro da matina às seis da tarde, fora duas horas de intervalo para descanso e refeição. A essa cena assistiram a maior parte dos senhores da corte: referendários, presidentes, conselheiros, contadores, secretários, advogados e outros, além de vereadores da tal cidade, juntos com médicos e juristas canônicos.

E reparem que deles a maior parte entrou de sola; mas apesar de seus silogismos e falácias, ele deixou todos no chinelo e mostrou a todos que não passavam de bezerros de anáguas.

Nisso todo mundo começou a espalhar e falar de seu saber tão maravilhoso, que até as governantas, lavadeiras, mascates, assadeiras e caniveteiras, dentre outras, quando ele passava pelas ruas, logo diziam "É ele!", o que lhe dava um prazer enorme, que nem Demóstenes, príncipe dos oradores gregos, quando uma velha arqueada lhe apontou o dedo e disse: "Olha ele ali!"

Bem, nessa mesma estação havia um processo emperrado na corte entre dois grandes senhores: de um lado o senhor de Beijacu, reclamante; do outro o senhor de Chuparrabo, defensor. A controvérsia entre ambos era tão elevada e difícil em direito, que a corte do parlamento entendia apenas bulhufas. Assim por ordem do rei foram reunidos quatro dentre os mais eruditos e gordos de todos os parlamentos da França, para formarem um Grande Conselho, e todos os principais reitores das universidades, não apenas da França, mas também da Inglaterra e da Itália, tais como Jasão de Maino, Filipe Décio, Petro de Petronibus e um punhado de outros velhos rabinistas.

Assim reunidos por um período de quarenta e seis semanas, não conseguiam sacar nem entender o caso com clareza para dar-lhe direito de algum modo; com isso ficaram tão despeitados que vilmente se cagavam de vergonha.

Mas um dentre eles, chamado Du Douhet, o mais erudito, o mais experiente e prudente, certo dia em que todos já tinham filoengambelado o cérebro, disse: "Senhores, faz tempo que aqui estamos sem fazer nada além de despender o erário e não conseguimos encontrar eira nem beira neste assunto, que tanto mais estudamos, tanto menos entendemos, o que nos causa já grande vergonha e peso na consciência, de modo que, a meu ver, só podemos sair daqui com desonra, já que apenas divagamos em nossas deliberações. Porém eis o que me vem à mente: por certo já ouviram falar daquele grande personagem, o renomado mestre Pantagruel, que já percebemos ser erudito além da capacidade destes tempos, pelas grandes disputas que sustentou publicamente contra todos. Sou da opinião de o chamarmos e com ele discutirmos sobre o assunto, pois ninguém jamais dará cabo da questão, se ele não der."

Nisso consentiram com gosto todos os conselheiros e doutores e de fato mandaram buscá-lo na hora e rogaram que fizesse o favor de debulhar e destrinchar o processo e depois fazer o relatório que bem lhe parecesse na verdadeira ciência legal, então lhe deram pilhas de documentos nas mãos, que davam para carregar quatro grandes jumentos sacudos. Porém Pantagruel disse: "Senhores, os dois sujeitos que fizeram tal processo ainda estão vivos?" Ao que foi respondido que sim. "Para que diabos serve então (disse ele) a zorra dessa papelada e de cópias que estão me dando? Não seria melhor ouvir de viva voz o debate deles, em vez de ler essas macaquices, que não passam de enganações, diabólicas *Cautelas* de Cipolla e subversões do direito? Pois tenho certeza que vocês e todos aqueles que botaram suas mãos no processo já maquinaram todo o possível, *pro et contra*, e nos casos em que a controvérsia era patente e fácil de julgar obscureceram por bestas e desrazoáveis razões e ineptas opiniões de Acúrsio, Baldo, Bártolo, de Castro, de Imola, Hipólito, Panormitano, Bertacchino, Alexandre, Cúrcio e daquela cachorrada velha, que nunca entenderam nem a menor lei das *Pandectas* e não passavam de uns grandes bezerros na engorda, ignorantes de tudo que é necessário ao entendimento das leis. Pois (como é bem certo) não tinham conhecimento de grego nem de latim, mas apenas do gótico e do bárbaro. No entanto as leis foram primeiramente tomadas dos gregos, como vocês viram no testemunho de Ulpiano, *De lege posteriori de origine iuris*, e todas as leis estão repletas de sentenças e palavras gregas; posteriormente foram

redigidas no latim mais elegante e adornado de toda língua latina, e não faço exceção nem mesmo a Salústio, nem a Varrão, nem a Cícero, nem a Sêneca, nem a Tito Lívio, nem a Quintiliano. Como é que esses velhos delirantes iriam compreender o texto das leis, se nunca viram um bom livro em latim, o que fica de todo claro pelo estilo deles, um estilo de varredor de chaminé, de cozinheiro, marmiteiro, e não de jurisconsulto?

Além disso, visto que as leis foram extirpadas do meio da filosofia moral e natural, como entenderiam esses tontos que, por Deus, estudaram filosofia menos do que a minha mula? Quanto às letras humanas e às noções de antiguidade e história, neles equivalem a plumas num sapo; porém o direito está repleto delas e sem elas não pode ser compreendido, tal como um dia mostrarei com mais clareza por escrito. Então se quiserem que eu tome conhecimento do processo, primeiro me queimem toda essa papelada, em seguida tragam aqui os dois cavalheiros pessoalmente diante de mim e, depois que eu tiver ouvido os dois, direi ao senhores minha opinião sem ficção nem dissimulação alguma."

Diante disso, alguns deles se opunham, como vocês bem sabem que em todo grupo há mais tolos do que sábios e a maior parte sempre supera a melhor, como já disse Tito Lívio ao falar dos cartagineses. Mas o tal Douhet sustentou o contrário, virilmente argumentando que Pantagruel tinha dito muito bem, que os registros, inquéritos, réplicas, tréplicas, salvos e outras diabruras dessas não passavam de subversões do direito e alongamento de processos, e que o diabo levaria todos se não mudassem seu procedimento segundo a equidade evangélica e filosófica. Em resumo, foi queimada toda a papelada e os dois cavalheiros pessoalmente intimados.

Então Pantagruel lhes disse: "Foram os senhores que reuniram essa divergência tamanha?

— Sim, disseram eles, meu senhor.

— Quem é o reclamante?

— Sou eu, disse o senhor de Beijacu.

— Ah, meu caro, me conte passo a passo o caso todo, segundo a verdade, porque, pelo corpo de Deus, juro que, se mentir numa só palavra, vou arrancar a sua cabeça do pescoço e mostrar que na justiça e no julgamento não se deve dizer nada mais que a verdade, por isso cuide para não ajuntar ou diminuir nada na narração de seu caso. Diga."

Capítulo 11

Como os senhores de Beijacu e Chuparrabo
discursaram perante Pantagruel sem advogado

Na sequência de capítulos em torno da comunicabilidade da linguagem, teremos agora uma dissociação entre a inteligibilidade dos signos e a ininteligibilidade do discurso, numa crítica aos seguidores de Acúrsio e ao mos italicus *em geral. Como gênero, é possível ler todo o episódio como uma espécie de* coq-à-l'âne, *uma poética do disparate inaugurada e praticada com excelência por Clément Marot (1496-1544) em 1530, e presente em* Les lunettes de princes *(A luneta dos príncipes), de Jean Meschinot (1420-1491), obra repleta de jogos de palavras absurdos. Aqui temos a argumentação de Beijacu. Algumas questões parecem remeter à Concordata de Bolonha, em 1516, quando Francisco I assinou com o Papa Leão X um tratado que aumentava o poder da coroa francesa sobre o clero. Isso é ecoado pela Pragmática Sanção, que em 1438 submetia a autoridade papal aos concílios, porém revogada em 1461, o que gerou longas polêmicas por meio século.*

Bicoca foi palco da derrota francesa em 1522 contra Carlos V, que levou à perda do território da Lombardia. A ponte de Meuniers, em Paris, viria a cair em 1596. Antito de Agrião é figura lendária do pedante, que aqui aparece como dono de um feudo real. Ragot foi célebre vagabundo da época. Teobaldo Mitene é invencionice rabelaisiana. Fiacre de Brie é santo padroeiro dos jardineiros, de origem irlandesa, mas que viveu em Brie; suas relíquias ficavam na catedral de Meaux. O rei das Canárias é figura fictícia. Estrindor, tradução de estrindore, *é um tipo de dança.*

Beati bestae... é latim marracônico, originalmente Beati lourdes quoniam ipsi trebuchauerunt; *que podemos traduzir por "felizes dos bestas, porque tropeçaram", por sua vez parodiando* Mateus 5. Gaudes *e* Audi *nos são dois inícios de preces católicas em latim.* Non de ponte uadit... *significa "Da ponte não vai, que com sapiência cai", uma distorção do adágio de* ponte non cadit qui com sapientia vadit *("Da ponte não cai quem com sapiência vai").* In sacer verbo dotes *é distorção da expressão latina* in sacerdotis uerbo *("pela palavra do sacerdote").* Tu autem *era cantado ao fim da leitura das Escrituras, no versículo* Tu autem, Domine, miserere nobis *("Mas vós, Senhor, tende piedade de nós"), por isso aqui com o sentido de perorar.*

"Meu irmão camarada" traduz lamibaudichon, *refrão de várias canções populares, com o sentido de* l'ami Baudichon, *que verti usando Roberto Carlos e Erasmo Carlos.* [G.G.F.]

Então começou Beijacu da seguinte maneira. "Senhor, é verdade que uma governanta de minha casa levava ovos para vender no mercado.

— Ponha o barrete, Beijacu, disse Pantagruel.

— Muito obrigado, senhor, disse Beijacu. Mas como eu dizia, passavam entre dois trópicos seis vinténs rumo ao zênite e um trocado, tanto que os montes Rifeus tiveram naquele ano grande esterilidade de ouro de tolo por causa de uma sedição dos balivernos movida entre galimatinos e arcusieiros pela rebelião dos suíços que se reuniram até um número de bom ângulo, para irem ao visco da viradeira, o primeiro furo do ano, quando damos sopa aos bois e a chave do carvão a jovens, para dar aveia aos cães. Durante a noite inteira, de mão ao pote, apenas despachamos bulas a pé e bulas a cavalo para reter os barcos, porque os alfaiates queriam fazer de retalhos uma zarabatana para cobrir o mar oceano, que então estava grávido de uma panelada de couve, segundo opinião dos palhoceiros; porém os médicos diziam que em sua urina não reconhecia um sinal evidente de que a abetarda comesse machados com mostarda, a não ser o que senhores da corte dessem por bemol ordens à bexiga de nunca mais surrupiar bichos-da-seda, pois os palermas já tinham um bom começo para saçaricarem o estrindor no tom do diapasão, um pé no fogo e a cabeça no meio, como dizia o bom Ragot.

Ah, senhores, Deus modera tudo a seu prazer, e contra fortuna, a diversa, um carreteiro rompeu num estalo o chicote, foi ao voltar de Bicoca, quando passamos pelo licenciado Antito de Agrião mestre em toda abestagem, como dizem os juristas canônicos: *Beati bestae quoniam ipsi tropicauerunt*. Mas quem fez essa Quaresma tão elevada, por São Fiacre de Brie, só pode ser para que Pentecostes quando chegar nos custe, mas avante eu ia, a chuva abate a ventania, pois que o sargento me pôs tão alta a meta no alvo, que o escriturário não se lambeu os dedos com penas de ganso e vemos manifestamente que cada um se puxou pela orelha, se não se guarda em perspectiva ocularmente rumo à chaminé por onde pende a insígnia do vinho de quarenta cintas, que são necessárias para vinte pacotes de moratória quinquenal; de todo modo, quem não gostaria de soltar o pássaro diante do cheesecake em vez de tirar seu capuz, pois amiúde se perde a memória quando se calça ao contrário: sim, que Deus do mal guarde Teobaldo Mitene." Então disse Pantagruel: "Muito bem, meu caro, muito bem, fale comedidamente e sem raiva. Eu escuto o caso. Prossiga.

— Verdade, meu senhor, disse Beijacu, a tal governanta, enquanto dizia seus *Gaudes* e *Audi nos*, não pôde se proteger de um revés oblíquo provindo, pela virtude de Deus!, dos privilégios da universidade, a não ser por num belo banho angélico enquanto se cobrisse com um sete de copas, lançando

François Rabelais

um golpe volante no lugar mais perto de onde se vende os velhos trapos usados pelos pintores de Flandres, quando querem dar nó em pingo d'água, e muito me espanta como o mundo não bote ovos, já que é tão lindo chocar."

Neste momento quis intervir e dizer algo o senhor de Chuparrabo, ao que Pantagruel lhe disse: "Ah, pela pança de Santo Antônio, por acaso você tem o direito de falar sem ser autorizado? Estou aqui suando para compreender o desenrolar da querela e você me vem torrar a paciência? Basta, pelo diabo, basta! Você vai falar quanto quiser quando chegar o momento. Siga, disse a Beijacu, e não se apresse.

— Vendo portanto, disse Beijacu, que a Pragmática Sanção não fez sequer menção e que o papa deu permissão a todos de peidar ao bel-prazer, desde que a lã branca não fosse salpicada, por mais pobreza que haja no mundo, e que não se faça a cruz com a sinistra, o arco-íris recém-chegado a Milão para eclodir as cotovias consentiu que a governanta descascasse os ciáticos pelo protesto de peixinhos sacudos, que eram então necessários para compreender a construção de velhas botas; portanto João Vitelo, seu primo germano, duro feito lenha para queimar, a aconselhou a não correr o risco de auxiliar a lavadeira revirada sem antes alumiar papel, assim pilha, nada, joga, fura, pois *non de ponte uadit qui cum sapientia cadit*, visto que os senhores de contas não concordavam na soma das flautas alemãs, com que se construíram as *Lentes dos príncipes*, recentemente impressas na Antuérpia. E vejam bem, senhores, que isso gera um mau relato e creio que nisto a parte adversa *in sacer uerbo dotis*, pois desejando obtemperar ao prazer do rei eu me armei dos pés à cabeça com proteção de barriga para ver como meus vindimadores haviam esfarrapado seus altos barretes para brincar de metida, e o clima da feira era um pouco perigoso e por isso muitos franco-arqueiros foram barrados na revista, muito embora as chaminés fossem altíssimas segundo a proporção dos cancros e dos arestins dos cavalos, meu irmão camarada. Por isso foi um grande ano de caracóis em todo a região de Artois, o que não foi de pouca melhora para os labutadores quando sem desembainhar se comia galogruas de braguilha aberta. Por mim, todos teriam uma voz assim linda e se jogaria bem melhor a palma, e essas finezas que fazemos ao etimologizar as galochas desceriam mais facilmente pelo Sena para sempre servirem na ponte de Meuniers, como fora decretado pelo rei das Canárias, acórdão aqui ereto. Ao senhor requeiro que por vossa senhoria seja dito e declarado sobre este caso o que é de razão, com seus custos, danos e juros."

Então disse Pantagruel: "Meu caro, gostaria de dizer mais alguma coisa?" Respondeu Beijacu: "Não, senhor, pois que disse todo o *Tu autem*, e juro por minha honra que nada alterei.

— Então (disse Pantagruel), senhor de Chuparrabo, diga o que quiser e seja breve, sem porém deixar de lado nada que venha a propósito."

Capítulo 12

Como o senhor de Chuparrabo
discursou perante Pantagruel

Chuparrabo, em sua defesa, dá continuidade aos disparates de Beijacu. Aqui temos uma possível alusão a 1436, quando o Concílio da Basileia tentou limitar os poderes papais, portanto no ciclo que antecipa a Pragmática Sanção, comentada na nota ao capítulo anterior. E outra alusão a 1517, ano em que Lutero afixou na Capela de Wittemberg suas teses, e também quando se instaurou a Concordata de Bolonha, mencionada no capítulo anterior.

Factum é um texto em que se expõe o fato processual. "Esconder etcéteras" sugere esconder em cláusulas tardias e confusas do contrato os maiores riscos. Frisesomorum é uma das figuras da primeira parte de um silogismo. Depiscando sapibus, *no original lê-se* depiscando grenuillibus, *um latim macarrônico afrancesado que verti ao latim aportuguesado que sugere pescar e desprezar sapos. O jogo do sopra-velas traduz* foucquet, *que parece ser um jogo em que se deve soprar velas; ele aparece na lista de* Gargântua, cap. 22. Her tringue, tringue *("senhor, beba, beba") é corruptela do alemão.*

A Lei Sálica, originalmente escrita no séc. V, foi retomada em parte no séc. XIV para excluir as mulheres da dinastia monárquica francesa. [G.G.F.]

———

Então começou o senhor de Chuparrabo do seguinte modo. "Senhor e senhores, se a iniquidade dos homens fosse tão facilmente vista em julgamento categórico como reconhecemos moscas no leite, o mundo, quatro bois, não estaria assim tão comido por ratos, e tombariam muitas orelhas por terra roídas à larga. Muito embora tudo quanto disse a parte contrária seja de buço muito vero acerca da letra e da história do *factum*, ainda assim, senhores, a finesse, a trapaça, as menores mutretas se escondem sob o vaso de rosas. Devo suportar, enquanto como minha sopa com pão, sem mal pensar ou mal dizer, que me venham perturbar e molestar o cérebro ao som de uma cantiga antiga, que diga "quem bebe quando come sopa, depois de morto não vê gota"? Por Santa Madona, quantos gordos capitães em pleno campo de batalha nós não víamos, enquanto se ofertavam punhados de pão bento da confraria, para melhor se portarem, tocarem alaúde, soarem o cu e saltitarem na plataforma? Mas agora o mundo está todo estragado por fardos de sarjas de Leicester: um se devassa, outro cinco, quatro e dois e, se a corte não põe ordem na casa, manda mal respigar neste ano, que se fizeram ou se farão taças. Se uma pobre pessoa vai aos banhos de estufa para brilhar o focinho com esterco de vaca ou comprar botas de inverno, e os meirinhos de passagem ou de vigília recebem a decocção de um clister ou a matéria fecal da latrina sobre seu fuzuê, deve-se por isso roer moedas e assar escudelas? Certas vezes pensamos isto, mas Deus faz aquilo, e quando o Sol se põe, todos os bichos estão na sombra, não quero que creiam em mim, se não der vivas provas por meio do povo em pleno dia.

No ano de trinta e seis, comprei um cavalo curtalto da Alemanha, alto e curto, de belo pelo e cor de grão, como asseguravam os ourives, embora o notário indicasse etcéteras. Não sou clérigo para agarrar a Lua com os dentes, mas no pote de manteiga onde se selavam os instrumentos vulcânicos havia um burburinho de que bife salgado faria encontrar sem vela o vinho, mesmo que escondido no fundo do saco de carvão, coberto e envolto com couraças e calçotes necessários para melhor cozinhar à campana, ou seja, cabeça de carneiro, como bem se diz no provérbio, que é bom ver vacas negras em bosque queimado, quando gozamos de amores.

Pedi para que a matéria fosse consultada com os senhores clérigos, e por resolução concluíram em *frisesomorum* que nada é como ceifar o verão em cave bem fornida de papel e tinta, de pena e estilete de Lyon no Ródano, eita-lelê: pois assim que um arnês fede a alho, a ferrugem lhe come o fígado, e depois só resta retrucar torcicolamente farejando o sono da sesta: eis por que o sal é tão caro. Os senhores não acreditem que no momento em que tal governanta deglutiu a colhereira para o registro do meirinho melhor apanagiar, e quando a fressura visceral tergiversou pelas bolsas dos agiotas, não tinha nada melhor para se proteger dos canibais do que tomar um maço de cebolas entrelaçado com trezentos nabos e um punhado de miúdos de vitela da melhor qualidade que apresentam os alquimistas, para melhor fechar e calcinar suas pantufas, lero-lero, com um belo molho de rastelo e se enfiar num buraquinho de toupeira, sempre poupando o toicinho. E se os dados não lhes querem dar um par de ases, uma terna, seis com três, atentem ao ás, metam a dama na quina da casa, chameguem a tralalá e bebam aos borbotões: *depiscando sapibus*, com belas galochas cotúrnicas, isso será para os passarinhos de muda que se debatem no jogo do sopra-vela, esperando bater o metal e esquentarem as cinzas aos tagarelas de breja. É bem verdade que os quatro bois em questão têm memória um tanto curta, porém, mesmo conhecendo toda a gama, não receavam cormorão ou marreco de Savoia, e as boas pessoas da minha terra tinham por isso grande esperança, dizendo: 'Estas crianças vão crescer nos algarismos, o que vai nos dar uma rubrica de direito, não podemos deixar de capturar o lobo, fazendo nossas sebes acima do moinho de vento mencionado pela parte contrária.' Mas o grande coiso invejou e meteu por trás os alemães, que fizeram os diabos por chupar *her tringue, tringue*, dobrando a banca. Pois não há qualquer probabilidade de dizer que 'em Paris, na Pequena-Ponte, galinhas de capoeira', ou fossem tão polpudos como as poupas do brejo, a menos que escarifiquemos as boletas de tinta ainda frescas em letras versais ou cursivas, para mim dá no mesmo, desde que a encadernação não engendre traças.

E supondo que no cruzamento de cães corredores os pequerruchos tenham soado o corno antes de o notário entregar seu relatório por arte cabalística, não se segue (salvo melhor julgamento da corte) que seis arpentes de prado largamente medido forjem três tonéis de fina tinta sem soprar na bacia, considerando que nos funerais do Rei Carlos era possível comprar em pleno mercado o tosão por quatro mirréis — eu juro, lavro e dou fé — de lã. E vejo comumente em todas as boas gaitas-de-fole que, quando se vai à caça de aves, fazendo três voltas de vassoura pela chaminé e insinuando sua nomeação, só se faz tensionar os rins e ventilar o cu, se porventura estiver demasiado quente, e ripa na chulipa, e assim que mal se leu a carta, já devolvem a vaca farta. E um resultado similar se deu, no dia de São Nunca, no ano de dezessete, pelo desgovernante de Loge-Fougereuse, que a corte terá prazer em consultar. Não digo, na verdade, que não se possa por equidade despossuir por justo título aqueles que de água benta beberiam que nem se faz com carretel de tecelão com que se fazem os supositórios para quem não quer se resignar, a não ser no esquema bom jogo, boa paga. *Tunc*, senhores, *quid iuris pro minoribus* [Então, qual é a lei para os menores]? Pois que o uso comum da Lei Sálica é tal, que o primeiro botafogo que deschifra a vaca, que apague em cantochão de música, sem solfejar os pontos dos sapateiros, deve em tempos de Santapança sublimar a penúria de seu membro com o musgo colhido enquanto se bate os dentes na missa da meia-noite para infligir a estrapada naqueles vinhos brancos de Anjou, que passam rasteira corpo a corpo, à moda da Bretanha. Concluindo, como já dito, com custos, danos e juros." Depois de terminar o senhor de Chuparrabo, Pantagruel disse ao senhor de Beijacu: "Meu amigo, deseja fazer alguma réplica?"

Ao que respondeu Beijacu: "Não, senhor; pois eu disse apenas a verdade e, por Deus, vamos dar fim ao nosso diferendo; pois não podemos aqui estar sem grande despesa."

Capítulo 13

Como Pantagruel deu sua sentença
sobre o diferendo dos dois senhores

Pantagruel decide a questão com uma fala que supera as galimatias dos litigantes (comparados aos pronunciamentos obscuros dos oráculos), numa série de trocadilhos, invenções e misturas de ramos diversos do saber.

Logo no início, a expressão latina uiue uocis oraculo *significa "pelo oráculo de viva voz". Em seguida temos duas expressões do direito:* una uoce *("em uníssono") e* ex nunc prout ex tunc *("de agora em diante"). As leis citadas estavam, de fato, entre as consideradas mais difíceis:* Caton, *por exemplo, é o início da lei* Eadem dicemus *(Digesta 44.1.4).*

Mirebalais, atual Mirebeau, é um povoado na terra dos Rabelais. [G.G.F.]

———

Então Pantagruel se levantou, reuniu todos os presidentes, conselheiros e doutores ali presentes e disse: "Senhores, vocês agora ouviram (*uiue uocis oraculo*) o diferendo em questão: o que lhes parece?" Ao que responderam:

"De fato, ouvimos, mas não entendemos diacho algum da causa. Por isso pedimos *una uoce* e suplicamos que você queira nos dar a graça da sentença que mais aprouver, e *ex nunc prout ex tunc* nós a aceitaremos e ratificaremos em total consentimento.

— Pois bem, senhores, disse Pantagruel, se lhes agrada, assim o faço; porém não acho o caso tão difícil quanto afirmam. O parágrafo *Caton*, a lei *Frater*, a lei *Gallus*, a lei *Quinque pedum*, a lei *Vinum*, a lei *Si dominus*, a lei *Mater*, a lei *Mulier bona*, a lei *Si quis*, a lei *Pomponius*, a lei *Fundi*, a lei *Emptor*, a lei *Pretor*, a lei *Venditor* e tantas outras são bem mais difíceis, a meu ver." Dito isso, deu uma ou duas voltas pelo salão, em pensamentos profundos, pelo que se podia avaliar, já que choramingava feito um jumento de laço muito apertado, pensando que convinha fazer jus a cada um, sem mudar de ideia e sem favoritismo, depois voltou a sentar-se e assim começou a pronunciar a sentença:

"Uma vez visto, ouvido e sopesado o diferendo entre os senhores de Beijacu e Chuparrabo, a corte declara que, considerando a horripilação do

François Rabelais

morcego ao declinar do solstício estival para cortejar baboseiras que sofreram mate de peão pela má vexação dos lucífugos presentes no clima trans-Roma de um madeiro encavalgado portando uma balestra nos rins, o querelante teve justa causa em calafetar o galeão que a governanta inflara, pé calçado e outro nu, reembolsando baixo e firme em sua consciência tantas asneiras quanto a pelagem de dezoito vacas, e basta quanto ao bordador. Igualmente se declara inocente no caso privilegiado de dejetos, que se pensava haver incorrido pelo que não podia jovialmente estercar por decisão de um par de luvas perfumadas de peidaradas à vela de noz, como é praxe na região de Mirebalais, deixando a bolina com as balas de bronze, em que os palafreneiros mixavam constavelmente seus legumes entremeados do Líger a todos os sinetes de gavião feitos finos na Hungria, que seu cunhado levou de suvenir num paneiro limítrofe, bordado de goelas com três divisas mosqueadas em tela de lona, na cabana angular donde se atira em papagaio vermiforme com virotes. Quanto ao reproche de que o réu seja remendão, come-queijo e alcatroeiro de múmia, este não oscilou em termo vero, como bem debastara o dito réu: a corte então condena a três talagadas de coalhadas temperadas, piripiripinadas e defumadas, como é costume na região supracitada, ao dito réu pagáveis até metade de agosto em maio, mas o dito réu terá de reforrar de fenos e estopas a embocadura das ciladas guturais embaralhivezadas com guilverdões bem peneirados em rodela; doravante amigos como dantes, sem custos, e com razão."

Pronunciada tal sentença, partiram as duas partes, ambos contentes com o acórdão, um feito quase incrível. Pois nunca desde as grandes chuvas, nem nos próximos treze jubileus, duas partes contendentes em julgamento do contraditório ficariam igualmente satisfeitas num acórdão definitivo.

Quanto aos conselheiros e outros doutores ali presentes, eles permaneceram em êxtase e delíquio por umas boas três horas, arrebatados de admiração pela prudência de Pantagruel, sobre-humana, que puderam contemplar manifesta na decisão desse julgamento tão difícil e espinhoso. E eles ainda estariam ali, se não lhes trouxessem vinagre e água de rosa para fazer voltarem os sentidos e o entendimento de sempre: por isso em toda parte Deus seja louvado.

François Rabelais

Capítulo 14

Como Panurgo conta de que jeito
escapou da mão dos turcos

Aqui Panurgo cumpre a promessa do cap. 11 e, ao modo (mentiroso?) de Odisseu, faz com que sua história apareça in medias res *quando ele próprio narra. Na época, os turcos vinham ocupando cada vez mais espaço na Europa (sitiaram Viena em 1529), causando medo, e havia um movimento de retomada da cristandade, cujos mais importantes exemplos são os planos de Leão X contra o sultão Selim I, em 1518, e o pacto de Francisco I com Henrique VIII, selado em 1532, embora o mesmo Francisco I por vezes pedisse ajuda aos turcos contra o papado. Ao mesmo tempo, a narrativa de fuga ecoa o espírito do riso de Luciano, já que no* Icaromenipo *o personagem principal encontra o filósofo Empédocles na Lua, depois que este fora ali levado pelos vapores do Etna.*

No primeiro parágrafo, vemos a tese de Santo Anselmo, que afirmava que a humanidade tinha sido criada para ocupar os assentos vazios dos anjos apóstatas; depois vemos a tese do cardeal Nicolau de Cusa (1401-1464), que afirmava que, dentro de 34 jubileus, ou seja, na virada do séc. XVII, o mundo acabaria, cf. De coniecturis (Das conjeturas), de 1442. O relato de Salomão está em 1 Reis 3:23-8. Mais próximo do fim, a mulher de Ló diz respeito a Gênesis 19:26, onde, ao se voltar para ver a cidade de Sodoma, ela se torna uma estátua de sal — mais uma das várias referências ao sal e à secura ligadas a Pantagruel.

São Lourenço (?225-258) foi condenado a morrer assado numa grelha.

Nas Metamorfoses *de Ovídio, Mercúrio é encarregado de resgatar Io, amante de Júpiter que metamorfoseada em vaca estava presa por Argo (um ser de cem olhos, para manter-se sempre desperto), a mando de Juno; por fim, Mercúrio adormece Argo e depois o mata.*

A citação em suposta língua turca é imaginária. Muftis eram doutores no saber do Alcorão.

A obra de Murmau é título inventado por Rabelais, traduzível como Dos corcundas e disformes, em favor dos nossos mestres, *como piada acerca de Noël Béda, mestre corcunda da Sorbonne. Jâmblico (245-325 d.C.) foi um filósofo neoplatônico e místico do período de Constantino, tinha a tese de que havia seres intermediários numa hierarquia entre os humanos e Deus, como os demônios; o nome do autor parece dialogar com o opúsculo de Murmau, escrito contra a Sorbonne.*

Ao dizer que "furou o terceiro lóbulo do fígado" Rabelais segue os anatomistas renascentistas, que dividiam o fígado em diversas partes. Na lista de deuses/dia-

bos invocados pelo turco, o primeiro e o último são invenções de Rabelais; os ou-
tros dois costumavam aparecer nos Mistérios. Agyos athanatos... era fórmula grega
tradicionalmente cantada na Sexta-Feira Santa, numa espécie de ofício de exorcis-
mos, com o sentido de "santo Deus imortal". Mais où sont les neiges d'antan? ("mas
onde estão as neves d'antanho?") é o refrão da famosa balada de François Villon
(1431-?1463) intitulada "Balade des dames du temps jadis". Serafim era um tipo de
moeda oriental de ouro, egípcia ou persa, segundo Mireille Huchon.

Na época de Rabelais, os barbeiros também eram encarregados de alguns tra-
balhos cirúrgicos. [G.G.F.]

———

O julgamento de Pantagruel foi de pronto reconhecido e ouvido por todo mundo e devidamente impresso e redigido nos Arquivos do Palácio, de
forma que todo mundo começou a dizer: "Salomão, que na dúvida restituiu
o filho à mãe, jamais mostrara tal façanha de prudência como a do bom Pantagruel: que felicidade a nossa de tê-lo em nosso país." E de fato, quiseram
torná-lo referendário e presidente da corte; mas ele recusou tudo, agradecen-
do graciosamente: "Pois há (disse ele) uma enorme servidão nesses ofícios,
e apenas a enormes penas podem se salvar aqueles que os exercem, dada a
corrupção dos homens. E creio que, se os assentos vazios dos anjos não forem ocupados por outro tipo de gente, antes de trinta e sete jubileus não teremos o juízo final e de Cusa terá se enganado em suas conjeturas. Aviso
agora, em boa hora. Mas se tiverem uma barrica de bom vinho, aceito como
gosto de presente."

O que fizeram com gosto e lhe enviaram o melhor da cidade, e ele bebeu à beça. Mas o pobre Panurgo bebia bravamente, porque estava mais árido que arenque defumado e andava com pés de gato magro. Alguém o aconselhou, no meio de uma grande talagada de vinho tinto, dizendo: "Calma,
compadre, que está bebendo na louca.

— Ao diabo (disse ele), você não viu por aqui um daqueles manguacei-
rinhos de Paris que nem bebem mais que um tentilhão e nunca pegam sua
bicada, a não ser que os toquem no rabo, que nem passarinhos. Ah, parceiro, se eu subisse o tanto que entorno, já estaria acima da esfera lunar, junto
de Empédocles. Mas não sei que diabos isso quer dizer: este vinho é bom demais e mais delicioso, só que quanto mais bebo, mais tenho sede. Acho que
a sombra do senhor Pantagruel produz secura, que nem a Lua faz catarros."
Nisso começaram a rir todos os presentes.

Ao ver o caso, Pantagruel disse: "Panurgo, qual é a graça?

— Senhor (disse ele), eu estava contando como os diabos dos turcos são uns miseráveis porque não bebem nem uma gota de vinho. Se nenhum outro mal aparecesse no *Alcorão* de Maomé, ainda assim eu ficaria longe da sua lei.

— Mas então me diga como (disse Pantagruel) o senhor escapou das mãos deles.

— Juro por Deus, meu senhor, disse Panurgo, que não minto uma só palavra.

Aqueles turcos lazarentos tinham me metido num espeto todo lardeado, feito um coelho, porque eu estava tão árido que, sem acompanhamento, a minha carne daria um péssimo prato, e já estavam a ponto de me assar vivinho. Assim, enquanto me assavam, eu me entregava à graça divina, tendo em mente o bom São Lourenço, sempre com esperança em Deus de que ele me livraria desse tormento, o que aconteceu do jeito mais estranho. Pois enquanto eu me entregava de coração a Deus, gritando: 'Senhor Deus, me aju-de; Senhor Deus, me salve; Senhor Deus, me tire do tormento em que essa cachorrada traiçoeira me prendeu; pela manutenção da sua lei!'; o churras-queiro dormiu por vontade divina, ou de algum bom Mercúrio que esperta-mente adormeceu Argo de cem olhos.

Ao perceber que ele não me virara mais na brasa, encaro e vejo que dor-me, então pego com os dentes um tição pela ponta em que ainda não estava aceso e jogo no colo do meu churrasqueiro e jogo outro como posso num leito de acampamento que estava perto da chaminé, onde ficava a palha do senhor meu churrasqueiro. Num instante o fogo pegou na palha e da palha subiu ao leito e do leito ao teto de abeto repleto de mísulas e vinhetas. Mas lindo foi que o fogo jogado no colo do meu lazarento churrasqueiro quei-mou toda a caceta e já pegava os bagos, mas ele não estava tão nojento que não sentisse o cheiro como a luz do dia; que nem cabra aturdida ele se levan-tou gritando pela janela com as forças que tinha '*dal baroth, dal baroth*', que quer dizer algo como 'fogo, fogo!', e veio correndo me jogar de vez no fogo; e ele já tinha cortado as cordas que me prendiam as mãos e cortava os laços dos pés, porém o mestre da casa, ao ouvir o grito de fogo e cheirando a fu-maça desde a rua onde passeava com outros paxás e muftis, correu com to-da energia para ajudar e carregar seus badulaques.

Assim que chegou, tirou o espeto em que eu estava espetado e matou num golpe meu churrasqueiro, que assim morreu por falta de governo, ou coisa do tipo, pois ele lhe atravessou o espeto pela altura do umbigo, no ru-mo do lombo direito e furou o terceiro lóbulo do fígado, e o golpe na subida penetrou o diafragma, através do pericárdio e saiu o espeto pelo alto das es-páduas entre as vértebras e a omoplata esquerda.

A verdade é que, ao tirarem o espeto do meu corpo, tombo por terra perto do cão de lareira; a queda me machucou um tanto, mas não muito, porque os toucinhos apararam o baque. Depois, vendo meu paxá que o ca-so estava sem esperança, que sua casa estava incendiada sem remissão e to-dos os seus bens perdidos, ele se entregou a todos os diabos, invocando Grill--goth, Astaroth, Rapalo e Tripassado por nove vezes.

Ao ver isso, tive medo por mais de uns cinco vinténs, receando: se os diabos vierem agora levar embora esse idiota, fariam a gentileza de me tirar também? Estou semiassado, meus toicinhos serão a causa de meu mal, por-que esses diabos aqui são tarados em toicinho, como vocês bem sabem pela autoridade do filósofo Jâmblico e de Murmau, na apologia *De bossutis et contrefactis pro Magistros nostros*; mas fiz o sinal da cruz, gritando '*agyos, athanatos, ho theos*', e ninguém aparecia.

François Rabelais

Ao ver tal cena, meu vilão paxá queria se matar com meu espeto e fincá-lo no coração, chegou a apontá-lo contra o peito, mas não poderia atravessá-lo, já que não tinha boa ponta; ele até pressionava como podia, mas não funcionava. Então cheguei até ele, dizendo: 'O siô bugrino está perdendo tempo aqui, pois nunca vai conseguir se matar desse jeito; pode é se machucar e aí vai penar a vida inteira nas mãos dos barbeiros; porém, se quiser, eu o mato rapidinho, sem você sentir nada; e pode acreditar: já matei outros que ficaram bem satisfeitos.

— Ah, meu amigo (disse ele), eu imploro, se me fizer esse favor, lhe dou a minha bolsa, tome, aqui está: tem seiscentos serafins e alguns diamantes e rubis perfeitos.'

— E onde estão eles? (disse Epistemão).

— Por São João, disse Panurgo, estão bem longe e seguem sempre adiante, *mas onde estão as neves de antanho*? Essa era a maior preocupação de Villon, o poeta parisiense.

— Continue (disse Pantagruel), eu peço, para sabermos como você se acertou com o paxá.

— Juro como homem de bem, disse Panurgo, que não minto uma só palavra. Eu o amarro com uma ceroula vagabunda que encontrei meio queimada e enlaço toscamente pés e mãos com minhas cordas, tão bem que ele não conseguiria se rebelar, então passei meu espeto pela sua garganta e o pendurei com o espeto em duas ponteiras que sustentavam alabardas. Aí eu acendi uma fogueira por baixo dele e flambei milorde que nem arenque defumado em chaminé, depois pegando a sua bolsa e um pequeno dardo que estava nas ponteiras eu parti no galope. E Deus sabe como eu fedia que nem pernil de carneiro.

Quando eu desci pela rua, encontrei todo mundo que tinha acorrido trazendo água para estancar o incêndio. E quando me viram assim semiassado tiveram piedade naturalmente e jogaram em mim toda sua água e me refrescaram que foi uma beleza, o que me fez um bem enorme; depois me deram uma pequena refeição, mas eu não comia nada, porque só me davam água para beber, como é costume deles.

Não me fizerem mais nenhum mal, fora um turquinho carne de pescoço, corcunda pela frente, que furtivamente devorou meus toicinhos; mas com meu dardo eu lhe dei uma lapada tão danada nos dedos, que ele não voltou duas vezes. E uma rapariga corintiana, que tinha me trazido uns mirobálanos e emblicas preparados à moda da casa, e ela encarava minha pobre pica muxiba, que nem se tivesse saído do fogo, porque então nem passava dos meus joelhos.

Mas reparem que esse assado me curou de todo uma ciática que me judiou por mais de sete anos do lado que meu churrasqueiro, ao dormir, deixou chamuscar.

Ora, enquanto eles se divertiam comigo, o fogo triunfava, não perguntem como, até tomar mais de duas mil casas, tanto que um deles notou e berrou, dizendo: 'Pela pança de Maomé, toda a cidade está ardendo, e a gente se divertindo aqui!' Então cada um vai ao seu cada qual. Quanto a mim, tomo o rumo da porta.

Quando passei por um montinho ali perto, me voltei que nem a mulher de Ló e vi toda a cidade em chamas, o que me deu uma satisfação tão tremenda, que quase me caguei de alegria; porém Deus me puniu.

— Como? (disse Pantagruel).

— Enquanto (disse Panurgo) eu via com tanto contento aquele belo fogo, entre deleites dizendo 'Ah, pobres pulgas, ah, pobres ratos, vocês vão ter um inverno violento, o fogo está no seu palheiro', saíram mais de seis, até mais de treze centenas e onze cães, grandes e pequenos, todos juntos fugindo do fogo na cidade. De primeira, correram direto para mim, sentindo o cheiro da minha carne deteriorada e semiassada, e teriam me devorado na hora, se meu bom anjo não tivesse me inspirado com o remédio mais oportuno contra dor de dente.

— E por que (disse Pantagruel) você temia dor de dente? Não tinha curado o reumatismo?

— Pela santa Páscoa (respondeu Panurgo), e tem dor de dente maior do que quando os cães nos pegam pela perna? Mas súbito eu me dou conta dos toicinhos e os jogo no meio da cachorrada; então eles vão e se batem uns nos outros a dentadas, para ver quem ficaria com o toicinho. Desse jeito me deixaram e eu também os deixei pelejando entre si. Assim escapei faceiro e rindo à toa: e viva o churrasco!"

Capítulo 15

Como Panurgo ensina um jeito novo
de construir as muralhas de Paris

É possível ler este episódio como rememoração paródica da importante participação feminina na defesa de Marselha em 1524, talvez com base em De virtute mulieribus *(Da virtude feminina), de Plutarco. Erasmo de Roterdã cita em seus* Apotegmas *(1.30) e* Adágios *(3.5.7) alguns ditos de Agesilau, sobre como a virude dos cidadãos seria a melhor muralha, que aqui são tomados ao pé da letra, compreendendo que a maior virtude das mulheres está junto ao hímen; nesse trecho, a Lacedemônia é Esparta, a pólis grega mais famosa por sua força bélica. Na única cópia que temos da primeira edição de* Pantagruel, *o trecho sofreu tanta censura que foi arrancado do exemplar, deixando apenas as marcas de tinta do censor nas páginas de trás; é quase certo que, com isso, Rabelais tenha tornado a cena mais leve, que é como a conhecemos. Screech ainda sugere que talvez o episódio possa ser lido à luz da* Querelle des femmes *(Querela das mulheres), que acabou gerando dicotomias entre piadas vulgares e idealização platônica do feminino; essa dicotomia aparece entre a visão virtuosa de Pantagruel e o saber prático de Panurgo. O resultado é escabroso e misógino, para dizer o mínimo.*

La Follie Gobelin *era uma grande tinturaria fundada pela família Gobelin, que tinha um bordel situado na atual rua dos Gobelins, nº 19. As muralhas de Paris foram construídas por ordem de Felipe Augusto (1165-1223) e estavam bastante deterioradas no tempo de Rabelais; Francisco I tinha interesse de melhorar a fortificação ao norte e encarregou o cardeal Du Bellay de dar cabo da empreitada, que só se realizou em parte. A torre de Bourges também foi construída sob Felipe Augusto; houve de fato uma técnica maçônica de construção com pontas de diamantes em obras como o Palácio dos Diamantes, em Ferrara, obra de 1493. A floresta de Bièvre é a floresta de Fontainebleau, que foi objeto de novos cuidados por parte de Francisco I.*

Lubino *aparece como um dos autores fictícios da biblioteca de Saint-Victor; seu livro em latim pode ser traduzido como "Livro das beberagens de mendicantes"; a narrativa sobre leão e raposo é muito tradicional na Idade Média, e as duas figuras representam modos do poder. O bissaco de Esopo é alusão à famosa fábula que narra como um ser humano carrega consigo dois sacos: um que vai à frente leva os defeitos alheios; por trás, sem ver, ele leva os próprios defeitos.*

Mouche *("mosca") também designava espiões no séc. XVI.*

Vemos aqui uma série de piadas com braguilha, que na verdade se espalha por boa parte da obra rabelaisiana; para entendê-las melhor, convém saber como elas eram na época, e talvez a melhor imagem seja o quadro Carlos V com cachorro de Tiziano. [G.G.F.]

———

Certo dia, para descansar de seus estudos, Pantagruel passeava rumo aos subúrbios de Saint Marcel para ver a La Follie Gobelin. Panurgo estava com ele, trazendo sempre um frasco debaixo do casaco e um pedaço de presunto, pois sem isso jamais iria, dizendo que esse era seu guarda-costas e que outra espada ele não levava. E quando Pantagruel tentou lhe dar uma, respondeu que inflamaria o baço.

"Certo, disse Epistemão, mas no caso de um ataque, como você se defenderia?

— Com bordoadas de galocha, ele respondeu, desde que estocadas fossem proibidas."

No retorno, Panurgo contemplava as muralhas da cidade de Paris e por derrisão disse a Pantagruel: "Estão vendo estas belas muralhas? Que fortes que são e perfeitas para proteger os gansos na muda! Por minha barba, são perfeitamente péssimas para uma cidade como esta, porque uma vaca com um peido já abateria mais de seis braças.

— Ah, meu amigo, disse Pantagruel, você bem sabe o que disse Agesilau quando perguntaram por que a grande cidade da Lacedemônia não estava cercada de muralhas? Ao mostrar os habitantes e cidadãos da pólis tão experientes na disciplina militar e tão fortes e bem armados: 'Veja (disse ele) as muralhas da cidade'. Com isso, significava que só existe muralha de osso e que as vilas e cidades não saberiam ter uma muralha mais segura e mais forte que as virtudes dos cidadãos e habitantes.

Do mesmo jeito, esta cidade é tão forte pela multidão do povo belicoso dentro dela, que nem se preocupam em fazer outras muralhas. Além disso, se alguém a quiser emuralhar que nem Estrasburgo, Orléans, ou Ferrara, não será possível, pois os custos e despesas seriam excessivos.

Certo, disse Panurgo, mas é bom ter uma cara de pedra, quando somos invadidos pelos inimigos, mesmo que seja só para perguntar 'quem vem lá?'. Quanto aos custos enormes que vocês dizem ser necessários se a quisermos murar, caso os senhores da cidade se disponham a me dar um tonel que seja de vinho, vou ensinar um jeito da hora para conseguirem construir baratinho.

— Como? disse Pantagruel.

— Não vão espalhar por aí (respondeu Panurgo), se eu ensinar para vocês.

Vejo que as quiricas das mulheres deste país são mais baratas que as pedras; bastaria construir com elas as muralhas, dispondo numa boa simetria arquitetônica, metendo as maiores na primeira fileira e depois inclinando, que nem as costas de um jumento, para dispor as médias e por fim as pequenas. Depois e só fazer um belo entrelardeamento com pontas de diamante, que nem a grande torre de Bourges, com aquele monte de chifarotes rijos que habitam as braguilhas claustrais.

Qual diabo derrubaria uma muralha dessas? Não existe metal que resista a tanto baque. E que venham as colhãobrinas aqui se enfiar: vocês veriam (por Deus) dali destilar o bendito fruto da bexiga, miúdo que nem chuva. Seco, pelos diabos. Além disso, o raio nunca cairia em cima dela. E por quê? São bentas ou sagradas.

Só vejo um inconveniente.

— Ho, ho, ha, ha, ha (disse Pantagruel). E qual?

— É que as moscas gostam tanto delas, que é uma maravilha, que se apinham facilmente e ali fariam sua imundícia; aí a obra se deteriora. Mas vejam que é remediável. Seria necessário sempre enxotá-las com belos rabos de raposa, ou esplêndidas jebas de jumentos da Provença. Por falar nisso, quero dar (já que vamos jantar) um belo exemplo apresentado pelo frade Lubino, *Libro de compotationibus mendicantium*.

No tempo em que os bichos falavam (nem três dias atrás), um pobre leão que passeava e proferia seus pequenos sufrágios pela floresta de Bièvre passou debaixo de uma árvore onde estava trepado um vilão carvoeiro para abater um boi. Quando este viu o leão, jogou nele um machado e assim o feriu gravemente na coxa. Nisso o leão manquitolando correu aqui e ali pela floresta em busca de ajuda, até que encontrou um carpinteiro, que se dispôs a ver a ferida, limpou o melhor que pode e a encheu de musgo, dizendo para enxotar as moscas da ferida, para que não fizessem sua imundícia, enquanto ele iria buscar a erva-de-carpinteiro. Assim curado, o leão passeava pela floresta, na hora em que uma velha sempiterna colhia e juntava lenha na tal floresta; quando esta viu o leão chegar, por medo tombou de revés de um tal jeito que o vento revirou sua saia, sotana e camisa até acima dos ombros. Ao ver a cena, o leão acorreu de piedade para ver se ela tinha sofrido algum mal, mas vendo aquela racha na brecha, disse: 'Ah, pobre mulher, quem a machucou desse jeito?', e ao dizer isso percebeu um raposo passando, que ele então chamou, dizendo: 'Compadre raposo, venha cá, que é sério.'

Quando o raposo chegou, ele lhe disse: 'Compadre, meu amigo, alguém feriu esta boa mulher aqui entre as pernas de um jeito horrível, com uma manifesta dissolução da continuidade, veja como a ferida é grande: do cu até o umbigo mede quatro, ou mais, uns bons cinco palmos e meio; foi golpe de acha, e receio que seja uma ferida antiga; então, para que as moscas não pousem, enxote bem forte, é o que peço, dentro e fora, você tem um rabo bom e longo, enxote, meu amigo, enxote, eu lhe suplico, enquanto eu vou buscar musgo para meter nela. Pois assim devemos socorrer e ajudar um ao outro.

Enxote forte, assim, meu amigo, enxote bem; pois essa ferida quer ser enxotada e muito; se não for assim, a pessoa não vai ter mais calma. Sim, enxote bem, meu compadrinho, enxote, Deus lhe concedeu por bem esse rabo, tão grande e grosso, o rabo certo, enxote forte e não se canse, um bom enxotador, que enxotando sem parar enxota com seu archote, por moscas enxotado nunca será. Enxote, meu bago, enxote, meu cacete; eu não vou mais parar.' Depois acaba por ir procurar musgo e, quando já estava um pouco longe, gritou de volta ao raposo: 'Enxote sempre, compadre, enxote e nunca mais deixe de bem enxotar, meu compadrinho, que vou fazer com que seja contratado com enxotador de Dom Pedro I de Castela. Enxote apenas, enxote e nada mais.' O pobre raposo enxotava bem, de lá e de cá, dentro e fora; mas a velha falaz peidava e ventava que nem cem diabos.

O pobre raposo já estava passando mal, sem saber que de lado se virar para escapar ao perfume das lufadas da velha, e enquanto se virava vê que por trás tinha ainda outro rombo, não tão grande quanto o que ele enxotava, donde vinha aquele vento fétido e infecto. O leão finalmente retorna, trazendo mais musgo do que cabem em dezoito fardos e começou a meter dentro da ferida com um bastão que tinha trazido, e já tinha metido uns bons seis fardos e meio, enquanto pasmava: 'Que diabo de ferida profunda! Só de musgo aqui entrariam mais de duas carroças.' Porém o raposo o aconselhou: 'Ah, compadre leão, meu amigo, eu lhe peço que não meta aqui todo o musgo, guarde um pouco, porque aqui embaixo tem um rombinho que fede mais que quinhentos diabos. Fui envenenado pelo odor, de tão fedorento.'"

Então disse Pantagruel: "Como é que você sabe que as partes pudendas das mulheres andam tão baratas? Nesta cidade temos muitas mulheres pudicas, castas e virgens.

— *Et ubi encontratis*? disse Panurgo. Eu vou dar a minha, não opinião, mas verdadeira certeza absoluta.

Não me gabo de ter recheado quatrocentos e dezessete desde que cheguei a esta cidade, há apenas nove dias. Mas hoje de manhã encontrei um homem com um bissaco que nem o de Esopo, levando duas menininhas com dois ou três anos no máximo, uma na frente, outra atrás. Ele me pede esmola, mas eu lhe dou a resposta de que tinha mais colhões do que fundos. Depois pergunto: 'Meu bom senhor, essas duas menininhas por acaso são virgens?

— Irmão, diz ele, fazem dois anos que eu as levo assim e, quanto a esta aqui da frente, que eu vejo o tempo todo, penso que é virgem, sim; mas eu não botaria minha mão no fogo por esta que levo atrás: não sei de nada.'

— Sem dúvida, disse Pantagruel, você é um nobre companheiro, eu quero lhe vestir com minha libré." E o vestiu com elegância, na moda do tempo que corria; exceto que Panurgo quis que a braguilha das suas calças tivessem três pés de comprimento e fosse quadrada, não redonda: assim se fez, e se viu que era bom. E ele dizia o tempo todo que o mundo não tinha ainda reconhecido a vantagem e utilidade de usar uma grande braguilha; mas o tempo lhes ensinaria um dia, tal como todas as coisas foram inventadas em seu tempo.

"Deus livre do mal (dizia ele) o companheiro a quem a longa braguilha salvou a vida. Deus livre do mal aquele cuja longa braguilha rendeu um dia cento e sessenta mil e nove escudos. Deus livre do mal quem com sua longa braguilha salvou toda uma cidade de morrer de fome. E por Deus, eu vou fazer um livro *Da comodidade das longas braguilhas*, quando tiver mais tempo livre." De fato, ele compôs um belo e grande livro com figuras, mas ainda não foi impresso, que eu saiba.

François Rabelais

Capítulo 16

Dos costumes e características de Panurgo

A descrição de Panurgo, com seu modelo malandro contra as autoridades da época, além de confirmar a etimologia de seu nome, é provavelmente embasada na figura de Cingar, na Histoire macaronique *(História macarrônica) de Teófilo Folengo, também conhecido como Merlino Cocajo (que já apareceu na genealogia de Pantagruel e na biblioteca de Saint-Victor); e também na personagem alemã de Till Eulenspiegel, protagonista em livros de autoria anônima. Hormaechea atenta como sua construção não deixa de lembrar os primeiros pícaros da ficção espanhola contemporânea, tais como* La lozana andaluza, *de 1528, e* Lazarillo de Tormes, *de 1554.*

O punhal de chumbo era mais vil, praticamente impossível revestir com ouro; além disso, o chumbo não era usado para armas brancas. Quando depois vemos sua espada, ela logo pode ser vista ironicamente como o longo membro do personagem.

O adágio da falta de prata era tema popular, já musicado por Josquin de Prez (1440-1521) no original: Faute d'argent, c'est douleur non pareille. *Metaforicamente, a doença da falta de prata poderia ser lida como sífilis ou varíola/bexiga, já que seu tratamento era feito com prata ou mercúrio. Pouco adiante temos uma citação de Marot em sua "Epistre au Roi":* Au demourant, le meilleur fils du monde *("No mais, o melhor jovem deste mundo"). "Beber que nem templário" era expressão proverbial com referência à ordem de cavaleiros fundada em 1118, em Jerusalém; em 1312, a ordem foi dissolvida por ordem do papa Clemente VI.*

Junto ao Quartier Latin, o monte Sainte-Geneviève abrigava, dentre outros, o colégio de Navarra, fundado em 1309, que depois viria a se tornar a École Polytechnique. Deus det nobis suam pacem *("Que Deus nos dê a sua paz") é fórmula típica de agradecimento nas refeições.* Ite missa est *era fórmula final das missas, com o sentido de "Ide, a missa terminou".*

A imagem do fogo de Santo Antônio nas pernas era típica para designar erisipela, pois São Antônio era representado com um fogo ameaçador que saía de seus pés e mãos; essa mesma imagem também pode indicar gangrena. Orelhas de lebre e rabos de raposa eram dois sinais típicos dos tolos durante o Carnaval. Pedro d'Ailly (1350-1420) foi prelado, teólogo e cardeal francês; as Suppositiones *eram um capítulo da lógica escolástica. Fodigna e Fodarábia são referências distorcidas a Frontignan, em Hérault, e a Fontarábia, na Espanha, alteradas respectivamente para Foutignan e Foutarabie, para evocar o verbo* foutre *("foder"); todas as regiões mencionadas nesse trecho eram famosas pelas suas rendas; daí a menção a Minerva e Ariadne, duas figuras típicas da mitologia grega representadas como tecelãs; nas* Metamorfoses *Aracne termina por se tornar a aranha (VI, 11-45). Mestre Mosca é alusão a Mucciato Guido di Francesi, conselheiro de Felipe o Belo, que tinha o apelido de "Senhor Mosca"; por adulterar moedas, ficou com fama de enganar o povo.*

Em geral, vendedores de teriaga (elixir contra doenças e venenos) eram tidos como charlatães. [G.G.F.]

———

Panurgo era de estatura mediana, nem muito grande nem muito pequeno, e tinha o nariz meio aquilino, feito um cabo de navalha. Estava então com cerca de trinta e cinco anos, finíssimo para se dourar, que nem punhal de chumbo, elegante em sua pessoa, embora um tanto safado e sujeito por natureza à doença que naquele tempo chamavam *falta de prata é uma dor sem par*; no entanto conhecia sessenta e três jeitos de encontrá-la quando precisasse; delas a mais honrosa e comum se dava por meio do furto discreto; malfeitor, trapaceiro, beberrão, treteiro, patife quando estava em Paris: *no mais, o melhor jovem deste mundo* e sempre maquinava alguma coisa contra meirinhos e guardas.

Numa ocasião, ele reunia três ou quatro bons broncos, deixava beberem que nem templários noite adentro, depois os levava ao pé do monte Sainte-Geneviève ou até o Colégio de Navarra, na hora em que a guarda subia por lá (coisa que ele reconhecia pondo sua espada na calçada e a orelha por cima, pois quando ouvia a espada tremer, era sinal infalível de que a guarda estava por perto); nessa hora ele e seus parceiros pegavam uma carroça e a empurravam com toda força vale abaixo e assim deitavam por terra toda a pobre guarda feito porcos, depois fugia para o outro lado, pois em menos de dois dias já debulhava todas as ruas e travessas de Paris que nem o *Deus det.*

Noutra ocasião, numa bela praça qualquer, por onde a tal guarda deveria passar, ele fazia um rastro de pólvora de canhão e na hora em que passavam tacava fogo por baixo e depois se esbaldava em ver toda a graça que eles tinham ao fugir, pensando que o fogo de Santo Antônio estava pegando pelas pernas.

Quanto aos pobres mestres de artes, ele os apoquentava mais que a todos os outros; quando encontrava um deles na rua, nunca deixava de pregar uma peça, ora jogando estrume em seus chapéus emperequetados, ora prendendo rabinhos de raposa ou orelhas de lebre em seus traseiros, ou qualquer outra traquinagem. Um dia, quando tinham marcado de se encontrar na rua du Fouarre, ele preparou uma torta bourbonense repleta de alho, de gálba-

no, de assa-fétida, de castóreo e de estrume quente, depois a embebeu em pus de bossas cancrosas e na madruga besuntou e melou toda a calçada de um jeito que nem o diabo aguentaria. Todos aqueles homens de bem botavam os bofes para fora na frente de todo mundo, como se estivessem chamando Raul, e dez ou doze morreram de peste, catorze ficaram leprosos e dezoito gotosos e mais de vinte e sete pegaram bexiga, mas ele nem dava a mínima.

E costumava levar um chicote por baixo da roupa, que ele chicoteava sem dó nos pajens que encontrava levando vinho a seus mestres, só para apressá-los.

No casaco tinha mais de vinte e seis bolsinhas e algibeiras sempre lotadas, uma com um dedalzinho de chumbo e uma faquinha afiada que nem agulha de peleiro, que ele usava para cortar bolsas; outra com argaço, que ele jogava nos olhos de quem encontrasse; outra com carrapichos emplumados com peninhas de pássaros ou capões, que ele lançava nas roupas e barretes da gente de bem; com frequência metia neles uns belos chifres, que então carregavam por toda a vila, ou até por toda a vida.

Nas mulheres também, por cima dos seus chapéus, na parte de trás, por vezes pendurava figuras com forma de um membro viril.

Outra com um monte de cornetas cheias de piolhos e pulgas tirados dos mendigos do Cemitério dos Santos Inocentes, que com belos caniços ou plumas de escrita ele jogava sobre os coletes das damas mais açucaradas que encontrasse, sobretudo na igreja; pois nunca ficava no alto, junto ao coro, mas sempre permanecia perto da nave, entre as mulheres, fosse na missa, nas vésperas ou no sermão.

Outra com boa provisão de ganchos e anzóis, com que sempre juntava homens e mulheres em hora de multidões mais densas, principalmente aquelas que tinham tafetás ligeiros, e na hora em que queriam sair rasgavam toda a roupa.

Outra com uma binga fornida de gatilho, fósforos, pedra e todo aparelho necessário.

Outra com dois ou três espelhos côncavos ardentes, que por vezes usava para irritar homens e mulheres, fazendo com que perdessem a compostura na igreja; pois ele dizia que só havia uma antístrofe entre *mulher pira na missa* e *mulher mira na pissa*.

Outra com uma provisão de fios e agulhas, que ele usava em mil diabruras.

Certa vez, na saída do Paço, enquanto um franciscano no salão rezava a missa dos magistrados, ele o ajudou a se vestir e paramentar, mas ao orná-lo costurou a alva com a roupa e a camisa, depois se afastou quando os magistrados da corte vieram sentar-se para escutar a tal missa. Mas quando chegou ao *ite missa est* e o pobre frade quis desvestir a alva, tirou junto o hábito e a camisa que estava bem cosidos e arregaçou tudo até os ombros, mostrando a rola para todo mundo, e não era pequena, sem dúvida. E o frade mais tirava e tanto mais descobria, até que um dos magistrados da corte disse: "Esse bom padre quer que a gente venha aqui fazer a oferenda e beijar seu cu? Que o fogo de Santo Antônio o beije."

Desde então se ordenou que os bons padres não poderiam mais se desvestir diante do mundo, mas apenas em sua sacristia, muito menos em presença de mulheres, porque poderia dar ensejo ao pecado da inveja.

E todo mundo perguntava: "Por que é que esses frades têm um saco tão comprido?" Panurgo resolveu muito bem o problema, dizendo: "O que deixa tão grandes as orelhas dos jumentos é que suas mães não põem barrete na cabeça deles, como diz d'Ailly em suas *Suposições*. Por motivo similar, o que torna assim o saco dos pobres frades beatos é que eles não usam calças apertadas, e seu pobre membro se estende em liberdade sem brida e vai assim se balangando até os joelhos, que nem os rosários das mulheres." Mas a causa de a terem igualmente grossa era que nesse balanço os humores do corpo descem ao tal membro; pois, segundo os legistas, agitação e moção contínua são causas de atração.

Item ele tinha outra bolsa cheia de pena de alúmen, que ele jogava nas costas das mulheres que via mais empertigadas, o que fazia se desnudarem na frente de todo mundo, e outras dançarem que nem garnisé na brasa ou baquetas num tambor, e outras correrem pelas ruas, e ele corria atrás; e

François Rabelais

àquelas que se desnudavam ele logo metia sua capa sobre as costas, como homem cortês e cavalheiro.

Item em outra bolsa ele tinha uma garrafinha cheia de azeite rançoso e, quando encontrava mulher ou homem com uma bela roupa, engordurava e estragava as melhores partes sob o pretexto de tocá-las e dizer: "Vejam que tecido bom, vejam que seda boa, bom tafetá, minha senhora, Deus conceda o que desejar seu nobre coração; que a senhora tenha uma roupa nova, novo amigo, que Deus assim a proteja." E dizendo metia a mão no colete e assim deixava a mancha para sempre, tão enormemente gravada na alma, no corpo e no renome, que nem o diabo a removeria; por fim dizia: "Senhora, cuidado para não cair, porque tem um buraco imenso e imundo bem na sua frente."

Em outra ele tinha eufórbio às pencas, sutilmente pulverizado e ali dentro enfiava um lenço bonito e bem trabalhado que tinha afanado da bela camareira do Paço, enquanto punha um piolho no seio dela, pois mesmo assim conseguiu. E quando se encontrava na companhia de boas damas, danava a conversar sobre lingerie e punha a mão no seio de uma enquanto perguntava: "Essa peça é de Flandres ou de Hainaut?" Depois tirava seu lenço dizendo: "Veja, veja aqui esta peça, ele á de Fodignan e Fodarábia", e lhes esfregava o lenço no nariz, fazendo espirrarem por quatro horas seguidas. Nesse momento, ele peidava que nem um pangaré e as mulheres riam dele dizendo: "Mas como você peida, Panurgo?

— Não! eu juro, minha senhora, dizia ele; só faço um contraponto à música que ressoa do seu nariz."

E outra uma pinça, um gancho, um pelicano e outras ferramentas, com as quais não tinha porta nem cofre que não se abria.

E outra cheia de copinhos com que jogava muito artificiosamente; pois tinha os dedos muito afeitos à mão que nem os de Minerva ou Aracne. Ele tinha sido criador de teriaga.

E quando trocava uma moeda, ou qualquer outra peça, o cambista tinha de ser mais rápido que o Mestre Mosca, para que Panurgo não esvanecesse a cada vez com cinco ou seis moedas de prata visivelmente, abertamente, manifestamente, sem provocar qualquer ferida ou lesão, enquanto o cambista mal sentia o vento.

Capítulo 17

Como Panurgo ganhava indulgências
e casava velhas,
e dos processos que sofreu em Paris

Neste episódio, narrado em primeira pessoa por Alcofribas, temos críticas à venalidade de perdões e indulgências da Igreja (prática que visava a financiar as Cruzadas, mas também os cofres), seguindo o modelo de Erasmo e Lutero porém num estilo mais cômico, também a partir de Folengo e também da Farce de maistre Pathelin, *como ao mencionar o dinheiro sem pai nem mãe.*

Grates uobis dominos é latim agramatical, com o sentido aproximado de "Dê- -lhe graças o senhor", ou "dou-lhes graças, senhores", porém tem um jogo com do *("dou") e* nos *("nós"). Ao mencionar* rabis, *vale atentar que o uso dos versos hebraicos era tópica no tempo de Rabelais; mas é importante lembrar também que, contra o desejo conservador da Sorbonne, o hebraico vinha sendo ensinado na Academia Trilíngue fundada por Francisco I; a gramática de Kihmi (1160-1235) fora recentemente publicada em latim, e Panurgo usa exemplos do* Novo Testamento *a partir do latim, sobretudo Mateus 19:22; Abraão ibn Ezra, ou Abenezra (1092/3-1167) foi outro escritor judeu importante da Idade Média. Bártolo de Sassoferrato (1313- 1357) foi importante jurista, que aqui serve como chacota contra os juristas do tempo de Rabelais que o citavam a torto e a direito. Papa Sisto IV (1414-1484), que será depois citado como sifilítico, teve fama de mundano e nepotista.*

Fedenças fazem referência trocadilhesca às Sententiae *de Pedro Lombardo (c. 1100-1160), obra enciclopédica da teologia medieval que ainda era usada, porém com um chiste entre o nome da obra e o verbo francês* sentir *("cheirar", ou "exalar um cheiro").*

Taqueopariu é um jogo que aparece na lista de Gargântua, cap. 22. Santo Auvento é invenção, Adauras no original, seu nome evoca Vacuas pendebit ad auras *("Vai ser pendurado nos ares", em latim), com referência à forca.* [G.G.F.]

———

Um dia encontrei Panurgo cabisbaixo e taciturno e desconfiei que ele estava sem grana, então lhe disse: "Panurgo, o senhor não está doente, pelo que posso ver na sua fisionomia, e conheço o mal, o senhor tem um fluxo de bolsa; mas não se preocupe: ainda tenho seis soldos e uns centavos, sem pai nem mãe, que não vão lhe deixar na mão, que nem a bexiga, em caso de necessidade." Nisso ele me respondeu: "Grande merda o dinheiro. Um dia terei muito, porque tenho uma pedra filosofal que atrai para mim a prata das bolsas, que nem ímã atrai ferro. Mas o senhor quer ganhar indulgências?, ele disse.

— Juro que sim (eu respondi): não sou lá um grande indulgente neste mundo, não sei se serei no outro; vamos então, em nome de Deus, por uma grana, nem mais nem menos.

— Mas (disse ele) me empreste então uma grana com juros.

— Nem a pau, eu disse. Eu dou de bom coração.

— *Grates uobis dominos*", disse ele. Assim fomos, começando por Saint-Gervais, e ganho as indulgências só na primeira cabine, pois me contento com pouco nesses assuntos, depois contava meus miúdos sufrágios e orações de Sainte-Brigitte; mas ele ganhou em todas as cabines e dava sempre dinheiro a cada um dos seus indultores.

De lá, seguimos para Notre-Dame, Saint-Jean, Saint-Antoine e também outras igrejas onde houvesse uma banca de indulgências. Da minha parte, ganhei um pouco mais; mas ele em todas as cabines beijava as relíquias e dava sua oferta a cada uma. Enfim, quando voltávamos, ele me levou para beber num cabaré do castelo e me mostrou dez ou doze dos seus bolsos cheios de dinheiro. Diante disso, fiz o sinal da cruz e disse: "Como o senhor recuperou tanta bufunfa em tão pouco tempo?" Ao que me respondeu que tinha pego nas bacias de indulgências, "porque ao jogar a primeira moeda (disse ele), coloquei com tanta habilidade que parecia ser de prata, enquanto com a outra mão eu pegava doze moedas, veja bem, doze ceitis ou o dobro, no mínimo, ou mesmo três ou quatro das dúzias; e assim foi por todas as igrejas em que entramos.

— Mas assim (disse eu) o senhor se condenou como uma serpente, é ladrão e sacrílego!

— Claro (disse ele), se você pensa assim, mas assim eu não penso. Pois os indultores é que me doam; e me dizem, enquanto pego as relíquias e as beijo, *centuplum accipies* [você receberá um cêntuplo], que por uma moeda eu ganhe cem; pois *accipies* se diz à maneira dos hebreus, que usam o futuro em vez do imperativo, tal como temos na lei *diliges dominum* [amarás o senhor], em vez de *dilige* [ama]. Assim, quando indultor me diz *centuplum accipies*, quer dizer, *centuplum accipe* [receba um cêntuplo], segundo como expôs o Rabi Kimhi e o Rabin ibn Ezra e todos os massoretas; e *ibi* Bártolo.

E mais, o Papa Sisto me deu mil e quinhentas libras de renda sobre seu domínio e tesouro eclesiástico, por ter curado uma boça cancrosa que o atormentava tanto, que ele já pensava que seria coxo pelo resto da vida.

Então eu me pago com as próprias mãos, já que nada vem do tal tesouro eclesiástico.

Ah, meu querido (ele dizia), se você soubesse como eu lavei a égua na Cruzada, ficaria embasbacado. Ela me valeu mais de seis mil florins.

— Mas, pelos diabos, onde é que foram parar?, disse eu, porque você não tem um vintém.

— No lugar donde vieram (disse ele). Apenas trocaram de dono.

Mas eu empreguei uns bons três mil para casar não as jovens, porque elas arranjam marido até demais, mas sim as grandes velhas sempiternas, que já não têm mais dentes na boca. Considerando que essas boas mulheres empregaram muitíssimo bem seu tempo na juventude e brincavam de toma-notoba com o rabo levantado para quem viesse, até que ninguém mais quis. E, por Deus, eu ia fazê-las chacoalhar mais uma vez antes de morrerem. Desse jeito, a uma eu dava cem florins, a outra cento e vinte, a outra trezentos, a depender de quão infames, destestáveis e abomináveis, pois quanto mais horrendas e execráveis, tanto era necessário lhes dar mais vantagem, se não nem o diabo as iria comer. Imediatamente eu ia até alguém dotado de uma jeba grande e grossa e fazia eu mesmo o casamento, mas antes de mostrar as velhas, eu mostrava os escudos e dizia: 'Compadre, aqui está o seu presente, se quiser sentar a peia de jeito.' Então aqueles coitados se abufalavam que nem uns mulos velhos, e eu os apressava para se banquetear, beber do melhor, repleto de especiarias, para depois botarem as velhas no calor do cio. No fim das contas, cumpriam a obra, como todas as boas almas; mas no caso daquelas terrivelmente toscas e disformes, eu mandava botar um saco na cara.

Além disso, perdi muito em processos.

— E qual processo você pode ter? (dizia eu) Você não tem terra, nem casa.

— Meu querido (disse ele), as senhoritas desta cidade tinham encontrado, por instigação do demônio infernal, um tipo de colete ou cachecol elevado, capaz de esconder tão bem os peitos, que não dava mais para meter a mão lá dentro; pois a racha delas tinha virado nas costas, ficando tudo fechado pela frente, coisa que deixava os pobres amantes dolentes e contemplativos bastante descontentes. Um belo dia, numa terça, apresentei minha demanda à corte, tomando parte contra as tais senhoritas e mostrando os grandes danos que vinha sofrendo, protestando que pela mesma razão eu mandaria costurar a braguilha das minhas calças por trás, se a corte não tomasse uma providência; em resumo, as senhoritas formaram um sindicato, mostraram seus fundamentos e passaram procuração para defender sua causa; porém eu as açodei com tal severidade, que por decreto da corte declarou-se que tais cachecóis altos não seriam mais utilizados, a não ser que fossem um pouco fendidos pela frente. Mas isso me custou pacas.

Fiz outro processo, bem sujo e salafrário, contra o Mestre Latrinário e seus auxiliares, para que não pudesse mais ler clandestinamente à noite *A pipa do tonel* nem o quarto livro das *Fedenças*; mas apenas à luz do dia, nas escolas da Rue du Fouarre, diante de todos os outros sofistas; nisso fui condenado a todas as despesas por qualquer formalidade no relatório do meirinho.

Outra vez prestei queixa na corte contra as mulas dos presidentes e conselheiros e outros, alegando que, quando no pátio do Paço elas ficam roendo o freio, as conselheiras fizessem belos babadores, a fim de que com a baba não estragassem o pavimento e assim os pajens do Paço pudessem ali jogar seu ás no dado e taqueopariu, sem gastarem as calças na altura do joelho. Tive sentença favorável, mas custa um bocado.

Some a isso o quanto me custa agorinha os pequenos banquetes que faço aos pajens do Paço todo santo dia.

— E para quê? eu disse.

— Meu querido (disse ele), você não tem um divertimento neste mundo. E tenho mais que o rei. E se quiser se juntar comigo, vamos fazer o diabo a quatro.

— Não, não (disse eu), por Santo Auvento, porque um dia você vai parar na forca.

— E você (disse ele), que vai ser um dia enterrado, qual é mais honroso, ar ou terra? Seu gado gordo.

Enquanto esses pajens banqueteavam, eu guardo as mulas e corto um loro do estribo no lado da montaria, de modo que fique por um fio. Quando o gordo e inchado do conselheiro ou outro qualquer dá impulso para montar, caem de cara que nem porcos na frente de todos, e oferecem assim uma risada que vale mais de cem francos.

Mas eu rio ainda mais quando chegam ao alojamento e açoitam meu senhor pajem que nem centeio verde, e assim nunca reclamo o que me custou pelo banquete."

Ao fim e ao cabo, ele tinha (como eu disse acima) sessenta e três jeitos de recuperar dinheiro; mas tinha também duzentos e catorze de gastá-lo, sem contar o reparo do papo sob o nariz.

Capítulo 18

Como um grande clérigo da Inglaterra tentou argumentar contra Pantagruel e foi vencido por Panurgo

Os experimentos rabelaisianos sobre a comunicabilidade da linguagem retornam ao longo de três capítulos. Hormaechea argumenta que o desejo de Taumasto para que discutam por meio dos signos, além de remontar, segundo Screech, às teorias do Venerável Béda (c. 673-735) sobre tradução dos signos publicadas em 1525, aponta para a força do pensamento cabalístico e hermético no Renascimento como uma espécie de complemento ao saber bíblico. Taumasto, no original Thaumaste, faz um jogo entre o nome comum Thomas em inglês e o substantivo θαῦμα em grego ("portento", "maravilha"); assim, como observa Screech, ele se torna uma espécie de taumaturgo, ou mesmo um mago alquímico. É nesse contexto que surge a menção a Pico della Mirandola, erudito italiano (1463-1494) representante do ideal do polímata renascentista, que já foi implicitamente comparado a Pantagruel no cap. 10. A primeira resposta do nosso herói à proposta de Taumasto ecoa Tiago 1:17, aqui como piada, porém retomada a sério no Terceiro livro.

A história da rainha de Sabá (2 Cron. 9:1-12 e 1 Reis 10:1-13) conta que ela veio para apresentar questões a Salomão; como falavam línguas diferentes, poderíamos imaginar os dois conversando por sinais, tal como Taumasto e Panurgo no próximo capítulo. Todos os exemplos citados na sequência são verídicos, ou fazem parte da história antiga; ou seja, são sérios, embora usados em contexto ridículo.

A frase de Heráclito é, na verdade, atribuída a Demócrito. As obras que assombram Pantagruel são todas de autores conhecidos com pendores neoplatônicos, fora Inário (talvez usado para dar o eco "denário", para "dinheiro", que aqui preservei); nenhum dos mimos atribuídos a Filistião (séc. I d.C.) chegou até nós.

O hotel de Cluny servia de residência mais luxuosa aos beneditinos. Muitos consideravam que o castelo de Vauvert, próximo ao Quartier Latin, era um local assombrado e demoníaco; mas ele servia de asilo a mendigos e caminhantes.

Na primeira edição, este capítulo e os dois seguintes faziam uma peça unitária. Onde se lê "patifes dos sofistas", Rabelais havia acrescentado uma piada à edição de 1534, que foi posteriormente retirada após a edição de 1537, por ser virulenta; nela, lê-se "sorbilanos, sorbonagres, sorbonígenes, sorbonícolas, sorbonísecos, niborcisanos, saniborsanos", uma série de ataques trocadilhescos ao conservadorismo da Sorbonne, que foi poupada em vários outros trechos das reedições em vida de Rabelais; guardo apenas esta variante, como peça maravilhosa da sátira rabelaisiana.

Primus et secundus é um dos jogos da lista de Gargântua, cap. 22. [G.G.F.]

Na mesma época um erudito chamado Taumasto, ao ouvir o rumor e o renome do saber incomparável de Pantagruel, veio da Inglaterra com a única intenção de ver Pantagruel, de conhecê-lo e provar se era mesmo seu saber digno do renome. Logo que chegou a Paris, seguiu para a residência de Pantagruel, que estava alojado no hotel de São Dionísio e então passeava pelo jardim com Panurgo, filosofando à moda dos peripatéticos.

Mal entrou, foi tomado de pavor, ao ver como era grande e gordo; depois o cumprimentou gentilmente, como de praxe, e lhe disse: "É mesmo verdade o que disse Platão, príncipe dos filósofos, que se a imagem da ciência e da sapiência fosse corporal e espectável aos olhos humanos, ela incitaria todo mundo à sua admiração. Pois apenas seu rumor difundido pelo ar, se fosse recebido pelos ouvidos dos seus estudiosos e amadores, que nós chamamos filósofos, não os deixaria dormir nem descansar em paz, tanto que os estimularia e abrasaria para correrem ao local e ver a pessoa em que essa ciência teria estabelecido seu templo e produziria oráculos.

Como já nos foi claramente demonstrado pela Rainha de Sabá, que veio dos limites do Oriente e do mar Pérsico para ver a ordem da casa do sábio Salomão e ouvir sua sapiência.

Por Anacársis, que da Cítia foi até Atenas para ver Sólon.

Por Pitágoras, que visitou os vaticinadores menfíticos.

Por Platão, que visitou os magos do Egito e Arquitas de Tarento.

Por Apolônio de Tiana, que foi até o monte Cáucaso, passou os citas, os masságetas, os indianos, navegou pelo grande rio Físon, até os brâmanes para ver Hiarcas. E pela Babilônia, Caldeia, Medeia, Assíria, Pártia, Síria, Fenícia, Arábia, Palestina, Alexandria, até a Etiópia, para ver os gimnosofistas.

Exemplo parelho temos nós em Tito Lívio, pois para o ver e ouvir muitos estudiosos vieram até Roma desde os fins limítrofes da França e da Espanha.

Nem ouso recensear o número e ordem dessas pessoas tão perfeitas; mas bem quero ser dito estudioso e amador, não apenas das letras, como também dos letrados.

De fato, ao ouvir o rumor do seu saber inestimabilíssimo, deixei meu país, meus parentes e meu lar e para cá me transportei, sem conjeturar a distância do caminho, o tédio do mar, a novidade dos campos, apenas para vê-lo e discutir com você algumas passagens de filosofia, de geomancia e de cabala, nas quais sinto dúvidas e não contento meu espírito, e que você me poderia resolver; desde já, me rendo como seu escravo, junto com toda minha posteridade, pois outro dom não tenho digno de tamanha recompensa.

Vou redigi-los por escrito e amanhã os apresentarei a todos os eruditos da cidade, para que possamos disputar publicamente diante deles.

Não quero disputar *pro et contra*, como os tolos sofistas desta e de outras cidades. Também não quero disputar à maneira dos acadêmicos, por declamação, nem por números, como fazia Pitágoras e como queria Pico della Mirandola em Roma.

Mas quero disputar por sinais apenas, sem falar; pois os assuntos são tão árduos, que as palavras humanas não seria suficientes para explicá-las satisfatoriamente. Por isso, peço que sua magnificência se apresente no grande salão de Navarra às sete da manhã."

Proferidas essas palavras, Pantagruel disse honoravelmente: "Senhor, as graças que Deus me deu, eu não gostaria de negá-las a ninguém, desde que esteja em meu poder; pois todo bem vem dele e é da sua vontade que seja multiplicado quando nos encontramos entre pessoas dignas e idôneas de receberem o maná celeste do saber honesto.

Nesse grupo, pelo que bem percebi, você ocupa o primeiro lugar. E notifico que de pronto você me encontrará presto para obtemperar cada uma das suas requestas, segundo meus parcos poderes. E tanto mais com você devo aprender do que você comigo; porém, como já protestou, debateremos suas dúvidas juntos e buscaremos a resolução, até o fundo do poço inesgotável em que Heráclito dizia se esconder a verdade.

E louvo imensamente a maneira argumentativa que você propôs, a saber, por sinais, sem falar; pois assim você e eu nos entenderemos e ficaremos longe das prestidigitações daqueles sofistas imbecis quando argumentam o ponto nevrálgico do argumento.

Então amanhã não deixarei de me apresentar na hora e lugar destinados; mas peço que entre nós não haja debate nem tumulto, e que não busquemos honra ou aplausos do público, mas somente a verdade."

Ao que respondeu Taumasto: "Senhor, que Deus o guarde em sua graça, como agradecimento por ver que sua alta magnificência condescende à minha ínfima baixeza.

Então até amanhã.

— Até", disse Pantagruel.

Senhores que agora leem o presente texto, não pensem que jamais houve pessoa mais elevada e exaltada em pensamento como naquela noite, tanto Taumasto como Pantagruel. Pois o tal Taumasto disse ao porteiro do hotel de Cluny, onde estava alojado, que nunca em toda sua vida tivera tanta sede quanto naquela noite.

"Tenho cá para mim (dizia ele) que Pantagruel me pegou pelo pescoço, peço que ordene bebidas e garanta uma provisão de água fresca para eu gargarejar."

Por outro lado, Pantagruel atingiu o paroxismo e passou a noite toda fantasiando sobre:

O livro de Béda, *De numeris et signis* [*Dos números e sinais*].

O livro de Plotino, *De inenarralibus* [*Dos inenarráveis*].

O livro de Proclo, *De magia* [*Da magia*].

Os livros de Artemidoro, *Peri oneirocriticon* [*Sobre a interpretação dos sonhos*].

De Anaxágoras, *Peri semion* [*Dos sinais*].

De Inário, *Peri aphaton* [*Do inefável*].

Os livros de Filistião.

Hipônax, *Peri anecphoneto* [*Do indizível*], e um monte de outros, até que Panurgo lhe disse:

"Meu senhor, deixe todos esses pensamentos e vá para a cama, pois sinto que você está tão agitado no espírito, que logo vai tombar numa febre efêmera por excesso de pensamento; mas primeiro beba vinte e cinco ou trinta doses e depois se retire para dormir à vontade, porque de manhã eu responderei e argumentarei contra o senhor inglês, e se eu não lhe calar a boca, *ad metam non loqui*, podem falar mal de mim.

— Certo (disse Pantagruel), Panurgo, meu querido, ele é incrivelmente erudito, como você vai deixá-lo satisfeito?

— Pois bem, respondeu Panurgo. Peço que não fale mais e deixe comigo; existe um homem mais erudito que os diabos?

— Não creio (disse Pantagruel), sem uma graça divina especial.

— No entanto (disse Panurgo), já argumentei muitas vezes contra eles e lhes dei um quinau de caírem com o cu por terra. Por isso, pode ter certeza que esse glorioso inglês, eu vou fazê-lo cagar vinagre na frente de todo mundo." Assim passou a noite Panurgo, bebericando com os pajens e apostando os cordões das calças no *primus et secundus* e nas varetas.

E quando chegou a hora assinalada, ele conduziu seu mestre Pantagruel ao lugar determinado. E podem acreditar sem medo que não havia pequeno ou grande em Paris que não estivesse presente, pensando: "Esse diabo do Pantagruel, que convenceu todos os espertinhos sofistas novatos, vai agora provar do próprio vinho; porque esse inglês é um outro diabo de Vauvert; vamos ver quem vai ganhar."

Assim todo mundo se reuniu, Taumasto os esperava. E logo que Pantagruel e Panurgo chegaram ao salão, todos os debutantes, artesãos e delegados começaram a bater palmas, na asneira de costume.

Porém Pantagruel bradou em alta voz, como se fosse o som de um canhão duplo, dizendo: "Paz, pelos diabos! Paz, por Deus, seus biltres que me vexam, senão eu vou cortar a cabeça de todos!"

Diante dessas palavras, ficaram todos pasmos que nem patos e não ousaram nem sequer tossir, mesmo se tivessem comido sete quilos de penas. E ficaram tão sedentos só de ouvir a sua voz, que tinham a língua meio palmo para fora da boca, como se Pantagruel tivesse salgado a garganta deles.

Então começou Panurgo a falar, dizendo ao inglês: "Meu senhor, você veio aqui para disputar contenciosamente sobre as proposições que enviou, ou para aprender e saber a verdade?"

Ao que respondeu Taumasto: "Meu senhor, nada mais me traz aqui, além do bom desejo de aprender e de saber o que me causou tanta dúvida ao longo da vida, pois não encontrei nem livro nem homem que tenha me satisfeito na resolução das dúvidas que apresentei. Quanto a disputar em contenda, não é isso o que quero, porque é coisa vil demais e a deixo aos patifes dos sofistas, que em suas disputas não buscam a verdade, mas só contradição e debate.

— Então, disse Panurgo, se eu, que sou mero discípulo de meu mestre e senhor Pantagruel, puder lhe contentar e satisfazer em tudo e por tudo, seria coisa indigna sobrecarregar meu mestre; por isso é melhor que ele seja nosso catedrático e que julgue nossas propostas e ao fim lhe contente por suplemento, caso você ache que eu não consegui satisfazer o seu estudioso desejo.

— Verdade, disse Taumasto, falou e disse. Então comece."

Notem que Panurgo tinha enfiado no fundo da sua longa braguilha uma bela borla de seda vermelha, branca, verde e azul e dentro tinha enfiado uma bela de uma laranja.

Capítulo 19

Como Panurgo deu um quinau no inglês, que argumentava por sinais

A confusão interpretativa dos gestos é o mote deste episódio. Taumasto gesticula segundo alguma regra hermética que ninguém compreende, e Rabelais tampouco nos explica; enquanto Panurgo se comunica com gestos naturalmente obscenos, que são interpretados por Taumasto segundo suas regras herméticas; o equívoco transforma a obscenidade em profundo saber.

A menção a Mercúrio (o mesmo que Hermes Trismegisto aqui) acaba por criar uma equivalência entre Panurgo e esse deus da linguagem e do engano, ao mesmo tempo que o insere na tradição do pensamento hermético, como já sugeri na nota ao capítulo passado. Convém lembrar que Margarida de Navarra era admiradora da tradição hermética atribuída a Hermes Trismegisto (o adjetivo será usado para a braguilha de Panurgo), como fonte de saber espiritual. No capítulo, fica claro para qualquer pessoa que Panurgo simplesmente faz gestos obscenos típicos da farsa, que por sua vez são mal interpretados como uma espécie de código refinado, monástico e filosófico da parte de Taumasto. Isso fica claro precisamente no contraste entre a menção a Mercúrio por Taumasto e o modo como Panurgo faz referência a uma prática das mascaradas (quem estivesse usando a máscara deveria permanecer em silêncio): cada um deles gesticula e significa a partir de modelos diversos.

Tudo isso pode ficar mais compreensível se conhecermos uma glosa de Acúrsio sobre uma passagem das Pandectas intitulada "De origine iuris" ("Da origem da lei"). Conta o jurista que os gregos mandaram um sábio para saber se os romanos aprenderiam o direito, enquanto estes mandaram um tolo; como resultado, o sábio grego interpreta os gestos do tolo como dotados de um sentido profundo e assim declara que os romanos aprenderiam o direito. Segundo Huchon, os humanistas citavam essa anedota como marca da credulidade de Acúrsio, que também via um sentido profundo nos gestos do tolo romano.

A questão sobre a lepra ecoa Lucas 16:26, a parábola de Lázaro. [G.G.F.]

———

Então, enquanto todo mundo assistia e escutava em profundo silêncio, o inglês levantou no ar as duas mãos separadamente, fechando as pontas dos dedos na forma que em Chinon se chama "cu de frango" e bateu uma na outra pelas unhas quatro vezes. Depois abriu-as e assim espalmou-as num som estridente, mais uma vez as juntou espalmadas mais duas vezes e quatro vezes de novo as abriu. Depois as uniu estendidas uma ao lado da outra, que nem fosse devotamente orar a Deus.

Panurgo súbito levou ao ar a mão destra, depois enfiou o polegar na narina do mesmo lado, mantendo os quatro dedos estendidos e juntos por ordem em linha paralela à aresta do nariz, fechando o olho esquerdo inteiramente enquanto comprimia o destro com uma profunda depressão da sobrancelha e da pálpebra.

Depois à esquerda ergueu bem alto, com forte junção e extensão dos quatro dedos e elevação do polegar e a manteve em linha diretamente correspondente à posição da destra, com distância entre as duas de um côvado e meio. Feito isso, do mesmo modo baixou por terra ambas as mãos; por fim, levantou-as no meio, como que visando diretamente ao nariz do inglês.

"E se Mercúrio", disse o inglês. Panurgo o interrompeu dizendo: "O senhor falou, a máscara caiu."

Assim o inglês fez o seguinte sinal. A mão esquerda toda aberta ele ergueu bem alto no ar. Depois fechou em punho os quatro dedos dela e pousou o polegar estendido sobre a aresta do nariz. Súbito, então ergueu a destra toda aberta e toda aberta a baixou juntando o polegar no lugar em que fechava o mindinho da esquerda e os quatro dedos dela ele movia lentamente no ar. Depois, ao reverso fez com a destra o que tinha feito com a esquerda e com a esquerda o que tinha feito com a destra.

Panurgo, em nada espantado, levou ao ar sua trismegista braguilha com a esquerda e com a destra pegou uma lasca de costela bovina branca e dois pedaços de madeira de formato parecido, um de ébano negro, outro de pau-brasil encarnado, e os colocou nos dedos da mesma mão com toda simetria e, enquanto os batia, fez um som igual ao dos leprosos da Bretanha com suas matracas, porém ressoando melhor e com mais harmonia; e com língua contraída dentro da boca zumbia alegremente, sem parar de encarar o inglês.

Os teólogos, médicos e cirurgiões presentes pensaram que por este sinal se inferia que o inglês era leproso. Os conselheiros, juristas e canônicos pensavam que assim se podia concluir que algum tipo de felicidade humana consistia no estado da lepra, como antes havia afirmado o Senhor.

O inglês não receou e levantando as duas mãos no ar as manteve de tal forma que os três dedos centrais cerrou em punho e passou os polegares entre os dedos indicador e médio enquanto os dedos mínimos permaneciam estendidos; assim as apresentava a Panurgo, depois as reuniu de modo que o polegar destro tocava o esquerdo e o mindinho esquerdo tocava o destro.

Nisso Panurgo sem uma só palavra ergueu as mãos e fez o seguinte sinal.

Com a mão esquerda ele juntou a unha do indicador à unha do polegar, fazendo no meio da distância como que um anel, e com a destra cerrou todos os dedos no punho, fora o indicador, que ele metia e tirava várias vezes por entre os outros da supradita mão esquerda, depois com a destra estendeu o dedo indicador e o médio, alongando tanto quanto podia, e os apontou para Taumasto, depois meteu o polegar da mão esquerda no canto do olho esquerdo, estendendo toda a mão como uma asa de pássaro, ou nadadeira de peixe, e a movendo miudamente de lá para cá, enquanto fazia o mesmo com a destra no canto do olho destro.

Taumasto começou a empalidecer e tremer e fez o seguinte sinal.

Com a mão destra bateu o dedo médio contra o músculo na base do polegar, depois fez com que o indicador da direita fizesse um anel como a da canhota, mas o fez por baixo, e não por cima, como fazia Panurgo.

Então Panurgo bate uma mão contra a outra e sopra na palma. Feito isso, põe o dedo indicador da destra no anel da esquerda enquanto o mete e tira várias vezes; depois estende o queixo, encarando intensamente Taumasto.

A multidão, que não entendia neca de pitibiriba desses sinais, entendia bem que o que ele perguntava sem palavras a Taumasto era: "O que você quer dizer com isso?"

De fato, Taumasto começou a suar gotas em bicas e parecia um homem arrebatado por alta contemplação. Depois tomou tento e pôs todas as unhas da esquerda contra as da destra, abrindo os dedos, com se fossem semicírculos e ergue tanto quanto podia as mãos com esse sinal.

Ao que Panurgo súbito meteu o polegar da mão destra sob as mandíbulas e o dedo auricular da mesma no anel da esquerda e assim fazia soar seus dentes melodiosamente, os de baixo contra os do alto.

Taumasto se ergueu no bagaço, mas ao se erguer deu um grande peido de padeiro, pois a bosta logo veio e ele mijou forte o vinagre e fez um bodum dos diabos, os presentes começaram a tampar o nariz, porque ele se cagava todo de angústia, depois ergueu a mão destra parando de tal modo que reunia as pontas de todos os dedos juntos, e a mão esquerda pousou inteira sobre o peito.

Ao que Panurgo puxou a longa braguilha com a borla e a estendeu por um côvado e meio e a segurou no ar com a mão esquerda enquanto com a direita pegou a laranja e a rodou no ar por sete vezes, para na oitava escondê-la no punho da destra, mantendo-a alta e tranquila, depois começou a balançar a bela braguilha, enquanto a mostrava para Taumasto.

Depois disso, Taumasto começou a inflar as duas bochechas que nem um gaiteiro e soprava que nem se infla uma bexiga de porco.

Ao que Panurgo meteu um dedo da esquerda no olho do cu e com a boca puxou o ar como quando se come ostra na concha ou toma sopa; feito isso, abriu um pouco a boca e com as costas da mão destra bateu por cima, fazendo assim um som forte e profundo, como se viesse da superfície do diafragma pela traqueia, e assim fez por dezesseis vezes. Mas Taumasto chiava feito um ganso.

Então Panurgo meteu o dedo indicador da destra dentro da boca e, fechando bem forte com os músculos da boca, depois o tirou e ao tirá-lo fez um forte som, que nem quando a piazada tira nacos de nabo de dentro de uma zarabatana, e o repetiu por nove vezes.

Então Taumasto gritou: "Ah, senhores, o grande segredo! Ele meteu a mão até o cotovelo!", depois sacou um punhal que trazia e o segurou pela ponta, voltado para baixo. Ao que Panurgo pegou sua longa braguilha e a balangou com toda força contra as coxas; depois ele pôs os dedos firmes em forma de pente sobre a testa, mostrando a língua tanto quanto podia e revirando os olhos na cabeça, que nem uma cabra moribunda.

"Ah, eu compreendo, disse Taumasto, mas o quê?", fazendo o seguinte sinal, que ele metia o cabo do punhal contra o peito e sobre a ponta punha as costas da mão e voltando um pouco a ponta dos dedos.

Ao que Panurgo baixou a cabeça do lado esquerdo e pôs o dedo médio na orelha destra, erguendo o polegar ao máximo. Depois cruzou os dois braços sobre o peito, tossindo cinco vezes, e na quinta vez bateu o pé na terra, depois ergueu o braço esquerdo e cerrando todos os dedos em punho, mantinha o polegar contra a fronte, batendo com a mão destra seis vezes contra o peito. Mas Taumasto, como quem não estava satisfeito, pôs o polegar da esquerda na ponta do nariz fechando o resto da mesma mão.

Então Panurgo pôs os dois dedos indicadores de cada lado da boca, puxando com toda força e mostrando todos os dentes; e com os dois polegares abaixou as pálpebras dos olhos profundamente, fazendo uma careta horrível, a julgar pelos espectadores.

Capítulo 20

Como Taumasto conta
as virtudes e o saber de Panurgo

Pantagruel, por meio de Panurgo, é alçado acima da sabedoria salomônica; a frase em latim vem de Mateus 12:42 e Lucas 11:31, com o sentido de "E eis que está aqui quem é maior do que Salomão", frase dita por Jesus sobre si mesmo, que assim realiza uma comparação de equivalência paródica entre Pantagruel e Cristo. Logo após, temos outra frase latina bíblica, de Mateus 10:24, Lucas 6:40 e João 13:16, com o sentido de "Não é o discípulo mais que o mestre". Por fim, temos a menção a Salmos 143(142):6, "como terra sedenta": a partir desta citação, Michael Screech nos lembra que, no contexto das festas religiosas francesas, pelo menos desde o tempo de François Villon, era comum louvar Noé como o semeador da videira e criador do vinho (Gênesis 9:20).

Ao fim, não temos como saber ao certo o que pensava Rabelais sobre o assunto, pois em outros momentos parece levar alquimia e hermetismo muito a sério; Erasmo criticava o pensamento hermético, enquanto Budé o elogiava. Como Hormaechea, penso que Taumasto é visto com bons olhos como figura séria, porém ingênua; talvez disso se possa produzir uma crítica mais específica aos enganadores que abusavam desse saber. [G.G.F.]

Assim se levantou Taumasto e, tirando o barrete da cabeça, agradeceu a Panurgo docemente. Depois disse em alta voz para toda a plateia.

"Senhores, a essa hora já posso citar a palavra evangélica. *Et ecce plusquam Salomon hic.* Vocês têm aqui um tesouro incomparável em sua presença, é o senhor Pantagruel, cujo renome me arrastou até aqui desde os confins da Inglaterra para debater com ele sobre problemas insolúveis, tanto de magia, alquimia, cabala, geomancia e astrologia como de filosofia: problemas que eu trazia no espírito. Mas agora sinto raiva contra esse renome, porque me parece invejoso contra ele, já que não relata nem mesmo a milésima parte do que de fato se dá. Vocês viram como seu mero discípulo me contentou e ainda me respondeu até o que não perguntei, além disso me revelou e resolveu outras dúvidas inestimáveis. E nisso posso lhes assegurar

que me revelou o verdadeiro poço e abismo da enciclopédia, quando eu nem imaginava encontrar um homem que soubesse ao menos os primeiros elementos, ou seja, enquanto disputamos por sinais sem dizer nem meia palavra. Diante disso, redigirei por escrito o que dissemos e resolvemos, para que não pensem que fosse zombaria, e pretendo imprimi-lo, a fim de que todos ali aprendam como eu aprendi. Lá vocês poderão julgar o que diria o mestre, visto que o discípulo realizou tal façanha: pois *Non est discipulus super magistrum*. Em todo caso, Deus seja louvado, e humilissimamente agradeço pela honra que vocês me concederam neste ato: que Deus lhes retribua eternamente.

Agradecimentos similares fez Pantagruel a toda a plateia e ao sair dali levou Taumasto para jantar, e podem acreditar que eles beberam de desabotoar a pança (pois naquela época se fechava a pança com botões, tal como os coletes de hoje), até o ponto de dizerem: "Donde veio o senhor?" Nossa

Senhora, e como enfiaram o pé na jaca, secando garrafas, soprando o berrante: "Vire, passe, moço, vinho, traga, pelo diabo, traga!", não teve quem não entornasse umas vinte e cinco ou trinta barricas. E sabem como? *Sicut terra sine aqua*, porque fazia um calorão, e além disso estavam sedentos.

Quanto à exposição das proposições apresentadas por Taumasto e o significado dos sinais usados na disputa, eu até poderia expor para vocês segundo o relato deles próprios; no entanto, me disseram que Taumasto imprimiu um grande livro em Londres, onde declara tudo, sem deixar nada de lado; por isso, por ora me abstenho.

François Rabelais

Capítulo 21

Como Panurgo se apaixonou
por uma alta dama de Paris

Ao comparar os apaixonados mais corteses com os quaresmeiros, Panurgo realiza a piada central do capítulo com a tradição do amor idealizado e platônico dos trovadores, passando por Petrarca até chegar à França, como é o caso de La nef des dames vertueuses *(A barca das damas virtuosas) de Symphorien Champier, publicada em 1503. Parte da piada está no fato de que as mulheres carregavam seus rosários presos na cintura, aumentando assim o jogo erótico.*

Há ainda a importante alusão ao mito do Julgamento de Páris, em que o jovem deveria escolher entre as três deusas (Juno/Hera, Vênus/Afrodite e Minerva/Atena) qual era a mais bela e então lhe entregar um pomo dourado. Ao escolher Vênus, Páris começou um complexo movimento que resultaria na Guerra de Troia.

O jogo de equívocos "Chica engrossa compota bela"/"Pica engrossa com xota bela" buscar recriar trocadilho entre a região de Beaumont-le-Vicomte e à beau con le vit monte *("com bela xota a pica sobe"). "Pau-cheiroso" é tradução livre de* cestrin, *que não é claramente identificado por nenhum dos editores e tradutores, embora seja reconhecido como uma madeira cheirosa. Mais adiante, "palavra de hora", em vez "de honra", porque no original Panurgo troca* serment *por* sergent.

Escudos de sol são moedas de ouro. [G.G.F.]

Panurgo começou a ter reputação na cidade de Paris por causa daquela disputa vencida contra o inglês; a partir de então, quis valorizar sua braguilha e mandou mosqueá-la por cima com um bordado à moda românica. E todo mundo o louvava publicamente, com isso fizeram uma canção que os guris cantavam ao colher mostarda, e ele era bem vindo em todas as companhias de damas e donzelas, ao ponto de ficar metido, tanto que tentou montar numa das grandes damas da cidade.

De fato, deixando de lado aqueles longos prólogos e protestos que costumam fazer os dolentes contemplativos apaixonados da Quaresma, que não comem carne, um dia ele lhe disse:

"Madame, seria utilíssimo a toda a república, deleitoso para a senhora, honesto para sua linhagem e para mim necessário que sua pessoa fosse coberta pela minha raça; pode acreditar, pois a experiência vai deixar isso bem claro."

A dama, diante de tais palavras, o repeliu a mais de cem léguas, dizendo: "Seu bobo perverso, quem lhe deu o direito de me fazer essa proposta? Com quem o senhor acha que está falando? Suma daqui e nunca mais apareça na minha frente; basta um tequinho para eu mandar cortar os seus braços e pernas.

— Ora (disse ele), para mim tanto faz ter braços e pernas cortados, com a condição de que nós dois, a senhora e eu, tenhamos uma festa de arromba, batendo os manequins na parte baixa; pois (mostrando a longa benga) veja aqui o mestre João Moco, ele adoraria dançar a cantiga antiga, que a senhora vai sentir até a medula dos ossos. Ele é valente e pela senhora bem saberá encontrar as preliminares forenses e as protuberâncias inguinais na sua ratoeira; pois depois dele só resta varrer a poeira."

Ao que respondeu a dama: "Suma daqui, seu perverso, se o senhor disser mais uma só palavra, eu vou chamar todo mundo e mandar que o massacrem de pancadas.

— Ah (disse ele), a senhora não é tão malvada quanto diz, não, ou então me enganei com sua fisionomia, pois antes a terra subiria aos céus e o céu excelso desceria no abismo e toda ordem natural se perverteria, do que uma tão grande beleza e elegância, como a sua, tivesse uma só gota de fel ou de maldade. Bem dizem que dificilmente ou nunca vemos uma bela que assim não se rebela, mas dizem isso das belezas vulgares. A sua é tão excelente, tão única, tão celeste, que acho que a natura a dispôs na senhora como um modelo para que possamos compreender quanto ela pode fazer quando deseja empregar todo seu poder e todo seu saber.

É puro mel, é puro açúcar, é puro maná celeste, isso é tudo que existe na senhora. À senhora é que Páris deveria conceder o pomo de ouro, e não a Vênus, não, nem Juno, nem a Minerva; pois jamais houve tamanha magnificência em Juno, tamanha prudência em Minerva, tamanha elegância em Vênus, como há na senhora. Ó deuses e deusas celestes, como seria feliz aquele a quem vocês concedessem a graça de comprimir esta mulher, de a beijar e de nela roçar seu toicinho. Por Deus, que serei eu, e bem o vejo, porque ela já me ama por inteiro; já percebo, estou predestinado pelas fadas. Então, para ganharmos tempo, vamos: metepernemos!"

E tentou abraçá-la, mas ela fez cara de quem iria à janela chamar os vizinhos à força. Então saiu Panurgo ligeirinho e lhe disse na fuga:

François Rabelais

"Madame, espere por mim aqui: eu mesmo vou buscá-los, não precisa se cansar."

Assim partiu, sem se preocupar muito com a rejeição que tinha sofrido, e nunca fez cara feia.

No dia seguinte, ele se encontrava na igreja em que ela ia à missa; na entrada jogou-lhe água benta e se inclinou profundamente diante dela, depois se ajoelhou ali perto com familiaridade e lhe disse:

"Madame sabe que estou tão apaixonado pela senhora, que já não consigo mais mijar nem cagar; não sei o que a senhora pensa disso, mas se algo ruim me acontece, o que vai ser?

— Suma (disse ela), suma, pouco me importa; me deixe aqui rezar a Deus.

— Mas (disse ele) consegue resolver o equívoco de *Chica engrossa compota bela*?

— Não creio, disse ela.

— É (disse ele): *Pica engrossa com xota bela*. E quanto a isso, reze a Deus que me conceda o que deseja o nobre coração da senhora e, por favor, me empreste as contas do rosário.

— Tome (disse ela) e não me torre mais." Dito isso, ela tentou arrancar o rosário de pau-cheiroso com grandes contas de ouro, porém Panurgo logo tirou uma de suas facas e o cortou e de pronto o levou ao bazar da Friperie, dizendo, "Quer a minha faca?

— Não, não, disse ela.

— Mas (disse ele), aproveitando o assunto, ela está a seu comando, de corpo e bens, tripas e entranhas."

Enquanto isso, a dama não estava contente com o fim de seu rosário, que era uma das suas tenências na igreja. E pensava: "Esse enrolador aqui é um desmiolado, um gringo, eu nunca mais vou recuperar o meu rosário: o que é que o meu marido vai falar? Vai ficar com raiva de mim; mas eu vou

dizer que um ladrão me cortou na igreja, nisso ele vai acreditar facilmente, vendo ainda a ponta da fita na minha cintura."

Depois da janta, Panurgo foi vê-la, levando na manga uma grande bolsa cheia de falsas moedas do palácio e de tentos, e começou a lhe dizer:

"Quem de nós dois ama mais o outro, a senhora a mim, ou eu à senhora?" Ao que ela respondeu: "Da minha parte, não o odeio; pois como Deus ordena, amo todo mundo.

— Mas, nesse caso (disse ele), a senhora não está apaixonada por mim?

— Eu já lhe disse (disse ela) mil vezes para não se dirigir a mim com essas palavras; se falar mais uma vez, vou mostrar que não é comigo que o senhor deve falar assim de desonra. Saia daqui e devolva o meu rosário, que o meu marido me exige.

— Como (disse ele), madame, o seu rosário? Dou a minha 'palavra de hora' que não farei nada disso, mas gostaria dar outros; e a senhora preferiria que fossem de ouro bem esmaltado em forma de grossas esferas, ou de lindos laços de amor, ou então maciços, que nem lingotes, ou então de ébano, ou de grandes jacintos, de granadas entalhadas com contas de finas turquesas, ou de belos topázios com contas de finas safiras, ou de belas espinelas com grandes contas de diamantes de vinte e oito quilates? Não, não, é muito pouco. Eu sei de um rosário de finas esmeraldas com contas de âmbar gris, arredondados e com fecho de pérola persa, imensa que nem uma laranja; custa apenas vinte e cinco mil ducados, vou lhe dar de presente, pois tenho o dinheiro."

E enquanto dizia isso, ia ressoando seus tentos, como se fossem escudos de sol:

"Vai querer uma peça de veludo violeta-carmim, tingida em grená, uma peça de seda bordada ou então carmim? Vai querer correntes, douraduras, tiaras, anéis? Basta dizer sim. Até cinquenta mil ducados, não é nada para mim."

Pela força dessas palavras ele lhe deu água na boca. Mas ela disse: "Não, muito obrigada: não quero nada do senhor.

— Por Deus (disse ele), eu sim quero algo da senhora; mas é coisa que nada custa, nem vai passar a ter menos. Tome (mostrando a longa benga), veja o mestre João Rola, que procura alojamento", e depois tentou comprimi-la. Mas ela danou a berrar, embora não muito alto.

Então Panurgo tirou a cara falsa e disse: "Não quer me deixar brincar nem um pouquinho, né? Vá à merda. Não são para você tanto bem e tanta honra. Por Deus, eu vou fazer a senhora ser cavalgada por cães", e dito isso fugiu a passos largos, por medo das pancadas, que por natureza ele temia.

Capítulo 22

Como Panurgo pregou uma peça
na dama parisiense,
que não a ajudou em nada

Neste capítulo (talvez trabalhado a partir de um trecho de Robert le Diable, *do séc. XIII), Rabelais faz uma etiologia risível do riacho La Bièvre, em Paris, onde a família Gobelin trabalhava com tinturas (urina era utilizada como cáustico na tinturaria); o riacho, depois de atravessar a abadia de Saint-Victor num canal que servia de esgoto, deságua no Sena; hoje está por baixo de ruas e construções. Na primeira edição, um dos cachorros "cagava" na dama; isso foi eliminado, porque, segundo Screech, fezes implicariam uma condenação diversa, com tons demoníacos.*

Lycisca orgoosa, ou "cadela no cio", são dois termos do grego: λυκίσκα *(cadela-loba, aparece como nome de cachorra em Virgílio,* Bucólicas, *3.18, e em Ovídio,* Metamorfoses, *3.122) e* οργάω *(estar no cio). Mistério (mystere) tem aqui o sentido de representação dramática com tema nas escrituras sagradas, termo que já teve este uso também em português. Doribus é um nome burlesco em provável referência ao dominicano Mathieu Ory, inquisidor em 1536; além disso, a expressão poudre d'oribus (já citada como pó de óribus) indica um composto de excrementos; nas primeiras edições, Rabelais usava o termo Maistre Quercus, em referência a Duchesne, teólogo da Sorbonne também mencionado no catálogo de Saint-Victor.*

Bazacle tinha o maior moinho da França, às margens do rio Garona. [G.G.F.]

Reparem bem que no dia seguinte era a grande festa de Corpus Christi, quando todas as mulheres se vestem com roupas triunfantes; e nesse dia a tal dama estava vestida com um belo robe de seda carmesim e uma túnica de veludo branco preciosíssima. No dia da vigília, Panurgo procurou por toda parte uma *lycisca orgoosa*, que ele prendeu com o cinto e levou ao seu quarto e a alimentou muito bem durante todo o dia e a noite; pela manhã a matou e pegou aquilo que conhecem os geomantes gregos, picou-a nos pedaços mais miúdos que conseguiu e levou bem escondidos e foi aonde a dama devia ir para seguir a procissão, segundo o costume da festa.

Assim que ela entrou, Panurgo lhe deu água benta, saudando com toda cortesia e, logo depois que ela proferiu seus sufrágios, juntou-se no banco e lhe entregou um rondó escrito da seguinte forma:

Rondó

Neste momento, ó minha dama bela,
Que me exponho, a senhora se rebela
P'ra me expulsar, sem chance de retorno:
Será que fiz algum cruel transtorno?
Em dito ou feito lhe causei mazela?
Se tanto lhe irritou minha querela,
Podia simplesmente, sem querê-la,
Dizer-me "Saia, amigo, deste entorno
    Neste momento."

Não faço mal se o peito é u'a janela
Mostrando o fogo que arde e pica nela
Pela visão da bela num adorno.
Nada peço, se não que sem codorno
Me enxote enquanto assenta a vilanela
    Neste momento.

Rondeau

Pour ceste foys, que à vous dame tresbelle
Mon cas disoys, par trop feutes rebelle
De me chasser, sans espoir de retour:
Veu que à vous oncq ne feis austere tour
En dict ny faict, en soubson ny libelle.
Si tant à vous desplaisoit ma querelle,
Vous pouviez par vous sans maquerelle
Me dire, "amy partez d'icy entour
    Pour ceste foys."

Tort ne vous fays, si mon cueur vous decelle,
En remonstrant, comme l' ard l'estincelle
De la beaulté que couvre vostre atour
Car rien n'y quiers, sinon qu'en vostre tour
Me faciez dehait la combrecelle
    Pour ceste foys.

E assim que ela abriu o papel para ver o que era, Panurgo semeou sobre ela a droga que trazia, em vários lugares, principalmente nas pregas das mangas e do robe, depois disse:

"Madame, os pobres amantes nem sempre são tranquilos. Quanto a mim, espero que as noites ruins, os trabalhos e os tormentos em que me prende o amor pela senhora me caibam como dedução das penas do Purgatório. Pelo menos reze a Deus que me conceda neste mal mais paciência."

Panurgo mal tinha dito essas palavras, todos os cães que estavam na igreja acorreram para a dama pelo cheiro das drogas que nela ele tinha derramado, pequenos, grandes, gordos e miúdos, todos vinham com o membro duro, cafungando e mijando em cima dela: foi a maior canalhice do mundo.

Panurgo os escorraçou um pouco, depois pediu licença e se afastou até uma capela a fim de ver o espetáculo, pois aqueles cachorros vis comijavam nas roupas, até que um grande galgo veio lhe mijar na cabeça, outros nas mangas, e outros nas ancas; os pequenos mijavam nos sapatos. De tal modo que todas as mulheres em volta tiveram muito trabalho para salvá-la. E Panurgo gargalhava e disse a um dos senhores da cidade:

"Acho que essa dama está no cio, ou então que algum galgo a cobriu há pouco tempo."

E quando ele viu que todos os cães já rosnavam em volta dela, que nem quando estão perto de uma cadela no cio, saiu de lá e foi buscar Pantagruel. Por todas as ruas em que achava cachorros, dava um bico neles e dizia: "Por que não seguem para as núpcias junto com seus companheiros? Avante, avante, pelo diabo, avante!"

Quando chegou ao alojamento, disse a Pantagruel: "Mestre, peço que venha ver todos os cães da região que se juntaram em torno da dama mais linda desta cidade, doidos para soqueteá-la."

Nisso, Pantagruel consentiu com gosto e viu o mistério, que ele achou de fato muito belo e novo.

Mas bom mesmo foi a procissão, onde se viam mais de seiscentos mil e catorze cachorros em volta dela, fazendo mil humilhações; e por onde quer que ela passasse, recém-chegados seguiam seu rastro, mijando pelo caminho onde seu robe tivesse tocado.

Todo mundo parava diante desse espetáculo, observando as expressões dos cachorros que subiam no pescoço dela e estragavam todas as suas lindas vestes; contra isso ela não conseguiu achar nenhum remédio, fora se retirar para casa.

E os cães cuidavam de ir atrás, e ela de se esconder, e as arrumadeiras de gargalhar.

François Rabelais

Quando ela entrou no lar e fechou a porta atrás de si, todos os cachorros acorreram de meia légua e comijaram tanto na porta da casa, que fizeram um riacho com sua urina, onde patos facilmente nadariam.

E é esse rio que hoje passa por Saint-Victor, onde Gobelin tinge de escarlate, graças a uma característica específica desses mijos caninos, tal como outrora pregou publicamente o nossos mestre Doribus. Assim, benza a Deus!, ali até um moinho poderia moer. Porém não tanto quando os de Bazacle, em Toulouse.

Capítulo 23

Como Pantagruel partiu de Paris
ao ouvir notícias de que os dipsodos
estavam invadindo o país dos amaurotes.
E o motivo por que as léguas
são tão pequenas na França

Este capítulo retoma elementos arturianos das Grandes crônicas, *dando início à seção épica e bélica contra os dipsodos. Morga é a fada Morgana, que aparece com frequência nas narrativas da Távola Redonda; Ogier e Artur são figuras principais dos cavaleiros, que aparecem nas edições subsequentes; no entanto, na primeira edição, Rabelais aludia às histórias de Enoch e Elias (Gênesis 5:24 e 2 Reis 2:11).*

Dipsodo, como já dito, significa "sedento". Os amaurotes ("obscuros", cf. nota ao cap. 2) eram súditos de Bocaberta, mãe de Pantagruel; este era portanto seu príncipe, sob o reinado de Gargântua.

Na época de Rabelais, a medida da légua de fato variava de país a país, o que ainda acontece em muitos lugares: na França, tinha em torno de 4 km, enquanto nos outros países mencionados no capítulo tinha em torno de 7 km.

Maroto do Lago e sua obra são inventados, mas fazem referência a Clément Marot e ao seu Lancelote do Lago. *Faramundo (c. 370-c. 431), segundo as lendas, teria sido o primeiro rei merovíngio.*

Honfleur, próximo à Normandia, era um porto importantíssimo antes da fundação de Le Havre.

Ao fim da inscrição, o nome de Pantagruel aparece grafado apenas em suas consoantes, como no hebraico. Na primeira edição, este capítulo estava unido ao próximo. [G.G.F.]

Pouco tempo depois, Pantagruel ouviu notícias de que seu pai Gargântua tinha sido trasladado ao país das fadas por Morga, que nem Ogier e Artur no passado; ao mesmo tempo em que escutou o rumor dessa translação, os dipsodos tinham saído de suas fronteiras e arrasado uma grande região de Utopia e tinham ali sitiado a grande cidade dos amaurotes. Então ele partiu de Paris sem dizer adeus a ninguém, pois o caso requeria presteza, e chegou a Rouen.

Ora, enquanto caminhava, ao ver Pantagruel que as léguas da França estavam pequenas demais em relação aos outros países, perguntou a causa e a razão a Panurgo, que lhe disse uma história que Maroto do Lago apresenta em suas *Gestas dos reis de Canárias*.

Dizendo que: "Antigamente o país não era diferente em léguas, milhas, estádios ou parasangas, até que o rei Faramundo as distinguiu, o que se deu da seguinte maneira.

Pois ele selecionou em Paris cem belos jovens galantes e de boa companhia e cem lindas raparigas picardas e mandou que eles tratassem e pensassem bem ao longo de oito dias; depois chamou-os e a cada um entregou uma rapariga com dinheiro para as depesas, ordenando que andassem por diversos lugares, aqui e acolá. E a cada passagem em que bicotassem suas raparigas, deveriam por uma pedra, e isso marcaria uma légua.

Assim, os companheiros partiram alegremente e, como estavam vigorosos e desocupados, faziam nheco-nheco em cada cantinho livre, assim as léguas da França são tão pequenas.

Porém, quando eles tinham finalizado um longo percurso e estavam cansados que nem pobres diabos e já não tinham mais óleo na lampa, não chinchavam com a mesma frequência e se contentavam (entendo quanto aos homens) com umazinha mequetrefe e meia-boca por dia. E assim fizeram as léguas da Bretanha, de Landes, da Alemanha e de outros países mais distantes tão grandes. Outros apresentam outros motivos, porém este me parece o melhor."

E com gosto concordou Pantagruel.

Partindo de Rouen, chegaram a Honfleur, onde embarcaram ao mar Pantagruel, Panurgo, Epistemão, Êustenes e Carpalim. Naquele local, enquanto esperavam o vento favorável e calafetavam o navio, ele recebeu de certa dama de Paris (que ele tinha entretido por um bom tempo) uma carta com a seguinte inscrição:

Ao mais amado pelas belas, e menos leal dos cavaleiros,
PNTGRL

Capítulo 24

Carta que um mensageiro levou a Pantagruel de certa dama de Paris e explicação de palavras escritas em anel de ouro

Este capítulo ecoa uma passagem muito similar de mensagem críptica de Il no-
vellino, de Masuccio Salernitano (1410-1475), contos publicados postumamente em
1476. Nós sabemos que Rabelais esteve envolvido em diplomacia secreta (cf. as car-
tas ao senhor de Maillezais no vol. 3, e também a biografia de Huchon), portanto é
certo que ele não só tinha interesse como certa prática com escritas invisíveis. Os
métodos listados são referências sérias. Até o âmbar gris, que de fato é um resíduo
de cálculo intestinal das cachalotes.

Aulo Gélio (Noites áticas 16.9) fala de uma técnica espartana de mensagens
que usava o bastão como parte necessária para a decodificação do texto ali enrola-
do, ele só ficaria claro na vertical, se enrolado no bastão do tamanho exato. Fran-
cesco de Nianto, aparentemente Francesco Nanto, foi um incisor, não toscano, mas
piemontês, do séc. XVI; poderia também ser um jogo entre Nianto e o italiano nien-
te (nada). Zoroastro foi gramático da época de Domiciano (séc. I d.C.); mas nada
temos de suas obras ou das de Calpúrnio Basso (provavelmente o imitador de Vir-
gílio). A história de Eneias e Dido aparece em Virgílio, Eneida, *livro 4. Heráclito de*
Tarento é um médico mencionado por Diógenes Laércio, Vida dos filósofos *5; no*
entanto a fonte deste dito é desconhecida.

Rabelais descreve o itinerário marítimo dos navegadores espanhóis e portugue-
ses pela costa africana, quando procuravam um caminho até as Índias. No entanto,
Meden (Nada), Uti (Nenhum), Udem (Necas) e Gelasim (Risível) são todos nomes
gregos inventados; Acória (Sem-Terra) já aparece na Utopia *de More.*

Demóstenes, em suas Filípicas, *acusa os atenienses de deliberarem o que já ti-*
nha acontecido, donde a imagem da tradução de "leite derramado"; a ideia também
aparece como um dos Adágios *(2.10.64) de Erasmo.*

A sequência final do capítulo apresenta uma série de mitos e narrativas que de-
monstram as qualidades dos companheiros de Pantagruel. Zópiro, servidor do rei
persa Dario, com astúcia fingiu ter sido mutilado por seu senhor para ser acolhido
numa cidade inimiga; assim, abriu os seus portões para o exército de Dario (cf. He-
ródoto, Histórias, *livro 3). Sinão, ou Sínon, foi falsamente abandonado pelos gregos*
nas margens de Troia, junto com o cavalo de madeira, para enganar os troianos; tal
como Zópiro, por fim abriu os portões da cidade inimiga (cf. Odisseia *8.492 ss. e*
Virgílio, Eneida *2.201 ss.). Hércules é figura conhecida, dispensa apresentações, mas*

é importante notar que ele aqui serve tanto como símbolo físico quanto moral de Êustenes. O herói grego Perseu teve o cavalo alado Pégaso (nascido do sangue da Medusa). Pacolet é um mago anão que produz um cavalo alado de madeira no romance Valentin et Orson. *Camila foi uma guerreira, rainha das míticas amazonas, presente na* Eneida *de Virgílio, como inimiga do herói Eneias; ela é representada com uma corrida tão ligeira que não deixa rastros de seus passos na relva (cf.* Eneida *11.532-724).*

Eloi eloi lamá sabactani *foi o grito de Cristo na cruz em* Mateus 27:46, *que por sua vez retoma* Salmos 22; *aqui aparece com uma grafia adaptada por Rabelais, diferente das transliterações modernas.* [G.G.F.]

———

Quando Pantagruel leu a inscrição, ficou embasbacado e perguntou ao tal mensageiro o nome daquela que a tinha enviado, abriu a carta e não encontrou nada escrito, exceto um anel de ouro com um diamante entalhado. Então chamou Panurgo e lhe mostrou o caso. Ao que Panurgo lhe disse que a folha de papel estava escrita com uma tal sutileza que não dava para ver a escritura. E para saber melhor, colocou-a perto do fogo para ver se a escritura tinha sido feita com sal amoníaco dissolvido em água.

Depois a colocou sobre a água para saber se a carta estava escrita com sumo de titímalo.

Depois a mostrou à vela, se ela não estaria escrita com sumo de cebola branca.

Depois esfregou uma parte com óleo de nozes, para ver se ela não estaria escrita com lixívia de figueira.

Depois esfregou um ponto com leite de mulher lactante de primogênita, para ver se não estaria escrita com sangue de rubeta.

Depois esfregou um canto com cinzas de ninho de andorinha, para ver se não estaria escrita com orvalho encontrado nos frutos do camapu.

Depois esfregou outra ponta com cerume, para ver se não estaria escrita com fel de corvo.

Depois mergulhou em vinagre, para ver se não estaria escrita com leite de eufórbio.

Depois a untou com banha de morcego, para ver se não estaria escrita com esperma de baleia, chamado âmbar gris.

Depois a botou docemente dentro de uma bacia de água fresca e tirou de supetão, para ver se não estaria escrita com pedra-ume.

Vendo que não reconhecia nada ali, chamou o mensageiro e perguntou:

"Companheiro, a dama que o mandou até aqui por acaso não lhe entregou um bastão para trazer?", pensando que seria a finesse apresentada por Aulo Gélio, e o mensageiro respondeu: "Não, senhor."

Então Panurgo quis raspar os cabelos dele, para saber se a dama não teria escrito com tinta forte na cabeça depilada o que desejasse enviar, mas vendo que os cabelos estavam longos demais, desistiu, considerando que em tão pouco tempo os cabelos não teriam ficado tão compridos.

Aí disse a Pantagruel. "Mestre, pelas virtudes de Deus, eu não saberia mais o que fazer ou dizer. Empreguei, para descobrir se algo não estaria escrito aqui, uma parte daquilo que apresenta Messer Francesco de Nianto, o toscano que escreveu a maneira de ler cartas inaparentes, e o que escreveu Zoroastro, *Peri grammaton acriton* [Sobre as letras indiscerníveis], e Calpúrnio Basso, *De literis illegibilibus* [*Das cartas ilegíveis*], mas não vejo nada e acho que não tem nada além do anel. Então vejamos."

Enquanto o examinavam, encontraram escrito na parte de dentro, em hebraico, *Lamah hazabthani*, então chamaram Epistemão, perguntaram o que isso quer dizer. Ao que respondeu que eram palavras hebraicas que significavam "Por que me abandonaste?". Súbito replicou Panurgo: "Saquei o caso, vocês estão vendo este diamante? É um diamante falso. Eis a explicação do que quis dizer a dama. *De amante a falso, por que me abandonaste?*"

Essa explicação Pantagruel manjou de cara e se lembrou de como ao partir não tinha dado adeus à dama e assim se contristou; e com gosto retornaria a Paris para fazer as pazes com ela.

Porém Epistemão lhe trouxe à memória a separação de Eneias e Dido e o dito de Heráclito de Tarento: quando o navio tem âncora, se a necessidade oprime, devemos cortar a corda na hora, sem perdermos tempo em soltá-la. E que ele deveria deixar de lado todos os pensamentos para chegar à cidade de seu nascimento, que corria perigo.

De fato, uma hora depois se elevou o vento chamado Norte-Noroeste, ao qual deram plenas velas e pegaram o alto-mar e em poucos dias, passando pelo Porto Santo e por Madeira, fizeram escala nas ilhas Canárias. Ao partirem de lá, passaram pelo Cabo Branco, pelo Senegal, pelo Cabo Verde, pela Gâmbia, por Sagres, por Melos, pelo Cabo da Boa Esperança e fizeram uma escala no reino de Melinda; ao partirem de lá, lançaram vela ao vento da tramontana, passando por Meden, por Uti, por Udem, por Gelasim, pelas ilhas das fadas e junto ao reino de Acória, finalmente chegaram ao porto de Utopia, a pouco mais de três léguas de distância da cidade dos amaurotes.

Quando pisaram por terra e descansaram, Pantagruel disse: "Crianças, a cidade não é longe daqui; antes de seguir adiante, seria bom deliberar so-

bre o que fazer, para que não pareçamos atenienses que só se consultam depois do leite derramado. Vocês estão certos de viver e morrer comigo?

— Sim, senhor (disseram todos), pode confiar na gente que nem nos próprios dedos.

— Ora (disse ele), só uma coisa mantém meu espírito em suspense e hesitação, é que não sei em qual ordem, nem em que número estão os inimigos que mantêm a cidade sitiada, pois, quando eu souber, irei com toda a segurança; por isso, discutamos juntos um macete para conseguirmos descobrir esse ponto."

Ao que todos juntos disseram: "Deixe a gente ver e espere aqui, pois vamos trazer notícias seguras ainda hoje.

— Eu (disse Panurgo) pretendo entrar no acampamento deles pelo meio dos guardas e vigias e me banquetear com eles e bater a espada a custa deles, sem ser reconhecido por ninguém, visitar a artilharia, as tendas de todos os capitães e vadiar por aquelas bandas sem nunca ser descoberto; nem o diabo me engambelaria, porque sou da estirpe de Zópiro.

— Eu (disse Epistemão) sei todos os estratagemas e proezas dos bravos capitães de campeões do passado e todos os ardis e artimanhas da disciplina militar, eu vou lá e, mesmo que seja descoberto e capturado, vou escapar fazendo acreditarem no que eu bem quiser sobre vocês; porque sou da estirpe de Sinão.

— Eu (disse Êustenes) vou entrar pelas trincheiras, apesar da ronda e de todos os guardas, vou passar por cima das panças deles, rompendo braços e pernas, mesmo que sejam fortes que nem o diabo; porque sou da estirpe de Hércules.

— Eu (disse Carpalim) também vou entrar, se os passarinhos entram; porque tenho o corpo tão leve que já vou ter pulado pelas trincheiras e atravessado o acampamento inteiro antes que eles possam perceber. E não tenho medo de lança, nem de flecha, nem de cavalo, mesmo que seja ligeiro, mesmo que seja aquele Pégaso de Perseu ou de Pacolet, a ponto de não escapar na cara deles são e salvo. Pretendo caminhar por sobre espigas de trigo, sobre a grama dos prados, sem que se dobrem debaixo de mim; porque sou da estirpe da amazona Camila.

François Rabelais

Capítulo 25

Como Panurgo, Carpalim, Êustenes, Epistemão, companheiros de Pantagruel, malandramente desbarataram seiscentos e sessenta cavaleiros

Neste capítulo temos um jogo que mistura novela de cavalaria com batalha naval, num caso raro em que não há alusões ou citações eruditas. G. Defaux (apud Huchon) vê no estratagema usado uma possível paródia de ritos satanistas. [G.G.F.]

Enquanto ele dizia tais coisas, perceberam seiscentos e sessenta cavaleiros bem montados em cavalos ligeiros, que acorriam para ver que navio era aquele que tinha recém-aportado e corriam de rédea solta para tentar capturá-los. Então disse Pantagruel: "Crianças, retornem ao navio, vejam quantos inimigos já correm, mas vou matá-los aqui feito bichos, mesmo que fossem dez vezes mais; enquanto isso, retornem e curtam o momento."

No que respondeu Panurgo: "Não, senhor, não tem razão para agir assim; pelo contrário, retorne o senhor ao navio, junto com os outros. Porque sozinho aqui eu vou desbaratá-los; mas não temos tempo a perder: apertem o passo!" Ao que disseram os outros: "Lacrou. Senhor, retorne ao navio, e nós vamos ajudar Panurgo aqui; o senhor bem conhece o que sabemos fazer." Assim Pantagruel disse: "Ah, estou vendo tudo, mas se vocês fossem mais frágeis, eu não faltaria em ajudar."

Então Panurgo catou duas grandes cordas do navio e as prendeu no guincho sobre o convés e arremessou por terra e fez um duplo círculo, um mais longo e outro dentro do primeiro. E disse a Epistemão: "Entre no navio e, quando eu der o sinal, vire o guincho sobre o convés com atenção, puxando as duas cordas."

Depois disse a Êustenes e a Carpalim: "Crianças, esperem aqui e partam para cima dos inimigos e obedeçam a eles e façam cara de rendição, mas atentem para não entrar no cerne das cordas; fiquem sempre do lado de fora." E presto entrou no navio e pegou um facho de palha e um barril de pólvora e derramou no cerne das cordas e com uma granada na mão ficou ali perto.

Súbito chegaram com toda força os cavaleiros e os primeiros se batiam perto do navio e por onde o rio fluía tombaram eles e seus cavalos no número de quarenta e quatro. Vendo a cena, os outros se aproximaram pensando que se resistia à sua chegada. Mas Panurgo lhes disse: "Senhores, acho que vocês mandaram mal, peço perdão; porque não foi por nossa culpa, mas da água do mar, que é sempre escorregadia. Nós nos rendemos ao bel-prazer de vocês." O mesmo disseram seus dois companheiros e Epistemão, que estava no convés.

Enquanto Panurgo se afastava, vendo que todos estavam dentro do cerne das cordas e que seus dois companheiros estavam distantes, dando lugar a todos os cavaleiros que em bando vinham ver a barca e o que tinha ali dentro, de supetão gritou para Epistemão: "Puxe, puxe!"

Então Epistemão começou a puxar o guincho e as duas cordas se enredaram entre os cavalos e os derrubaram por terra facilmente junto com os cavaleiros; mas eles, ao verem o que acontecia, tiraram a espada e já tentavam dar cabo deles, quando Panurgo ateou fogo no rastro de pólvora e botou todos para queimar que nem almas danadas. Homens e cavalos, ninguém escapou, fora um que estava montado num cavalo turco, que conseguiu fugir; porém, quando Carpalim o percebeu, correu atrás dele com tanta velocidade e ligeireza, que o catou em menos de cem passos e saltando sobre a garupa do cavalo o envolveu por trás e o levou ao navio.

Concluída a derrota, Pantagruel se alegrou e louvou maravilhado à sagacidade dos seus parceiros e os deixou descansar e comer alegremente à beira do rio e beber de pança no chão, e o prisioneiro ficou com eles, como um familiar; exceto que o pobre diabo não tinha tanta certeza de que Pantagruel não iria devorá-lo inteirinho, coisa que ele de fato faria, de tão larga que era a sua goela, com a mesma facilidade com que a gente engole uma pastilha, e ele não daria na sua boca mais do que um grão de milho na goela de um jumento.

Capítulo 26

Como Pantagruel e seus companheiros
se fartaram de comer carne salgada
e como Carpalim saiu para caçar carne fresca

A primeira parte do capítulo faz um contraste algo bizarro entre a alegria da janta e os temas funestos da conversa. Na segunda parte, não anunciada no título, seguimos para o sexo; embora fosse, de fato, comum que os exércitos trouxessem mulheres e prostitutas nas grandes marchas, numerá-las era certamente abusivo, que então gera o decurso erótico dos heróis.

Uso os termos "vinagre" e "vinho agre" na tradução, porque, no tempo de Rabelais, vinaigre *poderia designar tanto o vinagre como o vinho, que é como Pantagruel entende equivocamente o pedido de Carpalim. A torre do relógio de Rennes era famosa por sua altura e pela campana imensa; porém foi destruída num incêndio do séc. XVIII; o mesmo vale para a torre de Poitiers, destruída no mesmo século; a torre de Tours foi destruída na Revolução Francesa; o relógio de Cambrai tinha dois bonecos que soavam as horas batendo nos sinos.*

Lobisomem é tradução de Loupgarou, *que tem o sentido de "lobisomem", embora Huchon lembre que o termo poderia designar "misantropo" no séc. XVI, segundo Jean Céard; suas bigornas ciclópicas aludem aos ciclopes encarregados de forjar armas divinas na mitologia grega. As armas de seus companheiros são feitas com peles de duendes, porque havia a crença de que elas seriam invulneráveis.*

Anarco, o nome do rei, é derivado do grego ἄναρχος, *com o sentido irônico de "sem autoridade".*

Qui potest capere, qui capiat ("Quem pode receber isto, receba-o") está em Mateus 19:12, aqui corrompido de seu contexto, que trata de "pegar" o entendimento das palavras de Jesus, porque capere/capiat *tem tanto o sentido de "pegar"/"acolher" como o de "foder", então poderia ser lido como "Quem poder foder, que foda". Na sequência de ambiguidades eróticas, em "ao diabo bengali", Rabelais menciona* biterne, *que talvez remontaria a uma cidade da Itália, porém com o trocadilho sonoro com* bit/vit *("pau"), por isso recriei como menção a Bengali, que ecoa "benga".*

Os números mais comuns para o exército de Xerxes ficam em torno de setecentos mil, segundo Heródoto, e um milhão de homens, segundo Trogo (historiador romano do séc. I d.C.). Na batalha de Salamina, Temístocles conseguiu vencer as forças persas com um exército grego de número muito inferior. [G.G.F.]

———

François Rabelais

Enquanto eles se banqueteavam, Carpalim disse: "Pela pança de São Cosmim, a gente não vai mais comer uma carne fresca? Esta carne salgada me resseca todo. Eu vou trazer para vocês um pernil desses cavalos que a gente acabou de queimar, vai ficar bem assado." E assim que se levantou para cumprir a promessa, percebeu na borda da mata uma corça graúda, que estava saindo do bosque porque tinha visto o fogo de Panurgo, eu acho.

De pronto ele correu atrás dela com tanta velocidade que parecia uma flecha de besta e a catou em um segundo e nessa corrida pegou nas mãos quatro grandes abetardas.

Sete bútios.

Vinte e seis perdizes cinzentas.

Trinta e duas vermelhas.

Dezesseis faisões.

Nove galinholas.

Dezenove garças.

Trinta e dois torcazes.

E matou com os pés dez ou doze lebrachos e coelhos que estavam mais graúdos.

Dezoito frangos-d'água aos pares.

Quinze javalis.

Dois texugos.

Três grandes raposas.

Batendo a corça com a cimitarra bem na cabeça, matou e ao levá-la recolheu os lebrachos, galinhas-d'água e javalis. E à distância em que pudesse ser ouvido gritou, dizendo: "Panurgo, meu amigo, vinagre, vinagre!"

Pensou o bom Pantagruel que ele passava mal do coração e ordenou que levassem vinho agre. Mas Panurgo sacou bem que ele tinha um lebracho na manga, mostrou ao nobre Pantagruel como trazia no pescoço uma bela corça e toda sua cintura bordada de lebrachos.

Súbito Epistemão fez em nome das nove Musas nove belos espetos de pau à moda antiga, Êustenes ajudou a esfolar.

E Panurgo pôs dois selins pertencentes aos cavaleiros de jeito que serviram de suporte, e botaram o prisioneiro para assar e no fogo em que queimaram os cavaleiros fizeram um churrasco com carne fresca de caça. E depois um grande festim com muito vinagre, e que o diabo leve quem hesitar: era um triunfo ver como devoravam.

Então disse Pantagruel: "Quem dera cada um de vocês tivesse dois pares de sinetes de falcão nos queixos e eu tivesse no meu os grandes relógios de Rennes, de Poitiers, de Tours e de Cambrai, para ver a alvorada que tocaríamos com o movimento dos beiços.

— Mas, disse Panurgo, vale a pena pensar um pouco sobre a nossa situação e como a gente poderia surpreender os inimigos.

— Boa ideia", disse Pantagruel.

Portanto perguntou ao prisioneiro: "Meu amigo, diga a verdade e não minta em nada, se não quiser ser esfolado vivo; porque sou eu que como as criancinhas. Conte tudo: a organização, o número e o poder do exército."

Ao que respondeu o prisioneiro: "Senhor, saiba a verdade: no exército temos trezentos gigantes armados de pedras de talhe, incrivelmente grandes, embora não tanto quanto o senhor, fora um que é o chefe, com o nome de Lobisomem, todo armado de bigornas ciclópicas. Cento e sessenta e três mil infantes armados de peles de duendes, homens fortes e corajosos; onze mil e quatrocentos homens de armas, três mil e seiscentos canhões duplos e uma espingardaria incontável; noventa e quatro mil soldados rasos; cento e cinquenta mil putas lindas que nem deusas ('ficam para mim', disse Panurgo), das quais algumas são amazonas, outras lionesas, parisienses, tourangelas, angevinas, poitevinas, normandas, alemãs, tem de todos os países e línguas.

— O que mais? (disse Pantagruel). O rei está lá?

— Sim, senhor, disse o prisioneiro, está em pessoa; e nós o chamamos Anarco, rei dos dipsodos, que quer dizer povo sedento; porque você nunca viu um povo mais sedento, nem mais disposto a beber. E sua tenda fica sob a guarda dos gigantes.

François Rabelais

— Está bom, disse Pantagruel. Eia, crianças, estão certos de vir comigo?" Ao que respondeu Panurgo: "Que Deus puna quem o desertar! Eu já pensei como vou deixar todos mortos feito porcos, que o diabo não vai ficar sem receber nem sequer um pernil. Mas me preocupo um pouco com um detalhe.

— Qual? disse Pantagruel.

— É (disse Panurgo) como é que eu vou conseguir bater espada em tanta puta após a janta, e que nenhuma escape de mim, na hora em que eu bater meu tamborim.

— Ha, ha, ha", disse Pantagruel.

E Carpalim disse: "Ao diabo bengali; por Deus, eu vou estofar alguma delas.

— E eu, disse Êustenes, o que terei? Eu que não tive uma paudurescência desde que deixamos Rouen, sem que o ponteiro subisse nem mesmo até dez ou onze horas; vejam que agora ele está duro e forte que nem cem diabos.

— É verdade, disse Panurgo, você vai ficar com as mais gordas e vistosas.

— Como é (disse Epistemão), todo mundo vai cavalgar, e eu vou levar um jumento? Vá para os diabos quem fizer isso! Vamos usar o direito de guerra: *qui potest capere capiat.*

— Não, não, disse Panurgo. Pode prender o jumento num gancho e venha cavalgar com todo mundo." O bom Pantagruel ria de tudo, depois disse: "Vocês estão contando as suas sem calcular os inimigos. Tenho paúra que, antes de anoitecer, eu já veja vocês num estado que ninguém mais levanta a lança, mas vão ser cavalgados a golpes de pique e dardo.

— Basta, disse Epistemão. Eu vou entregá-los em ponto de assar ou cozinhar, para fazer um fricassé ou uma pasta. Eles não têm o mesmo número que tinha Xerxes, porque ele tinha três milhões de combatentes, se acreditarmos em Heródoto e Pompeu Trogo. Mesmo assim, Temístocles com pouca gente os desbaratou. Não se preocupe, por Deus!

— Merda, merda, disse Panurgo. Só a minha braguilha já vai varrer todos os homens, e São Paunuoco, que descansa aqui dentro, vai esfregar todas as mulheres.

— Então vamos, crianças, disse Pantagruel, avante!"

Capítulo 27

Como Pantagruel erigiu um troféu
em memória daquela façanha
e Panurgo outro em memória dos lebrachos.
E como Pantagruel com seus peidos
engendrou os homenzinhos
e com seus puns as mulherzinhas.
E como Panurgo quebrou
um grande bastão sobre duas taças

Em imitação à prática da Antiguidade, retomada no Renascimento: os guerreiros erguiam um monumento de vitória com os despojos inimigos, porém aqui ele também é um altar/taça como poema visual de Pantagruel, na tradição dos carmina figurata medievais, prática que reaparecerá no Quinto livro na forma de uma garrafa. Daí a referência a famosos generais romanos: Quinto Fávio Cunctator ("o contemporizador") derrotou Trasímeno e Aníbal; os Cipiões (Africano e Emiliano) derrotaram Cartago e Numância. Mais adiante o primeiro poema sofre distorção cômica por parte de Panurgo, numa espécie de paródia dentro da paródia.

Na segunda parte, surge a questão em torno dos pigmeus: nas cartografias da época, o país dos pigmeus era comumente localizado perto do Japão; e a guerra entre grous e pigmeus aparece na literatura ocidental pelo menos desde a Ilíada, 3.6, sob o nome Geranomaquia; porém para os antigos os pigmeus ficavam na África.

As taças de Beauvais eram muito admiradas na época de Rabelais. [G.G.F.]

———

"Antes de partirmos, disse Pantagruel, em memória da façanha que vocês acabaram de realizar, quero erigir neste lugar um belo troféu."

Então cada um deles com grande alegria e cançonetas rurais ergueram um pau enorme, onde penduraram uma sela de cavaleiro, uma testeira de cavalo, borlas, estribos, esporas, uma cota de malha, uma armadura de aço, um machado, um espadão, uma manopla, uma maça, um braçal, grevas, um gorjal e todo o equipamento necessário para um arco do triunfo ou troféu. Depois, em memória eterna, Pantagruel escreveu o seguinte poema de vitória:

François Rabelais

Foi bem aqui que a virtude brilhou
De quatro firmes valentes varões,
Quando bom senso, e não força, os armou,
Tal como a Fábio ou aos dois Cipiões,
Pois que a sessenta e seiscentos barões
Brutos queimaram sem condescendência.
Aprendam todos, reis, torres e peões
Que à força bruta venceu a prudência.
Pois a vitória
Muito notória
Vem do penhor;
Da régia glória
Depuratória
Do alto senhor
Não desce ao forte ou ao maior,
Mas ao seleto — é bom que adore-a.
Será nos bens excelsior
Quem tiver fé na sacra história.

Ce fut icy qu'apparut la vertus
De quatre preux et vaillans champions,
Qui de bon sens, non de harnois vestuz
Comme Fabie, ou les deux Scipions
Firent six cens soixante morpions
Puissans ribaulx, brusler comme une escorce:
Prenez y tous Roys, ducz, rocz, et pions
Enseignement, que engin mieulx vault que force.
Car la victoire
Comme est notoire,
Ne gist qu'en heur.
Du consistoire,
Où regne en gloire
Le hault seigneur,
Vient, non au plus fort ou greigneur,
Ains à qui luy plaist, com' fault croire:
Doncques à chevance et honneur
Cil qui par foy en luy espoire.

Enquanto Pantagruel escrevia o carme supracitado, Panurgo fincou numa longa estaca os chifres da corça e a pele junto com a pata direita dianteira. Depois as orelhas de três lebrachos, o lombo de um coelho, as mandíbulas de uma lebre, as asas de duas abetardas, os pés de quatro pombos, um frasco de vinagre, um corno onde guardavam o sal, seu espeto de pau, uma lardeadeira, um caldeirão vagabundo, todo furado, uma molheira, um saleiro de barro e um copo de Beauvais. E em imitação aos versos e ao troféu de Pantagruel escreveu o seguinte:

Foi bem aqui que a virtude assentou
O cu de quatro bons azarões
Que em báquicos festins se contentou
Bebendo à farta que nem tubarões,
Quando perdeu sua alcatra e coxões
Senhor Lebracho, perante a tenência:
Sal e vinagre, que nem escorpiões
O perseguiram sem darem clemência.
A monitória
Mais defensória
Contra o calor
É manguaçória
Sem palmatória:
Só do melhor.
Lebracho perde seu valor
Sem pôr vinagre com chicória:
Vinagre atiça seu olor,
É uma escolha decretória.

Ce feut icy, que mirent à baz culz
Joyeusement quatre gaillars pions,
Pour bancqueter à l'honneur de Baccus
Beuvans à gré comme beaulx carpions;
Lors y perdit rables et cropions
Maistre levrault, quand chascun s'y efforce:
Sel et vinaigre, ainsi que scorpions
Le poursuivoyent, dont en eurent l'estorce.
Car l'inventoire
D'un defensoire

En la chaleur,
Ce n'est que à boire
Droict et net, voire
Et du meilleur,
Mais manger levrault, c'est malheur
Sans de vinaigre avoir memoire:
Vinaigre est son ame et valeur,
Retenez le en point peremptoire.

Então disse Pantagruel:

"Vamos, crianças! A gente já se esbaldou demais com esta carne; pois é difícil ver ou acontecer que grandes convivas realizem belos feitos em armas.

Só existe sombra de estandartes, só existe cheiro de cavalos com um tinido de armaduras." Ao que Epistemão soltou um risinho e disse:

"Só existe sombra de cozinha, cheiro de quitutes com um tinido de copadas."

Ao que respondeu Panurgo:

"Só existe sombra de cortina, cheiro de tetudas com um tinido de bagos."

E ao se levantar deu um peido, um pulo e um assobio e gritou a plenos pulmões: "Viva sempre Pantagruel!"

Ao ver a cena, Pantagruel quis fazer o mesmo, porém com o peido que soltou a terra tremeu num raio de nove léguas e com o ar putrefato gerou mais de cinquenta e três mil homenzinhos anões e disformes; e com um pum que soltou, gerou outro tanto de mulherzinhas encurvadas, que vemos em tantos lugares e só crescem feito rabo de vaca, para baixo, ou que nem os nabos de Limousin, para o lado.

"Mas como, disse Panurgo, os seus peidos são assim frutíferos? Por Deus, vejam que belas bengalas de homens, que belas rachas de mulheres; a gente tem que casar esse pessoal. Eles vão gerar mutucas."

Foi o que fez Pantagruel e os chamou de pigmeus. E os mandou viver numa ilha próxima, onde se multiplicaram depois.

Mas os grous fazem guerra contínua contra eles, que se defendem corajosamente, pois esses pitocos de gente (que na Escócia são chamados de "cabo de carda") são coléricos com força. A razão fisiológica é que eles têm o coração muito perto da merda.

Naquele mesmo momento Panurgo pegou dois copos que ali estavam, do mesmo tamanho, e os encheu d'água até a boca e colocou um em cima

de um tamborete e outro em cima de outro, afastando os dois a uma distância de cinco pés, depois pegou o fuste de um dardo de cinco pés e meio e o colocou por cima dos dois copos, de modo que as duas pontas do fuste tocassem precisamente as bordas dos copos. Feito isso, pegou um grande estaca e disse para Pantagruel e os outros:

"Senhores, considerem como foi fácil a nossa vitória sobre os inimigos. Pois assim como eu vou quebrar este fuste em cima dos copos sem que os copos sejam quebrados ou trincados, e mais, sem que uma só gota d'água saia deles; assim também nós quebraremos a cabeça dos nossos dipsodos, sem que nenhum de nós seja ferido e sem perda de qualquer trabalho nosso.

Mas para que vocês não pensem que eu fiz um feitiço, tome, disse ele a Êustenes, pode bater no meio desta estaca com toda força." E isso fez Êustenes e o fuste se quebrou claramente em dois pedaços, sem que uma só gota d'água caísse dos copos. Depois ele disse: "E eu sei várias outras: vamos então confiantes."

François Rabelais

Capítulo 28

Como Pantagruel foi vitorioso
de um jeito muito estranho
contra os dipsodos e gigantes

Aqui vemos Pantagruel como um ideal humanista de guerreiro cristão, dotado de extrema habilidade e inteligência, porém acima de tudo fiel em Deus; é com essas características que ele alcança a vitória, no entanto também revela seu gigantismo com o mastro do navio, e sua origem demoníaca na sede.

Na cena em que mexem com purgantes e diuréticos, vemos o conhecimento médico de Rabelais: temos eufórbio e bagas de trovisco (dois produtos cáusticos); Vade mecum *tem aqui o sentido tradicional do objeto que se levava a todas as partes (donde o sentido "vá comigo"); os outros remédios são* lithotripon *para dissolver cálculos (com 46 ingredientes),* nephrocatarticon *para purgar os rins (com 51 ingredientes) e compota de cantárida para servir de diurético, embora talvez já fora de uso na época.*

A festa de São Martinho, realizada em 11 de novembro, coincide com o vinho novo, donde vem a expressão portuguesa: "no dia de São Martinho, come-se castanhas e bebe-se vinho", ou "por São Martinho, prova teu vinho".

A égua de Gargântua aparecerá em Gargântua *cap. 16, porém derivada das* Grandes crônicas. *O mito greco-romano do dilúvio tinha em Deucalião e em sua mulher, Pirra, o casal que recomeçava a humanidade (cf. Ovídio, Metamorfoses, 1.318 ss.). Calíope e Talia são musas gregas da épica e da poesia bucólica, respectivamente, que costumavam ser invocadas em poemas grandiosos; Talia também pode representar o riso que rebaixa a grandiosidade épica. "Ponte dos burros" (*pons asinorum*) é uma expressão latina tirada da geometria, servindo para indicar uma proposição escolástica, ou um conjunto de proposições, que mesmo bem explicada, permanece incompreensível, no entanto capaz de tornar acessível o silogismo médio.*

A frase que encerra o capítulo, segundo consenso dos estudiosos, alude à História verdadeira *de Luciano.* [G.G.F.]

Depois de toda essa conversa, Pantagruel chamou o prisioneiro e o mandou embora, dizendo:

"Vá ao seu rei no acampamento e conte as notícias do que você viu, e que ele se apresse para me festejar amanhã ao meio-dia; pois assim que as minhas galeras chegarem, no mais tardar pela manhã, eu vou mostrar, com dezoito centenas de milhares de combatentes e sete mil gigantes, todos maiores que eu, que ele cometeu uma loucura contra a razão ao assaltar meu país desse jeito." Nisso fingia Pantagruel ter uma armada no mar. Porém o prisioneiro respondeu que se rendia como escravo e que estava contente de nunca mais retornar a seu povo, pois preferia combater junto com Pantagruel contra eles, se, por Deus, ele o permitisse. Ao que Pantagruel não quis consentir, mas ordenou que partisse sem demora e fosse tal como já tinha dito e que levasse uma caixa cheia de eufórbio e de bagas de trovisco em conserva de água ardente composta, mandando que a levasse ao seu rei e que lhe dissesse que, se conseguisse comer uma só sem precisar beber, ele faria resistência sem medo.

Então o prisioneiro suplicou de mãos juntas que, na hora da batalha, ele tivesse piedade dele; ao que disse Pantagruel: "Depois que você tiver anunciado tudo ao seu rei, ponha toda esperança em Deus, e ele não vai lhe abandonar. Porque de mim, mesmo que eu seja poderoso como você bem vê, mesmo que tenha povos infinitos em armas, ainda assim não ponho esperança em minha força, nem em minha inteligência; porém toda a minha confiança está em Deus, meu protetor, que jamais abandona aqueles que nele puseram sua esperança e seu pensamento."

Feito isso, o prisioneiro pediu, no tocante ao resgate, que fizesse uma proposta razoável.

Ao que respondeu Pantagruel que seu objetivo não era pilhar nem cobrar resgate de humanos, mas enriquecê-los e reformá-los em total liberdade:

"Vá (disse ele) na paz do Deus vivo e nunca esteja em má companhia, para que nenhum mal lhe suceda."

Com a partida do prisioneiro, Pantagruel disse aos seus: "Crianças, eu dei a entender a esse prisioneiro que nós temos uma armada no mar, além de que faremos um assalto contra eles até amanhã ao meio-dia, a fim de que, hesitantes diante da grande chegada, eles passem esta noite ocupados em se organizar e fortificar; porém, nesse meio-tempo, minha intenção é fazer nosso ataque na hora da primeira vigília."

Deixemos aqui Pantagruel com seus apóstolos. E falemos do rei Anarco e de seu exército.

Quando o prisioneiro chegou, seguiu até o rei e narrou como havia chegado um grande gigante chamado Pantagruel, que tinha desbaratado e assado cruelmente todos os seiscentos e cinquenta e nove cavaleiros, sendo ele próprio o único poupado para dar as notícias. Além disso, ele trazia ordens do tal gigante de dizer que se apressasse para lhe preparar um almoço no dia seguinte em torno do meio-dia, porque decidiu invadir justo nessa hora.

Depois entregou a caixa onde estavam as conservas. Porém logo que ele engoliu uma colherada, veio um tal calor na garganta com ulceração da úvula, que a língua pelou. E ele não achou remédio algum para o seu caso, fora beber sem remissão; pois assim que tirava o copo da boca, a língua já queimava. Por isso, só ficaram entornando vinho goela abaixo com um funil.

Ao verem a cena, seus capitães, paxás e homens da guarda provaram da tal droga para ver se dava mesmo tanta sede, porém os pegou que nem ao rei. E todos encharcaram tanto, que um rumor se espalhou pelo acampamento sobre o retorno do prisioneiro, e que eles sofreriam no dia seguinte um assalto, contra o qual se preparavam o rei e os capitães, junto com os homens da guarda, num pileque bravo. Então cada um do exército come-

çou a enxugar, chuchar e brindar que nem festa de São Martinho. Por fim, beberam tanto, mas tanto, que dormiram que nem porcos espalhados pelo acampamento.

Agora voltemos ao bom Pantagruel e contemos como ele se portou nesse caso.

Ao partirem do local do troféu, pegou o mastro do navio que nem um cajado e enfiou dentro da gávea duzentos e trinta e sete barricas de vinho branco de Anjou, que sobraram de Rouen, e prendeu na cintura a barca toda cheia de sal com a mesma facilidade que os lansquenetes levam seus cestinhos. E assim se pôs a caminho com seus companheiros.

Quando chegou perto do acampamento inimigo, Panurgo lhe disse:

"Senhor, quer um bom conselho? Desça esse vinho branco de Anjou da gávea e vamos beber que nem bretões."

Ao que concordou com gosto Pantagruel, e beberam tão firme que não sobrou uma gotinha sequer das duzentas e trinta e sete barricas, fora um cantil de couro curtido de Tours, que Panurgo encheu para si mesmo, porque o chamava de *Vade-mecum*, e uns restolhos mequetrefes, para fazer vinagre.

Depois de chapar o coco, Panurgo deu de comer a Pantagruel algum diabo de droga composta de lithotripon, nephrocatarticon, compota de cantárida e outros diuréticos.

Feito isso, Pantagruel disse a Carpalim: "Vá para a cidade e suba a muralha que nem rato, como você é bom, e diga a eles que no momento presente saiam e deem nos inimigos com tudo que puderem; dito isso, desça pegando uma tocha acesa, com o qual você vai tacar fogo dentro de todas as tendas e pavilhões do acampamento; depois grite o quanto for possível com essa voz grossa e suma do tal acampamento.

— Beleza, mas, disse Carpalim, não seria bom se eu entupisse toda a artilharia deles?

— Não, não, disse Pantagruel, mas pode meter fogo na pólvora."

Obedecendo partiu Carpalim de supetão e fez tal como decretou Pantagruel, e saíram da cidade todos os combatentes que ali estavam. E depois que ele tacou fogo pelas tendas e pavilhões, passava ligeiramente por cima deles sem que sentissem nadica, de tanto que roncavam e dormiam pesado. Ele chegou ao lugar onde estava a artilharia e meteu fogo nas munições (mas aí estava o perigo); o fogo pegou tão rápido que quase abrasou o pobre Carpalim. E não fosse pela sua maravilhosa velocidade, ele ficaria torrado que nem um porco; porém partiu mais rápido que uma flecha de besta enquanto voa.

Quando ele já estava fora das trincheiras, soltou um grito tão terrível, que parecia que todos os diabos tinham sido desacorrentados. Com esse som, acordaram todos os inimigos, mas sabem como? Estúpidos que nem o primeiro som das matinas, que em Luçon se chama "rasga-saco".

Enquanto isso, Pantagruel começou a semear o sal que tinha na barca, e como dormiam com a bocarra aberta e escancarada, foi enchendo a gorja inteira deles, tanto que esses pobres coitados tossiam que nem raposas, gritando: "Ah, Pantagruel, você acendeu nossos tições!"

Súbito Pantagruel teve vontade de mijar, por causa das drogas que Panurgo tinha lhe entregado, e mijou no acampamento tanto e tão fartamente, que afogou todos; e teve um dilúvio local num raio de dez léguas.

E reza a história que, se a imensa égua de seu pai estivesse ali para mijar junto, teria resultado num dilúvio maior que o de Deucalião; porque ela nunca mijava sem produzir pelo menos um rio do tamanho do Ródano e do Danúbio.

Ao verem a cena, aqueles que tinham saído da cidade diziam: "Eles foram mortos cruelmente, vejam o sangue escorrendo!" Mas estavam enganados, pensando que a urina de Pantagruel fosse o sangue dos inimigos, porque viam apenas o lustre do fogo dos pavilhões e um pouco da luz do luar.

Os inimigos, por sua vez, quando acordaram vendo de um lado o fogo no acampamento e do outro a inundação e dilúvio urinal, não sabiam o que dizer, nem o que pensar. Alguns diziam que era o fim do mundo e o Juízo Final, que seria consumado pelo fogo; outros, que os deuses marinhos, Netuno, Proteu, Tritão e outros, os perseguiam e que, na verdade, era água marinha e salgada.

Ah, quem poderia narrar como se portou Pantagruel contra os trezentos gigantes?

Ah, minha Musa, minha Calíope, minha Talia, inspirem-me neste momento, restaurem-me o espírito, pois eis a verdadeira ponte dos burros da lógica, eis a arapuca, eis a dificuldade de exprimir a terrível batalha que se fez.

Quem me dera agora um jarrão do melhor vinho que jamais beberam aqueles que vão ler esta história verdadeiríssima.

Capítulo 29

Como Pantagruel desafiou trezentos gigantes armados de pedra talhada. E Lobisomem, seu capitão

Nova paródia épica, com luta de gigantes, que desta vez se abre mencionando uma cena da Eneida, *2.975 ss., de Virgílio; isso é ainda reforçado pela referência a Hércules, na frase tirada em Erasmo,* Adágios, *1.5.29. Por outro lado, estamos num mundo mais próximo das novelas de cavalaria, por isso a importância da esgrima, por exemplo, sabendo que antiga esgrima é a prática italiana, mais valorizada que a francesa na época de Rabelais. O relato parece ecoar a história da batalha de três dias entre Rolando e o gigante Ferragus, segundo a crônica do arcebispo Turpino, companheiro de Rolando. Vale ainda lembrar que, nas canções de gesta, frequentemente aparecem gigantes invocando Maomé.*

Nesse contexto é que vemos o voto de Pantagruel, que ao mesmo tempo em que retoma parte da carta de Gargântua, tem também fortes ecos luteranos, embora não faça adesão total aos preceitos, pois a ideia de que a única ação humana digna de promessa seja espalhar a palavra sem fazer guerra já aparecia em Erasmo. Por conta dos embates teológicos, mantenho o termo "servador" para traduzir servateur, *já que este era epíteto banido pelos teólogos da Sorbonne, porém aconselhado por Erasmo; e também "confissão católica", que aqui não tem o sentido específico da instituição da Igreja Católica, mas, como em muitos protestantes do período, guarda apenas o sentido de "universal".*

Em 2 Reis 19:35 um anjo sozinho derrota os 185 mil soldados do rei assírio Senaqueribe. Mais adiante, a frase hoc fac et uinces *ecoa a Vulgata de Lucas 10:28,* Hoc fac, et uiues *("Faze assim e viverás"); talvez seja também uma alusão ao milagre de Constantino, com a cruz inscrita* Hoc signo uinces *("Com este sinal vencerás"), a partir de um sentido agostiniano.*

A lenda de São Nicolau envolvia muitos milagres e tinha apelo popular; há aqui alusão ao tema da ressurreição, que ocupará o próximo capítulo. E os Contos da cegonha eram vendidos com frequência entre ambulantes. Os cálibes eram um povo do Ponto Euxino, famosos pela produção de aço, cf. Virgílio, Geórgicas, *livro 1. O maior sino de Notre-Dame era a campana chamada Marie e tinha cerca de 12.500 kg. Em "Beus renego" vemos a mudança de Deus em Beus, típica alteração para evitar a blasfêmia. A torre de Manteiga tinha esse apelido porque foi construída com o dinheiro de fiéis que pagavam para ter o direito de comer manteiga durante a Quaresma. Golfarim é corruptela de Corfarin, nome que aparece para designar um sarraceno em* Mort de Garin le Loherain. *Rancatripa (*Rifleandouille, *em francês) é tirado de alguns mistérios medievais, onde aparece como tirano ou carrasco, e voltará a aparecer no* Quarto livro. [G.G.F.]

———

Os gigantes, ao verem que todo o acampamento estava inundado, levaram seu rei Anarco nos ombros, do melhor jeito possível, para fora do forte, que nem Eneias com seu pai Anquises na conflagração de Troia.

Quando Panurgo os viu, disse a Pantagruel: "Senhor, veja ali os gigantes que saíram, dê neles com seu mastro, galantemente, com golpes da antiga esgrima. Porque nessas horas é que é preciso mostrar o cabra da peste. E da nossa parte, não vamos deixá-lo na mão. E com ousadia vou matar muitos. E como? Davi matou Golias facilmente. Tem mais, aquele grosseirão do Êustenes, parrudo que nem quatro bois, não vai se poupar. Tome coragem, para cima deles com talhes e estocadas!

— Ora, disse Pantagruel, coragem eu tenho para mais de cinquenta francos. Mas o quê? Hércules jamais ousou um embate contra dois.

— Quer, disse Panurgo, dar merda para o meu nariz, o senhor se comparar a Hércules? Por Deus, o senhor tem mais força nos dentes e mais bom senso no cu do que jamais teve Hércules em todo seu corpo e alma. O homem vale tanto quanto ele próprio se estima." Enquanto trocavam essas palavras, eis que chega Lobisomem com todos os seus gigantes e, ao ver Pantagruel sozinho, foi tomado de temeridade e arrogância, na esperança de trucidar nosso pobre bom homúnculo.

Então disse aos seus companheiros gigantes: "Seus brutamontes caipiras, por Maomé, se algum de vocês pretende combater contra esses aqui, eu vou dar morte cruelmente. Quero que me deixem combater sozinho; enquanto isso, vocês terão seu passatempo em observar."

Nisso se retiraram todos os gigantes com seu rei para perto das garrafas, e Panurgo e seus companheiros foram junto deles; ele fingia ser daqueles que tinham bexiga, porque contorcia a cara e esticava os dedos e com voz rouca lhes disse: "Beus renego, companheiros, não vamos fazer guerra, podem se entregar ao banquete com os seus, enquanto os nossos mestres se entrebatem."

Ao que com gosto consentiram o rei e os gigantes e os convidaram a se juntar ao banquete.

Enquanto isso, Panurgo contava as fábulas de Turpino, os causos de São Nicolau e o conto da Cegonha.

Lobisomem então se voltou para Pantagruel com uma maça de aço que pesava nove mil setecentos e cinquenta quintais e duas arrobas de aço dos cálibes, em cuja borda estavam trezentas pontas de diamantes, dos quais o menor tinha o tamanho do maior sino de Notre-Dame de Paris (a margem de erro é talvez a espessura de uma unha ou, no máximo, para não ter risco de mentir, das costas dessas facas que chamamos corta-orelha; coisinha de nada, nem a mais, nem a menos). Ela era encantada, de modo que nunca podia se quebrar, mas pelo contrário, tudo que a tocasse quebrava na hora.

Assim, então, como ele se aproximasse com toda ferocidade, Pantagruel erguendo os olhos ao céu se confiou a Deus de bom coração, fazendo o seguinte voto:

"Senhor Deus, que sempre foste meu protetor e servador, vê a aflição que agora se me assoma. Nada aqui me conduz, exceto o zelo natural que concedeste aos humanos, de guardarem e defenderem a si mesmos, a suas mulheres, filhos, país e família, desde que não teu negócio próprio, que é a fé, pois em tais casos não queres coadjuvante, exceto a confissão católica e o serviço da tua palavra; e defendeste-nos contra todas as armas e defesas, porque és o todo-poderoso, que em teu próprio afazer e por tua causa própria estás em ação, e sabes melhor te defender do que sequer poderíamos estimar; tu, que tens mil milhares de centenas de milhões de legiões de anjos, e dele um só já poderia erradicar todos os seres humanos e revirar o Céu e a Terra a seu bel-prazer, como fora outrora manifesto contra o exército de Senaqueribe. Por isso, se te apraz neste momento vir em meu auxílio, tal como em ti somente está minha total confiança e esperança, faço-te o voto de que por todas as partes, tanto deste país de Utopia como de alhures, por onde eu tiver poder e autoridade, farei pregar teu santo Evangelho, de modo puro, simples, inteiro, de modo que os abusos de uma turba de fariseus e falsos profetas, que por meio de instituições humanas e invenções depravadas envenenaram todo mundo, serão à minha volta exterminados."

Em seguida se ouviu uma voz do céu dizendo: "*Hoc fac et uinces*", ou seja, *Faze e vencerás*.

Depois, vendo Pantagruel que Lobisomem se aproximava de goela escancarada, partiu audaz contra ele e gritou com toda força: "Até a morte, seu canalha, até a morte!", só para lhe meter medo, segundo a disciplina dos lacedemônios, com seu grito horrendo.

Depois jogou da barca, que trazia na cintura, mais de dezoito cascos e uma arroba, que lhe encheu boca e garganta, nariz e olhos.

Irritado com isso, Lobisomem deu um golpe com a maça, tentando esmagar os seus miolos.

Porém Pantagruel foi ágil e sempre bom pé e bom olho, porque com o pé canhoto deu um passo para trás, mas não fez isso com tanta habilidade, e o golpe derrubou a barca, que se quebrou em quatro mil e oitenta e seis peças e derrubou o resto do sal por terra.

Ao ver isso, Pantagruel energicamente desdobrou seus braços, e como na arte do machado, deu-lhe uma boa paulada com seu mastro, uma estocada por cima do mamilo e retirando o golpe pela esquerda com um talhe o acertou entre o pescoço e o colarinho, depois avançando o pé direito deu-lhe nos bagos um baque com a ponta do mastro, no que rompeu a gávea e derramou três ou quatro barricas de vinho que ainda sobravam.

Então Lobisomem pensou que tinha pocado a bexiga e que o vinho era sua urina saindo.

Não satisfeito com isso, Pantagruel tentava redobrar o empenho, porém Lobisomem com a maça em riste avançou o passo contra ele e com toda sua força tentou fincá-la em Pantagruel; de fato, bateu com tanta vontade que, se Deus não tivesse socorrido o bom Pantagruel, teria rachado no meio do alto do coco ao fundo do baço; mas o golpe inclinou para a direita, graças a um brusco movimento de Pantagruel. E cravou sua maça a mais de setenta e três pés dentro da terra através de um imenso rochedo, que fez sair um fogo maior do que nove mil e seis tonéis.

Vendo Pantagruel que o outro se dedicava a tirar a tal da maça presa na terra entre as rochas, correu para cima dele e tentou arrancar sua cabeça de uma vez; porém o mastro por azar tocou um pouco o fuste da maça de Lobisomem, que era encantada (como já dissemos antes), e por causa disso o mastro se quebrou a três dedos do punho. Ele ficou mais aturdido que um sineiro e berrou: "Ah, Panurgo, cadê você?"

Ao ouvir isso, Panurgo disse ao rei e aos gigantes: "Por Deus, eles vão se machucar, se a gente não separar!"

Porém os gigantes estavam tranquilos que nem se fosse um casamento.

Então Carpalim tentou se levantar para socorrer seu mestre, mas um gigante lhe disse: "Por Golfarim, neto de Maomé, se você se mexer, vou colocá-lo no fundo das minhas calças, que nem um supositório, porque estou constipado no ventre e não consigo obrar direito, a não ser moendo os dentes."

Depois Pantagruel, então destituído do bastão, retomou a ponta do mastro, batendo a torto e a direito sobre o gigante, mas não lhe fazia um mal maior do que uma batucada em bigorna de ferreiro. Enquanto isso, Lobisomem tirava da terra a maça e já a tinha tirado e a preparava para ferir Pantagruel, que era rápido em seu rebuliço e se esquivou de todos os golpes até ver que Lobisomem o ameaçava, dizendo: "Seu perverso, agora eu vou picotá-lo que nem carne de paçoca! E nunca mais você vai dar sede nos pobres coitados." Pantagruel lhe deu uma bicuda tão forte na barriga, que o fez cair para trás de perna empinada, e então o arrastou num esfola-cu pelo espaço maior que um tiro de arco. E Lobisomem se esgoelava, soltando sangue pela garganta: "Maomé, Maomé, Maomé!"

Com essa voz, todos os gigantes se levantaram para socorrê-lo. Mas Panurgo lhes disse: "Senhores, não precisam ir lá, se acreditarem em mim; porque nosso mestre é doido, bate a torto e a direito, sem nem prestar atenção; ele vai dar um desconcerto para vocês."

Mas os gigantes nem deram bola, vendo que Pantagruel estava sem o bastão. Quando Pantagruel os viu chegando, pegou Lobisomem pelos dois pés e levantou seu corpo no ar que nem uma clava e, com ele armado de bigornas, batia nos gigantes armados de pedras talhadas e os abatia que nem pedreiro fazendo lascas, que nenhum deles parava na frente sem ruir por terra.

Assim, com a quebra desses pétreos arneses fez um tumulto tão terrível, que me lembrei de quando a imensa torre de Manteiga, em Saint-Étienne de Bourges, derreteu ao Sol.

Panurgo, junto com Carpalim e Êustenes, nesse meio-tempo degolava os que caíam por terra.

Façam a conta de que não escapou unzinho sequer, e Pantagruel mais parecia um ceifeiro que com sua foice (ou seja, Lobisomem) segava a relva do prado (ou seja, os gigantes).

Porém nessa esgrima Lobisomem perdeu a cabeça, foi quando Pantagruel abateu um, que tinha o nome de Rancatripa, armado de alto aparato, com pedras de arenito, que com um tasco cortou toda a garganta de Epistemão; porque eles, na maior parte, estavam armados de modo ligeiro, ou seja, com pedra de tufo; e os outros com pedra de ardósia.

Por fim, vendo que estavam todos mortos, jogou o corpo de Lobisomem com toda a força para a cidade, e este caiu que nem um sapo, de barriga, na praça principal da tal cidade, e ao cair com seu golpe matou um gato queimado, uma gata molhada, uma perdiz arredia e um ganso arreado.

Capítulo 30

Como Epistemão, que teve o corte cabeceado, foi habilidosamente curado por Panurgo. E as notícias dos diabos e condenados

Na esteira de várias narrativas medievais, temos aqui a história da ressurrei-ção de Epistemão (com base em Ferrabrás *e em* Os quatro filhos de Aymon*), com seu relato sobre o mundo dos mortos, que também ecoa a* Odisseia, livro 9, *e a* Enei-da, livro 6, *mas sobretudo o* Menipo *de Luciano, em um mundo às avessas, onde a reversão dos papéis, além da força cômica, guarda um saber moral evangélico.*

A lista a seguir mistura personagens: da épica greco-romana, como Aquiles e Eneias; da história, como Xerxes e Ciro; dos romances de cavalaria, como Lancelo-te do Lago; e até mesmo figuras historicamente próximas, tais como os papas. A sé-rie feminina encerra a sequência de nomes: Pentesileia era a rainha das amazonas; Lucrécia foi uma matrona violada pelo rei romano Tarquínio; Hortênsia era filha de Hortênsio, adversário político de Cícero; e Lívia foi esposa de Augusto, que deu ori-gem ao império romano.

Nos momentos com mais detalhes, Epistemão encontra Diógenes, principal fi-lósofo do cinismo grego, que pregava uma vida natural, quase como um mendigo, e aqui tem vida de rei. Vê também Epicteto (55-135 d.C.), nome importantíssimo do estoicismo, que foi um escravo responsável pela conversão de Marco Aurélio e tam-bém autor do conhecido Manual; *aqui é ironicamente descrito levando uma vida epi-curista, enquanto o rei Ciro, o Grande (séc. VI a.C.), sofre da pobreza.*

Sobre Pathelin, *cf. nota ao cap. 9. Jean Lemaire de Belges (1473-c. 1515) foi um escritor famoso da cultura humanística, que enfrentou papas em favor de Luís XII; Caillette e Triboullet foram dois bobos da corte de Luís XII e de Francisco I (é Triboullet quem dará origem ao Rigoletto de Verdi). Se Lemaire se torna uma espé-cie de papa, o imperador persa Xerxes (418-365 a.C.) vira mostardeiro e é maltra-tado pelo poeta francês, maldito e criminoso, François Villon.*

Bagnolet já foi mencionado como um dos autores das obras da biblioteca de Saint-Victor; trata-se hoje de um subúrbio de Paris; mas à época era uma cidade fa-mosa pela covardia de seus franco-arqueiros, uma milícia criada em 1450 por Fran-cisco I; Bagnolet é também figura de um monólogo cômico atribuído a François Villon. Bétis Perceforest era rei inglês nomeado por Alexandre, o Grande, no Ro-man de Perceforest, de 1340. Morgante é um gigante, o personagem principal da obra épico-cômica homônima de Luigi de Pulci (1432-1484).

Embora o capítulo tenha recebido acréscimos, Rabelais retirou as piadas com heróis franceses, para garantir o favor real.

Torcicolo simbolicamente designava os hipócritas. Lambada no nariz aparece como um dos jogos da lista de Gargântua, *cap.* 22. [G.G.F.]

———

Uma vez realizado esse gigantesco desbarate, Pantagruel se retirou para o depósito de garrafas e chamou Panurgo e os outros, que apareceram sãos e salvos, fora Êustenes, que um dos gigantes tinha retalhado um tanto bem na cara, enquanto ele o degolava. E Epistemão, que nem se apresentou. Com isso, Pantagruel ficou tão condoído, que queria se matar, mas Panurgo lhe disse: "Joia, senhor, mas espere um pouco, que a gente vai procurar entre os mortos, para descobrir toda a verdade."

Assim, enquanto procuravam, o acharam mortinho da silva, com a cabeça entre os braços ensanguentada.

François Rabelais

Então Êustenes gritou: "Ah, morte cruel, você tomou de nós o mais perfeito dos homens?"

Diante dessa fala, levantou-se Pantagruel com o maior luto que já se viu no mundo. E disse a Panurgo: "Ah, meu amigo, o auspício dos seus dois copos e do fuste do dardo foi muito enganador." Porém Panurgo disse: "Crianças, não chorem nem mais uma gota, ele ainda está quente. Eu vou deixá-lo mais curado do que antes."

Ao dizer isso, pegou a cabeça e a comprimiu contra a braguilha, bem quente, para não tomar vento. Êustenes e Carpalim levaram o corpo ao lugar do banquete; não por esperança de que se curasse um dia, mas a fim de que Pantagruel o visse.

Entretanto, Panurgo os reconfortava dizendo: "Se não conseguir curá-lo, quero perder a cabeça (que é o penhor do otário): larguem de choro e me ajudem!"

Então ele limpou bem com um bom vinho branco o pescoço e depois a cabeça e salpicou pó de diamerdes que ele sempre carregava em um dos bolsos, depois besuntou tudo com sei lá qual unguento e ajustou minuciosamente veia com veia, nervo com nervo, vértebra com vértebra, para que não tivesse torcicolo (porque ele tinha um ódio mortal desse tipo de gente). Feito isso, deu quinze ou dezesseis pontos de agulha, para que não caísse de novo; depois passou em volta um pouco do unguento, que ele chamava de ressuscitativo.

Num supetão Epistemão começou a respirar, depois abriu os olhos, depois bocejou, depois espirrou, depois soltou um belo peido caseiro.

Então disse Panurgo: "Agora com certeza está curado!" E o levou para beber uma copada de vinho branco vagabundo com um churrasco açucarado.

Desse jeito Epistemão foi habilidosamente curado, fora pelo fato de que passou mais de três semanas enrouquecido e teve uma tosse seca, que ele não conseguia curar, a não ser quando bebia.

E aí começou a falar, dizendo. Que ele tinha visto diabos, conversado intimamente com Lúcifer e feito uma festa no Inferno. E nos Campos Elísios. E confirmava para todos que os diabos eram bons companheiros. Quanto aos condenados, disse que estava um tanto chateado que Panurgo o tivesse revocado tão rápido à vida: "Porque eu tinha (disse ele) um passatempo muito peculiar em vê-los.

— Explique mais, disse Pantagruel.

— Eles não são tão maltratados (disse Epistemão) quanto vocês pensam, mas seu estado se altera de um jeito estranho.

Pois eu vi Alexandre, o Grande, remendando calções velhos para ganhar a pobre vida.

Xerxes era ambulante de mostarda.

Rômulo era salineiro.

Numa ferrageiro.

Tarquínio tacanho.

Pisão paisão.

Sula barqueiro.

Ciro era vaqueiro.

Temístocles vidraceiro.

Epaminondas espelheiro.

Bruto e Cássio agrimensores.

Demóstenes viticultor.

Cícero fogueiro.

Fábio alinhador de rosário.

Artaxerxes cordeiro.

Eneias moleiro.

Aquiles tintureiro.

Agamêmnon lambe-panela.

Ulisses ceifeiro.

Nestor mineiro.

Dario limpador de latrina.

Anco Márcio calafate.

Camilo galocheiro.

Marcelo debulhador de favas.

Druso descascador de amêndoas.

Cipião Africano ambulante de lixívia em caixa de madeira.

Asdrúbal era facheiro.

Aníbal granjeiro.

Príamo vendia trapos velhos.

Lancelote do Lago era esquartejador de cavalos mortos.

Todos os cavaleiros da Távola Redonda eram pobres caça-níqueis remando para passar os rios do Cócito, Flegetonte, Estige, Aqueronte e Lete, quando os senhores diabos queriam brincar na água, que nem os barqueiros de Lyon e os gondoleiros de Veneza. Mas a cada passagem eles tomavam uma lambada no nariz e, de noitinha, um naco bolorento de pão.

Trajano era pescador de sapos.

Antonino lacaio.

Cômodo azevicheiro.

Pertinaz abridor de nozes.

Luculo churrasqueiro.

Justiniano brinquedeiro.

Heitor era lambemolho.

Páris era pobre esfarrapado.

Aquiles enfardador de feno.

Cambises muleiro.

Artaxerxes escumador de panelas.

Nero era rabequeiro e Ferrabrás seu valete; mas lhe fazia mil males e o obrigava a comer pão duro e beber vinho avinagrado, enquanto comia e bebia do melhor.

Júlio César e Pompeu alcatroeiros de navio.

Valentim e Orson serviam nos banhos do Inferno e poliam máscaras femininas.

Giglan e Gauvain eram pobres porqueiros.

Godofredo Dentuço era fosforeiro.

Godofredo de Bouillon dominozeiro.

Jasão era sacristão.

Dom Pedro de Castela vendedor de relíquias.

Morgante cervejeiro.

Huon de Bordeaux era tanoeiro.

Pirro ajudante de cozinha.

Antíoco era varredor de chaminé.

Rômulo era remendador de chinela.

Otaviano raspador de papel.

Nerva palafreneiro.

O papa Júlio pasteleiro, mas já não usava a longa barba de bugre.

João de Paris era engraxate de botas.

Artur da Bretanha desengraxate de barretes.

Perceforest cesteiro.

Bonifácio, o oitavo papa, era escumador de vasilha.

Nicolau, papa terço era papeleiro.

O papa Alexandre era pegador de ratos.

O papa Sisto untador de bexiga.

— Como?, disse Pantagruel, tem bexiguento por lá?

— Com certeza, disse Epistemão. Nunca vi tantos, tem mais de cem milhões. E podem acreditar que quem não pega bexiga neste mundo, pega no outro.

— Pelo sagrado coração, disse Panurgo, eu estou livre. Porque já passei até pelo buraco de Gibraltar e enchi as rolhas de Hércules e abati as mais maduras.

— Ogier, o dinamarquês, era fabricante de arnês.

O rei Tigranes era telhador.

Galeno Restaurador caçador de toupeira.

Os quatro filhos de Aymon tira-dentes.

O papa Calixto era barbeiro de xibiu.

O papa Urbano parasita.

Melusina era lava-prato.

Matabruna lavadeira.

Cleópatra revendedora de cebolas.

Helena agente de camareira.

Semíramis cata-piolho de mendigo.

Dido vendia cogumelos.

Pentesileia era agrioneira.

Lucrécia enfermeira.

Hortênsia fiandeira.

Lívia raspadeira de verdete.

E desse jeito aqueles que foram grandes senhores neste mundo ganhavam a mais pobre e vil e baixa vida do lado de lá. Em compensação, os filósofos e aqueles que foram indigentes neste mundo do lado de lá eram por sua vez grandes senhores.

Eu vi Diógenes em passo magnífico com um grande hábito púrpura e o cetro na destra e dava raiva em Alexandre, o Grande, quando este não remendava direito seus calções e o pagava com grandes bordoadas de bastão.

Eu vi Epicteto vestido finamente à francesa, debaixo de uma linda galhada com várias donzelas se distraindo, bebendo, dançando e fazendo uma festa de arromba, e perto dele escudos de sol. Por cima do caramanchão tinha uma divisa com os seguintes versos escritos:

> Em salto, dança e cambalhota,
> Com vinhos finos no meu rol,
> Levando vida de janota,
> Contando os escudos de sol.

> *Saulter, dancer, faire les tours,*
> *Et boyre vin blanc et vermeil:*
> *Et ne faire rien tous les jours*
> *Que compter escuz au soleil.*

Quando me viu, me convidou para beber com ele, à moda cortesã, o que fiz com gosto e manguaçamos teologalmente. Enquanto isso, veio Ciro pedir um dinheirinho em honra de Mercúrio, para comprar umas cebolas para a janta: 'Nada, nada, disse Epicteto, eu não dou dinheirinho. Tome aqui, seu pulha, um escudo, e tome tento!'

Ciro ficou alegre que conseguiu esse butim. Mas os outros pedintes monarcas que estão por lá, como Alexandre, Dario e outros, o surrupiaram à noite.

Eu vi Pathelin, tesoureiro de Radamante, que negociava os pasteizinhos vendidos pelo papa Júlio e lhe perguntou: 'Quanto custa a dúzia?

— Três mirréis, disse o papa.

— Mas o quê, disse Pathelin, três pauladas na moleira, tome aqui, seu calhorda, tome e vá atrás de outro!'

O pobre papa saiu chorando e, quando chegou ao seu mestre pasteleiro, disse que tinham tomado seus pastéis. Então o pasteleiro deu-lhe uma chicotada tão bem dada, que a sua pele já nem serviria nem para fazer uma gaita de fole.

Eu vi mestre Jean Lemaire pagando de papa e a todos os pobres reis e papas deste mundo ele mandava beijar seus pés e bancando o figurão lhes dava sua bênção, dizendo: 'Aceitem os perdões, seus canalhas, que o preço é baratinho. Eu os absolvo de pão e sopa e os dispenso de valerem qualquer coisa.' E chamou Caillette e Triboullet, dizendo: 'Senhores cardeais, despachem as bulas: a cada um uma paulada nos rins'; o que se fez sem demora.

François Rabelais

Eu vi mestre François Villon perguntar a Xerxes: 'Quanto custa o vidro de mostarda?'

— Um vintém, disse Xerxes.' Ao que falou o tal Villon: 'Morra de febre quartã, vilão; cinco vinténs não valem um sambarco, e você vem nos sobretaxar a comida!" Então mijou no balde, que nem os mostardeiros de Paris.

E vi o franco-arqueiro de Bagnolet que era inquisidor dos heréticos. Ele encontrou Perceforest mijando numa muralha onde estava pintado o fogo de Santo Antônio. Ele o declarou herético e o faria queimar vivo, não fosse Morgante, que graças a um dom de boas-vindas e outros méritos, lhe deu nove pipas de cerveja.

— Ora, disse Pantagruel, guarde essas histórias para outro dia. Diga apenas como são tratados os agiotas?

— Eu os vi, disse Epistemão, bem ocupados procurando alfinetes enferrujados e pregos velhos nas sarjetas, que nem vemos os mendicantes deste mundo. Porém um quintal dessas quinquilharias não vale um naco de pão,

e ainda por cima é coisa que se vende mal; assim os pobres arruaceiros por vezes passam mais de três semanas sem comer um só pedaço ou migalha e penam dia e noite na espera da próxima feira; mas essa pena e desdita nem incomodam, tanto eles são ativos e malditos, desde que até o fim do ano eles ganhem algum tutu.

— Ah, disse Pantagruel, vamos fazer um brinde em comemoração, vamos beber, crianças, é o que peço; porque belo é beber o mês inteiro!"

Assim desembainharam pilhas de garrafas e com as munições do acampamento fizeram um grande festim. Porém o pobre rei Anarco não conseguia se divertir. Com isso, disse Panurgo: "Que ofício daremos ao senhor rei aqui, para que ele já seja experiente na arte quando estiver do outro lado com todo os diabos?

— É verdade, disse Pantagruel, que ótima ideia; faça como quiser, ele é todinho seu.

— Muito obrigado, disse Panurgo, esse presente é irrecusável, e adoro que venha do senhor!"

Capítulo 31

Como Pantagruel entrou na cidade dos amaurotes. E como Panurgo casou o rei Anarco e o transformou em ambulante de cheiro-verde

Aqui vemos as ações contrastantes de Pantagruel e Panurgo diante da vitória: Pantagruel se torna um conquistador colonizante com referências à Bíblia, enquanto Panurgo parece se deleitar com humilhações contra o rei Anarco; nos dois casos, os vencidos sofrem mais do que aqueles de Gargântua, *cap. 51, que serão condenados a trabalhar na imprensa.*

Na nova veste do rei, dois pontos são importantes: em primeiro lugar, Luís XII havia criado um corpo da cavalaria composto por albaneses, que usavam um turbante peculiar; em segundo, no original, o cinto é pers *("azul persa") e* vert *("verde"), que combinam com* pervers *("perverso"), por isso optei por trocar as cores por verde e magenta e fazer esta última ressoar com "má gente" — tipo de trocadilho que é censurado em* Gargântua, *cap. 9.*

Segundo Huchon, Anarco é reduzido à imagem de um tolo ou louco, próximo ao rei do Carnaval, que era simbolicamente condenado à morte. A expressão "rei tricozido" faz referência ao açúcar vendido, podendo ser cozido de uma a três vezes, sendo o tricozido considerado o melhor.

No Terceiro livro Panurgo *fará um elogio ditirâmbico do cheiro-verde.*

Os tempos de Saturno indicam, na mitologia antiga, a idade de ouro. [G.G.F.]

———

Depois dessa vitória maravilhosa, Pantagruel enviou Carpalim à cidade dos amaurotes para dizer e anunciar que o rei Anarco era agora prisioneiro e todos os inimigos estavam derrotados. Ouvida essa notícia, saíram na frente dele todos os moradores da cidade organizados em grande pompa triunfal, numa alegria divina, e o conduziram até a cidade. E fizeram grandes fogueiras de regozijo por toda a cidade e belas távolas redondas fornidas com muita comida, bem postas pelas ruas. Era uma renovação dos tempos de Saturno, tamanho foi o festim.

Mas Pantagruel, com todo o senado reunido, disse: "Senhores, enquanto o ferro ainda está quente é que precisamos batê-lo; igualmente, antes de pirar demais, gostaria que fôssemos tomar de assalto todo o reino dos dipsodos. Portanto aqueles que comigo quiserem vir, se aprestem para amanhã, depois de beber; pois então começarei a marcha.

Não que me falte gente bastante para me auxiliar nesta conquista; para isso serviriam os que já tenho; no entanto, vejo que esta cidade está tão cheia de habitantes, que nem conseguem se virar pelas ruas. Então posso levá-los como uma colônia em Dipsódia e lhes dar todo o país, que é mais belo, saudável, frutífero e agradável que qualquer país do mundo, como bem sabem muitos de vocês, que já passaram por lá. Que todos que quiserem vir fiquem prontos, como eu já disse!"

Tal conselho e deliberação foi divulgado pela cidade, e no dia seguinte se encontravam na praça em frente ao palácio um número de dezoito centos e cinquenta e seis mil e onze, sem contar as mulheres e criancinhas.

Assim começaram sua marcha em direção a Dipsódia, com tanta organização que até pareciam os filhos de Israel quando partiram do Egito para atravessarem o Mar Vermelho.

Porém, antes de prosseguir nesta empreitada, quero lhes contar como Panurgo tratou seu prisioneiro, o rei Anarco. Ele se lembrou do que tinha dito Epistemão, como eram tratados os reis e ricos deste mundo nos Campos Elísios e como então ganhavam sua vida com ofícios vis e imundos.

Por isso, um dia ele vestiu o tal rei com um belo gibãozinho de pano mais esfarrapado que turbante de albanês e belas calças de marinheiro, sem sapato; porque (dizia ele) isso estragaria a vista, e um chapeuzinho de cor persa com uma enorme pena capão. Minto, na verdade me disseram que ele tinha dois e um belo cinto de verde e magenta, dizendo que combinava e lhe cabia muito bem, já que tinha sido má gente.

Assim aprumado o levou até Pantagruel e lhe disse: "Você conhece esse jeca?"

— Com certeza que não, disse Pantagruel.

— É o senhor rei tricozido.

— Eu quero que vire homem de bem; esses diabos de reis daqui não passam de bezerros e não sabem nem valem nada, senão fazer maldades aos pobres súditos e perturbar o mundo inteiro com guerras para seu iníquo e detestável prazer.

Eu quero dar um ofício para ele e transformá-lo em ambulante de cheiro-verde. Então perambule gritando, 'Vocês precisam de cheiro-verde?'" E o pobre diabo gritava. "Está baixo demais!", disse Panurgo e o pegou pela

orelha, dizendo: "Cante mais em alto em sol, ré, dó. Assim, diabo, você tem uma boa garganta, e nunca foi tão feliz quanto não sendo rei."

E Pantagruel se divertia à beça. Porque ouso até dizer que esse era o melhor homenzinho daqui até a ponta de um bastão.

Assim virou Anarco um bom ambulante de cheiro-verde.

Dois dias depois, Panurgo o casou com uma velha facheira e ele mesmo celebrou as núpcias com belas cabeças de carneiro, fartas costeletas na mostarda e porco assado com alho, dos quais ele enviou cinco cestos para Pantagruel, que os comeu inteiros de tão apetitosos que eram, e para beber uma bela zurrapa e uma bela cidra de sorva. E para que dançassem, contratou um cego que tocava as notas na sua rabeca.

Depois de jantar, levou-os ao palácio e os apresentou a Pantagruel e lhe disse mostrando a noiva: "Ela não tem risco de peidar.

— Por quê? disse Pantagruel.

— Porque, disse Panurgo, é bem rachada.

— O que isso quer dizer? disse Pantagruel.

— O senhor não vê, disse Panurgo, que as castanhas que a gente cozinhou no fogo, se ficam inteiras, peidam que é uma loucura; e é para evitar que peidem a gente as racha. Também esta recém-casada está bem rachada por baixo, então não vai peidar nada."

Pantagruel lhes deu uma casinha perto da rua de baixo e um almofariz de pedra, para pilar os temperos. Com isso estabeleceram seu lar modesto e assim ele virou o mais nobre ambulante de cheiro-verde que já se viu em Utopia. Mas me disseram depois que a mulher bate nele que nem estuque, e o pobre tanso nem ousa se defender, de tão pamonha.

François Rabelais

Capítulo 32

Como Pantagruel com sua língua cobriu todo um exército e o que o autor viu dentro de sua boca

Neste episódio o gigantismo de Pantagruel se torna absurdo, quando ele se revela por dentro um país inteiro a ser explorado por Alcofribas, numa paródia sobre as narrativas do Novo Mundo que também retoma a História verdadeira *de Luciano de Samósata.*

Almirodes vem do grego ἀλμυρώδης, *"salgados". Os montes dinamarqueses são referência ilusória: não há montes notáveis na Dinamarca. Asfárago é termo derivado do grego* ἀσφάραγος, *"garganta". Um certificado de saúde era exigido para viagens e entradas em novas cidades, em casos de peste. Salmigondin, de* Salmingondis, *é um ragu, "confusão", donde também* salmagundi.

A história do lucro dormindo alude ao dito popular: "O nome do país é Cocanha;/ Lá, quem mais dorme mais ganha". Górgias, o nome do povo inventado por Alcofribas, remete a gorge *("garganta" em francês, que recrio costumeiramente como "gorja" em português); no entanto é claramente uma alusão também ao sofista Górgias.* [G.G.F.]

———

Assim que Pantagruel, com todo o seu bando, entrou nas terras dos dipsodos, todo mundo estava alegre, e de pronto se renderam a ele e de livre e espontânea vontade lhe deram as chaves de todas as cidades por onde ia, exceto os almirodes, que quiseram enfrentá-lo e deram resposta aos seus arautos de que não se renderiam, senão com boas garantias.

"Como assim?, disse Pantagruel, eles querem mais do que mão no jarro e copo no punho? Vamos então saqueá-los."

Em seguida todos se puseram em linha, como que decididos a fazer o assalto.

Porém, no caminho, ao passarem por um grande descampado, foram pegos por um grosso pé-d'água. Nisso, começaram a tremer e a se apinhar uns contra os outros. Ao ver a cena, Pantagruel mandou dizer por meio dos capitães que isso era uma coisica de nada e que ele via por cima das nuvens que não passava de uma garoinha, mas que mesmo assim se pusessem em linha, porque iria cobrir a todos.

Então fizeram uma boa linha, bem comprimidos. E Pantagruel tirou a língua apenas pela metade e os cobriu que nem uma galinha com seus pintinhos.

Nesse meio-tempo, eu, que lhes narro esses contos verdadeiríssimos, estava escondido por baixo de uma folha de bardana, que não era menos larga que o arco da ponte de Mantrible; porém, quando vi todos bem cobertos, também fui lá buscar abrigo, coisa que não consegui, porque eram tantos que, como se diz por aí, *se o cobertor é curto, cobre a cabeça e descobre os pés*. Então, do melhor jeito que pude, subi e caminhei umas duas léguas por sua língua, até que entrei na boca. Mas, ó deuses e deusas, o que eu vi lá? Que Júpiter me acerte com seu raio trissulco se eu estiver mentindo. Eu caminhava por ali que nem em Santa Sofia de Constantinopla e vi grandes rochedos, que nem os montes dinamarqueses, acho que eram seus dentes, e grandes prados, grandes florestas, fortes e amplas cidades, em nada menores que Lyon ou Poitiers.

O primeiro que ali encontrei foi um camarada que plantava repolhos. Então boquiaberto eu perguntei: "Meu amigo, o que você faz por aqui?

— Eu planto (disse ele) repolhos.

— E por quê e para quê? disse eu.

— Ah, meu senhor (disse ele), nem todo mundo tem bago pesado que nem um almofariz, nem todos podem ser ricos. Assim eu ganho a vida e levo para vender no mercado da cidade aqui atrás.

— Jesus (disse eu), aqui tem um novo mundo.

— Com certeza (disse ele), não tem nada de novo; dizem que fora daqui tem uma terra nova onde existe Sol e Lua; toda repleta de coisas lindas, só que este mundo aqui é mais velho.

— Certo, mas (disse eu), meu amigo, qual é o nome dessa cidade aonde você vai vender repolho?

— Ela (disse ele) se chama Asfárago; são cristãos, gente de bem, que farão para você uma festança." Logo eu decidi ir até lá.

Então no caminho encontrei um companheiro, armando arapuca para pombos. A ele eu perguntei:

"— Meu amigo, de onde vêm esses pombos?

— Sire (disse ele), eles vêm do outro mundo."

Então pensei que, quando Pantagruel bocejava, revoadas de pombos entravam na sua garganta, pensando que fosse um pombal.

François Rabelais

Depois entrei na cidade, que achei linda, bem forte e com belos ares; porém na entrada os porteiros me pediram o certificado de saúde, aí fiquei embasbacado e perguntei: "Senhores, aqui tem perigo de peste?

— Ah, senhor (disseram eles), aqui se morre tanto, que a carroça corre pelas ruas.

— Deus do céu (disse eu), e onde?" Ao que me disseram que era em Laringe e Faringe, duas cidades tão imensas quanto Rouen e Nantes, ricas e com grande comércio. E a causa da peste foi uma exalação fétida e infecta que saiu dos abismos há pouco tempo, que levou à morte mais de vinte e dois centos e sessenta mil e dezesseis pessoas em apenas oito dias.

Então penso e calculo e considero que era um bafo vindo do estômago de Pantagruel depois de ter comido tanta alhada, como já dissemos.

Partindo dali, passei entre os rochedos que eram seus dentes e escalei um e de lá achei os lugares mais lindos do mundo, lindas quadras de palma, lindas galerias, lindos prados, fartas vinhas e uma infinidade de choupanas à moda italiana por campos cheios de delícias; e lá permaneci por bons quatro meses e nunca tive vida melhor que aquela.

Depois desci pelos dentes de trás, para chegar aos lábios, porém no caminho fui roubado por ladrões numa grande floresta no rumo das orelhas, depois encontrei uma aldeiota no barranco, esqueci o nome, onde tive uma vida ainda melhor que nunca e ganhei um pouco de dinheiro para viver.

Sabem como? Dormindo, porque lá contratam pessoas por diária para dormir, e ganham cinco ou seis soldos por dia, mas os que roncam forte ganham até sete soldos e meio.

E contava aos senadores como eu fui roubado no vale, eles me disseram que a mais pura verdade era que os trasdentanos eram *mal vivants* e briguentos por natureza.

Assim aprendi que, tal como nós temos trasmontanos e cismontanos, eles também têm as trasdentanos e cisdentanos. Mas a vida é melhor nos cismontanos, e o ar é mais puro.

Aí comecei a pensar que é bem verdade o que se diz, que metade do mundo não sabe como a outra vive. Como ninguém tinha ainda escrito sobre esse país onde existem mais de 25 reinos habitados, sem contar os desertos e um grande braço de mar, então compus um grande livro intitulado *História dos Górgias*, porque assim os nomeei, já que moram na gorja do meu mestre Pantagruel.

Por fim, quis retornar e ao passar por sua barba me joguei sobre as espáduas e de lá degringolo por terra e tombo na frente dele.

Quando me percebeu, ele perguntou: "Donde você vem, Alcofribas?"

Eu respondo: "Da sua garganta, meu senhor.

— E desde quando está aí? disse ele.

— Desde (disse eu) que vocês partiram contra os almirodes.

— Já faz (disse ele) mais de seis meses. E do que você viveu? O que bebeu?" Eu respondo: "Do senhor mesmo e de pedaços das melhores guloseimas que passavam por sua garganta, que eu cobrava como pedágio.

— Certo, mas (disse ele) onde cagava?

— Na sua garganta, meu senhor, disse eu.

— Ha, ha, você é um nobre companheiro (disse ele). Nós conseguimos, com a ajuda de Deus, conquistar todo o país dos dipsodos; eu lhe dou a castelania de Salmigondin.

— Muito obrigado (disse eu), meu senhor; é muito mais do que fiz por merecer!"

Capítulo 33

Como Pantagruel adoeceu e de que jeito sarou

Novo capítulo etiológico sobre como teriam surgido os banhos termais conhecidos na época de Rabelais. Há aqui um chiste médico, pois "mijo quente" (chaude--pisse) também significa "gonorreia"; por isso uso o termo "esquentamento", com a mesma acepção em português.

O obelisco de Virgílio é um obelisco romano com uma esfera de ramas por cima. Mefítis é uma deusa osca dos vapores sulfúricos, que Virgílio (Eneida, livro 7) transforma em nome comum para designar vapores nocivos. Camarina fica na Sicília, é uma região famosa por vapores pestilentos. O lago de Sorbonne é, na verdade, lago de Serbone, segundo Estrabão, que aqui se confunde criticamente com os conservadores da Sorbonne. Na catedral de Sainte-Croix, em Orléans, havia uma enorme esfera de ramas douradas; a catedral foi destruída em 1568. [G.G.F.]

Pouco tempo depois, o bom Pantagruel caiu doente e padeceu tanto do estômago que não conseguia beber nem comer; e como desgraça nunca vem sozinha, pegou também um esquentamento no mijo que o atormentou mais do que vocês possam imaginar; mas seus médicos o socorreram muito bem com inúmeros remédios lenitivos e diuréticos que o fizeram mijar seu mal. Sua urina estava tão quente que desde então ainda não arrefeceu. E a França tem diversos lugares por onde ela escorreu, que chamamos de banhos termais, tais como:

Em Cotterêts,

Em Limoux,

Em Dax,

Em Balaruc,

Em Nérac,

Em Bourbon-Lancy e alhures.

Na Itália:

Em Monte Grotto,

Em Abano,

Em São Pedro Montagnone,

Em Sant'Elena Battaglia,

Em Casa Nuova,

Em São Bartolomeu,

No condado de Bolonha,

Em Porretta Terme e mil outros lugares.

E pasmo demais em ver um bando de babacas filósofos e médicos, que perdem tempo em disputar de onde vem o calor dessas águas, se é por causa do bórax, ou do enxofre, ou do alume, ou do salitre que está presente no minério; porque eles apenas devaneiam, quando muito mais útil seria esfregarem o cu com urtiga do que perderem tanto tempo em disputar sobre uma origem que desconhecem. Pois a resolução é fácil e não precisa de questão a mais, que os tais banhos são quentes porque saíram do esquentamento do bom Pantagruel.

Agora, para lhes dizer como ele sarou do mal principal, deixo aqui o que tomou como minorativo:

Quatro quintais de escamônea de Colofão.

Seis vintenas e dezoito carroças de cássia.

Onze mil e novecentas libras de ruibarbo, sem os outros excipientes.

Vocês precisam compreender que por sugestão dos médicos se decretou que se removeria a causa do mal no estômago. Por isso, fizeram 17 grandes esferas de cobre maiores do que aquela que está em Roma no obelisco de Virgílio, que se abriam no meio e eram fechadas com uma mola.

Em uma entrou um dos seus portando um facho e uma tocha acesa. E assim o engoliu Pantagruel que nem uma pílula minúscula.

Em cinco outras entraram grandes valetes, cada um portando uma picareta no ombro.

Em três outras entraram três agricultores, cada um levando uma pá no ombro.

Em sete outras entraram sete serventes de pedreiro, cada levando um cesto no pescoço. E assim foram engolidos que nem pílulas.

Quando estavam no estômago, cada um desfez seu mecanismo e saíram de suas cabanas, o primeiro foi aquele que portava um facho, e assim eles caíram mais de meia légua num fosso horrível, fétido e infecto, mais que Mefítis, que o pântano de Camarina, que o fedorento lago da Sorbonne sobre o qual escrevera Estrabão. Se não tivessem um forte antídoto no coração, no estômago e no pote de vinho (que é como a gente chama a cuca) seriam sufocados e asfixiados por esses vapores abomináveis.

Ah, que perfume, que vaporização para embostar as narinas das jovens elegantes! Depois, tateando e farejando se aproximaram da matéria fecal e dos humores corrompidos. Por fim, encontraram um monte de imundície, então os pioneiros bateram por cima para demolir e os outros com suas pás encheram os cestos; quanto tudo ficou limpinho, cada um se retirou com sua esfera.

Feito isso, Pantagruel fez força para vomitar e facilmente os pôs para fora, e na garganta dele não contavam mais que um peido na de vocês; assim saíram de suas pílulas alegremente.

Isso me lembrava de quando os gregos saíram do cavalo em Troia. E desse jeito ele foi curado e sarado de sua primeira convalescência.

E dessas pílulas de latão ainda tem uma em Orléans, em cima do campanário da igreja de Sainte-Croix.

Capítulo 34

A conclusão do presente livro
e a desculpa do autor

Ao concluir o livro anunciando a continuação que se dará de modo enviesado no Terceiro livro, *Alcofribas lança a famosa afirmação de só escrever bêbado, que fez com que muitos leitores entendessem como dado autobiográfico de Rabelais, como foi o caso do entendimento de Voltaire,* Cartas filosóficas, 22; *mas que considero que deve ser lida com certa prudência, afinal Alcofribas é uma figura cômica sempre que se mostra ao leitor. "Purê de setembro", retoma "purê setembrino", do cap. 1, que designa o vinho.*

Em relação ao desenvolvimento do livro, é digno de nota atentar que a crítica às figuras infernais de Lúcifer e Prosérpina (rainha dos mortos) podem servir como uma censura às próprias origens de Pantagruel, como diabinho, fazendo uma espécie de regeneração de seu caráter.

As feiras, como a de Frankfurt, sempre aconteciam duas vezes por ano, na primavera e no outono.

Pardonnante my *é uma forma estranha de dizer "perdoem-me". Em mais um momento de misoginia típica de seu período, Rabelais sugere que as mulheres, levando a Lua na cabeça, sejam lunáticas. Prestana é referência à lenda do Preste João, mítico soberano cristão na Etiópia, ou na Ásia; daí o nome de sua filha. "Sarabovinos" alude aos monges sarabaítas, que levavam uma vida desregrada, porém aqui misturados com "bovinos".*

Et Curios simulant, sed Bacchanalia uiuunt ("posam sempre de Cúrios, mas nos bacanais é que vivem") é um verso de Juvenal, Sátiras, 2.3; *Cúrio Dentato é o típico velho severo e conservador representado pelos romanos.*

O termo "caluniando" nos lembra que o nome "diabo" vem do grego διά-βολος, "caluniador". Mais adiante "quem espia por fechaduras" sugere os delatores e censores, como os que atacaram o livro logo que foi publicado.

Na primeira edição, este capítulo vinha junto ao anterior e terminava já no primeiro parágrafo em tom de riso alegre; porém Rabelais ampliou o encerramento em 1534, em defesa contra as acusações que foram feitas ao livro e ao autor, assim reafirmando sua posição religiosa e política; assim é que chegamos à proposição de uma vida ideal pantagruelista somada a uma crítica contra seus acusadores, que permanecerá com seu riso amargo em todas as edições em vida de Rabelais, mesmo quando este corria perigo. [G.G.F.]

———

François Rabelais

Bem, os senhores escutaram um começo da espantosa história do meu mestre e senhor Pantagruel. Aqui darei fim ao primeiro livro: a cabeça me dói um pouco e sinto bem que os registros do meu cérebro estão meio embrulhados por este purê de setembro. Vocês vão ter o resto da história nessas feiras de Frankfurt, que em breve já chegam, e lá podem ver como Panurgo se casou, corno desde o primeiro mês de suas núpcias, e como Pantagruel encontrou a pedra filosofal e o modo de a achar e utilizar. E como ele atravessou os montes Cáspios, como navegou pelo mar Atlântico e derrotou os canibais e conquistou as ilhas de Perla. Como desposou a filha do rei das Índias, chamada Prestana. Como combateu contra diabos e queimou cinco câmaras do Inferno e saqueou a grande câmara negra e lançou Prosérpina ao fogo e quebrou quatro dentes de Lúcifer e enfiou um chifre no seu cu e como visitou as regiões lunares, para saber de verdade se a Lua não era inteira, mas que as mulheres têm três quartos dela na cabeça. E mil outras pequenas alegrias, todas verdadeiras. São belos feitos. Boa noite, senhores. *Pardonnante my* e não pensem tanto em minhas falhas, antes pensem nas suas.

Se os senhores disserem: "Mestre, parece que o senhor não é tão sábio ao escrever para a gente esses disparates e divertidas zoeiras."

Eu respondo que vocês também não, por gostarem de lê-los. No entanto, se por alegre passatempo os leram, tal como passando o tempo eu escrevi, vocês e eu somos mais dignos de perdão do que um bando de sarabovinos, carolas, salafrários, hipócritas, rola-bostas, tartufos, monges de botina e outras seitas desses que vivem disfarçados, que nem mascarados, para enganar o mundo.

Pois, dando a entender ao povo comum que eles próprios se ocupam apenas com a contemplação e a devoção, entre jejuns e maceração da sensualidade, a não ser, em verdade, para sustentar e alimentar a mínima fragilidade de seu corpo humano; pelo contrário, se entregam à vida boa, que só

Deus sabe, *et Curios simulant, sed Bacchanalia uiuunt.* Os senhores podem ler com letras garrafais e iluminuras sobre seus focinhos vermelhos e panças de polaina, exceto quando se perfumam de enxofre.

Quanto ao seu estudo, ele está todo consumado na leitura de livros pantagruélicos; não tanto para passar o tempo alegremente, quanto para ofender malvadamente a alguém, a saber, articulando, monoarticulando, torticulando, cuticulando, colhoando e diabiculando, ou seja, caluniando.

Ao fazerem isso, parecem vagabundos de cidade que cavoucam e reviram a merda das criancinhas na estação das cerejas e ginjas, para ver se encontram pedras e as vendem aos boticários que fazem óleo de mahaleb.

Esses vocês podem evitar, abominar, odiar tanto quanto eu, e ficarão bem: nisso dou fé. E se desejarem ser bons pantagruelistas (quer dizer, viver em paz, alegria, saúde, fazendo sempre a vida boa) nunca confiem em quem espia pelas fechaduras.

Fim das Crônicas de Pantagruel, rei dos dipsodos,
recontado ao natural,
com seus feitos e façanhas espantosos.
Composto pelo finado Mestre Alcofribas,
destilador de quinta essência.

GARGÂNTUA

Nota introdutória

Guilherme Gontijo Flores

A primeira edição que conhecemos de Gargântua, *publicada por François Jus-te, nos chegou em apenas um exemplar, que costuma ser datado entre 1534 e 1535, por ter perdido a folha de rosto em que deveria estar a data de publicação; a segunda edição sairia no final de 1535, já com algumas alterações, que seguiriam sendo feitas ao longo da vida de Rabelais até a última, de 1542. O livro, com sua sugestão de estar repleto de pantagruelismo deixa claro que é uma prequela de* Pantagruel *(a definição sobre o que isso significaria aparece no prólogo do Terceiro livro); no entanto, desde a edição de Pierre de Tours, em 1542, que passou a reunir os dois primeiros livros, eles têm sido publicados em ordem cronológica da narrativa. Se por um lado sigo a edição de 1542, editada por Huchon, por outro, opto por manter a ordem de publicação original, por entender que uma série de referências e piadas funcionam melhor se partirmos da leitura inicial de* Pantagruel. *Um dos detalhes que talvez apareça mais imediatamente para o leitor é que, se* Pantagruel *parecia ser um livro mais propriamente cômico, a sátira ganha força a partir de* Gargântua, *bem como um humanismo mais escancarado em seu propósito político e religioso.*

Ao passo que o nome de Pantagruel *foi tirado de um diabinho dos mistérios medievais,* Gargântua *vem diretamente do conhecido gigante (se confiarmos em Rabelais acerca do sucesso de vendas) das* Grandes e inestimáveis crônicas do grande e enorme gigante Gargântua *(doravante* Grandes crônicas), *mencionado desde o prólogo de* Pantagruel, *e do* Verdadeiro Gargântua, *uma reescrita intermediária entre as* Grandes crônicas *e* Gargântua. *Entretanto, se recupera muitas cenas do predecessor, expurga do novo livro o íntimo vínculo com as crônicas arturianas. Como observa Huchon, o nome* Gargântua *provavelmente tinha muito que ver com o monte Gargan em Saint-Michel, porém, como muitas outras coisas, será aqui reinventado de modo mais lúdico. Nesse aspecto, é interessante observar como o esquema narrativo de* Gargântua *retoma quase tudo de* Pantagruel, *quase ao modo de uma reescritura, que por sua vez mantém o diálogo intenso com a obra de Luciano de Samósata e com a de Erasmo de Roterdã. Talvez o ponto de maior diferença entre as duas obras seja o centramento geográfico na região de Chinon e La Devinière, vinícola onde nasceu Rabelais; assim, a crônica mítico-cômica é também atravessada por uma vivência biográfica do espaço contemporâneo.*

No original lemos três horrifique, *que tem o duplo sentido de "assustadora" e "extraordinária", por isso optei por "espantosíssima", que guarda os dois sentidos.*

Para além disso, L. Mérigot sugere que horrifique *ecoe o termo latino* aurifica *em pronúncia francesa, que significa "aquilo que transforma em metal solar", realizando a obra alquímica, já num trocadilho sonoro.*

Mestre Alcofribas é Alcofribas Nasier, como em Pantagruel *um anagrama de François Rabelais; porém só aparece nomeado na edição de 1542. A quinta essência, na tradição alquímica e hermética, é o mercúrio dos filósofos.*

———

A VIDA ESPANTOSÍSSIMA
DO GRANDE GARGÂNTUA

PAI DE PANTAGRUEL

OUTRORA COMPOSTA POR MESTRE ALCOFRIBAS
ABSTRATOR DE QUINTA ESSÊNCIA

LIVRO REPLETO DE PANTAGRUELISMO

Aos leitores

A primeira edição conhecida perdeu esta página, portanto não sabemos se a décima estava presente desde o início.

Scandaliser, *do grego* σκανδαλίζω, *tinha à época sentido de "ofender", mas passa a comportar a ideia cristã de "perder a fé" em meio às adversidades; ele será retomado no último capítulo do livro, formando um anel conceitual.*

"Rir é o próprio do homem" é frase tirada de Aristóteles, As partes dos animais, *3.10, 673a.* [G.G.F.]

———

Caros leitores que estão na leitura,
Livrem-se agora de toda aversão,
-nada de escândalo, nem de litura:
O livro lido não tem perversão.
Há pouca perfeição nesta versão
Para o saber que não se entrega ao riso,
Porém de coração aqui eu friso:
Ao ver as dores que hoje nos consomem,
Antes o riso do que o pranto em criso,
Pois sabemos que rir é o próprio do homem.

AUX LECTEURS

Amis lecteurs qui ce livre lisez,
Despouillez vous de toute affection,
Et le lisant ne vous scandalisez.
Il ne contient mal ne infection.
Vray est qu'icy peu de perfection
Vous apprendrez, si non en cas de rire:

Aultre argument ne peut mon cueur elire.
Voyant de dueil, qui vous mine et consomme,
Mieulx est de ris que de larmes escripre.
Pource que rire est le propre de l'homme.

François Rabelais

Prólogo do autor

Este prólogo erudito e cômico anuncia a possibilidade e o convite a leituras alegóricas da obra como um todo, ao mesmo tempo em que nos aconselha a não exagerarmos na exegese, assim criando um tom de ambiguidade sobre os limites da interpretação da obra, que deu lugar a um número imenso de comentários; no entanto, a ideia certamente não é nova, se pensarmos, por exemplo, como Dante Alighieri em seu Convivio, *que haveria pelo menos quatro sentidos interpretativos de todo texto: literal, alegórico, moral e anagógico.*

Alcibíades foi importante político ateniense, que aparece no Banquete *de Platão como um discípulo apaixonado por Sócrates (cf. 215a): a referência logo no início cria uma espécie de patronato de mistura sincrética de neoplatonismo greco-cristão típica do Renascimento certamente herdada de Erasmo (*Adágios, 3.3.1, *com um longo ensaio chamado* Sileni Alcibiadis, *"Os silenos de Alcibíades"). Logo adiante, veremos que o segundo patronato será a épica de Homero. Rabelais aproveita a grafia para passar dos silenos (a partir de Erasmo,* Adágios, 3.3.1) *a Sileno, figura mítica grega representada por um velho ébrio, que teria sido mestre do deus Dioniso: talvez haja aqui uma referência ao* Baco *de Luciano e uma alegoria alquímica. Pedras preciosas eram, de fato, utilizadas em receituários até o séc. XIX.*

Todas as obras citadas no segundo parágrafo, exceto Gargântua *(talvez* O verdadeiro Gargântua) e Pantagruel, *são invenções. Optei por verter o nome de Fessepinte por Tomatodas, por ser um nome transparente, que já aparece no prólogo de* Pantagruel. *Também em* Pantagruel, *cap. 15, Panurgo promete escrever* Da comodidade das longas braguilhas. *Uma variante com o nome* Das ervilhas e bacon cum commento *aparece na biblioteca de Saint-Victor, em* Pantagruel. *Mais adiante teremos referência à* Vida de Homero *falsamente atribuída a Plutarco; Heráclito do Ponto foi um gramático alexandrino que escreveu sobre alegorias em Homero; Eustátio foi arcebispo da Tessalônica no séc. XII, seu comentário circulava em manuscritos e só veio a ser editado em 1542; Fornuto é, na verdade, Cornuto, filósofo estoico do séc. I d.C. que escreveu sobre a natureza dos deuses; Angelo Poliziano (1494-1494) foi um importantíssimo humanista italiano que escreveu sobre Homero. Em seguida, há alusão a obras como o* Ovide moralisé *(Ovídio moralizado), um* corpus de *glosas em verso e prosa que circulou desde a Idade Média, interpretando as* Metamorfoses *em sentido alegórico como prefiguração do Novo Testamento. Talvez Lu-*

bino faça referência a Pierre Lavin, que editou em 1510 essa versão com comentá-rios, embora seu nome indique genericamente o monge estúpido.

As referências não param: Quinto Ênio (239-169 a.C.) foi figura fundadora da literatura romana. Quinto Horácio Flaco é um dos poetas mais famosos do período de ouro de Roma, os "carmes" aqui indicam os Carmina (Odes), embora a referên-cia horaciana é, mais provavelmente, Epístolas, 1.19, vv. 6-8. Tiralupino aparece co-mo um dos autores da biblioteca de Saint-Victor, em Pantagruel; mas os turlupinos (nome que dá origem ao trocadilho) eram uma seita herética do século XIV, que re-presenta aqui o devasso hipócrita em sua devoção. Demóstenes é representado co-mo exemplo de sobriedade por Erasmo, Adágios, 1.7.71; porém o tema já apare-ce no Elogio de Demóstenes, de Luciano de Samósata — atente-se que o azeite era usado para manter lâmpadas acesas, daí seu cheiro singular, que representa noites em claro trabalhando.

Há quem veja na referência à Espanha, para além da reputada jactância espa-nhola, também uma alusão a Carlos V, que vinha travando longa disputa política e bélica com Francisco I da França (cf. notas a Pantagruel). O cérebro é "queijiforme" porque, segundo Lionello Sozzi, no séc. XVI, o queijo era considerado um alimen-to para loucos. A expressão "tampa digna de um caldeirão" é tirada de Erasmo, Adágios, 1.10.72, dignum patella operculum. [G.G.F.]

———

Ilustríssimos manguaceiros e preciosíssimos bexiguentos (já que a vo-cês, e não a outros, dedico meus escritos), Alcibíades, no diálogo de Platão intitulado O *banquete*, ao louvar o seu preceptor Sócrates, incontestável príncipe dos filósofos, entre outras palavras disse que ele parecia os silenos. Silenos eram na época umas caixinhas que nem essas que vemos nas bodegas dos boticários, pintadas por cima com figuras alegres e frívolas, tais como harpias, sátiros, pássaros bridados, lebres chifrudas, patos de albarda, bodes volantes, veados atrelados e outras dessas pinturas contrafeitas ao bel-prazer só para excitar o mundo ao riso. Assim foi Sileno, o mestre do bom Baco; porém por dentro guardavam boas drogas, tais como bálsamo, âmbar gris, cardamomo, almíscar, cebolinha, pedrarias e outras coisas preciosas. Assim ele dizia ser Sócrates, pois ao vê-lo por fora e valorá-lo pela aparência exte-rior, ninguém daria uma casca de cebola, de tão feio que era de corpo e ridí-culo no porte, com nariz pontudo, olhar de touro, cara de doido, simplório nos modos, capiau nas roupas, pobre na fortuna, desafortunado com as mu-lheres, inepto a todos os encargos da república, sempre rindo, sempre brin-dando por alguém, sempre tirando sarro, sempre dissimulando o seu divino saber. Mas se abrissem essa caixinha, vocês encontrariam ali dentro uma celeste e inestimável droga, um entendimento sobre-humano, virtude maravilhosa, coragem imbatível, sobriedade sem igual, contentamento firme, segurança perfeita, desprezo incrível por tudo aquilo por que os humanos tanto velam, correm, trabalham, navegam e batalham.

Qual o objetivo, me digam, deste prelúdio, deste primeiro ensaio? É que vocês, meus bons discípulos, e outros doidos à toa, ao lerem os divertidos títulos de alguns livros da nossa invenção, tais como *Gargântua, Pantagruel, Tomatodas, A dignidade das braguilhas, Ervilhas na banha cum commento*, etc., julgam fácil demais que o interior não passa de palhaçadas, maluquices e mentiras divertidas; já que o exterior (que é o título) assim ensina, sem perguntarem por mais, costuma virar motivo de gargalhada e galhofa. Porém nessa leviandade não convém estimar as obras dos homens. Porque vocês mesmos dizem que o hábito não faz o monge: um está vestido num hábito monacal, sendo que por dentro nada manja de monge, outro está vestido com capa espanhola, sem qualquer coragem minimamente digna da Espanha. É por isso que precisamos abrir o livro e cuidadosamente pesar o que ali é exposto. Assim vão perceber que a droga ali contida tem um valor bem diferente do que prometia a caixinha. Ou seja, que os temas aqui tratados não são tão malucos quanto o título por cima sugeria.

Dito então que, no sentido literal, vocês encontrarão assuntos bastante divertidos e bem adequados ao nome; por outro lado, não podem parar por aí, como no canto das sereias, mas sim interpretar num sentido mais elevado o que porventura pensarem que foi dito só por curtição.

Por acaso vocês já desarrolharam garrafas? Cachorragem! Tragam à memória a cara que vocês fizeram. Já viram um cachorro quando encontra um osso com tutano? É, como diz Platão, *liber II De republica* [livro 2 da *República*], o bicho mais filósofo do mundo. Se já viram, devem ter notado com que devoção o contempla, com que cuidado o guarda, com que fervor o segura, com que prudência o rói, com que paixão o quebra, com que diligência o suga. O que o induz a isso? Qual é a esperança de seu empenho? Que bem ele pretende? Nada mais que um pouco de tutano. É verdade que esse pouco é mais delicioso que o muito de todos os outros, porque o tutano é um alimento elaborado até a perfeição da natureza, segundo Galeno, *III De facultatibus naturalibus* [livro 3, *Das faculdades naturais*] e *XI De usu partium* [livro 11, *Do uso das partes*].

Seguindo seu exemplo, convém que vocês sejam sábios para farejar, cheirar e estimar os bons livros de farta gordura, ágeis na perseguição e ousados no ataque. Depois, com uma atenta leitura e meditação contínua romper o osso e sugar o substantífico tutano, ou seja, o que pretendo com estes símbolos pitagóricos, com a esperança firme de ficarem mais sabidos e sábios com a tal leitura. Pois nela vocês vão encontrar um gosto bem diferente e uma doutrina mais abscôndita, que lhes revelará altíssimos sacramentos e mistérios espantosos, tanto no que concerne a nossa religião quanto ao estado político e à vida doméstica.

Vocês acreditam mesmo que Homero, ao escrever a *Ilíada* e a *Odisseia*, pensou nas alegorias que sobre ele calafetaram Plutarco, Heráclides do Ponto, Eustátio, Fornuto e o que deles roubou Poliziano? Se acreditam, estão longe de pé e mão de chegarem à minha opinião, que decreta que tais coisas foram tão pouco sonhadas por Homero quanto os mistérios do Evangelho teriam sido por Ovídio em suas *Metamorfoses*, ponto que um certo frade Lubino, um verdadeiro fila-boia, se esforçou por demonstrar, para o caso de encontrar gente tão doida quanto ele e (como diz o provérbio), uma tampa digna do caldeirão.

Se não acreditam, por que não fazem o mesmo com estas divertidas e novas crônicas? Mesmo que ao ditá-las eu não pensasse em mais do que vocês, que talvez bebiam como eu. Pois na composição deste livro magistral, eu não perdi nem empreguei mais tempo que o determinado para minha refeição corporal, a saber, para beber e comer. Essa é a hora mais certa para escrever elevados assuntos e ciências profundas. Como bem sabiam Homero, parágono de todos os filólogos, e Ênio, pai dos poetas latinos, segundo testemunha Horácio, embora um trolha tenha dito que seus carmes tinham mais cheiro de vinho que de azeite.

O mesmo disse um Turlupino sobre os meus livros, mas pode ir à merda. O odor do vinho, ah, como ele é mais caro, claro, raro, mais celeste e delicioso que o do azeite! Quanta glória eu teria se dissessem de mim que mais vinho eu usei do que azeite, que nem Demóstenes, quando dele diziam que mais azeite do que vinho usava. Para mim é pura honra e glória ser reputado um *bon vivant* e bom parceiro, com esse nome eu sou bem vindo a todas as rodas de pantagruelistas; quanto a Demóstenes, foi censurado por um mala que suas orações fediam que nem avental de oleiro porco e sujismundo. Portanto interpretem meus feitos e meus ditos da mais perfeita maneira, prestem reverência ao cérebro queijiforme que os alimenta com estes belos chinchulins de vento e, quanto puderem, me considerem sempre alegre.

Então se esbaldem, meus amores, e sobranceiramente leiam o resto para benefício do corpo e proveito dos rins. Porém escutem, seus jegues, ou que a úlcera lhes arrebente as pernas: lembrem sempre de brindar por mim para empatar, que agorinha eu já entorno.

Capítulo 1

Da genealogia e antiguidade de Gargântua

O primeiro capítulo continua o tom erudito do prólogo, enquanto faz um pastiche da tópica das genealogias, que retoma Pantagruel, cap. 1. *Logo no primeiro parágrafo, temos referências a Platão,* Filebo *60a e* Górgias *498e, e a Horácio Flaco,* Arte poética, *v. 365. No entanto, mais adiante, a referência aristotélica para leitura de textos secretos é invenção rabelaisiana.*

A "transferência de reinos e impérios" ou, melhor dizendo, a teoria da translatio imperii *foi de fato empregada por franceses que defendiam o poder de Francisco I contra Carlos V.*

Jean Audeau é figura completamente desconhecida; toda a descrição de L'Arceau Galeau, L'Olive e Narsay se aplica à região de Chinon, onde nasceu Rabelais e onde houve, de fato, descobertas arqueológicas que provocaram ideias sobre raças de gigantes.

A inscrição hic bibitur *significa "aqui se bebe"; a letra de chancelaria indica caracteres difusos, à moda da chancelaria papal; e a escrita em cera era usada por gregos e romanos, que a espalhavam sobre uma tabuleta de madeira, para depois inscrever com um estilete.*

Na frase "Dos romanos aos gregos", devemos compreender que são os gregos bizantinos; nesse movimento genealógico de autoridade, é possível ver uma reivindicação da França na sucessão do Império após a queda de Bizâncio, ponto importante se lembramos os conflitos entre Francisco I e Carlos V da Espanha. [G.G.F.]

————

Sugiro a grande Crônica Pantagruelina, para vocês conhecerem a genealogia e antiguidade de onde nos veio Gargântua. Nela vocês ouvirão mais detalhadamente como os gigantes nasceram neste mundo e como deles, por linhagem direta, nasceu Gargântua, pai de Pantagruel; nem se ofendam se por ora eu me abstenho do tema; muito embora a coisa seja de tal modo, que quanto mais fosse relembrada, tanto mais agradaria aos senhores, como temos a autoridade de Platão *in Philebo et Gorgias* e de Flaco, que afirma haver alguns assuntos (como este, sem dúvida) que são mais prazerosos quando muitas vezes repetidos.

Deus queira que todos soubessem com tal certeza sua própria genealogia desde a arca de Noé até a nossa era. Penso que hoje há imperadores, reis, duques, príncipes e papas na terra que descendem de vendedores de indulgências e de carregadores. Tal como, em compensação, há muitos ambulantes, internados, necessitados e miseráveis que descendem do sangue e linhagem de grandes reis e imperadores, dada a imensa transferência de reinos e impérios.

Dos assírios aos medas.

Dos medas aos persas.

Dos persas aos macedônios.

Dos macedônios aos romanos.

Dos romanos aos gregos.

Dos gregos aos franceses.

E para que saibam de mim, que agora falo, eu acho que descendo de algum rico rei ou príncipe de outrora. Pois nunca se viu um homem que tenha mais paixão por ser rei e rico do que eu; para fazer um grande gasto, sem trabalhar, sem me preocupar, e também enriquecer meus amigos e todas as pessoas de bem e de saber. Mas numa coisa me reconforto, que no outro mundo assim serei, ou até maior que no presente eu ousaria desejar. Vocês com esse ou com melhor pensamento podem se reconfortar da desgraça e bebam do fresco, se possível.

Voltando à vaca fria, eu disse que por dom soberano dos céus nos foi reservada a antiguidade e genealogia de Gargântua, mais inteira que qualquer outra. Exceto a do Messias, da qual nem falo, porque não me diz respeito e porque os diabos (que são os caluniadores e sorrelfas) se opõem. Ela foi encontrada por Jean Audeau num prado que havia perto de Arceau-Galeau por baixo de L'Olive, lá pelas bandas da Narsay. Ali limpando as fossas, os cavadores deram com as enxadas numa grande tumba de bronze, longa sem tamanho, porque nunca encontraram a ponta, já que adentrava muito nas eclusas do rio Vienne. Os tais, ao abrirem uma parte que tinha por cima o símbolo de um cálice, em cuja volta estava escrito em letras etruscas *Hic bibitur*, encontraram nove frascos dispostos feito pinos de boliche de Gascogne. Deles, o que estava no meio cobria um grande, grosso, grave, gris, lindo, mini pequenino libreto, com cheiro maior, mas não melhor, que o das rosas.

Nele foi achada a tal genealogia escrita de comprido com letras de chancelaria, não em papel, nem em pergaminho, nem em cera, mas em casca de olmo, tão desgastadas pela idade, que mal daria para reconhecer três em sequência.

Eu (mesmo que indigno) fui chamado e, com grande auxílio de óculos poderosos na arte de ler letras inaparentes, que nem nos ensina Aristóteles, a traduzi; coisa que vocês podem ver pantagruelizando, ou seja, enchendo a cara e lendo as gestas espantosas de Pantagruel. No fim do livro havia um tratadinho intitulado *Os cacarecos antidotais*. Os ratos e as baratas ou (para não mentir) outros bichos malignos tinham comido o começo; o resto eu transcrevi logo abaixo, por reverência à antigalha.

Capítulo 2

Os cacarecos antidotais,
encontrados num monumento antigo

Este longo poema, que pertence parodicamente ao gênero do enigma e talvez inspirado na obra de Mellin de Saint-Gelais, permanece de fato enigmático para os estudiosos de Rabelais, embora seja possível identificar traços contra o Papa e Carlos V esparsos no non-sense que o domina. O gênero enigma, que será retomado no último capítulo, de fato flertava com o coq-à-l'âne pela falta de sentido, mas a incrível opacidade deste poema rabelaisiano nos faz pensar se ele teria realmente um fundo objetivo a ser depreendido, ou se não passaria de uma paródia de enigma similar aos disparates de Pantagruel, *caps. 11 a 13. Seja como for, há uma pletora de interpretações, que vão de alegoria política ou sexual a possíveis anagramas. Ao longo do texto, faço anotações específicas sobre as possíveis interpretações.* [G.G.F.]

———

a i ? eio o domador dos cimbros,[14]
v emendo a bruma, foi com a passarada,
   ' a vinda encheram cântaros com zimbros,
  ə nteiga fresca em chuvarada,
= deixando uma vovó varada,
Gritou alto "Herr,[15] já convém pescá-la,
Pois sua barba está estercarada,[16]
Ou pelo menos ceda-lhe uma escala."

[14] Os cimbros, povo de origem germana, foram derrotados pelo general romano Mário em 101 a.C.

[15] No original, a sequência *hault hers* (a segunda palavra vem do *patois* suíço) pode ser lida como anagrama de Luther, nome alemão de Lutero. Tentei mantê-lo com "alto 'Herr'".

[16] Possível alusão à longa barba do Papa Júlio II (1443-1513). As próximas estrofes apontam algumas roupas e práticas católicas: o beijo na pantufa papal, os perdões, a murça e a mitra.

François Rabelais

Diziam que lamber sua pantufa
Era melhor do que ganhar perdão.
Mas chega um pulha esperto que se estufa
Do poço em que peixes, a quem quer, dão
E diz "Senhores, sem um galardão,
Uma enguia se esconde nesta furda.
E, se ao buscar montarem um cordão,
Verão manchada a murça em que chafurda."

No momento de lerem o seu texto,
Acham chifres de boi num escabelo.
"Eu (disse ele) na mitra agora atesto
Que um frio fundo gela o cerebelo."
Com perfume de nabo em seu cabelo
O aquecem, pois sentia-se excelente
Em descansar, se houvesse um freio belo
Para todo esse povo repelente.

Só falavam da racha em São Patrício[17]
E em Gibraltar e um mundaréu de racha.
Pois se houver uma cura à chaga físsil,
Essa tosse por fim desatarraxa;
Já parece mais chato que uma graxa
Se escancaram a boca a todo canto.
Mas fechando com faixa aquela facha,
Ganhariam penhora em bom recanto.

Portanto o corvo depenado fora
Por Hércules que lá da Líbia vinha.[18]
"Quê?" diz Minos,[19] "Só eu estou de fora,

---

[17] O buraco de São Patrício, que verti por "racha" para manter a ambiguidade sexual, ficava em Derg, uma ilha da Irlanda, e era tido como possível entrada ao Purgatório. A racha de Gibraltar é o famoso Estreito.

[18] Além do conhecido Hércules grego, há também a tradição de um Hércules da Líbia, descendente de Noé. Rabelais parece fundir livremente as figuras. Talvez haja alusão às dificuldades de Hércules d'Este, duque de Ferrara, com Carlos V e o Papa.

[19] Minos foi o rei mítico de Creta; depois da morte, teria se tornado um dos juízes dos mortos no Inferno.

Sem ganhar o convite que convinha?
Querem só o meu riso com covinha,
Enquanto levo sempre rã ou ostra.
Eu me entrego ao tinhoso Caveirinha,
Se quiser dessas rocas uma amostra!"

Chegou então Q. B., mancando o fêmur,[20]
Por condução dos padres-estorninho,[21]
(Domador, primo bom de Polifemo)[22]
E os massacrou. Se assoem com alinho!
Sodomitas ali não fazem ninho,
Que não escorracemos ao curtume.
Toquem o alarme, saiam do escaninho
E ganharão bem mais que de costume!

Pouco depois o pássaro de Júpiter[23]
Apontou o pior no polo hespério,
Mas vendo toda aquela raiva súbita,
Temeu tombar, ruir, findar o império
E preferiu o seu empíreo etéreo,
Onde arenque se vende em linhas retas,
A ver seu ar sereno no impropério
De assujeitar-se aos ditos massoretas.[24]

Concordam a nobreza e a patuleia,
Menos Ate,[25] com coxas de uma garça,

---

[20] Possível alusão a Noël Béda (síndico da Faculdade de Teologia de Paris e um dos maiores adversários dos evangélicos), pois sabemos que ele mancava.

[21] No original há um jogo sonoro entre *mistes* ("belos") e *mystes* ("iniciados"), seguido de *sansonnetz* ("estorninho"), aludindo às práticas de canto monacais.

[22] No original, aparece apenas *Cyclope*, que verti por Polifemo, já que este é o mais famoso da mitologia greco-romana e aparece na *Odisseia*.

[23] A águia é o pássaro de Júpiter e símbolo do império germânico de Carlos V.

[24] Os massoretas eram intérpretes e glosadores judaicos dos textos sagrados encarregados da Massorá.

[25] Ate (ou Até) é a deusa grega da errância, talvez indicando as querelas religiosas. Ela aparece magérrima, por isso está com coxas como a pata de uma garça.

François Rabelais

Que ali sentou e viu Pentesileia
Já velha, entregando o agrião de graça.
Gritavam "Carvoeira, que desgraça,
Você ainda vaga no caminho?
O lábaro romano que se esgarça
Na tua mão foi feito em pergaminho!"[26]

Não fosse Juno junto com seu mocho
Que no arco-íris na caçada parte,[27]
Sentiria o seu corpo todo mocho,
Por tanto golpe e tiro em toda parte.
Decidiram então que no reparte
Dois ovos levará de Proserpina.[28]
E se um dia pegarem tal comparte,
A prenderão no monte de Albespina.[29]

Em vinte e dois, sete meses depois,[30]
Quem transformou Cartago em só lembrança[31]
Gentilmente no grupo se interpôs
E pediu que lhe dessem sua herança
Ou partilha com toda temperança
Segundo a justa lei que trata a ação,

---

[26] Pentesileia é a rainha das míticas amazonas. Em *Pantagruel*, cap. 30, ela aparece como "agrioneira", ou vendedora de agrião. Screech considera que estes versos aludem à doação do imperador Constantino.

[27] Juno, rainha dos deuses, saiu numa espécie de caça de pássaros. O animal que ela usa, mais precisamente, é o bufo-real, pouquíssimo conhecido no Brasil; preferi o mocho por ser também uma ave de rapina similar às nossas corujas.

[28] Prosérpina (alterei o acento para garantir a rima inesperada com Albespina) é a rainha dos mortos entre os romanos.

[29] Albespina é transliteração minha para *Albespine* do original, muito provável que indique a atual *aubépine* francesa, conhecida em português como "espinheiro branco" ou "espinha branca" (*Crataegus*, parente da roseira).

[30] Este verso enigmático, segundo Claude Gaignebet, poderia indicar 25 de julho, data conjetural de nascimento de Pantagruel.

[31] Trata-se do general romano Cipião Africano, que derrotou Cartago em 201 a.C., ou de Cipião Emiliano, que terminou de aniquilar a cidade em 146 a.C. Poderia também aludir a Carlos V com sua conquista de Túnis em 1535.

Distribuindo (até se a sopa é rança)
A seus comparsas na contratação.

Vem o ano assinalado de arco turco,[32]
Cinco fusos e três cus de marmita,[33]
Quando um rei descortês e muito urco
Sofrerá sob um hábito de ermita.
Que dó! Por esta falsa catamita
Deixam terra em ruínas de repente?
Parem, que à máscara ninguém imita:
Vão atrás do confrade da serpente!

Passado o ano, reinará quem é,[34]
Tranquilamente com o seu partido.
Sem violência e afronta da ralé,
O bem-querer agora é garantido.
E eis que o deleite outrora prometido
Aos celestes virá ao campanário.
Enquanto o haras antes abatido
Triunfa em palafrém extraordinário.

Até que Marte preso perca a paz,
Vai perdurar o nosso passa-passa.
Depois virá o único capaz,
O deleite que a todos ultrapassa.
Com corações ao alto[35] e sem trapaça,
Meu povo bom! Depois de transpassado,
Por nada ele retorna ou nos repassa:
E sentirão saudade do passado.

---

[32] Segundo Cotgrave, seria um arco oriental com duas curvaturas, que poderia aludir à letra M.

[33] Se considerarmos numericamente que a letra M sugerida no verso anterior significaria mil (1.000), talvez este verso nos dê o ano de 1530 (MDXXX).

[34] A paráfrase ecoa a autodefinição de Deus, "Eu sou aquele que é", *Êxodo* 3:14.

[35] Alusão ao *sursum coda* da missa católica, que será retomada no enigma que encerra este livro.

François Rabelais

Finalmente, quem fora feito em cera
Será martelo para o Jaquemarte.[36]
Ninguém jamais ao fim de cada sera
Chamará de senhor àquele marte-
Leiro. Ah, quem soerguer o bracamarte
Pode livrar-nos de confusos usos,
Unindo mera linha e uma arte
Para amarrar este armazém de abusos.

LES FRANFELUCHES ANTIDOTÉES, TROUVÉES EN UN MONUMENTO ANTIQUE

a i ? enu le grand dompteur des Cimbres
v sant par l'aer, de peur de la rousée,
  ' sa venue on a remply les Timbres
   ə beure fraiz, tombant par une housée.
= uquel quand fut la grand mere arrousée,
Cria tout hault, "hers par grace pesche le.
Car sa barbe est pres que toute embousée
Ou pour le moins, tenez luy une eschelle."

Aulcuns disoient que leicher sa pantoufle
Estoit meilleur que guaigner les pardons:
Mais il survint un affecté marroufle,
Sorti du creux où l'on pesche aux gardons
Qui dict, "messieurs, pour dieu nous en gardons
L'anguille y est, et en cest estau musse.
La trouuerez (si de prés regardons)
Une grand tare, au fond de son aumusse."

Quand fut au poinct de lire le chapitre,
On n'y trouva que les cornes d'un veau.
Je (disoit il) sens le fond de ma mitre
Si froid, qu'autour me morfond le cerveau.

---

[36] No francês, *Jacquemart*: é a estátua em forma humana com um martelo, que bate no sino dos campanários.

On l'eschaufa d'vn parfunct de naveau
Et fut content de soy tenir es atres,
Pourveu qu'on feist un limonnier noveau
À tant de gens qui sont acariatres.

Leur propos fut du trou de sainct Patrice,
De Gilbathar, et de mille aultres trous:
S'on les pourroit reduire à cicatrice,
Par tel moien, que plus n'eussent la tous
Veu qu'il sembloit impertinent à tous:
Les veoir ainsi à chascun vent baisler.
Si d'adventure ilz estoient à poinct clous,
On les pourroit pour houstage bailler.

En cest arrest le courbeau fut pelé
Par Hercules: qui venoit de Libye.
"Quoy? dist Minos, que n'y suis je appellé,
Excepté moy, tout le monde on convie.
Et puis l'on veult que passe mon envie,
À les fournir d'huytres et de grenoilles.
Je donne au diable en quas que de ma vie
Preigne à mercy leur vente de quenoilles."

Pour les matter survint, Q. B. qui clope
Au sauconduict des mistes Sansonnetz.
Le tamiseur, cousin du grand Cyclope,
Les massacra. Chascun mousche son nez
En ce gueret peu de bougrins sont nez,
Qu'on n'ait berné sus le moulin à tan.
Courrez y tous: et à l'arme sonnez.
Plus y aurez, que n'y eustes antan.

Bien peu aprés, l'oyseau de Jupiter
Delibera pariser pour le pire.
Mais les voyant tant fort se despiter:
Craignit qu'on mist ras, jus, bas, mat, l'empire
Et mieulx ayma le feu du ciel empire
Au tronc ravir où l'on vend les soretz:

François Rabelais

Que aer serain, contre qui l'on conspire,
Assubjectir es dictz des Massoretz.

Le tout conclud fut à poincte affilée,
Maulgré Até, la cuisse heronniere,
Qui là s'assist, voyant Pentasilée
Sus ses vieux ans prinse pour cressonniere.
Chascun crioit, "vilaine charbonniere,
T'appartient il toy trouuer par chemin?
Tu la tolluz la Romaine baniere,
Qu'on avoit faict au traict du parchemin."

Ne fust Juno, que dessoubz l'arc celeste
Auec son duc tendoit à la pipée:
On luy eust faict un tour si tresmoleste
Que de tous poincts elle eust esté frippée.
L'accord fut tel, que d'icelle lippée
Elle en auroit deux œufz de Proserpine,
Et si jamais elle y estoit grippée,
On la lieroit au mont de l'Albespine.

Sept moys aprés, houstez en vingt et deux,
Cil qui jadis anihila Carthage,
Courtoysement se mist en mylieu d'eux
Les requerent d'auoir son heritage.
Ou bien qu'on feist justement le partage
Selon la loy que l'on tire au rivet,
Distribuent un tatin du potage
À ses facquins qui firent le brevet.

Mais l'an viendra signé d'un arc turquoys
De v. fuseaulx, et troys culz de marmite
Onquel le dos d'un roy trop peu courtoys
Poyvré sera soubz un habit d'hermite.
O la pitié. Pour une chattemite
Laisserez vous engouffrer tant d'arpens?
Cessez, cessez, ce masque nul n'imite.
Retirez vous au frere des serpens.

Cest an passé, cil qui est, regnera
Paisiblement avec ses bons amis.
Ny brusq, ny Smach lors ne dominera,
Tout bon vouloir aura son compromis.
Et le solas qui iadis fut promis.
Es gens du ciel, viendra en son befroy.
Lors les haratz qui estoient estommis
Triumpheront en royal palefroy.

Et durera ce temps de passe passe
Jusques à tant que Mars ayt les empas.
Puis en viendra vn qui tous aultres passe
Delitieux, plaisant, beau sans compas.
Levez vos cueurs: tendez à ce repas
Tous mes feaulx. Car tel est trespassé
Qui pour tout bien ne retourneroit pas,
Tant sera lors clamé le temps passé.

Finablement celluy qui fut de cire
Sera logé au gond du Jacquemart.
Plus ne sera reclamé, "Cyre, Cyre,"
Le brimbaleur, qui tient le cocquemart.
Heu, qui pourroit saisir son bracquemart:
Toust seroient netz les tintouins cabus
Et pourroit on à fil de poulemart
Tout baffouer le maguazin d'abus.

Capítulo 3

Como Gargântua foi por onze meses carregado no ventre da mãe

Todo o debate (ainda em tom erudito paródico) sobre o prazo da gravidez, sobretudo em caso de viuvez, era uma tópica séria do período de Rabelais, com base no direito de Justiniano e em autoridades antigas, como Aristóteles, dentre outros; André de Tiraqueau, amigo de Rabelais, tratou do assunto num tratado publicado em 1535 (que Rabelais pode ter consultado ainda em manuscrito) e assumiu a posição de onze meses, com o sentido de dez meses e alguns dias, para o prazo máximo do nascimento de uma criança.

Logo no primeiro parágrafo, a tópica da sede, que atravessa todo o Pantagruel, recebe um antecedente paterno.

Gargamela, nas Grandes crônicas, *se chama Galamela; aqui Gargamela parece vir da langue-d'oc,* gargamello, *que quer dizer "garganta"; ela é filha do rei das borboletas ao pé da letra, porque é só muito depois de Rabelais é que o termo para-pailos (occitano de "mariposas" e similar ao francês* papillon*) passou a ser usado para se referir aos protestantes pejorativamente, com o sentido de levianos e volúveis; mas poderia designar um povo lendário inimigo do cristianismo.*

Seguem aqui algumas referências que ficam mais claras apenas com ajuda: Com Netuno, a ninfa Tiro teve gêmeos: Pélias e Neleu. A referência de Aulo Gélio é a Noites áticas, *3.16. A noite da concepção de Hércules é o tema da comédia* Anfitrião *de Plauto. Das Sátiras menipeias de Varrão chegaram apenas fragmentos; Rabelais as cita a partir de Aulo Gélio.* Matri longa decem *("A mãe depois de dez") é referência a Virgílio,* Bucólicas, *4.61. Júlia, filha de Otaviano Augusto, ficou famosa pela vida sexual que levava no começo do séc. I d.C.* [G.G.F.]

Grangorja foi um *bon vivant* na sua época, amava entornar um copo, como qualquer homem que até então tivesse vindo ao mundo, e comia com gosto os pratos salgados. Por isso sempre tinha uma boa reserva de presuntos de Mainz e de Bayonne, muitas línguas de boi defumadas, fartura de linguiças da estação, e carne salgada na mostarda. Pilhas de caviar, abundância de salsichas, não de Bolonha (porque temia o veneno lombardo), mas de Bigorre, de Longaulnay, de la Brenne e de Rouergue.

Na idade viril se casou com Gargamela, filha do rei dos borboletas, bela pitchula de fuça linda. E os dois viviam a fazer o bicho de duas costas, regozijando de esfregar o toicinho, tanto que ela engravidou de um belo filho e o carregou por onze meses.

Por que esse tanto e até mais podem as mulheres levar na barriga, ainda mais se for uma obra-prima, uma pessoa que em sua época há de realizar grandes façanhas. Diz Homero que o filho (com que Netuno engravidou a ninfa) nasceu só um ano depois, ou seja, doze meses. Pois (como diz Aulo Gélio, livro 3) esse longo período era adequado à majestade de Netuno, para que o tal filho fosse formado com perfeição. Pelo mesmo motivo Júpiter fez durar 48 horas a noite em que dormiu com Alcmena. Porque em menos tempo não poderia forjar Hércules, que varreu o mundo de monstros e tiranos.

Os antigos senhores pantagruelistas confirmaram o que agora digo e declararam que não apenas é possível, como também legítimo o filho nascido da mulher no décimo primeiro mês após a morte do marido.

Hipócrates, *Liber de alimento* [*Livro do alimento*].

Plínio, livro 7, cap. 5 [*História natural*].

Plauto, na *Cistellaria* [*A comédia da cesta*].

Marco Varrão, na sátira inscrita, *O testamento*, alegando a autoridade de Aristóteles acerca do assunto.

Censorino, *Liber de die natali* [*Livro do dia natal*].

Aristóteles, livro 3, cap. 3 e 4, *De natura animalium* [*História dos animais*].

Gélio, livro 3, cap. 16. Sérvio, *Eclogae* [*Comentário às Bucólicas*], expondo esse metro de Virgílio, *Matri longa decem*, etc.

E mil outros birutas. O número deles foi acrescido pelos legistas. *ff. de suis et legit. L. Intestato §. fi.* [*Pandectas*, Sobre os legítimos herdeiros, lei intestada, § Sobre os filhos]

E na *Authentica, de restitut. Et ea que parit in XI. Mense* [*Autênticas*, "Sobre as restituições" e "Sobre aquela que pare no 11º mês"].

Copiosamente garatujaram sua roitoicinhesca lei Galo *ff. de lib. et posthu.* e *l. Septimo. ff. de stat. homi.* [*Pandectas*, "Sobre criar ou deserdar filhos e herdeiros póstumos" e "Lei do sétimo mês", *Pandectas*, "Sobre os bens do indivíduo"] e alguns outros que nem ouso citar agora.

Graças à essas leis, as mulheres viúvas podem livremente brincar de monta-garupa, apostando e correndo todo risco por dois meses após o falecimento do marido. Peço por favor a vocês, meus bons companheiros, que, se acharem algumas por quem vale a pena desbraguilhar, trepem logo por

cima e tragam para mim. Pois, se no terceiro mês elas engravidarem, seu fruto será herdeiro do defunto. E assim que a gravidez é conhecida, tocam malandramente para frente, e a barca segue, porque o bucho já está cheio. Que nem Júlia, filha do imperador Otaviano, que só se entregava ao seus tamboreiros quando se via grávida, feito barca que não recebe o piloto antes de ser calafetada e carregada. E se alguém as censurar porque se enxotenculam assim por cima da gravidez, enquanto os bichos, se estão embuchados, nunca toleram os machos machejando, responderão que isso é coisa de bicho, mas elas são mulheres que compreendem muito bem os gozosos e longos direitos da superfetação; que nem respondera certa feita Populeia, segundo o relato de Macróbio, livro 2, *Saturnália*. Se o diabo não quer que engravidem, vai ser preciso apertar o batoque e tapar a boca.

Capítulo 4

Como Gargamela, grávida de Gargântua, traçou uma pratada de tripas

Este capítulo, em claro contraste com o nascimento seco de Pantagruel, é marcado por usos dialetais; na abertura temos uma série de explicações ridículas, em que Rabelais usa palavras raras e muito específicas; optei por simplesmente adaptá-las ao português e manter as explicações, como se fossem a um estrangeiro; são elas: gaudebillaux (dialeto de Vendeia), coiraux (dialeto de Anjou) e prez guimaulx (dialeto de Poitou). Também os topônimos são todos vilas próximas de La Devinière, propriedade da família Rabelais na paróquia de Seuilly, e La Saulaie (ou La Salsaie) era um bosque de salgueiros; como afirma Huchon, a geografia da Utopia de Pantagruel aqui cede espaço à Chinon do próprio Rabelais.

Três de fevereiro é dia de São Brás, um protetor contra doenças de garganta e coqueluche, também patrono de confrarias maçônicas. A diablerie foi um gênero literário teatral popular na Idade Média caracterizado pela presença de diabos; o número quatro indica um quiproquó complexo. [G.G.F.]

A hora e o jeito de Gargamela parir foi assim. E se não acreditarem, merecem é que caia o cu da calça. No caso dela, caiu o cu da calca depois do almoço, no 3º dia de fevereiro, por ter comido muito godebilô. Godebilô: são gordas tripas de cuarô. Cuarôs: são bois engordados no mocho e nos pastos guimôs. Pastos guimôs: são os que produzem capim duas vezes ao ano. Desses bois gordos, mandaram matar trezentos e sessenta e sete mil e catorze para salgar na terça-feira gorda, a fim de que na primavera tivessem carne salgada com fartura, para no começo das refeições fazerem comemoração de carne seca e melhor entrarem no vinho.

As tripas foram copiosas, vocês perceberam: e havia tanta guloseima que todo mundo lambia os dedos. Porém a *diablerie* a quatro personagens era que não dava para conservar tudo por muito tempo. Porque elas apodreceriam. O que parecia o fim da picada. Assim se resolveu que devorariam todas sem perder nada. Para isso vieram todos os cidadãos de Cinais, de Seuilly, de La Roche-Clermault, de Vaugaudry, sem deixar para trás os de

Coudray-Monpensier, de Gué de Vède e outros vizinhos, todos bons manguaceiros, bons parceiros e bons bolicheiros. O gente boa do Grangorja estava rindo à toa e mandou que tudo viesse em bacias. Dizia porém à mulher que comesse menos, já que estava perto do dia, e que aquela tripalha não era carne das mais louváveis. "Quem (dizia ele) quer muito mascar merda, que coma aquele saco." Apesar das recomendações, ela comeu dezesseis moios, duas pipas e seis alqueires. Que bela matéria fecal não fermentava dentro dela!

Depois de jantar, todos partiram (atabalhoadamente) para La Saulaie e lá no capim alto dançaram ao som de alegres frautas e doces gaitas-de-fole com tanta alegria, que era um passatempo celeste vê-los assim se divertindo.

Capítulo 5

Palavras dos cozidos

Esta cena, que originalmente fazia parte do capítulo anterior, foi ampliada até se tornar uma peça autônoma, que é um dos melhores exemplos do carnaval rabelaisiano, numa fusão vertiginosa de citações, registros, erudição e mundo popular. O efeito é reforçado pela prosa contínua, sem indicação de quem falaria cada frase, de modo a convidar o leitor para que preencha os contextos possíveis dos enunciados. Como resultado, temos ambiguidades que sugerem momentos sexuais e escatológicos.

O capítulo também está repleto de trechos em latim ou dialetos, que comentarei por aqui, na ordem de sua aparição:

Priuatio presupponit habitum *("a privação pressupõe o costume") é fórmula de origem escolástica.*

Foecundi calices quem non fecere disertum *("Quem não fica eloquente depois de uns cálices cheios?") é citação de Horácio, Epístolas, 1.5.19.*

Tamquam sponsus *("como um noivo") e* sicut terra sine aqua *("como terra sedenta") são trechos de Salmos 19:5 (com um trocadilho entre* sponsus, *"noivo", e* éponge, *"esponja") e 143:6 (sigo sempre que possível a tradução de Almeida).*

Respice personam: pone pro duos, bus non est in usu *("Olhe a aparência dos homens; sirva para dois, o bus saiu de uso"); a primeira parte é alusão a Mateus 22:16; em seguida, o falante erra o latim ao falar* pro duos *em vez de* pro duobus *e alega que o* bus *do latim saiu de uso; na verdade,* bus *é também o perfeito do verbo* boire *("beber", em francês).*

"No seco nenhuma alma vive" é alusão à sentença atribuída a Agostinho: Anima in sicco habitare non potest.

Lagona edatera *é expressão tirada do basco com sentido de "Toma, parceiro".*

Sitio *("tenho sede") é uma das últimas palavras de Jesus, em João 19:28.*

ἄβεστος *("incombustível") é uma designação do amianto.*

Lans trinque *é expressão dos lansquenetes suíços, com sentido de "Um brinde, camarada".*

Lachryma Christi *era famoso moscatel italiano, seu nome em latim significa "Lágrima de Cristo".*

Ex hoc in hoc *("deste a este") é alusão a Vulgata, Salmos 95:8. Cito, para contraste, a tradução de Almeida: "Há na mão do Senhor uma taça de vinho espumante e aromático. Dela dá de beber. E até as fezes hão de esgotá-la; hão de sorvê-la os ímpios todos da terra" (destaco o trecho em questão).*

Natura abhorret vacuum *("A natureza abomina o vazio") é máxima da física escolástica.*

"Coroe o vinho" ecoa Virgílio, Eneida, 1.724.

Há ainda uma série de nomes de pessoas, lugares e figuras míticas:

Santo Mé traduz o inventado Saint Quenet, construção por trocadilho com quenete (uma vasilha para vinho).

Jacques Coeur (1395-1456) foi negociante de Bourges, tornou-se tesoureiro de Carlos V e com isso passou a ser a figura típica do homem rico; ele aparece também na segunda "Carta ao senhor de Maillezais".

Baco também aparece como vitorioso sobre os indos (num mosaico a partir do Baco de Luciano), no Quinto livro, cap. 38.

Melinde era famosa cidade africana onde aportou Vasco da Gama, logo após passar pelo Cabo da Boa Esperança, em 1498.

Guillote (Guillot em francês) é desconhecido, serve apenas para fazer a rima.

Jerôme de Hangest, bispo de Mainz, teólogo que escreveu De causis *(Das causas), em 1515, sobre o apetite e o desejo, foi um tradicionalista militante contra as leituras simbólicas dos evangélicos; no entanto a citação é uma piada, retoma na verdade ditos populares.*

Argos e Briareu são duas figuras monstruosas da mitologia greco-romana: Argos, com cem olhos, teve o dever de vigiar Io, porém foi iludido e morto por Hermes depois de adormecer; Briareu tinha cinquenta cabeças e cem braços, ele aparece como antepassado de Gargântua em Pantagruel, cap. 1.

Macé é talvez alusão a René Macé, beneditino e cronista do rei, autor de Voyage de Charles Quint par la France *(Viagem de Carlos V pela França), de 1540; Macé reaparece no cap. 29 do livro. No original, há ainda um trocadilho entre* maistre passé *e* presbtre Macé, *que busquei recriar.*

Há também muitos jogos de trocadilhos, tais como no caso de "no frasco mete a rolha, na ampola senta a rosca": no original há jogo entre flacon *(frasco) e* flaccon *(vulva), e* viz *(parafuso) e* vitz *(pênis); como "ampola" pode ser um sinônimo de vagina, recriei a comparação e os trocadilhos com esse termo e com "rosca".*

Segundo Huchon e Sozzi, o "rosilho de rabo preto", além de possivelmente conter alusão sexual no uso de raie *(que verti por "rabo"), pode indicar a figura do bajulador. "Sua paternidade" era um tipo de tratamento possível para os eclesiásticos, assim podemos imaginar que é um deles quem fala aqui. Monorelha é uma garrafa com uma só asa, para servir.* [G.G.F.]

———

Depois deu na telha de comerem ali mesmo.

Rodavam as garrafas, trotavam os presuntos, voavam os copos, tilintavam os jarros. "Pegue, passe, vire, ensope. Entorne aqui, sem água, assim, meu parça, me enxugue o copo no pique, mostre esse rosé num copo trans-

bordando. Trégua à sede. Eita fogo de febre, você não passa? Juro de pé junto, comadre, que não posso entrar na pinga. Você está um gelo, querida. Não tem mais graça. Pela pança de Santo Mé, bora falar de manguaça. Só bebo a certas horas, que nem a mula do papa. Só bebo no livro das horas, que nem um bom pai-da-guarda. Quem veio primeiro, a sede ou a bebedeira? A sede. Pois quem beberia sem sede no tempo da inocência? A bebedeira. Pois *priuatio presupponit habitum*. Eu sou clérigo. *Foecundi calices quem non fecere disertum*? Nós, os inocentes, bebemos bastante para evitar a sede. Não eu, um pecador sem sede. Se ela não for presente, ao menos será futura. Por prevenção, se é que me entendem. Eu bebo para dar sede. Eu bebo eternamente, estou sempre numa eternidade da bebedeira e numa bebedeira da eternidade. Vamos cantar, beber. Um moteto. Vamos entoar. Como vamos entornar? Só bebo por procuração.

Você encharca para enxugar ou enxuga para encharcar? Não saco nada da teoria, mas na prática eu me viro. Corram. Eu encharco, entorno, tomo. E tudo por medo de morrer. Bebam todo dia, que nunca vão morrer. Se não bebo fico seco. Pronto, morri. Minha alma vai parar num brejo. No seco nenhuma alma vive. Ah, garçons, criadores de novas formas, me transformem de desébrio em ébrio. Uma aspersão perene para nervosas e áridas entranhas. Bebe por nada quem não sente. Isso entra nas veias, e o mijatório não vai ver nem uma gota. Eu lavaria de bom gosto as tripas de vitelo que arrumei pela manhã. Empanturrei o estômago. Se o papel das minhas cédulas bebesse que nem eu, os meus credores teriam vinho pacas na hora de quitar. Essa mão vai estragar o seu nariz. Quantos ainda vão entrar, antes que este saia? Beber num vau tão raso? Vai pocar o peitoral do cavalo. Isso aqui é uma arapuca de frascos. Qual a diferença entre frasco e ampola? Toda: no frasco mete a rolha, na ampola senta a rosca. Essa é boa. Os nossos pais bebiam bem e esvaziavam os vasos. Bem cagado e cantado, bebamos. Quer mandar algo até o rio? Aquele ali vai lavar as tripas. Eu não bebo mais que uma esponja. Eu bebo que nem templário, e eu *tamquam sponsus*, e eu *sicut terra sine aqua*. Um sinônimo de presunto? Injunção à bebericada. Trolha. Pela trolha o vinho desce na adega, pelo presunto, ao estômago. Então bebamos, bebamos então. Ainda não encheu. *Respice personam: pone pro duos, bus non est in usu*. Se eu subisse o tanto que entorno, já estaria excelso agora. Assim se enrica Jacques Coeur. Assim a planta vai melhor. Assim o indo a Baco incensa. Assim Melinde aceita a ciência. Chuvisco abate ventania. Longas bebericadas entornam o tonel. Se meu pau mijasse dessa urina, você me chuparia o mel? A próxima é por minha conta. Pajem, traga, na minha vez eu vou lhe atestar a minha possessão. Toma, Guillote, eu vejo a sobrinha no pote. Eu apelo a um recurso contra a sede, qual se fora um abuso. Pajem, proceda pelo meu recurso. Sobrou um tequinho. Antes eu virava todas, agora não deixo nada. No miudinho, vamos juntando tudo. Aqui as tripas para aposta, godebilôs desse rosilho do rabo preto, de dar inveja. Por Deus, vamos dar uma bela escovada nele, na força bruta. Bebam, senão eu. Não, não. Bebam, por favor. Passarinho não come, se não batem no seu rabo. Eu só bebo se ganho algum carinho. *Lagona edatera*. Não tem um buraquinho sequer no meu corpo onde o vinho não vá matar a sede. Esse aqui a arrebenta. E esse outro dá cabo. Vamos tocar a corneta a sons de frascos e ampolas, para quem perder a sede não vir procurar aqui. Bons clisteres de marafo a evacuaram de casa. Deus criou o mar e os prados, nós vamos limpar os pratos. Trago a palavra de Deus na boca: *Sitio*. A pedra dita ἄβεστος não é mais inextinguível que a sede da minha paternidade. O apetite vem é comendo, dizia Hangest de Mainz. A sede se vai é bebendo. Remédio contra a sede? É o contrário daquele contra mordida de cachorro, corram sempre atrás do cão, que ele nunca vai lhes morder, bebam sempre antes da sede, que jamais ela chegará. Eu vim chacoalhar para acordar vocês. Garçom eterno, não me

deixe pegar no sono. Argos tinha cem olhos para ver, um garçom precisa de cem mãos, que nem Briareu, para servir infatigavelmente. Bora encharcar, que uma hora vai secar. Entorne tudo do branco, entorne, seu diabo, entorne. Assim, cheinho, a língua está pelando. *Lans, trinque*, por você, meu companheiro, alegre, alegre, lá, lá, lá, Acabou, lastimável. *O lachryma Christi*, é de La Devinière, é um *pinot*. Ah, o gentil vinho branco, e, juro por minha alma, é vinho de tafetá. He, he, um vinho monorelha, troço fino da melhor lã. Meu parceiro, coragem. Neste jogo não perdemos, estou com a mão boa. *Ex hoc in hoc*. Não é magia. Todo mundo viu. Sou um mestre *per se*. Ho, ho, eu sou preste Macé. Ah, seus manguaceiros, ah, seus sedentos. Pajem, meu parça, encha aqui, coroe o vinho, é isso que lhe peço. Vermelho que nem um cardeal. *Natura abhorret vacuum*. Vocês diriam que uma mosca bebeu ali? À moda britânica. Chapem, chapem a bagaça. Mandem ver: são ervas medicinais."

Capítulo 6

Como Gargântua nasceu
de um jeito bem estranho

Este capítulo sofreu cortes significativos nas reedições, por prudência política de Rabelais em relação à Sorbonne; por isso aqui traduzo os excertos expurgados em vida nas notas de rodapé.

Seu jogo está numa paródia do nascimento de Jesus, a partir da frase "para Deus nada é impossível", em Lucas 1:37, *como fala do anjo Gabriel para Maria, acerca da gravidez de Isabel já velha. A partir desse ponto, com um jogo final nos partos monstruosos de Plínio em* História natural 3.11, *Rabelais brinca com a ideia de confiança no que não se viu, para criar um parto também atípico, talvez embasado na tradição cátara, que propunha um nascimento auricular para Jesus, garantindo assim a virgindade de Maria. A partir daqui temos comparações com nascimentos míticos. A humana Sêmele morreu fulminada depois de pedir a Zeus/Júpiter para que este aparecesse em sua verdadeira forma (o raio); como ela estava grávida do deus, ele salvou o feto e o gestou na coxa até o nascimento, assim nasceu Baco. Rochatalhada e Mascamosca (originalmente Roquetaillade e Croquemouche) provavelmente têm origem em narrativas populares que hoje desconhecemos, por isso optei por manter a transparência cômica dos nomes misturados aos mitos greco-romanos. Zeus/Júpiter engoliu sua esposa Métis grávida; depois disso, nasceu de sua cabeça Atena/Minerva já adulta e armada; porém não pela orelha. Na verdade, Hefesto/Vulcano talhou a cabeça do deus, porque esta doía demais, e a deusa assim nasceu. Mirra seduziu o próprio pai e, quando foi descoberta, fugiu pedindo ajuda aos deuses; assim foi transformada na mirra, donde nasceu Adônis. O ovo de Castor e Pólux é resultado do rapto de Leda por Zeus/Júpiter na forma de um cisne; por isso Castor e Pólux nasceram em ovos, tal como Helena e Clitemnestra.*

Importante na caracterização do livro como um todo é o primeiro grito infantil como "beber, beber", alusão jocosa a Heródoto, História, 2.2, *onde se discute sobre a possibilidade de uma língua natural e originária do ser humano.*

Brise-Paille era uma aldeia de Saint-Genou, no cantão de Buzançais. No entanto, segundo Duchat, esse tipo de expressão indicaria que a velha era uma devassa. Beudo e Bebamais são soluções minhas: no original, Rabelais distorce os nomes de Beauce (ou Beuxes) e Vivarais como, respectivamente, Beusse e Bibarais, fazendo com que os dois termos evoquem o verbo "beber" (boire); por isso tomei a liberdade de recriá-las também em português.

No primeiro parágrafo, a imagem dos pés novos indica ao mesmo tempo os pés do recém-nascido e o recrudescimento dos cascos dos cavalos. A cena do diabo de São Martinho aparece no Mystère de Saint-Martin; e a graça está no fato de o diabo não ter espaço suficiente para anotar toda a fofoca. [G.G.F.]

———

Enquanto se arrastavam nessa parolagem de bêbados, Gargamela começou a se sentir mal nas partes baixas. Com isso, Grangorja se levantou do capim e a reconfortou carinhosamente, pensando que fossem dores de parto e dizendo que ela estava na relva embaixo dos salgueiros e que logo logo ela teria pés novos; por isso precisava tomar nova coragem para a chegada do pequerrucho, e mesmo que a dor fosse um pouco um aborrecimento, ainda assim ela seria breve, e a alegria, que a tudo sucede, tolheria todo esse incômodo, e no fim não resta nem a lembrança.[37] "Mas que coragem de ovelha! (dizia ele). Livre-se logo desse aí, e num instante faremos mais um.

— Ah (disse ela), vocês homens falam com toda tranquilidade. Por Deus, eu vou me esforçar, se assim você quer. Mas queira Deus que vocês o picotassem.

— O quê? disse Grangorja.

— Ah (disse ela), que santo, o senhor entendeu muito bem.

— Meu membro? (disse ele). Pelo sangue das cabras, se é isso que quer, mande trazer uma faca.

— Ah (disse ela), Deus não quer mais. Deus me perdoe, eu não falei de coração, foi da boca para fora, não faça nada disso. Mas hoje eu vou ter muitos afazeres, se Deus não me ajudar, e por culpa desse seu membro, para a sua maior tranquilidade.

— Coragem, coragem (disse ele), não se preocupe com o resto, não ponha o carro na frente dos bois. Eu vou ali tomar um gole. Se você sentir algum mal, estou aqui perto, basta assobiar com os dedos, que eu já volto."

Pouco tempo depois, ela começou a suspirar, gemer e gritar. De supetão veio um bando de parteiras de todas as partes. E apalpando-a por baixo, en-

———

[37] A partir daqui, havia: "Eu vou provar (dizia ele). Deus (o nosso salvador) disse no Evangelho, *João* 16: A mulher, quando está para dar à luz, sente tristeza, porque é chegada a sua hora; mas, depois de ter dado à luz a criança, já não se lembra da aflição.

— Ah (disse ela), falou e disse, eu gosto muito mais de ouvir essas conversas do Evangelho e me sinto melhor com elas do que ouvindo *A vida de Santa Margarida* ou outra lorota do tipo". — *A vida de Santa Margarida* costumava ser leitura para parturientes, como vemos também em *Pantagruel*, Prólogo.

contraram pedaços de pele de péssimo gosto e pensaram que era a criança, mas era o cu que da calça lhe caía, pelo amolecimento do intestino reto, que vocês chamam de olho do toba, porque ela tinha comido tripa demais, como antes já dissemos.

Então uma velha escrota do grupo, que tinha reputação de grande médica, vinda de Brise-Paille, nas bandas de Saint-Genou, havia mais de sessenta anos, preparou para ela um adstringente tão terrível, que todos os esfíncteres se opilaram e fecharam de tal modo, que com grande esforço com os dentes daria para alargar um pouco, coisa terrível só de imaginar. Bem que nem o diabo na missa de São Martinho, transcrevendo as fofocas de duas comadres, tentou com os dentes alongar seu pergaminho.

Por causa desse inconveniente, alargaram os cotilédones de cima da matriz, por onde saltou a criança e entrou na veia cava e pesando pelo diafragma até a parte de cima das espáduas (onde a supracitada veia se divide em duas), tomou o caminho à esquerda e saiu pela orelha sinistra.

Logo que nasceu, não chorou que nem outras crianças, "bué, bué". Mas com toda a voz gritou "Beber, beber", como se convidasse todo mundo para beber, se bem que foi ouvido em todo o país de Beudo e Bebamais.

Não sei se vocês vão mesmo acreditar nessa estranha natividade. Se não acreditarem, pouco me importa, porém um homem de bem, um homem de bom senso sempre acredita no que lhe dizem e no que encontra por escrito.[38]

Por acaso vai contra a nossa lei, a nossa fé, contra a razão, contra a Santa Escritura? Da minha parte, não vejo nada escrito na Bíblia Santa, que se oponha. Mas se Deus quisesse fazer isso, vocês diriam que ele não seria capaz? Ah, pela graça, não escalafobetem os espíritos de vocês com esse tipo de pensamento à toa. Em verdade, lhes digo, porque para Deus nada é impossível. E se ele assim quisesse, as mulheres doravante teriam seus filhos pela orelha.

---

[38] A partir daqui, em novo parágrafo, havia: "Não disse Salomão, em *Provérbios* 14, *Innocens credit omni verbo*, etc. [O simples dá crédito a cada palavra, etc.]? E São Paulo, em *1 Coríntios* 13, *Charitas omnia credit* [O amor... tudo crê]? Por que vocês não acreditariam? Porque dizem que nisso não há coisas que se veem. Eu lhes digo, por esta causa apenas, que vocês deveriam acreditar com fé perfeita. Pois os sorbonistas dizem que a fé é prova de coisas que não se veem". — Todo o trecho está construído contra o argumento da fé dos sorbonistas, calcado em *Hebreus* 11:1, que na Vulgata se lia *argumentum non apparentium* ("prova das coisas que não se veem", na tradução de Almeida); assim, sem a revelação, não seríamos capazes de distinguir a verdade do nascimento de Cristo, de Gargântua e das anomalias mencionadas por Plínio.

Baco não foi engendrado pela coxa de Júpiter?

Rochatalhada não nasceu do calcanhar da mãe?

Mascamosca do chinelo de sua ama?

Minerva não nasceu do cérebro, pela orelha de Júpiter?

Adônis pela casca de uma árvore de mirra?

Castor e Pólux da casca de um ovo posto e chocado por Leda?

Mas vocês ficariam ainda mais embasbacados e passados, se eu contasse agora todo o capítulo de Plínio em que ele trata de nascimentos estranhos e contra natura. No entanto, eu não sou um mentiroso de naipe que nem ele. Leiam o sétimo livro da sua *História natural*, cap. 3, e não venham me atazanar as ideias.

François Rabelais

Capítulo 7

Como foi dado nome de Gargântua
e como ele entrou na vinhaça

A nomeação e o aleitamento de Gargântua está nas Grandes crônicas; *de modo que esta etimologia, por homofonia francesa (que verti por homofonia em português), merece receber contraste com a proposição grega das* Grandes crônicas. *O nome próprio era considerado muito importante, por ser considerado significante e, portanto, possível de indicar um caminho de vida, segundo o adágio* nomen est numen *("nome é nume"), porém aqui é tratado em tom de piada. De modo similar, o aleitamento é uma questão importante para a medicina da época, que identificava nos primeiros alimentos a reformulação de um pendor natural do indivíduo (Erasmo, por exemplo, defendia que a mãe é quem deveria amamentar, e não uma nutriz).*

Ao tratar Gargântua como fleumático, Rabelais segue a teoria dos humores vigente na época, para a qual os fleumáticos eram mais pesados, lentos e dados a excesso de fluidos e secreções. Nesse pensamento humoral, qualquer um poderia se tornar mais fleumático devido também ao excesso de alimentos e bebidas.

Logo no primeiro parágrafo há uma crítica aos anabatistas, que negavam o batismo dos recém-nascidos. Mais adiante, as vítimas são os escotistas, discípulos de Duns Escoto, filósofo escolástico recorrentemente zombado nos textos de Rabelais, pois era uma das marcas dos sorbonistas. Isso fica mais claro pouco depois, no chiste com as censuras da Sorbonne, grafadas em latim male scandalosam; *na edição de 1532, lia-se no mesmo trecho "declarada pela Sorbonne como mamalmente escandalosa"; Rabelais preferiu tirar as referências diretas, como em inúmeros outros casos.*

Pontille era uma aldeia de Chinon; Bréhémont de Azay-le-Rideau, famosa pelos pastos. Jean Deniau é figura desconhecida. Purê setembrino, expressão típica para designar o vinho, aparece também em Pantagruel, cap. 1. [G.G.F.]

———

O bom Grangorja estava bebendo e se divertindo com os outros quando escutou o grito horrível que seu filho fazia ao vir à luz deste mundo enquanto clamava por "beber, beber, beber", então ele disse "Mas que garganta, uai!" Ouvindo isso, os presentes disseram que realmente ele devia ter esse nome de Gargântua, já que essa tinha sido a primeira palavra do pai de-

pois do nascimento, segundo o exemplo e imitação dos antigos hebreus. O que foi acatado por ele e agradou muitíssimo à mãe. E para acalmar o bebê, lhe deram de beber um trago farto e o levaram até a fonte, e lá foi ele batizado, como é costume entre os bons cristãos.

E mandaram descer dezessete mil novecentos e treze vacas de Pontille e de Bréhémond para o aleitarem diariamente, porque não era possível encontrar alimento que bastasse em todo o país, considerando a grande quantidade de leite necessária para alimentá-lo. Muito embora alguns escotistas tenham afirmado que sua mãe o aleitou e que ela era capaz de ordenhar de suas mamas mil quatrocentas e duas pipas e nove potes de leite a cada vez, o que não é lá muito verossímil. E esta acabou sendo uma proposição declarada mamalmente escandalosa, às pias orelhas ofensiva, que de longe cheirava a heresia.

Viveu assim até um ano e dez meses; então, por conselho dos médicos, começaram ao levá-lo para passear; e foi construída uma bela carroça de bois, por invenção de Jean Deniau, dentro da qual ele era levado aqui e acolá, todo risonho e lindo de se ver, porque fazia a melhor das caras e tinha quase dezoito queixos e só gritava um pouquinho; mas se borrava o tempo todo, porque era uma maravilha fleumática das nádegas, seja por compleição natural ou por disposição acidental derivada de tanto tomar purê setembrino. E não tomava uma gota sem razão.

Pois, se acontecesse de ficar malino, zangado, irritado ou chateado, se esperneasse, se chorasse, se gritasse, bastava levar o de beber, que ele voltava ao normal e de pronto ficava calmo e alegre.

Uma de suas governantas me disse, jurando de pé junto, que ele estava tão acostumado, que só de ouvir o som de frascos e jarras já entrava em êxtase, como se gozasse os deleites do paraíso. Assim, considerando que era uma compleição divina, para o alegrarem pela manhã, mandavam soar diante dele copos com a faca, ou frascos com o bocal, ou jarras com a tampa. Com esse som ele se esbaldava, saltitava e ninava a si mesmo balançando a cabeça, monocordiando com os dedos e abaritonando pelo cu.

Capítulo 8

Como Gargântua foi vestido

Outro capítulo bastante próximo das Grandes crônicas, *que sofre alterações e ampliação (a braguilha, por exemplo). A roupa de Gargântua segue a moda dos anos 1520, por exemplo, pela camisa com pregas, ou pelo calçado com "rabo de bacalhau", que tinha uma fenda por trás. A isso se soma o gigantismo, que pode ser percebido nas medidas, se soubermos que uma cana equivale a cerca de dois metros e um marco pesava 244 g., donde se pode concluir os pesos absurdos de tudo, sobretudo se lembrarmos que a criança ainda nem tem dois anos. O ápice acontece no emblema (típico em chapéus da época e assunto dos* Emblemata *de Alcíato, publicado em 1534), quando vemos a figura do andrógino original, que remonta àquela apresentada por Aristófanes no* Banquete *de Platão, embora sua descrição parece mais descrever o sexo, como o "bicho de duas costas" do cap. 3. O texto, fundamental na ética rabelaisiana, pode ser traduzido como "O AMOR NÃO BUSCA/ SEUS INTERESSES", palavras do apóstolo Paulo em 1 Coríntios 13:5 (as letras jônicas são gregas); é curioso observar que Rabelais não se dá ao trabalho de traduzir o grego, que na época era ilegível para a imensa maioria dos leitores. No entanto, nesse misto de Platão e Paulo, ainda que marcado pela imagem sexual e cômica, podemos ver em Gargântua uma espécie de príncipe cristão sob a égide da caridade.*

Toda a descrição ainda por cima se dá com referências a uma pletora de lugares, materiais, pessoas, que apresento aqui por tópica.

A pequena cidade de Montsoreau, em Saumur, não tinha Câmara de Contas. Châtellerault era cidade de La Vienne famosa por seus tecidos de cânhamo. Saragoça e Valença eram duas cidades famosas na produção de armas. Hircânia é região asiática proverbial como terra selvagem. Saint-Louand é região vizinha a Chinon, com uma abadia de beneditinos aparentemente inimiga de Rabelais. Pisom, segundo Gênesis 2:11, era um dos quatro rios do Paraíso terrestre e repleto de ouro.

A deusa Reia foi esposa de Crono/Saturno e mãe de Zeus/Júpiter. Como o marido engolia os filhos assim que nasciam, ela trocou Zeus por uma pedra, que foi prontamente engolida por Crono, e entregou a criança para as amas cuidarem em segredo. Rei Necepso era faraó egípcio que tinha fama de astrólogo e feiticeiro. Chappuys é provável alusão a Claude Chappuys, bibliotecário do rei e amigo de Rabelais, e ao próprio autor com seu anagrama. Poderia ser também Michel Chappuys, que participou com Rabelais do encontro entre Francisco I e Carlos V em 1538. Hans Carvel também aparece no Terceiro livro, cap. 28, mas dele nada sabemos. Herr Pracontal é talvez Humbert de Pracontal, corsário de Francisco I. Os Fucker é trocadilho com os Fugger, família de banqueiros famosos por sua riqueza e pela venda de indulgências; Rabelais distorce o nome para soar Fourques, "enforcados", por isso também mudei para "Fucker".

O orifício do alto ventre é o umbigo. No tratado De simplicium medicamentaram temperamentis e facultatibus *(Dos temperamentos e faculdades dos medicamentos simples), Galeno alega que o jaspe verde tem propriedades medicinais, se usado em frente ao umbigo. Ouro de seraf aponta um tipo de moeda turca, indicando a pureza do ouro. "Carneiro de boa lã" indica um tipo de moeda de ouro com imagem do* Agnus Dei.

Os exponíveis eram uma parte da lógica formal. Guilherme de Ockham (1285-1347), pai do nominalismo, também é muito atacado por Rabelais. Mestre Altocalção (Haultechaussade no original) é invenção rabelaisiana. Nem Pseudo-Orfeu, nem Plínio afirmaram o que aqui aparece acerca da esmeralda. [G.G.F.]

———

Ainda nessa idade, o pai mandou fazer as vestes para a sua libré, que era branca e azul. Cumpriu-se a ordem, e foram feitas, talhadas e costuradas à moda da época.

Segundo os arquivos antigos, que estão na Câmara de Contas de Montsoreau, penso que foi vestido da seguinte maneira:

Para a camisa, foram empregadas novecentas varas de pano de Châtellerault e duzentas para as nesgas quadradas postas por baixo dos sovacos. Não era pregueada, porque a prega das camisas só foi inventada depois que as costureiras, vendo que se quebrara a ponta da agulha, começaram a trabalhar com os fundos.

Para o gibão foram empregadas oitocentas e treze varas de cetim branco e para os alamares mil quinhentos e nove couros e meio de cães. Então começaram a prender a calça ao gibão, e não o gibão à calça, porque é *contra natura*, como amplamente declarou Ockham sobre os exponíveis de Mestre Altocalção.

Para a calça foram empregadas mil cento e cinco varas e um terço de estamenha branca e foi cortada em forma de colunas estriadas e acanalada por trás, para não esquentar os rins. E se inflavam por dentro dos cortes com damasco azul, do tanto que foi necessário. E reparem que ele tinha umas belas de umas pernocas, bem proporcionais ao resto de sua estatura.

Para a braguilha: foram empregadas dezesseis varas de um quarto do mesmo tecido e ela teve a forma de um arcobotante, bem estacada lindamente com duas fitas de ouro, que levavam grampos esmaltados, e em cada um deles estava engastada uma grande esmeralda do tamanho de uma laranja.

Pois (conforme diz Orfeu no *Liber de lapidibus* [*Livro das pedras*] e Plínio, *libro ultimo*, ela tem a potência eretiva e confortativa do membro natural. A abertura da braguilha tinha o comprimento de uma cana, talhada como a calça, também com damasco azul. Mas, se vissem o belo bordado de canutilho e os lindos entrelaços de ourivesaria guarnecidos com finos diamantes, finos rubis, finas turquesas, finas esmeraldas e pérolas pérsicas, vocês a comparariam a uma bela cornucópia, igual às que se vê nos antiquários e igual à que Reia deu às duas ninfas, Adrasteia e Ida, amas de Júpiter. Sempre elegante, suculenta, sudorenta, sempre verdejante, sempre florescente, sempre frutificante, cheia de humores, cheia de flores, cheia de frutos, cheia de todas as delícias. Deus é testemunha de como era bom olhar para ela. Mas isso eu devo expor melhor no livro que escrevi, *Da dignidade das braguilhas*. Fiquem avisados que, se era bem longa e bem ampla, também era bem guarnecida por dentro e bem apirocada, e em nada lembrava aquelas hipócritas braguilhas de um bando de playboys, que estão cheias é de vento, para grande preju do sexo feminino.

Para os calçados foram empregadas quatrocentas e seis varas de veludo azul intenso e foram cortados delicadamente em linhas paralelas, unidas em cilindros uniformes. Para as solas foram empregados mil e cem couros de vaca baia, talhados que nem rabo de bacalhau.

Para o saio foram empregadas mil e oitocentas varas de veludo azul bem vivo, bordado em volta com belas figuras e no meio com jarras de prata de canutilho, emaranhadas em vergas de ouro com inúmeras pérolas, assim denotando que ele seria em seu tempo um tomatodas.

A cinta foi feita com trezentas varas e meia de sarja de seda, metade branca e metade azul, se não exagerei.

A espada não foi valenciana, nem o punhal saragoçano, pois seu pai odiava todos esses *hidalgos borrachos* e marranos que nem o diabo, mas ele teve uma bela espada de pau e um punhal de couro curtido, tingidos e dourados para agradarem a qualquer um.

A bolsa foi feita com os bagos de um elefante, que lhe deu Herr Pracontal, procônsul da Líbia.

Para a túnica foram empregadas nove mil e seiscentas varas menos dois terços de veludo azul como o acima citado, tudo enfeitado de ouro com uma figura diagonal, donde, numa perspectiva adequada, surgia uma cor inominada, que nem as que vemos nos pescoços das tartarugas e que agradava incrivelmente aos olhos dos espectadores.

Para o barrete foram empregadas trezentas e duas varas e um quarto de veludo branco, e ele tinha uma forma larga e redonda conforme a deman-

da da cabeça. Pois seu pai dizia que esses barretes à mourisca feitos que nem uma crosta de pastel iriam mais cedo ou mais tarde trazer desgraça para quem os vestisse.

Para o penacho levava uma bela e imensa pluma azul tirada de um pelicano do país da selvagem Hircânia, que delicadamente pendia sobre a orelha direita.

Para o emblema tinha uma plaquinha de ouro que pesava sessenta e oito marcos, uma figura esmaltada apropriada, onde se retratava um corpo humano com duas cabeças, uma voltada para a outra, quatro braços, quatro pés e dois cus, que nem disse Platão *in Symposio* que teria sido a natureza humana em seu começo místico. Em volta estava escrito em letras jônicas:

ΑΓΑΠΗ ΟΥ ΖΗΤΕΙ
ΤΑ ΕΑΥΤΗΣ

Para levar no pescoço ganhou uma corrente de ouro que pesava vinte e cinco mil sessenta e três marcos de ouro, com a forma de grandes bagas, entre as quais estava uma obra com grandes jaspes verdes, gravados e entalhados com dragões, todos rodeados de raios e faíscas, como os que levava antigamente o rei Necepso. E descia até o orifício do alto ventre. Com isso durante a vida teria o emolumento que bem conhecem os médicos gregos.

Para as luvas foram postos em obra dezesseis couros de duendes e três de lobisomens para o bordado. E tal matéria foi feita por ordem dos cabalistas de Saint-Louand.

Para os anéis (que seu pai queria que ele levasse para renovar o antigo signo de nobreza) ele tinha no dedo indicador da mão esquerda um carbúnculo do tamanho de um ovo de avestruz, delicadamente engastado com ouro de seraf. No dedo anular da mesma mão tinha um anel feito com os quatro metais, combinados da forma mais maravilhosa que já se viu, sem que o aço ofenda o ouro, sem que a prata ofenda o cobre. Tudo foi feito pelo capitão Chappuys e por Alcofribas, seu bom feitor. No dedo anular da destra, tinha um anel feito em forma de espiral, onde estavam engastados um rubi perfeito, um diamante pontudo e uma esmeralda de Pisom, de preço inestimável. Pois Hans Carvel, grande lapidário do rei de Melinde, as estimou no valor de sessenta e nove milhões e oitocentos e noventa e quatro mil e dezoito carneiros de boa lã: o mesmo estimaram os Fucker de Augsburgo.

François Rabelais

Capítulo 9

As cores e a libré de Gargântua

Huchon argumenta que este capítulo seria um bom exemplo de declamatio, *gênero de argumentação consistente que mistura piada e ironia, como é o caso do* Elogio da loucura *de Erasmo. Nesse estudo de simbologia e heráldica, Rabelais parece indicar que acredita numa relação direta das cores com seus sentidos, e não na arbitrariedade histórica, por isso é que zomba o livro* Blason des couleurs *(Brasão das cores), de 1528, originalmente escrito em 1458 acerca da heráldica de Alfonso V de Aragão (mas não aparecem no libreto os exemplos em questão). Mais provável é que seja uma sátira genérica contra certo ramo da heráldica, porque daria sentidos arbitrários às cores; em contraponto, para chegar ao sentido natural oculto, somente através de uma iniciação. Daí vem a referência a* Hieroglyphica *atribuída a Horapolo (? séc. IV) e à* Hypnerotomachia Poliphili *(Batalha de amor em sonho de Polífilo), atribuída a Francesco de Colonna (1499), o incunábulo mais famoso do Renascimento italiano, repleto de imagens e interpretações hieroglíficas. Esses dois livros, tal como o saber hermético, servem como uma espécie de complemento oculto às palavras sagradas da Bíblia, no pensamento renascentista. Seria então o caso de levarmos a sério a promessa de escrever um tratado sobre o assunto, ou não passaria de uma nova camada de ironia?*

O capítulo também está repleto de jogos de palavras, para zombar as simbologias por paronomásia. A "palavra da Garrafa" pode ser referência à Divina Garrafa, que aparece a partir do Terceiro livro. "Belo e crescendo" é solução minha para croissant, *que vem do verbo* croistre *que, na época, também poderia ter o sentido de* foutre *("foder"); creio que "belo e crescendo" em português pode sugerir uma ereção.* Non durabit *faz um trocadilho difícil entre línguas: "non" + "couraça" (lida simbolicamente como "duro hábito") = "não duro hábito" = non dur habit (em francês) = non durabit ("não durará", em latim). Bispote tenta traduzir o trocadilho original entre* pot à pisser *(penico) e* official *("oficial", mas também nome arcaico do "penico"); que recriei com a sonoridade de "bispote" (que significa "penico", porém ecoa um "bispo" pequeno). O ótimo jogo entre* mola *e* amolado *eu aproveitei de Aristides Lobo.*

O Almirante é provavelmente o almirante Philippe Chabot, lembrado no Quarto livro, que viria a ser o dedicatário da tradução francesa dos Emblemata *de Alcíato, em 1536, e amigo pessoal de Francisco I. Poderia também ser Guillaume de Bonnivet, almirante morto em 1525. O emblema em questão tem um golfinho entrelaçado com uma âncora, que aparecia no número 143 da obra de Alcíato e que servia aos almirantes; ele era ligado ao adágio Festina lente ("Apressa-te lentamente"), comentado por Erasmo em seus Adágios, 2.1.1, e realmente utilizado por Augusto.*

Os altos barretes foram moda um século antes de Rabelais e passaram a representar o obsoleto em desuso. [G.G.F.]

As cores de Gargântua eram branco e azul, como vocês já leram logo acima. Com elas queria seu pai deixar claro que o pequeno era uma alegria celeste. Pois o branco significava alegria, prazer, deleite e júbilo, e o azul, coisas celestes.

Compreendo bem que, ao lerem estas palavras, vocês vão rir do velho manguaceiro e considerar a exposição das cores algo excessivamente grosseira e chata; vão dizer que o branco significa fé, e o azul, constância. Mas sem exaltação, raiva, nervosismo nem correr com muita sede ao pote (já que o tempo é perigoso), respondam, se assim quiserem. Outro constrangimento eu não vou usar contra vocês, nem qualquer outro apelo. Só vou falar uma palavra da Garrafa.

Quem incita? Quem atiça? Quem lhes disse que o branco significa fé, e o azul, constância? Um (dizem vocês) livro de quinta, vendido por mascates e charlatões, intitulado *O brasão das cores*. E quem escreveu? Seja quem for, numa coisa foi prudente: não assinou. Quanto ao resto, não sei se nele admiro mais a empáfia ou a pangozice.

A empáfia, porque sem razão, sem causa e sem motivo aparente ousou prescrever por sua autoridade privada que coisas se denotam por cada cor, prática típica de tiranos que almejam que seu arbítrio tenha força de razão, e não de sábios e eruditos, que com razão manifesta contentam seus leitores.

A pangozice, porque estimou que, sem qualquer demonstração ou argumento válido, o mundo pautaria suas divisas segundo as suas imposições babacas.

De fato (como diz o provérbio, em cu de caganeiro abunda merda), ele encontrou alguns bocós do tempo dos altos barretes que botaram fé nos seus escritos. E segundo os tais textos talharam seus apotegmas e ditados; arrearam mulas, vestiram pajens, esquartejaram calças, bordaram luvas, empetecaram leitos, pintaram insígnias, compuseram canções e (o pior de tudo) secretamente espalharam imposturas e balelas para pudicas matronas.

É nesse breu que estão os fanfarrões da corte e os trocadilheiros, que, desejando mostrar a espera em suas divisas, mandam representar uma esfera; penas de pássaros para as duras penas; ancolia para a melancolia; Lua bicorne para belo e crescendo; banco roto para a bancarrota; *non* e uma couraça para *non durabit*; um liço asseado para licenciado. Que são homonímias tão ineptas, tão insossas, tão toscas e bárbaras, que a gente deveria pregar um rabo de raposa no pescoço e fazer uma máscara com bosta de vaca para cada um desses que ainda as querem usar na França, depois da restauração das belas letras.

Pela mesma razão (se é que podemos chamar de razão, e não de desatino) eu mandaria pintar uma mola, denotando que estou amolado. Um pote de mostarda, porque o peito mais tarda. Um mijadeiro é um bispote. O fundilho da minha calça é um grande cargueiro e minha braguilha é a vara das execuções. E um barro qualquer é a barra onde quer se sentar o amor de minha amiga.

De modo bem diverso faziam no passado os sábios do Egito, quando escreviam por letras que chamavam de hieróglifos, que ninguém entendia se já não entendesse; e quem entendia, entendera o poder, propriedade e natureza das coisas assim figuradas. Sobre eles Horapolo escreveu dois livros em grego, e Polífilo no *Sonho de amor* tratou com mais vantagem. Na França vocês têm alguma coisa na divisa do senhor Almirante, primeiro usada por Otaviano Augusto.

Mas para além disso não veleja o meu esquife por entre essas voragens e baixios desagradáveis. Volto a fazer escala no porto de partida. Mas tenho muita esperança de escrever um dia com mais detalhes sobre o assunto e de mostrar, tanto por razões filosóficas quanto por autoridades bem aceitas e aprovadas de toda a Antiguidade, quais e quantas são as cores da natureza e o que se pode designar por cada uma delas, se Deus me salvar a moleira, ou a cabaça de vinho, como dizia a minha avó.

Capítulo 10

O que significam as cores branco e azul

Continuação do capítulo anterior, que aqui se torna mais erudito (citações jurídicas, bíblicas e clássicas) e passa a um tom sério na defesa dos sentidos naturais das cores. Segundo Screech, Rabelais teria cometido um erro dialético ao opor in specie alegria e luto/tristeza, opinião que não é partilhada por todos os comentadores. Se for mesmo o caso, teríamos ainda de nos perguntar se o erro é parte do chiste ou não.

A referência inicial a Aristóteles é a Tópicos, 5.6 e 8.3. Valla, filólogo italiano a serviço do rei da Espanha no séc. XV, escreveu Contra Bartoli libellum, onde critica Bártolo, célebre jurisconsulto italiano do século anterior, por este considerar a luz dourada, e não branca; embora pareça inútil (e Rabelais faça piada justamente com isso), o debate sobre a definição da cor da luz foi longo na época; na discussão textual, Rabelais segue Valla na leitura sicut lux ("como a luz") derivada do texto grego, em vez da leitura da Vulgata aceita por Bártolo sicut nix ("como a neve"). A história da velha banguela, com Bona lux ("Boa é a luz"), é tirada de Elogio da loucura, 31, de Erasmo. A referência à porca branca está em Virgílio, Eneida, 3.388-93, no local onde Eneias viu uma porca branca aleitando, seu filho Ascânio fundaria Alba Longa (que em latim significa "branca"). A história de Péricles está em Plutarco, Vida de Péricles, 27. O problema do galo branco é inventado por Rabelais para o célebre comentador de Aristóteles; muito embora o tema apareça em diversos textos. A etimologia dos gauleses como galli, a partir de galla, muito discutível, aparece em Jean Lemaire de Belges. Vérrio é Vérrio Flaco, um gramático augustano na verdade citado por Plínio, História natural, 7.54.

A lista de testemunhos e mortes é tirada da obra de Ravísio Testor, Officina, capítulo "Mortui gaudio et risu" ("Mortos de alegria e riso"). Diágoras de Rodes foi grande atleta grego, teria morrido ao saber que seus dois filhos venceram os jogos olímpicos ao mesmo tempo. Quilão de Esparta foi um dos sete sábios da Grécia, morreu de alegria, já velho, ao ver seu filho ganhar um dos jogos olímpicos. Sófocles teria morrido ao vencer um concurso de tragédias. Dionísio I de Siracusa morreu ao receber um prêmio poético, enquanto fazia um banquete (talvez tenha sido envenenado). O corredor Filípides, segundo Luciano, teria morrido depois de correr os 42 km de Maratona até Atenas e anunciar alegremente a vitória dos gregos. O comediógrafo Filêmon teria morrido de puro riso, quase como um exemplar da

François Rabelais

comédia. Polícrita de Naxos, quando era prisioneira dos milésios, ao passar pelo triunfo da vitória de sua pátria, morreu de alegria. Filístion de Niceia, outro comediógrafo, também teria morrido de puro riso. Marco Juvêncio Talva teria morrido ao ler decisões do senado romano que cumpriam os seus desejos.

"Espírito visual", no pensamento renascentista, é uma partícula sutilíssima que escaparia aos olhos durante o olhar. "Periqueria" é um grecismo derivado de περιχαιρεία *("alegria excessiva"), que já constava no original, e optei por manter. Canas é o local onde o cartaginês Aníbal derrotou os romanos em 216 a.C., cf. Tito Lívio, 22.7.* [G.G.F.]

———

O branco então significa alegria, satisfação e júbilo, e não o significa por acaso, mas por direito e a justo título. Isso vocês podem confirmar se, deixando para trás os preconceitos, quiserem ouvir o que agora vou expor.

Aristóteles disse que, supondo duas coisas contrárias na mesma espécie, tal como bem e mal, virtude e vício, frio e calor, branco e preto, volúpia e dor, alegria e luto, bem como outras que vocês igualmente podem comparar, um contrário de uma espécie condiz razoavelmente ao contrário de outra e, por conseguinte, o outro contrário corresponde ao que restou. Por exemplo: Virtude e Vício são contrários em uma espécie, bem como Bem e Mal. Se um dos contrários da primeira espécie condiz com um da segunda, tal como virtude e bem, já que sabemos que a virtude é boa, o mesmo farão os restantes, que são mal e vício, porque o vício é mau.

Entendida esta regra lógica, peguem os dois contrários, alegria e tristeza, depois outros dois, branco e preto. Porque são contrários fisicamente. Assim, se o preto significa luto, por direito o branco significará alegria.

E essa significância não foi por imposição humana instituída, mas sim recebida por consentimento de todo mundo, que os filósofos nomeiam por *ius gentium*, direito universal válido para todas as regiões.

Como vocês bem sabem, todos os povos, todas as nações (exceto os antigos siracusanos e alguns argivos, que tinham a alma às avessas), todas as línguas, quando querem exteriormente demonstrar tristeza, vestem roupa preta, e todo luto é feito de preto. Tal consentimento universal não se dá sem que a natureza apresente alguma razão e argumento, que qualquer um possa de cara compreender sem receber instrução alheia: a isso chamamos direito natural.

Quanto ao branco, pela mesma injunção da natureza todo mundo entendeu alegria, júbilo, satisfação, prazer e deleite.

No passado, os trácios e cretenses assinalavam os dias bem afortunados e alegres com pedras brancas, os tristes e desafortunados com pretas.

A noite não é funesta, triste e melancólica? Ela é negra e obscura por privação. A claridade não alegra toda a natureza? É a coisa mais branca que existe. Para provar o ponto, eu poderia indicar o livro de Lorenzo Valla contra Bártolo, porém o testemunho evangélico já está a contento. Em *Mateus* 17 se diz que, na transfiguração do nosso Senhor, *uestimenta eius facta sunt alba sicut lux*, suas vestes se tornaram brancas como a luz. Com essa brancura luminosa, dava aos três apóstolos uma ideia e imagem das alegrias eternas. Pois pela claridade são alegrados os humanos. Como vocês conhecem o caso da velha que não tinha dentes na boca e ainda assim dizia *Bona lux*. E *Tobias* 5, depois de perder a visão, quando Rafael o saudou, respondeu: "Que alegria ainda posso ter, sem a vista da luz do céu?" Sobre essa cor testemunharam os anjos da alegria de todo o universo à ressurreição do Salvador, *João* 20, e à sua ascensão, *Atos* 1. Com a mesma figura João Evangelista, *Apocalipse* 4 e 7, viu os fiéis vestidos na celeste e beata Jerusalém.

Leiam as histórias antigas, gregas e romanas, e vão ver que a cidade de Alba (primeiro modelo de Roma) foi assim construída e chamada devido à descoberta de uma porca branca.

Vão ver que, se alguém depois tiver tido uma vitória sobre os inimigos, se decretassem que entraria em Roma em triunfo, ali entrava sobre um carro puxado por corcéis brancos. O mesmo acontecia com quem entrasse sob ovação. Pois nenhum outro símbolo ou cor poderia exprimir com mais certeza a alegria de sua vinda, além da brancura.

Vão ver que Péricles, duque dos atenienses, decidiu que a parte do exército que por acaso recebesse favas brancas passaria o dia inteiro com alegria, satisfação e tranquilidade, enquanto a outra parte batalharia. Mil outros exemplos e lugares eu poderia apresentar, mas aqui não é o lugar.

Mediante tal conhecimento, vocês podem resolver um problema que Alexandre de Afrodísias considerou insolúvel. Por que o leão, que com seu mero berro e rugido espanta todos os animais, teme e reverencia apenas o galo branco? Isso se dá (assim disse Proclo, *Liber de sacrificio et magia* [Do sacrifício e da magia]) graças à presença do poder do Sol, o órgão e prontuário de toda luz terrestre e sideral, que está mais simbolizada e ativa no galo branco, tanto pela cor como por sua propriedade e ordem específicas, do que no leão. Diz mais: que em forma leonina muitas vezes foram vistos diabos que, diante de um galo branco, súbito desapareceram.

É por esse motivo que os *galli* (os franceses foram assim chamados porque naturalmente brancos que nem leite, que os gregos chamavam *gala*) le-

François Rabelais

vavam com gosto plumas brancas em seus barretes. Pois são por natureza alegres, cândidos, graciosos e queridos, e por símbolo e insígnia usam a flor mais branca, o lis.

Se vocês perguntarem como pela cor branca a natureza nos induz a depreender alegria e júbilo, respondo que é graças a analogia e conformidade. Pois assim como o branco exteriormente dispersa e espalha a vista, dissolvendo manifestamente os espíritos visuais (segundo a opinião de Aristóteles em seus *Problemas*) e perspectivos, como vocês podem ver por experiência própria, quando passam por montes cobertos de neve, de modo que lamentam não conseguirem ver direito, tal como escreve Xenofonte que aconteceu com os seus, e como expõe Galeno amplamente, livro 10 *De usu partium* [*Do uso das partes*]; do mesmo modo, o coração, graças a uma alegria excelente, por dentro se dispersa e sofre manifesta resolução dos espíritos vitais. Esta pode crescer tanto, que o coração quedaria espoliado de seu suporte e, por conseguinte, a vida seria extinta por essa periqueria, segundo Galeno, livro 10, *Methodus* [*Método*], livro 5, *De locis affectis* [*Das partes afetadas*] e livro 2, *De symptomaton causis* [*Das causas dos sintomas*]. E como aconteceu no passado testemunham Marco Túlio Cícero, livro 1, *Quaestiones tusculanae* [*Questões tusculanas*], Vérrio, Aristóteles, Tito Lívio, acerca da batalha de Canas, Plínio, livros 7 e 32, Aulo Gélio, livro 3, 15 e outros; isso se passou com Diágoras de Rodes, Quilão, Sófocles, Dionísio, tirano da Sicília, Filípides, Filêmon, Polícrita, Filístion, Marco Juvêncio e outros, que morreram de alegria. E como diz Avicena, no livro 2 do *Cânone* e *De uiribus cordis* [*Das forças cardíacas*], acerca do açafrão, que tanto alegra o coração que o despoja da vida, se consumido em dose excessiva, graças a resolução e dilatação supérfluas. Consultem Alexandre de Afrodísias, livro 1, *Problemata* [*Problemas*], cap. 19. Esteja dito. Mas avancei no assunto além do que tinha estabelecido do início: aqui, pois, retenho as minhas velas e remeto o resto ao livro em que consumarei tudo. Direi numa palavra que o azul significa com certeza o céu e as coisas celestes, pelo mesmo simbolismo com que o branco significa alegria e prazer.

Capítulo 11

A adolescência de Gargântua

O capítulo é todo escrito a partir de expressões populares e eruditas da época de Rabelais, que passam a ser tomadas ao pé da letra, para mostrar como o personagem principal cresce às avessas. É provável que, para o leitor erudito da época, todo o trecho evocasse os Adágios de Erasmo, um efeito que não é mais retomável; por isso, na tradução, busquei recriar a série de expressões francesas medievais e renascentistas por outras similares em português.

O termo "adolescência" aqui é empregado impropriamente, mesmo no original — já que indica a vida entre dezessete e trinta anos — criando um diálogo com a Adolescence clémentine *(Adolescência clementina) de Clément Marot.*

O governo das borboletas, atribuído a Grangorja, provém do pai de Gargamela, como vimos no cap. 3. O Magnificat *era cantado nas vésperas, nunca nas matinas. Mirebalais, região de Poitou, na época era de fato famosa por seus moinhos de vento; em Rabelais, o cata-vento (*virollet*) designa com frequência o pênis.*

Há um texto originalmente em gascão — Et sabetz quey hillotz, que mau de pipe vous byre *—, que recriei.* [G.G.F.]

Gargântua dos três aos cinco anos foi nutrido e educado em toda disciplina adequada por ordens de seu pai e passou aquele tempo como qualquer criança do país, ou seja: bebendo, comendo e dormindo; comendo, dormindo e bebendo; dormindo, bebendo e comendo.

Todo dia chafurdava na lama, lambrecava o nariz, emplastrava a cara. Acalcanhava os sapatos, comia sempre mosca e corria com gosto atrás de borboletas, que seu pai governava. Ele mijava sobre os sapatos, ele cagava na camisa, ele se assoava nas mangas, ele melecava dentro da sopa. E vadeava por toda parte e bebia na pantufa e com frequência esfregava a barriga num cesto. Seus dentes afiava com um casco, suas mãos lavava com caldo, se penteava com uma taça. Se sentava entre duas selas com o cu na terra. Fazia o João sem braço. Bebia ao tomar sopa. Comia manteiga sem pão. Mordia rindo. Ria mordendo. Sempre cuspia no prato, peidava de gordo,

mijava contra o Sol. Se escondia na água para fugir da chuva. Malhava ferro frio. Sonhava acordado. Pagava de santo. Chamava o Raul. Rezava um pai-nosso de macaco. Voltava à vaca fria. Dava bom dia a cavalo. Posava para inglês ver. Botava o carro na frente dos bois. Metia o nariz onde não era chamado. Jogava verde para colher maduro. Abraçava o mundo com as pernas. Comia o pão de hoje sem amanhã. Chovia no molhado. Se fazia cócegas só para rir. Era bom de garfo. Oferecia feixes de palha aos deuses. Mandava cantar o *Magnificat* nas matinas e achava bem conveniente. Comia couve e cagava alho-poró. Reconhecia moscas no leite. Arrancava as patas das moscas. Raspava papel. Rabiscava pergaminho. Dava no pé. Virava o gargalo. Fazia as contas do inimigo. Batia arbusto no mato e voltava sem prato. Pensava que nuvens eram caçarolas e que bexigas eram fanais. Matava dois coelhos numa cajadada só. Se fazia de burro para comer farelo. Dava murro em ponta de faca. Apanhava mosca com vinagre. Queria que fizessem malha por malha uma cota de malha. De cavalo dado olhava sempre os dentes. Mudava de pau para cavaco. Botava em meio às verdes uma madura.

Enchia de terra o fosso. Protegia a Lua contra lobos. Se as nuvens caíssem, queria pegar passarinhos. Das necessidades fazia virtude. De um pão fazia sopa. Dava o mesmo valor para raspados ou carecas. Toda manhã chamava o Raul. Os cachorrinhos de seu pai comiam na sua tigela. Ele mesmo comia ali juntinho: mordia a orelha deles. Eles arranhavam seu nariz. Assoprava no cu deles. Eles lambiam seus beiços.

Tu quer saber cum'é? Qu'o mal do toné te tropique: aquele descaradinho sempre bolinava as governantas em cima, em baixo, em frente, atrás, upa, upa, jumentinho: já começava a exercitar a jeba. Essa que as governantas a cada dia enfeitavam com lindos buquês, lindas fitas, lindas flores, lindas coroas e passavam o tempo a fazê-la crescer nas mãos, que nem uma bisnaga de creme. Depois soltavam gargalhadas quando ela levantava as orelhas, como se gostassem da brincadeira.

Uma a chamava de "minha rolhinha", outra de "meu alfinete", outra de "meu galho de coral", outra de "meu batoque, minha rolha, minha camba, meu boticão, minha broca, meu pingente, meu rude deleite duro e de leite, minha estaca, minha vininha vermelha, meu colhão em botão.

— É só minha, dizia uma. É minha, dizia outra.

— E eu (dizia outra) fico sem nada? Juro por Deus que vou cortar.

— Ah, cortar (dizia outra), isso faria mal para ele, senhora; se cortarem a coisa das crianças, ele viraria um Senhor Sempica."

E, para se divertir como qualquer criança do país, fizeram para ele um lindo cata-vento com as asas de um moinho de Mirebalais.

Capítulo 12

Os cavalos-de-pau de Gargântua

Aqui vemos um traço importante de Gargântua, quando este fala pela primei-ra vez no livro, que é o gosto por trocadilhos e jogos verbais em geral. Para além dis-so, houve quem visse no "cavalgar" também uma metáfora sexual; como comenta Hormaechea, os passos de cavalo seriam posições sexuais e os tipos de pelo seriam pubianos.

Para entender melhor a arquitetura da casa, com seu estábulo nos pisos supe-riores, basta lembrar que, na região de Chinon mesmo, quando as construções eram feitas em terrenos com penhascos, havia uma entrada por cima e outra por baixo.

Em La Baumette havia um convento de cordeleiros onde talvez Rabelais teria sido noviço. O domínio de Cahuzac era de Louis d'Estissac, sobrinho de Geoffroy d'Estissac, o patrono de Rabelais.

Por feno nos cornos é um expressão tirada de Horácio, Sátiras, 1.4.34, porque se colocava feno nos chifres dos touros perigosos, para evitar o estrago que pudes-sem fazer. Montar um ganso ou cavalgar porca arreada é exemplo de problema in-solúvel dado por João de Salisbury em seu Metalogicon, 1.3. [G.G.F.]

―――

Depois, para que ao longo da vida fosse um bom cavaleiro, fizeram um lindo cavalão de pau, que ele fazia rodar, pular, virar, escoicear e dançar, tu-do ao mesmo tempo, andar no passo, no trote, no entrepasso, no galope, no amble, no passage, no torto, no camelo e no burro. Ele o fazia mudar de pe-lo, que nem os monges trocam de dalmática segundo cada festa: baio, ala-zão, ruço, pelo de rato, veado, ruão, vaca, listrado, malhado, pedrês, branco.

Ele próprio com uma zorra fez um cavalo para caça; com um fuste de moenda, outro para todos os dias; e com um grande carvalho, uma mula com arreio para o quarto. E ainda tinha mais dez ou doze de reserva, e sete para a posta. E todos tinham de dormir juntinho dele.

Um dia o senhor de Panduro visitou seu pai com grande séquito e apa-rato, e no mesmo dia vieram vê-lo o duque de Filaboia e o conde de Molha-vento. Juro que o lugar ficou um tanto apertado para tanta gente, principal-

mente os estábulos; então o mordomo e o furriel do tal senhor de Pão-no-
-Saco, para saber se havia por ali algum estábulo vago, dirigiram-se a Gargântua, ainda piazinho, perguntando em segredo onde estavam os estábulos
dos cavalos grandes, pensando que as crianças contam tudo sem hesitar.

Então ele os levou pela grande escadaria do castelo, passando pelo segundo salão numa grande galeria, por onde entraram numa imensa torre; e
ao subirem outra escadaria, disse o furriel ao mordomo: "Esse moleque está
de sacanagem, porque os estábulos nunca ficam no alto da casa.

— O senhor (disse o mordomo) está enganado. Pois eu conheço lugares
em Lyon, em La Baumette, em Chinon e alhures, onde os estábulos ficam no
lugar mais elevado, então pode ser que por trás haja saída para uma colina.
Mas melhor é perguntar para ele." Então perguntou a Gargântua: "Meu fo-
finho, aonde é que está nos levando?

— Ao estábulo (disse ele) dos meus cavalos grandes. É logo ali, só falta
subir a escada."

Depois de passarem por outro grande salão, levou-os ao seu quarto e,
abrindo a porta: "Aqui está (disse ele) o estábulo que vocês procuravam,
aqui o meu ginete, ali o meu capão, meu corcel, meu manco." E dando-lhes
uma trave bem pesada: "Aceitem (disse ele) este frisão, que veio de Frankfurt. Mas será dos senhores, é um ótimo cavalinho e bem parrudo; com um
açor miúdo, meia dúzia de alões e dois lebréus, serão os reis das perdizes e
lebres durante este inverno.

— Meu São João (disseram os dois), estamos bem arranjados, dança-mos.

— Isso não, disse ele. O baile foi tresantontem."

Adivinhem qual era a melhor saída: se esconder de paúra ou rir da piada?

Descendo assim confusos, ele perguntou:

"Querem um cusserrado?"

— O que é isso? disseram eles.

— São (respondeu ele) cinco varas para meter na cara.

— Hoje (disse o mordomo), se já estamos fritos, não vamos mais nos queimar, porque fomos bem lardeados, ao que parece. Meu pequenino, você já pôs feno nos nossos cornos: um dia ainda vai ser papa.

— Entendi (disse ele). Mas então você vai ser um papa-vento, e aquele gentil papagaio vai ser o melhor papa-novenas.

— Claro, claro, disse o furriel.

— Mas (disse Gargântua) adivinhem quantos pontos de agulha tem a camisa da minha mãe?

— Dezesseis, disse o furriel.

— O senhor (disse Gargântua) não segue a verdade do Evangelho. Porque assenta um tanto à frente e assenta um tanto atrás, errou para mais de cento.

— Quando? (disse o furriel).

— Quando (disse Gargântua) fizeram do seu nariz uma torneira para extrair um barril de merda e da sua garganta um funil para enfiar no outro tonel, porque o seu fundo ficou todo borrado.

— Deus do céu (disse o mordomo), encontramos um falastrão. Meu senhor tagarela, que Deus o guarde do mal, porque a sua boca está esperta."

E enquanto desciam na pressa sob o arco da escadaria, deixaram cair o imenso bastão que ele tinha lhes dado, então disse Gargântua: "Que diacho, os senhores são péssimos cavaleiros; na hora que o bicho pega, falta um pônei para vocês. Se precisarem ir daqui até Cahuzac, preferem montar um ganso ou cavalgar uma porca arreada?

— Eu preferia beber", disse o furriel.

E dizendo isso entraram no salão de baixo, onde estava toda a brigada, e ao contarem essa novela os fizeram rir que nem um bando de moscas.

Capítulo 13

Como Grangorja descobriu
o espírito maravilhoso de Gargântua
com a invenção do limpacu

*Como lembra Screech, antes do uso disseminado de papel higiênico, muitas fo-
lhas de plantas eram usadas para a limpeza anal. O mesmo Screech entende que, no
capítulo passado e neste, veríamos os efeitos de uma educação tradicional e "larga-
da" ao próprio espírito da criança, que nos prepararia para a formação humanista
e evangélica mais adiante. É com isso em mente que aparece a piada sobre o doutorado em "gaia ciência", que indicava, em geral, uma formação em poesia por dou-
toramento em Toulouse (na primeira edição, Rabelais tinha escrito "doutor pela Sorbonne"). Também está aí a justificativa da menção a João da Escócia (apelido para
Duns Escoto), como figura simbólica da educação gótica medieval combatida pelos
humanistas. François Rigolot argumentou que a solução higiênica de Gargântua seria uma piada com a pintura* Leda e o cisne, *de Michelangelo, obra comprada por
Francisco I em 1531, hoje perdida, que teve muito sucesso na França e recebeu várias cópias nos anos subsequentes. Essa última leitura pode ter mais força se considerarmos que a mulher e o cisne eram símbolo de caridade para os neoplatônicos,
confirmando o emblema de Gargântua em chave cômica.*

*No início, a referência às Canárias ou a Canarra, seja como for, parece inven-
tada. Tu autem, Domine, miserere nobis ("Mas tende piedade de nós, Senhor") era
pronunciado ao fim da liturgia, por isso indica um conhecimento até o fim. O fogo
de Santo Antão (ou Santo Antônio) pode aludir à gangrena; seja como for, essa im-
precação era comum no séc. XVI. Os gatos nascidos em março eram considerados
mais fortes que a média. O vinho bretão aqui mencionado é uma cepa chamada* breton, *que produz vinhos tintos e é cultivada na região de Touraine; Véron fica entre
os rios Loire e Vienne, na região natal de Rabelais; sua produção era da posse de um
Sr. Breton.* [G.G.F.]

Ao fim do quinto ano, Grangorja, quando voltava da derrota dos ca-
narinos, visitou o filho Gargântua. Lá se alegrou, como qualquer pai diante
de um tal rebento. Entre beijos e abraços o interrogava com assuntinhos pueris dos mais variados. E bebeu um bocado com ele e com suas governantas,
às quais, cheio de cuidados, perguntava, entre outras coisas, se o tinham
mantido branco e limpo. Nisso respondeu Gargântua que tinha criado um

modelo tão bom, que não havia no país um rapaz mais limpo que ele. "Como assim? disse Grangorja.

— Eu (respondeu Gargântua), depois de longa e meticulosa experiência, inventei um meio de limpar o cu: é o modo mais senhoril, o mais excelente, o mais eficiente que jamais se viu.

— Qual? disse Grangorja.

— Eu vou contar (disse Gargântua) agora. Eu estava me limpando um dia com a máscara de veludo de uma moça e achei muito bom, pois a maciez daquela seda me dava no rego uma volúpia imensa.

Outra vez, foi um com um chapéu da tal moça, e senti o mesmo.

Outra vez, foi um xale; outra vez, as orelheiras de seda carmim; mas a douradura de esferas de merda ali me esfolou o rabo inteiro: que o fogo de Santo Antão queime as pregas do toba que fez isso e da moça que o usava.

Esse mal passou quando me limpei com o barrete de um pajem, todo emplumado, da Suíça.

Depois, cagando atrás de uma moita, encontrei uma marta e me limpei com ela, mas seus grifos me ralaram todo o períneo.

Disso eu me curei no dia seguinte, me limpando com as luvas da mamãe, bem perfumadas de xibiu.

Depois me limpei com sálvia, com funcho, com endro, com manjerona, com rosas, com folhas de abóbora, com repolho, com acelga, com parreira, com malva, com verbasco (que escarlateia o cu), com alface e com folhas de espinafre. Tudo isso foi muito bom para as pernas. Com mercurial, com persicária, com urtigas, com consolda, mas me bateu um caga-sangue dos lombardos, e só me curei depois de me limpar com a piroca.

Depois me limpei com lençóis, com uma coberta, com cortinas, com uma almofada, com um tapete, com um verde, com um pano de prato, com um guardanapo, com um lenço, com um penhoar. E nisso tudo eu tinha mais prazer do que os sarnentos com um coçador.

— Certo, mas (disse Grangorja) qual limpacu você achou melhor?

— Já chego (disse Gargântua), e ficará sabendo até o *tu autem*. Eu me limpei com feno, com palha, com estopa, com bucha, com lã, com papel. Porém

> Jamais tem um bago supimpa
> Quem com papel cu sujo limpa.

> *Tousjours lasse aux coillons esmorche*
> *Qui son hord cul de papier torche.*

François Rabelais

— O quê?, disse Grangorja, meu colhãozinho, você andou bebendo? Já danou a rimar?

— Mas é claro (respondeu Gargântua), meu rei, eu rimo isso e muito mais: e no rimar eu já me arrimo. Escute o que diz a privada ao cagador:

Cagão,
Bostão,
Peidão,
Assim
Seu pão
Fujão
Tem mão
Em mim.
Chinfrim,
Merdim,
Por fim
Lhe arda o fogo de Santo Antão,
Se abrin-
do o lin-
do fuim,
Se esquecer de limpar o vão.

Chiart
Foirart
Petart
Brenous
Ton lard
Chappart
S'espart
Sus nous.
Hordous
Merdous
Esgous
Le feu de sainct Antoine te ard:
Sy tous
Tes trous
Esclous
Tu ne torche avant ton depart.

Quer mais?

— Mas com certeza, respondeu Grangorja.

Então disse Gargântua:

RONDÓ

Ontem cagando pressenti
A paga que devo ao meu cu:
Foi um cheiro inédito e cru,
Que até morboso me senti.

Quem me dera alguém consentir
De aqui trazer o mon amour,
    Ao cagar.
Eu encheria, sem mentir,

Seu rés de mijo com angu.
E ela irá com dedo frufru
Meu rés de merda garantir,
    Ao cagar.

RONDEAU

En chiant l'aultre hyer senty
La guabelle que à mon cul doibs,
L'odeur feut aultre que cuydois:
J'en feu du tout empuanty.

O si quelc'un eust consenty
M'amener une que attendoys.
    En chiant.
Car je luy eusse assimenty

Son trou d'urine, à mon lourdoys.
Ce pendant eust avec ses doigtz
Mon trou de merde guarenty.
    En chiant.

Agora diga se eu não manjo desse assunto! Eu juro por Merdeus que não fui eu quem os compôs. Mas ao ouvir a grande dama recitá-los, guardei no bornal da memória.

— Voltemos (disse Grangorja) ao fio da meada.

— Qual? (disse Gargântua). Cagar?

— Não, disse Grangorja. Limpar o cu.

— Ah sim (disse Gargântua), e o senhor topa pagar um tonel de vinho bretão, se eu o deixar embasbacado?

— Mas com certeza, disse Grangorja.

— Não há, disse Gargântua, nenhuma necessidade de limpar o cu, se não tiver sujeira. Sujeira ele não tem, se não cagou: então mister é cagar antes de o cu limpar.

— Ah (disse Grangorja), que pensamento agudo você tem, meu pequerrucho! Nesses primeiros dias eu vou fazer com que seja doutorado na gaia ciência, juro por Deus, porque você tem mais razão do que idade.

Continue essa tópica limpaculativa, por favor. E por minha barba eu juro que, em vez de um tonel, você terá sessenta pipas. Eu entendo desse bom vinho bretão, que não dá na Bretanha, mas sim no bom país de Véron.

— Eu me limpei depois (disse Gargântua) com uma carapuça, com um travesseiro, com uma pantufa, com um bornal, com um cesto. Mas que maldito limpacu! Depois com um chapéu. E repare que, no caso dos chapéus, uns são lisos, outros peludos, outros aveludados, outros entafetados, outros acetinados.

O melhor de todos é o peludo. Pois faz excelente absorção da matéria fecal.

Depois me limpei com uma galinha, com um galo, com um frango, com a pele de um veado, com uma lebre, com um pombo, com um cormorão, com uma pasta de advogado, com um capuz, com uma touca, com um pássaro empalhado.

Para concluir, digo e insisto que não existe limpacu melhor que um ganso de boa penugem, desde que a gente segure a cabeça dele no meio das pernas. Dou minha palavra de honra. Porque dá para sentir no olho-do-cu uma mirífica volúpia, tanto pela doçura de tal penugem, quanto pelo calorzinho temperado do ganso, que é facilmente comunicado ao centro do toba e aos intestinos, até chegar à região do coração e do cérebro. E não vá pensar que a beatitude dos heróis e semideuses que vivem nos Campos Elíseos esteja no asfódelo, ou na ambrosia, ou no néctar, como dizem os velhos daqui. Ela está (segundo penso) no fato de limparem o cu com um ganso. E essa é a mesma opinião de João da Escócia.

Capítulo 14

Como Gargântua teve instituição latinória
por um sofista

Rabelais usa aqui o termo de origem latina para a instrução, institutio, *que remete a famosa* Institutio oratoria *de Quintiliano, comumente traduzida ao português como* Instituição oratória; *optei por manter a relação lexical criando a "instituição latinória" para o aprendizado do latim, num viés humanista e cômico, como quase tudo em Rabelais. Na primeira edição, Tubal era um teólogo; mas todas as ocorrências que apontavam para teologia foram posteriormente alteradas para sofística, por causa da censura da Sorbonne. Seja como for, a descrição dos professores, dos livros e da reação de Gargântua mostram um claro ataque humanista contra a educação escolástica, que aparece até na escrita, já que o abandono dos caracteres góticos para usar os italianos foi uma das marcas formais do humanismo renascentista. Como observa Screech, a narrativa tomada de Plutarco,* Vida de Alexandre, *rebaixa os cavalos-de-pau de Gargântua e nos prepara à nova formação pelo riso.*

O primeiro preceptor tem um nome sugestivo: Tubal, em hebraico, é o nome de um descendente de Caim e indica "mundano", "confuso", "obscuro"; e Holofernes foi um grande general assírio que dominava os hebreus no séc. I e que teria sido morto por Judite no Livro de Judite. *A julgar por esta data de morte do preceptor, gerada pela rima e pela série absurda de 54 meses de leituras, poderíamos inferir que Gargântua (como tinha cinco anos no início dos estudos) teria nascido em 1361. As leituras que ele sugere marcam seu pendor medieval:*

Élio Donato foi gramático romano do séc. IV, autor da célebre Ars grammatica *(Arte gramática), muito usada nas escolas do tempo de Rabelais. O* Facetus *(Faceto) era um tratado de modos para crianças.* Teodoletus *(Teodoleto) era um tratado contra as mentiras da mitologia pagã, atribuído a Teodolo (séc. V). Alano (séc. XII) escreveu* De parabolis *(Das parábolas) em versos rimados e foi duramente criticado por Geoffroy Tory.* De modis significandi *(Dos modos de significar) é tratado de gramática especulativa atribuído a São Tomás de Aquino ou Duns Escoto, foi atacado por Erasmo como exemplo de análise puramente formal e inútil. Spancavento, Faquino, Xepa, Vitelo, Escório e Bucétio são ficções transparentes que recriei; Galehaut, no entanto, aparece como antepassado de Pantagruel e inventor de frascos em* Pantagruel *cap. 4. O Cômputo eram regras para calcular as festas cristãs sem dia fixo.*

Depois dele vem Jobelin Bridé, que, por ser transparente, traduzi como Jacul Bridado. Suas leituras seguem a mesma linha de Tubal:

Hugucião de Pisa, bispo de Ferrara no séc. XIII, autor do Liber deriuationum *(Livro das derivações), condenado por Erasmo. Eberardo de Betúnia (séc. XII) escreveu* Grecismus *(Grecismo), com etimologias de palavras latinas vindas do grego.* Doctrinale puerorum *(Doutrinário dos meninos) é um tratado gramatical de Alexandre de Villedieu (séc. XIII). As* Partes *podem ser referência ao anônimo* De octo partibus orationis *(Das oito partes da oração) ou ao comentário de Remígio de Auxerre (séc. IX) sobre a* Ars parua *(Arte menor) de Donato. O* Quid est *(O que é) e o* Supplementum *(Suplemento) não são claramente identificáveis.* Mamotrectus *ou* Mammetreptus *era um comentário da Bíblia escrito por Marchesino de Reggio (séc. XIV); Rabelais faz um trocadilho com* marmot, *que pude recriar em português com "marmota". O* Libellus de moribus in mensa seruandis *(Libelo de como manter os modos à mesa) foi escrito por Sulpizio da Veroli (séc. XV). Sêneca foi pseudônimo de Martin de Braga (séc. VI), autor de* De quattuor uirtutibus cardinalibus *(Das quatro virtudes cardinais). Jacopo Passavanti (séc. XIV) foi um monge florentino e autor de* Specchio della vera penitenza *(Espelho da verdadeira penitência), aqui citado* cum commento *("com comentário"). O* Dormi secure *(Durma tranquilo) era uma antologia de sermões que foi várias vezes reeditada para auxílio de pregadores.*

Saint-Martin-d'Ainay é uma igreja de Lyon. [G.G.F.]

———

Depois que o bom Grangorja escutou tais argumentos, foi tomado de admiração, considerando a alta perspicácia e a maravilhosa inteligência de seu filho Gargântua.

E disse às governantas: "Felipe da Macedônia percebeu a perspicácia de seu filho Alexandre, quando adestrava habilmente um cavalo. Porque o tal cavalo era tão terrível e desembestado, que ninguém ousava montar nele. Por isso ele mandava todos os cavaleiros darem o pulo: um quebrou o pescoço, outro as pernas, outro a cachola, outro as mandíbulas. Alexandre, ao ver isso no hipódromo (que era o lugar onde se andava e trotava a cavalo), percebeu que a fúria do cavalo vinha apenas do medo que tinha da própria sombra. Então, montando nele o fez correr contra o Sol, para que a sombra caísse por trás, assim docilizou o cavalo como bem queria. Com isso, seu pai percebeu a divina inteligência dentro dele e o mandou ser doutrinado por Aristóteles, na época o mais estimado de todos os filósofos da Grécia.

Mas digo que, nesta única conversa que acabei de ter, na presença de vocês, com meu filho Gargântua, percebi que sua inteligência partilha de alguma divindade, de tão agudo, sutil, profundo e sereno que ele me parece.

E chegará ao sumo grau da sapiência, se for bem instituído. Portanto quero levá-lo a um homem sábio que o doutrine segundo sua capacidade. E não pretendo poupar nem um centavo.

De fato lhe indicaram um grande doutor sofista chamado Mestre Tubal Holofernes, que lhe ensinou tão bem a cartilha, que ele a dizia de cor, de trás para frente, e assim foi por cinco anos e três meses; depois leu-lhe Donato, Faceto, Teodoleto e Alano, *In parabolis*, e assim foi por treze anos, seis meses e duas semanas.

Mas reparem que, nesse meio-tempo, ele aprendia a escrever em gótico e escrevia todos os seus livros. Pois a arte da imprensa ainda não estava em uso.

E levava sempre uma grande escrivaninha que pesava mais de sete mil quintais, seu penal era tão grande e grosso quanto os grandes pilares de Saint-Martin-d'Ainay, e o caniço ficava preso nele por grossas correntes de ferro, com a capacidade de uma tonelada de mercadorias.

Depois leu-lhe *De modis significandi* com os comentários de Spancavento, de Faquino, de Xepa, de Galehaut, de João Vitelo, de Escório, de Bucétio e um bando de outros, e assim passou mais de dezoito anos e onze meses. E sabia tão bem que nos exames citava de cor de trás para frente. E demonstrava com os dedos à mãe que *De modis significandi non era scientia* [*Dos modos de significar* não era uma ciência].

Depois leu-lhe o *Cômputo*, e assim passou bem uns dezesseis anos e dois meses, até que o tal preceptor morreu, no ano de mil quatrocentos e vinte, por causa da bexiga em seu acinte.

Depois veio outro velho caquético chamado Mestre Jacul Bridado, que lhe leu Hugucião, Eberardo, *Grecismus*, o *Doctrinale*, o *Partes*, o *Quid est*, o *Supplementum*, o *Marmoteto*, o *De moribus in mensa servandis*, Sêneca, *De quattuor uirtutibus cardinalibus*, Passavanti, *cum commento*. E *Dormi secure* para as festas. E algumas outras farinhas do mesmo saco, com cuja leitura ele ficou tão sábio que até hoje não se assou um pão desses.

Capítulo 15

Como Gargântua passou
por outros pedagogos

Aqui a crítica iniciada no capítulo anterior se aprofunda com o contraste dos modelos pedagógicos. Neste momento também somos apresentados a dois companheiros de Gargântua no resto do livro: Eudemão, derivado do grego εὐδαίμων, significa "afortunado", "alegre", "feliz", "de bom nume" (Gabriel Hormaechea sugere "bem dotado"); Ponócrates é formado a partir de duas palavras gregas: πόνος ("trabalho", "labor") e κράτος ("força"), ou seja "forte até o cansaço" ou "forte pelo trabalho".

O jovem Eudemão de doze anos, que mostra a nova educação humanista, tem a mesma idade de Jesus quando debateu no templo, 1 Lucas 2:42. Sua fala, contraposta ao modelo gótico e medieval, evoca três grandes oradores romanos como exemplos clássicos: Tibério Graco (séc. II a.C.), tribuno da plebe e importante figura da reforma agrária romana com seu irmão Caio Graco; Marco Túlio Cícero (séc. I a.C.), o maior orador romano; e o cônsul Paulo Emílio (séc. II a.C.), importante político, louvado por Cícero no seu Bruto. Em contraposição, Gargântua parece um mateólogo, termo grego derivado de μάταιος ("inútil") e λόγος ("discurso"), que aparece no Novo Testamento (1 Timóteo 1:6-7) para indicar eruditos de falas vazias, e que foi reapropriado por Erasmo, com semelhança entre os sons de "teólogo" e "mateólogo", para uma crítica contemporânea.

Felipe Dubrejo verte o nome transparente Des Marais, que também já foi lido como possível anagrama sonoro de Erasmo; optei por traduzir o sentido, pois também é possível entender que Dubrejo evoca Felipe Melâncton (1497-1560), humanista alemão que os irmãos Du Bellay tentaram levar a Paris em 1535: seu nome de nascimento, Schwartzerdt, foi traduzido ao grego como Melanchton, e é entendido como "terra negra". Papeligosse é um lugar inventado, que ecoa a fantasiosa Papegoce presente em mistérios medievais, ao mesmo tempo em que pode fundir Pampelune e Saragosse; seja como for, o termo ainda é usado em languedoc como Pampaligosso, para designar um reino encantado, próximo à ideia de Cocanha. Villegongis é região vizinha a Saint-Genou, em Châteauroux. [G.G.F.]

A essa altura, seu pai percebeu que realmente ele estudava muito bem e nisso aplicava todo seu tempo, embora de nada servisse. E o que é pior, estava ficando idiota, panaca, delirante e mocorongo.

Disso queixando-se ao dom Felipe Dubrejo, vice-rei da Papeligosse, compreendeu que valia mais a pena nada aprender do que aprender com tais livros e tais preceptores. Porque o saber deles era pura bobajada e a sapiência deles era uma falcatrua que abastardavam os bons e nobres espíritos e corrompiam toda a flor da juventude. "Para ver que é assim mesmo, pegue (disse ele) qualquer desses jovens de hoje, que estudou apenas dois anos; se ele se não tive melhor discernimento, melhores palavras, melhores ideias que o seu filho, e melhor conversa e fineza no mundo, pode me considerar para sempre como um zé-ruela de la Brenne." Muito gostou de ouvir isso Grangorja e ordenou que assim fosse feito.

Naquela noite, o tal Dubrejo introduziu um dos seus pajens de Villegongis chamado Eudemão, tão bem penteado, tão bem vestido, tão bem escovado e tão fino em sua aparência, que mais parecia um angelote que um homem. Depois disse a Grangorja: "Está vendo aquele menino? Ainda não tem doze anos, vejamos se o senhor percebe a diferença entre o saber dos seus delirantes mateólogos d'antanho e os jovens de agora." A proposta muito agradou a Grangorja, que ordenou que o pajem conversasse.

Então Eudemão, pedindo licença para assim proceder com o vice-rei, seu mestre, com o barrete em punho, o rosto aberto, a boca vermelha, o olhar decidido e os olhos pousados sobre Gargântua, com modéstia juvenil ficou de pé e começou a louvá-lo e incensá-lo, primeiro por sua virtude e bons modos, segundo por seu saber, terceiro por sua nobreza, quarto por sua beleza corporal. Em quinto lugar docemente o exortava a reverenciar seu pai com todo zelo, pois que tanto se aplicava para lhe dar boa instrução; por fim, pediu que o considerasse o menor dos servidores. Nenhum outro dom pelo momento ele pediria dos céus, apenas que lhe concedessem a graça de poder aprazê-lo em algum serviço agradável.

Tudo foi proferido com gestos tão adequados, pronúncia tão distinta, voz tão eloquente e linguagem tão adornada em bom latim, que mais parecia um Graco, um Cícero, ou um Emílio do passado, do que um rapazote daquele século.

Mas toda a presença de Gargântua foi que passou a chorar que nem uma vaca e escondia a cara no barrete, e não foi possível tirar dele uma palavra a mais que do peido de um asno morto.

Com isso, o pai ficou tão aperreado, que quis matar Mestre Jacul. Mas o tal Dubrejo o impediu com uma bela admoestação, de jeito que sua ira se

aplacou. Depois mandou que pagassem seu salário e que fosse lá meter sofisticamente o pé na jaca e, feito isso, ir para os quintos dos infernos. "Pelo menos (dizia ele) a partir de hoje não vai custar mais nada ao bodegueiro se ele morrer assim que nem um inglês."

Mestre Jacul partiu da casa, consultou Grangorja com o vice-rei qual preceptor poderiam lhe oferecer e foi aconselhado, entre outros, que para tal ofício seria aconselhável Ponócrates, pedagogo de Eudemão, e que todos iriam juntos a Paris para conhecerem como era o estudo dos muchachos franceses daquele tempo.

Capítulo 16

Como Gargântua foi enviado a Paris,
e a enorme égua que o levou,
e como ela derrotou as mutucas de Beauce

Capítulo baseado em um episódio das Grandes crônicas, porém finalizado com um trocadilho etimológico de típico gosto rabelaisiano: no original, Gargântua diz Je trouve BEAU CE, parodiando a etiologia de Beauce, por isso recriei sonoramente como "acaBOU-SE", como se o movimento do rabo fosse uma lambada. Assim se justifica a planície com plantações de cereais, no sudoeste de Paris, que não tinha de fato árvores. Logo adiante, há ainda uma piada com a proverbial pobreza da região de Beauce.

O episódio é ampliado com várias referências eruditas e cômicas. Fayolles é provável referência a François Fayolles, parente de Estissac (patrono de Rabelais) que participou da guerra contra os turcos no litoral africano. A frase que encerra o primeiro parágrafo é tradução de Plínio, Sempre Africa noui aliquid apportat, *citada por Erasmo em Adágios, 3.7.10. Languegoth faz jogo etimológico, já que Rabelais grafa Languegoth em vez de Languedoc por ser ali uma região de godos; a raça de cabras mencionada é verídica; a informação sobre o cavalo de César é tirada de Plínio,* História natural, *8.42, ao descrever a estátua equestre de César no templo de Vênus Genetriz. Mais adiante, os carneiros da Cítia são tirados de Plínio,* História natural, *8.198. Jehan Thenaud foi autor do livro* Voyage et itinéraire de oultre mer *(Viagem e itinerário do além-mar), publicado em 1520; as referências dadas por Rabelais de fato aparecem no livro. A frase "Se não fossem os senhores bichos, a gente viveria que nem clérigos" inverte os clérigos e bichos da famosa frase de Froissart.*

O pilar de Cinq-Mars era monumento antigo em Touraine, com duas torres de trinta metros de altura. Babin era família de sapateiros de Chinon. [G.G.F.]

Nessa mesma época, Fayolles, quarto rei da Numídia, enviou do país da África para Grangorja uma égua, a mais enorme e a maior que já se viu e a mais monstruosa. Como vocês bem sabem, a África sempre aporta alguma coisa nova.

Pois era ela grande que nem seis elefantes e tinha os pés fendidos em dedos, que nem o cavalo de Júlio César, as orelhas bem caídas, que nem as cabras de Languegoth, e um chifrinho no rego. No mais, tinha pelagem de alazão queimado, entremeada por salpicados cinzas. Mas, mais que tudo, tinha um rabo espantoso. Pois ele era mais ou menos tão grosso quanto o pilar de Cinq-Mars em Langeais; só que quadrado, com crinas nem mais nem menos entrançadas do que espigas de trigo.

Se vocês pasmaram com isso, pasmem ainda mais com o rabo dos carneiros da Cítia, que pesava mais de trinta libras, e das ovelhas da Síria, que precisavam (se Thenaud diz a verdade) trazer uma charrete no cu para dar conta de carregá-lo, de tão longo e pesado que era. Vocês nunca viram um desses, seus putos caipiras! E foi levada pelo mar em três carracas e um bergantim até o porto de Olonne, em Talmont. Ao vê-la, Grangorja disse: "Vejam, é perfeita para levar meu filho até Paris. Assim, em nome de Deus, tudo vai correr bem. Ele vai ser um grande clérigo no futuro. Se não fossem os senhores bichos, a gente viveria que nem clérigos."

No dia seguinte, depois de beber (vocês sabem) botaram o pé na estrada, Gargântua, o preceptor Ponócrates e seus auxiliares, junto deles estava Eudemão, o jovem pajem. Como estava um clima ameno e bonito, seu pai mandou fazer para ele umas botinas amarelas. Babin as chama de borzeguins.

Assim alegremente percorreram a longa estrada, sempre na farra, até para riba de Orléans.

Nesse lugar havia uma ampla floresta com comprimento de trinta e cinco léguas e largura de dezessete, ou coisa do tipo. Era espantosamente fértil e farta de mutucas e varejeiras, de jeito que eram verdadeiros bandoleiros para as pobres éguas, burros e cavalos. Mas a égua de Gargântua vingou valente todos os ultrajes perpetrados contra os bichos da sua espécie com uma virada mais inesperada.

Pois assim que entraram na tal floresta e as tais varejeiras os tomaram de assalto, ela desembainhou o rabo e escaramuçando com tudo as mosqueou de um jeito, que abateu todo o bosque, a torto e a direito, aqui e ali, lá e acolá, de frente e de banda, de cima a baixo, abatia o bosque que nem um ceifeiro apara o mato. Depois disso, já não tinha mais nem bosque nem varejeira; mas foi todo o país reduzido a uma campina.

Quando Gargântua viu isso, foi tomado de um prazer enorme, mas sem contar vantagem. E disse aos seus: "Gostei, aca*bou-se*." E assim o país foi chamado Beauce. Mas só tiveram bocejos para o café da manhã. Em memória desse acontecimento, até hoje os cavalheiros de Beauce tomam bocejos no café e passam muito bem e cospem ainda melhor.

Por fim, chegaram a Paris. Nesse lugar repousou por dois ou três dias, fazendo farra com seus auxiliares e tratando de saber quem eram os sabidos da cidade e qual vinho se bebia.

Capítulo 17

Como Gargântua pagou
as boas-vindas aos parisienses
e como pegou os imensos sinos
da igreja de Notre-Dame

*No tempo de François Rabelais, havia inúmeras etimologias sérias e cômicas
para o nome de Paris, tais como um rei chamado Paris, ou par Isis ("por Ísis"); e o
termo* rys *de fato significava "riso", de modo que* par rys *poderia ser entendido como etimologia de Paris com o sentido de "por riso". Fiz o possível para manter algum jogo possível com "p'a rir", já que Paris em francês é pronunciada sem o S final, assim como "rir" em grande parte do Brasil também se pronuncia quase sem o
R final.*

*O nome anterior de Leucécia é falha de Rabelais; na verdade, o geógrafo Es-
trabão a chama de* Λουκοτοκία, *que pode ser assemelhada a* Λευκοτοκία, *como é
chamada por Ptolomeu; César a chama de* Lutetia *("Lutécia", em provável relação
com a lama provocada pelas enchentes do Sena, que é como o nome quase aparecerá na página seguinte). Nesse contexto e espaço, as pragas dos parisienses, na primeira edição da obra, vinham numa longa série de expressões, que Rabelais foi cortando nas edições posteriores até deixar esta versão concisa. "Carimari, Carimará"
é uma fórmula mágica que já havia aparecido em* La farce de maistre Pathelin; *Depois eles correm até o alto da Sorbonne, no monte Sainte-Geneviève; por fim, na série de piadas sobre Paris, Joanino Barranco e sua obra* De copiositate reverentiarum
(Da copiosidade das reverências) *são imaginários, bem como a pseudoetimologia,
que evoca* παρρησία, *a "liberdade de falar", sugerindo tagarelice pelo neologismo
de parresienses.*

O famoso episódio do roubo dos sinos é tirado das Grandes crônicas, *porém
pode ser lido também como alegoria política dos acontecimentos de 1533 em diante e que resultaram nos dois Casos dos Cartazes (Affaires des Placards), em 1534 e
1535. Em 1533, ao longo dos debates políticos entre teólogos e Noël Béda (c. 1470-
1537) do lado da Sorbonne e Gérard Roussel (1500-1550) e Margarida de Navarra
(1492-1549) do lado evangélico, Béda iniciou um ataque mais profundo e, por isso,
o rei baniu Béda e dois outros teólogos, gerando uma agitação popular com uma série de cartazes que demandavam seu retorno. Os sinos poderiam ser vistos como a
retirada dessas figuras tradicionalistas. No ano seguinte, com o Caso dos Cartazes,
protestantes pregaram novos cartazes censurando a prática da missa católica; diante da pressão, Francisco I deu fim à política conciliadora que vinha mantendo e ini-*

ciou a perseguição aos protestantes, grupo ao qual pertencia Rabelais, por incentivo de Margarida de Navarra, desde 1532. O resultado disso é que o termo placard ("cartaz") passou a ganhar novo sentido forte, o que fez Rabelais revisar o texto e torná-lo mais suave nas reedições, para evitar complicações políticas: apresento algumas dessas alterações em notas de rodapé.

Proficiat é expressão latina para as boas-vindas aos bispos no seu entronamento. "Sem contar mulheres e crianças" é paródia das contagens na Bíblia. A piada sobre o envio de queijo de Brie e de arenque frescos só faz sentido se lembrarmos que na época não havia modos de manter alimentos frescos numa viagem longa. A ordem de Santo Antônio, de fato, estava ligada a criação de carne suína, pois curavam porcos doentes.

O amigo de Bourg-en-Bresse é Antoine du Saix, capelão do duque de Saboia e autor de poemas como "L'esperon de la discipline" ("A espora da disciplina"), de 1532, onde ele próprio se descreve como "presunteiro" (jambonnier). Baralipton é termo mnemônico da escolástica para designar o quinto modo de silogismo. Janota Bagarai é nome transparente inventado por Rabelais como Janotus de Bragmardo, que recriei; a expressão "Nosso Mestre" é tradução francesa do latim magister noster, título doutoral da Faculdade de Teologia; note-se a oposição entre a figura teologal enviada e o orador sugerido, que representa o humanismo. [G.G.F.]

———

Alguns dias depois de repousarem, ele visitou a cidade e foi visto por todo mundo com grande admiração. Porque o povo de Paris é tão besta, tão babaca e tão jacu por natureza, que um saltimbanco, um vendedor de indulgências, um muar com guizos, um rabequeiro de esquina juntaria mais gente do que um bom pregador evangélico.

E o seguiram numa chatice tamanha, que foi obrigado a descansar nas torres da igreja de Notre-Dame. Ali estando e vendo tanta gente a seu redor, disse bem alto:

"Acho que esses cretinos querem que eu pague aqui pelas boas-vindas e pelo meu *proficiat*. Está certo. Eu gostaria de dar vinho. Mas vai ser *p'a rir*."

Então sorrindo abriu a bela braguilha e tirando a mêntula para o ar comijou em todos tão brutalmente, que afogou duzentos e sessenta mil quatrocentos e dezoito. Sem contar mulheres e crianças.

Parte deles fugiu daquela mijarada no pernas-para-que-te-quero. E quando chegaram no ponto alto da universidade, suando, tossindo, cuspindo e esbaforidos, deram de jurar e praguejar, uns para acalmar, outros *p'a rir*. "Carimari, Carimará. Por Santa Miga d'Aqui, nós fomos ensopados só

François Rabelais

p'a rir", com isso a cidade foi chamada Paris, que antes se chamava Leucécia, como afirma Estrabão, livro 4. Quer dizer, Branquinha, pelas coxas
brancas das senhoras do lugar.

Diante dessa nova denominação, todos os presentes juraram pelos santos de cada paróquia: os parisienses, que se compõem de todas as gentes e
raças, são por natureza bons jurados e bons juristas e um tiquinho metidos.
Por isso estima Joanino de Barranco, no livro *De copiositate reverentiarum*,
que são ditos parresienses por grecismo, quer dizer, livres na fala.

Feito isso, atentou aos imensos sinos que estavam nas tais torres e os
tocou harmoniosamente. Ao fazer isso, deu-lhe na veneta que eles serviriam
bem como sinetes no pescoço da sua égua, que ele queria mandar de volta a
seu pai toda carregada de queijo de Brie e arenque fresco. E de fato os levou
ao alojamento.

François Rabelais

Enquanto isso, veio um chefe presunteiro da ordem de Santo Antônio para fazer a sua suiníssima requesta e, para ser ouvido de longe e melhor sacudir o toicinho da despensa, tentou pegá-los à socapa. Porém por decência os deixou, não porque estivessem muito quentes, mas porque eram meio pesados de levar. Não era o chefe de Bourg. Esse é muito meu amigo.

Toda a cidade foi movida à sedição, pois, como vocês bem sabem, nisso eles são tão facinhos, que as nações estrangeiras banzam de ver a paciência dos reis da França,[39] que apenas por pura justiça não os refreiam, dados os inconvenientes que deles nascem a cada dia. Queira Deus que eu conheça a oficina em que são forjados esses complôs e cismas, só para denunciar às confrarias da minha paróquia![40]

Podem acreditar que o lugar em que o povo se reuniu acachapado e apoplético foi Nesle, onde então estava, e hoje não mais, o oráculo de Lucécia.[41] Ali o caso foi debatido e se patenteou o inconveniente do translado campanárico.

Depois de cavilarem *pro et contra*, concluiu-se em *baralipton* que enviariam o mais velho e competente da faculdade até Gargântua, para patentear-lhe o embaraçoso inconveniente da perda daqueles sinos. E não obstante protesto de alguns da universidade, que alegavam que tal acusação mais competiria a um orador do que a um sofista, para o caso foi eleito Nosso Mestre Janota Bagarai.

---

[39] Na primeira edição se lia também, "ou (para melhor dizer) pela estupidez", mais uma autocensura por precaução política.

[40] Esta frase suprime a da primeira edição, que seria "para ver se não faço também uns bons cartazes de merda", porque os cartazes posteriormente passaram a aludir ao Caso dos Cartazes, de 1534.

[41] Na primeira edição, era na Sorbonne; Nesle foi hospedagem régia de Francisco I em 1522 e havia um juiz para processos universitários. Defaux sugere que se poderia identificar o oráculo com Béda, cf. nota 205.

Capítulo 18

Como Janota Bagarai foi enviado
para recuperar de Gargântua
os imensos sinos

A piada contra o formalismo da Sorbonne continua, numa espécie de desfile carnavalesco de teologastros: a moda cesarina de Janota indica que ele era careca; e "badéis" é jogo tradutório, pois no original há um trocadilho entre bedeaulx *("bedéis") e* vedeaulx *("idiotas"), que recriei com "badéis", o nome das pás de lixo em Portugal. Importante notar que, como nos outros casos, Rabelais também suavizou a versão original, tirando as referências mais diretas aos teólogos e sorbonnistas. "Mestres inertes" é trocadilho com "mestres em artes".*

Aqui conhecemos mais dois nomes do grupo de Gargântua: Filotômio, do grego φίλος *("que gosta") e* τέμνω *("cortar"), "o que ama cortar"; e Ginasta, do grego* γυμναστής *("treinador de atletas" ou mesmo "ginasta"). [G.G.F.]*

———

Mestre Janota, com um corte de cabelo à moda cesarina, vestiu seu capelo à antiga e com o estômago antidotado de marmelada de forno e água-benta de adega seguiu até o alojamento de Gargântua, levando à frente três badéis de rubra fuça e atrás cinco ou seis mestres inertes escangalhados dos pés à cabeça.

Na entrada os encontrou Ponócrates, sentiu medo ao vê-los assim fantasiados e pensou que fossem uns doidos varridos mascarados. Depois buscou saber com um dos mestres inertes da banda que palhaçada era aquela. Responderam que vinham demandar a restituição dos sinos.

Mal ouviu essa fala, Ponócrates correu para contar as novas a Gargântua, para que ele ficasse pronto para responder e deliberasse de pronto sobre o que se poderia fazer. Gargântua, avisado do caso, chamou à parte Ponócrates, seu preceptor, Filotômio, seu mordomo, Ginasta, seu escudeiro, e Eudemão, e brevemente conversou com eles sobre o que se poderia fazer e responder.

Todos concordaram que o melhor era levá-los até a copa e lá fazer todos beberem à moda rústica, e para que esse catarrento não caísse na vanglória de conseguir restituir os sinos, durante o pileque deveriam mandar buscar o preboste da cidade, o reitor da faculdade, o vicário da igreja, aos quais, antes que o sofista apresentasse sua missão, eles já entregariam os sinos. Depois, com todos presentes, poderiam escutar aquela bela arenga. Assim fizeram, e os supraditos chegaram, o sofista foi introduzido em plena sala e começou o que segue, escarrando.

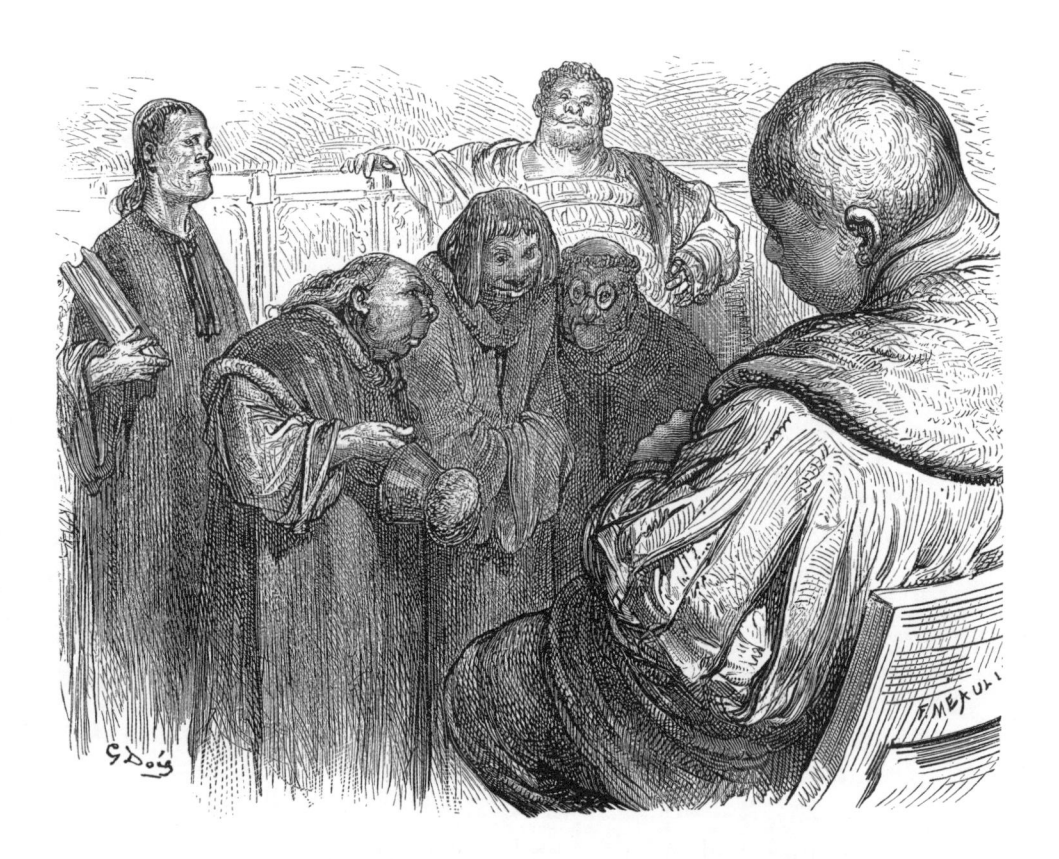

Capítulo 19

A arenga de mestre Janota Bagarai
a Gargântua
para recuperar os sinos

A arenga de Mestre Bagarai é o oposto da boa retórica de Eudemão; na verdade, é uma língua macarrônica repleta de erros de latim (regência, concordância, léxico, etc.) que guarda um gosto da Farce de maistre Pathelin. *Diante disso, penso que a maior parte da graça está precisamente na quase transparência de seu latim; então optei por não traduzir as passagens latinas, como fiz em outros capítulos; farei apenas notas nos casos em que o conteúdo pode ser importante para o entendimento do contexto.*

Screech ainda argumenta que a série de jogos com a palavra cloche *("sino") e* clocher *("mancar", "coxear") que atravessa o capítulo poderia evocar Béda, teólogo da Sorbonne que era corcunda e mancava. Ao mesmo tempo, havia na época a crença de que o som dos sinos teria poder de afastar as tempestades.*

Mna dies é síncope de bona dies *("bom dia") em latim. A referência a Londres é a Londres de Quercy e a Bordeaux de Meaux, mas certamente a escolha dos nomes é feita para sugerir a grandeza das cidades homônimas. João Pontano (1426-1503) foi poeta, historiador e político humanista italiano; seu ataque aos sinos está no poema "Charon" ("Caronte"). Era prática pregar rabos de raposa nos loucos e tolos, e nas festas carnavalescas; seja como for, a imagem certamente ecoa o livro* Narrenschif *de Sebastian Brant.* [G.G.F.]

"Tosse, tosse, argh. *Mna dies*, senhor, *Mna dies. Et uobis*, senhores. Seria bom demais se nos devolvessem nossos sinos. Porque precisamos deles. Hunhum, argh. Nós já recusamos outra vez uma nota preta dos homens de Londres e Cahors, e também dos de Bordeaux, em Brie, que pretendiam comprá-los por causa da substantífica qualidade da compleição elementar, que está entronificada na terresteridade de sua natureza quiditativa a modo de alhear os nimbos e turbilhões das vinhas nossas, em verdade não nossas, mas cá de perto. Pois se perdemos o mé, perdemos tudo, o senso e a lei. Se nos devolverem, como peço, hei de ganhar seis palmos de salsicha e um bom par de calças, que vão ser de ajuda para as pernas, se cumprirem mesmo a

promessa. Ah, por Deus *domine,* um par de calças é bom a valer. *Et uir sapiens non recusabit eam.*[42] Cof, cof. Tem gente querendo uma calça e não consegue. Eu é que sei. Atente, *domine,* lá se vão dezoito dias que estou vaniconfabulando esta bela arenga. *Reddite que sunt Cesaris Cesari, et que sunt Dei Deo. Ibi iacet lepus.*[43]

Eu juro, *domine,* se quiser jantar conosco, *in camera* pelo corpo de Deus, *charitatis,*[44] *nos faciemus bonum cherubin. Ego occidi unum porcum et ego habet bon uino.* Mas de bom vinho não se faz um mal latino.

Então vamos *de parte Dei, date nobis sinos nostros.* Aceite que lhe ofereço pela faculdade um *sermones de Utino* que *utinam*[45] o senhor nos conceda nossos sinos. *Vultis etiam perdonos? Per diem uos tenebis, et nihil pagabitis.*[46]

---

[42] "O homem sensato não os despreza", *Eclesiástico* 38:4, ao tratar dos frutos da terra produzidos por Deus, Bagarai comete um erro, trocando *ea* (neutro plural) por *eam* (feminino singular).

[43] "Dai, pois, a César o que é de César, e a Deus o que é de Deus", *Lucas* 20:25, seguido de "Aí está a lebre", fórmula escolástica para designar o cerne do problema.

[44] *Camera charitatis* é provavelmente uma sala de recepção dos conventos, segundo Huchon, ou então "falar *in camera charitatis*" poderia designar uma conversa em segredo.

[45] "Sermões de Udine", de Leonardo Mattei de Udine, autor de *Sermones aurei de sanctis* (*Sermões áureos sobre os santos*), seguido do trocadilho com *utinam* ("quem dera").

[46] Bagarai oferta indulgências grátis. *Per diem* ("Por dia!") é corruptela de *per Deum* ("por Deus!").

Ah, senhor, *domine, sinodonaminor nobis*. Certeza que *est bonum urbis*. Todos usam deles. Se a sua égua gostou deles, também gosta a nossa faculdade, *que comparata est iumentis insipientibus: et similis facta est eis, Psalmo nescio quo*[47] (ah, se eu tivesse anotado direitinho nessa papelada) e *est unum bonum Achilles*.[48] Cof, tosse, hunhum, aaargh.

Assim demonstro que o senhor deve mos devolver. *Ego sic argumentor.*

Omnis sinus sinabilis in sinorio sinando sinans sinatiuo sinare fac sinabiliter sinantes. Parisius tenet sinos. Ergo gluc.[49] Hum, snif, tosse. Está dito. Está *in tertio prime* em *Darii*[50] ou alhures. Juro por minha alma, foi-se o tempo em que eu fazia o diabo a quatro na argumentação. Agora apenas deliro. Hoje em dia só preciso mesmo de bom vinho, boa cama, costas quentes, pança na mesa e prato daqueles bem fundos.

---

[47] "Comparada a éguas insipientes e aproximada com elas, não sei em qual salmo", cf. *Salmos* 49:12 e 20, onde o homem sem entendimento é comparado aos animais.

[48] Expressão escolástica para designar um argumento imbatível, como Aquiles.

[49] *Ergo* é termo conclusivo, porém *ergo gluc* considera uma conclusão inconclusiva.

[50] *Darii* é um dos tipos de silogismo; Bagarai tenta lembrar o que diria pela ordem decorada.

François Rabelais

Oh, *domine*, eu suplico, *in nomine Patris et Filii et Spiritus Sancti Amen*. Que devolva nossos sinos, e Deus o guarde de todo mal, e Nossa Senhora lhe dê saúde, *qui uiuit et regnat per omnia secula seculorum, Amen*. Hunhum, argh, ehenehaargh.

Verum enim uero quando quidem dubio procul Edepol quoniam ita certe meus Deus fidus,[51] uma cidade sem sinos é como um cego sem cajado, um burro sem garupa e uma vaca sem guizo. Assim que o senhor nos devolver, cessaremos todos de reclamar como cego que perdeu seu cajado, de zurrar como burro sem garupa e de mugir como vaca sem guizos.

Um *quidam* latinizador que mora perto do Hospital de Deus disse uma vez, alegando a autoridade de um certo Tanpono (falha minha: era Pontano, poeta profano), que desejava que eles fossem de pluma e que os badalos fossem de rabo de raposa, porque lhe davam uma cólica crônica nas tripas, quando compunha seus versos caminiformes. Mas, nac, petitin, petetac, tico, zás, trás, ele foi declarado herético. Nós é que os fazemos assim, como se fossem de cera. Sem mais, eis os termos em que pede deferimento. *Valete et plaudite. Calepinus recensui*.[52]

---

[51] Todas as fórmulas aqui redundam em dizer basicamente "em verdade" ou em jurar verdade, com alguns erros, como em quase tudo desta fala. Aqui se ri da empolação inútil da retórica da Sorbonne.

[52] "Adeus, podem aplaudir. Eu, Calepino, fiz a recensão." Há uma mistura entre a fórmula típica de um recensor (Calepin é o nome de um dicionário famoso à época) e a fórmula de encerramento das comédias romanas (onde aparece por vezes o nome Calíopo, que Erasmo considerava ser um ator das comédias).

Capítulo 20

Como o sofista levou seu pano
e como moveu processo
contra os outros mestres

Outro capítulo crítico contra teólogos escolásticos da Sorbonne; também passou por longa autocensura (que Screech considera excessiva e desnecessária), transformando sorbonícolas em magistrados, e a Sorbonne em maturinos (já que a igreja dos maturinos era usada pela Sorbonne para seus atos).

Este capítulo também está repleto de referências de origens diversas. Demócrito era o símbolo do riso e Heráclito do pranto, em termos filosóficos, e era uma tópica contrapor as duas figuras, como ainda veríamos, mais de meio século depois, no prólogo da Anatomia da melancolia de Robert Burton. Sobre Crasso, havia o adágio similes habent labra lactucas ("têm lábios iguais alfaces"), em Erasmo, Adágios, 1.10.71; Sobre Filêmon, cf. nota ao cap. 10. Songecreux (Jehan de l'Espine du Pontalais) foi diretor e ator que havia interpretado recentemente a Farce de maistre Pathelin (Farsa do mestre Pathelin) na corte francesa entre 1532-1534. Calendas é palavra latina, não grega; a expressão, segundo Suetônio, teria sido dita por Augusto acerca dos endividados, e fazia parte de Erasmo, Adágios, 1.5.84. In modo et figura ("em modo e figura") são dois silogismos escolásticos. Parua logicalia (Pequena lógica), obra de modelo aristotélico bastante difundida no século XIV, acompanhava vários tratados de Aristóteles. Egomet, sicut suppositum portat adpositum ("eu mesmo, tal como a supósito porta o apósito") usa termos da escolástica: suppositum é aquele que suporta as qualidades (um pouco como a substância) e o appositum é o que se lhe altera (acidente); em gramática podem ser, respectivamente, o sujeito e o verbo. Confuse et distributive: segundo os modelos de lógica, suppositio confusa e distributiva seria aquela feita de modo confuso e sem acepção específica. Omnia orta cadunt ("tudo que nasce decai") é uma máxima epicurista. "Miséria é companheira do Processo" é tirado de Erasmo, Adágios, 1.6.97, frase atribuída a Quilão inscrita no templo de Delfos.

José Bengala é outro nome cômico: como as iniciais JB apareceram nas quatro últimas figuras, que traduzi como Jacul Bridado, Joanino de Barranco, Janota Bagarai e José Bengala (bandouille, no original, evoca bandouiller, "ter uma ereção leve"), pode ser que haja um chiste entre amigos com Jean Bouchet. O trocadilho entre cloche e clocher, já mencionado em nota, recriei com "não assino"; trata-se de um provérbio antigo para dissuadir a pessoa de levar até o fim sua pretensão. [G.G.F.]

—————

François Rabelais

O sofista mal tinha terminado, quando Ponócrates e Eudemão racharam de rir tão profundamente, que pensaram que já iam entregar a alma a Deus, tal e qual Crasso ao ver um burro sacudo que comia cardos, que nem Filêmon ao ver um burro que comia os figos que tinham sido preparados para o almoço, morreu de tanto rir. Junto com eles começou a rir também o mestre Janota, mais e mais, até que encheu de lágrimas os olhos, por causa da intensa concussão da massa cerebral, que acabou por exprimir as umidades lacrimais e atravessá-las pelos nervos óticos. Como isso, neles estava Demócrito Heraclitizante e Heráclito Democritizante bem representados.

Depois que o riso amainou, Gargântua consultou com os seus sobre o que fazer. A opinião de Ponócrates era de que deveriam dar mais bebida a esse belo orador. E já que ele tinha lhes dado um passatempo e garantido mais gargalhadas que Songecreux, deveriam lhe dar os dez palmos de salsicha mencionados na divertidíssima arenga, com um par de calças, trezentos lenhos para o forno, vinte e cinco moios de vinho, uma cama com triplo colchão de penas de ganso e uma escudela bem larga e funda, coisas que para sua velhice dizia serem necessárias.

Tudo se fez conforme a deliberação. Exceto pelo fato de Gargântua hesitar se encontrariam na hora calças confortáveis para as pernas dele; hesitando também sobre qual tipo cairia melhor no orador em questão — à martingala, que é uma ponte-levadiça do cu, para melhor cagar; à marinheira, para melhor aliviar a bexiga; ou à suíça, para manter a pança quente; ou à rabo de merluza, para evitar o aquecimento dos rins —; e mandou fazer sete varas de pano preto e três de branco para o forro. A lenha foi trazida pela criadagem, os mestres de artes levaram as salsichas e escudelas. Mestre Janota quis levar o pano.

Um dos tais mestres, chamado José Bengala, expôs que não seria honesto nem decente de sua parte, e que deveria concedê-lo a algum dos outros.

"Ah (disse Janota), Bestalha, Bestalha, assim você não conclui *in modo et figura*. Eis para que servem as suposições *et Parua logicalia. Panus pro quo supponit* [Este pano vai a quem]?

— *Confuse* (disse Bengala) e *distributive*.

— Eu não perguntei (disse Janota), Bestalha, *quo modo supponit* [de que modo ele vai], mas *pro quo* [por quem], ou seja, Bestalha, *pro tibiis meis* [pelas minhas pernas]. E por isso vou levar *egomet, sicut suppositum portat adpositum*." Assim levou na surdina, que nem Pathelin com seu pano.

Mas bom mesmo foi quando o catarrento todo metido, num ato público feito pelos marturinos, pediu suas calças e salsichas. Porque foram peremptoriamente negadas, já as tinha recebido de Gargântua, segundo informações dos acontecimentos. Ele argumentou que tinha sido *de gratis* e pela liberalidade e que por isso eles não estariam livres de suas promessas. Mesmo assim responderam que ele devia se contentar com a razão, porque não receberia mais necas.

"Razoável? (disse Janota). Ninguém usa disso por aqui. Seus traidores miseráveis, vocês não valem um vintém. A terra não tem gente mais carne de pescoço que vocês. Eu é que sei: já não assino essa mancada na frente do coxo. Porque fiz patifaria com vocês. Pelo baço de Deus, eu vou contar ao rei os enormes abusos aqui forjados e realizados por vocês. E que eu fique leproso, se ele não mandar vocês queimarem que nem baitolas, traíras, heréticos e sedutores, inimigos de Deus e da virtude."

Diante disso, partiram para o ataque jurídico. Quanto a ele, promoveu moções. Em suma, o processo foi levado à corte e lá está até hoje. Os magistrados juraram não limpar a lama, e Mestre Janota com seus aderentes juraram não assoar narinas, antes que se pronunciasse o arresto definitivo.

Graças a esses votos, até hoje continuam enlameados e melequentos, visto que a corte até o momento não escarafunchou todas as instâncias. O arresto será dado nas próximas calendas gregas. Ou seja, nunquinha. Como vocês bem sabem, esses aí conseguem superar a natureza, vão até contra seus próprios decretos. Os decretos de Paris cantam que apenas Deus pode criar coisas infinitas. A natureza não faz nada de imortal, pois ela dá fim e ciclo a todas as coisas por ela produzidas. Porque *omnia orta cadunt*, etc.

Mas esses comedores de névoa deixam os processos pendentes à sua frente, infinitos e imortais. E ao fazerem isso realizam e confirmam o adágio de Quilão de Esparta consagrado em Delfos, que dizia que Miséria era companheira do Processo, e que os litigantes são uns coitados. Porque antes vão ver o fim da vida que os pretensos direitos.

Capítulo 21

O estudo de Gargântua
segundo a disciplina
de seus preceptores sofistas

Continuando as críticas à Sorbonne, na primeira edição lia-se "sorbonnagres" em vez de "sofistas", substituição que amenizou o texto. Ainda assim, restaram ataques ao Papa Alexandre VI Bórgia (1431-1503), que, como vemos, viveu bastante (seu médico judeu foi Bonnet de Lates). Almain é referência ao sorbonista Jacques Almain, autor de um tratado de lógica de 1500; seu nome sonoramente poderia ecoar à la main *("a mão") ou* alemain *("alemão") em piada com a proverbial falta de higiene alemã; o que é reforçado mais adiante com "arquidiaconamente", já que, no senso comum da época, os arquidiáconos eram símbolos de sujeira. Aqui também se critica, no espírito da Reforma, a prática de longas missas privadas: o Kyrie é parte importante da missa, quando se diz "Senhor, tende piedade de nós"; a última frase, logo depois, parece aludir à parábola do semeador em Mateus 13.3-9.*

Nessa mesma lógica, não faltam piadas com citações bíblicas e com a imagem de clérigos bêbados, como vemos em: Vanum est uobis ante lucem surgere *("Inútil vos será levantar de madrugada"), citação de Salmos 126:2, mas completamente fora de contexto; na referência ao comediógrafo, que é Terêncio,* Eunuco, 816 *(animus est in coriis), também citado por Erasmo,* Adágios; *na expressão "abater o orvalho", gíria para "beber"; e na alusão à fama de o vinho branco ser melhor diurético. A piada também aparece na expressão* Unde uersus *("donde o provérbio"), uma fórmula da escola para apresentar um preceito.*

"Espíritos animais" são um conceito importante da medicina da época: os espíritos são partículas sutilíssimas que comandam o funcionamento corporal e vinculam o corpo à alma, seriam gerados no coração e refinados no cérebro.

A floresta de Bière é mais conhecida hoje como floresta de Fontainebleu. Saint--Claude era uma comuna francesa famosa pelos rosários e outros objetos de madeira. [G.G.F.]

Assim passados os primeiros dias e devolvidos os sinos ao seu lugar, os cidadãos de Paris, em reconhecimento por tal honestidade, se ofereceram para entreterem e nutrirem sua égua enquanto ele quisesse. Isso Gargântua adorou. E a enviaram para viver na floresta de Bière. Não acho que esteja mais por lá.

Feito isso, quis com todo seu ser estudar segundo a discrição de Ponócrates. Mas este, para começo de conversa, ordenou que agisse do seu modo costumeiro, para entender melhor de que jeito, em período tão longo, seus antigos preceptores tinham deixado o jovem tão tongo, tanso e ignorante.

Ele empregou seu tempo, portanto, assim: diariamente acordava entre oito e nove horas, fosse dia ou não, pois assim tinham ordenado os antigos guias, alegando o que disse Davi: *Vanum est uobis ante lucem surgere*.

Depois rolava, rodava e revirava na cama por um tempo, para melhor atiçar os espíritos animais e se vestia de acordo com a estação, mas usava com gosto uma grande e longa túnica forrada com pele de raposa; depois se penteava com o pente de Almain, ou seja, com quatro dedos e o polegar. Pois os preceptores diziam que se pentear, lavar e arrumar de outro modo seria perda de tempo nesta vida.

Depois cagava, mijava, vomitava, arrotava, peidava, bocejava, cuspia, tossia, soluçava, espirrava e assoava arquidiaconamente o nariz e tomava o café para abater o orvalho e o mau ar: belas tripas fritas, belos grelhados, belos presuntos, belos cordeiros e muita sopa matutina.

Ponócrates lhe mostrava que de supetão assim ele não devia comer, logo que saía da cama, sem primeiro fazer um exercício. Gargântua respondeu: "Quê? Não fiz exercício de sobra? Dei umas seis ou sete viradas na cama antes de levantar. Não basta? O papa Alexandre assim fazia por conselho de seu médico judeu e viveu até morrer, apesar dos invejosos; meus primeiros mestres me acostumaram desse jeito, dizendo que o café da manhã fazia bem para a memória e porque beberiam primeiro. Eu achava ótimo e jantava melhor ainda.

E me dizia o mestre Tubal (que foi o primeiro laureado de Paris) que não há vantagem em correr com pressa, mas que era melhor começar cedo; assim não seria a saúde total da nossa humanidade beber talagada, talagada, talagada, que nem os patos; mas sim beber de manhãzinha.

Unde uersus:

> Acordar cedo? Que pavor!
> Beber cedinho é bem melhor.

> *Lever matin, n'est poinct bon heur,*
> *Boire matin est le meilleur.*

Depois de comer direito, ia à igreja e levavam para ele, dentro de um grande cesto, um grosso breviário empantufado, que de gordura, colchete e

pergaminho pesava mais de onze quintais e seis libras. Lá escutava vinte e seis ou trinta missas, enquanto isso vinha seu capelão particular encasacado que nem uma poupa e bem antidotado para o alento com doses de xarope vinholado. Com ele, resmungava todos aqueles *Kyries* e os escarafunchava com tanto esmero, que nem uma conta caía por terra.

Ao sair da igreja, levavam num carro de boi uma penca de rosários de Saint-Claude, cada um do tamanho de uma cachola, e passeando pelos claustros, galerias ou jardins, rezava mais que dezesseis eremitas.

Depois estudava a merreca de meia hora, de olhos pousados sobre o livro, mas (como disse o comediógrafo) a alma estava na cozinha.

Depois de mijar no penico até a boca, sentava-se à mesa. Como era naturalmente fleumático, iniciava a refeição com algumas dúzias de presuntos, línguas de boi defumadas, caviares, linguiças e outros aperitivos de vinos.

Enquanto isso, quatro dos seus lhe jogavam na boca continuamente, um depois do outro, pazadas de mostarda, então tomava uma espantosa dose de vinho branco para soltar a bexiga. Depois comia carnes da estação conforme o apetite e aí parava de comer quando a pança inchava.

Quanto à bebida, desconhecia fim ou régua. E dizia que as metas e limites do beber só aparecem quando a cortiça da pantufa do manguaceiro se estufa por mais de meio pé.

Capítulo 22

As brincadeiras de Gargântua

Talvez próxima em espírito dos Jogos infantis (1560) de Pieter Brueghel, esta lista mistura 217 jogos e brincadeiras tradicionais, outros pouco conhecidos, alguns absolutamente desconhecidos, que poderiam ter sido inventados por Rabelais, além de outros com sugestões sexuais e escatológicas; na primeira edição já era longa, porém foi significativamente ampliada posteriormente. Diante disso, seguindo os comentários de Huchon e as soluções de Screech e de Cecchetti, associei a jogos mais ou menos conhecidos em português, dando-me também a liberdade de criar ou tomar emprestado. O leitor atento vai reparar que a lista se inicia por jogos de baralho, passa por dados, depois tabuleiros e termina numa longa série de brincadeiras variadas. Vale atentar que, para os humanistas, esse tipo de diversão era considerado uma perda de tempo tanto pelo Estado, que muitas vezes o proibiu legalmente, como pela Igreja; assim a lista de Rabelais emula ironicamente as listas de proibições.

"Dava um pouco de ombros", no original, secouer l'oreille ("balançar a orelha"), significaria, segundo Huchon, "estar despreocupado", por isso traduzi a cena como "dar de ombros".

"Vida dos Pais" é possível alusão à prática beneditina de ler à mesa, ao fim das refeições, A vida dos Santos Pais. *Perto do fim, temos alusões a Jacques du Fou, mordomo do rei em 1514; a Jean de Gourville, visconde de Machaut; ao senhor de Grignaux, nobre de Périgord e cavaleiro de honra de Ana da Bretanha; e a Jacques de Châtillon, senhor de Marigny; todas figuras que circularam pela corte francesa entre Carlos VIII e Francisco I.*

Os "evangelhos de pau" são tabuleiros de jogos feitos em madeira que, como os tabuleiros atuais, se abriam como um livro. [G.G.F.]

Depois, murmurando um trecho de graças, lavava as mãos com vinho fresco, escovava os dentes com um pé de porco e batia um papo alegre com os seus; depois se estendia a toalha verde e espalhavam muitos baralhos, muitos dados e uma pá de tabuleiros. Então brincava:

de flush
de prima
de mau-mau
de rouba-monte
de trunfo
de pinocle
de piquet
de canastra
de copo-d'água
de bisca
de passa-dez
de vinte-e-um
de par-e-sequência
de cacheta
de mexe-mexe
de uno
de tapão
de zanga
de pife
de buraco
de truco
de fedor
de resta-um

de relancinho
de guritipau
de bacará
de blackjack
de aluette
de tarô
de copas
de burro
de meio-pau
de uíste
de pôquer
de bateu
de morra
de xadrez
de go
de gamão
de bridge
de bicho
de general
de três dados
de tabuleiro
de craps
de chaquete
de alquerque
de sbaraglino
de trique-traque
de tábula
de mancala
de taqueopariu
de obrigado
de damas
de baubau
de *primus et secundus*
de pé-de-faca
de bocha
de disco
de par-ou-ímpar
de empilhar
de ganizes

François Rabelais

de osselets
de croquet
de chinelo
de civeta
de pega-a-lebre
de trenzinho
de cama-de-gato
de queimada
de chifrinho
de bumba-meu-boi
de pio-de-coruja
de quem-rir-perdeu
de cócegas
de elefante-colorido
de vaquejada
de arre-égua
de cadeiras
de torta-na-cara
de marco-polo
de cusparada
de pelada
de a-barata-da-vizinha
de bago-de-bode
de ogrobol
de escravos-de-jó
de pique-pega
de golfe
de chamar-o-raul
de trenó
de amarelinha
de rala-e-rola
de sopra-carvão
de pique-esconde
de morto-vivo
de velha
de cabo-de-guerra
de cinco-marias
de barra-bandeira
de santo-achado

de beliscão
de bananeira
de porrão
de triori
de aro
de bete
de pança-com-pança
de salada-mista
de palitinho
de dardo
de galinha gorda
de sopra-vela
de troca-troca
de boliche
de pimbolim
de balestra
de lança-a-Roma
de mascamerda
de diabo-rengo
de peteca
de estátua
de bate-bate
de passa-anel
de mestre-mandou
de roda-cotia
de varetas
de bastonete
de frescobol
de esconde-esconde
de picada
de bingo
de doninha
de petanca
de castelinho
de vaca-amarela
de fosseta
de pião
de piorra
de pitorra

François Rabelais

de hoje-não
de boladão
de espirobol
de trepa-trepa
de pata-do-camelo
de rabada
de vassoura
de São-Cosme-eu-te-venero
de rola-bosta
de pegadinha
de adedonha
de ponte
de cavalinho
de pe-dro-de-la-rá-rá
de carrinho-de-mão
de pau-de-bosta
de balanço
de sinuca
de chicote-queimado
de bola-de-gude
de adoleta
de verdade-ou-consequência
de mulher-do-padre
de cabra-cega
de três-três-passarás
de pichorra
de flecha
de badminton
de mosca cega
de mãe-da-rua
de informante
de crapô
de críquete
de pistão
de bilboquê
de rei-e-rainha
de ofícios
de cabeça-pra-baixo
de pinote

de mão-morta
de estalada
de lavar-os-pelos-do-meu-amor
de passar-a-régua
de boca-nervosa
de queima-rosca
de alavantu
de luta-de-dedão
de ciranda
de rosa-do-cume
de lavrador
de civeta
de banana-podre
de besta-morta
de pula-pula-na-escaleta
de pinhata
de cu-salgado
de voa-pandorga
de bate-e-corre
de pula-fogueira
de salta-arbusto
de bate-e-volta
de quente-frio
de malha-no-cu
de urubu-na-carniça
de mete-a-bocha
de figa
de peido-cego
de soca-mostarda
de cambotas
de cai-cai
de pingue-pongue
de pula-sela
de verdade-ou-consequência
de pica-pau
de lambadas-no-nariz
de lapadas
de muçunga.

François Rabelais

Depois de tanto brincar, debulhar, joeirar e peneirar tempo, tinha de beber um pouco, onze pipas por cabeça, e de supetão depois do banquete iria num belo banco ou numa bela cama se esticar e dormir duas ou três horas sem mal pensar ou mal dizer.

Acordando, dava um pouco de ombros, enquanto lhe traziam vinho fresco, então bebia com força.

Ponócrates lhe mostrava que era má dieta beber assim depois de dormir. "É (respondeu Gargântua) a verdadeira Vida dos Pais. Pois por natureza eu durmo salgado, e para mim dormir é que nem comer presunto."

Depois começava a estudar um tiquinho, os pai-nossos antes, e para manter a forma, montava numa velha mula, que já tinha servido nove reis, e assim resmungando e balançando a cabeça ia tentar pegar algum coelho com redes.

Na volta, ia para a cozinha para saber qual carne estava no espeto.

E ceava muitíssimo bem, confiem em mim, e com gosto convidava alguns manguaceiros das vizinhanças e com eles danava a beber e contar causos velhos e novos.

Entre outros, seus mais íntimos eram du Fou, de Gourville, de Grignaux e de Marigny.

Depois da ceia, entravam em cena belos evangelhos de pau, quer dizer, muitos tabuleiros, para um belo flush, um, dois, três, ou, para encurtar a conversa, dobro ou nada, ou então saíam para ver as cocotas das redondezas para comerem, entre lanches e petiscos. Depois dormia um sono só até as oito do dia seguinte.

Capítulo 23

Como Gargântua recebeu instituição por Ponócrates com tal disciplina que não perdia uma hora do dia

Aqui temos a formação humanista sugerida por Rabelais em tom mais sério, que demandará uma nota mais longa; no entanto não podemos deixar de lado a estrutura do texto até aqui: ela é, ao mesmo tempo, um exagero, que pode beirar o riso, porque se dá a um gigante que já passou por quase sessenta anos de má educação. Dito isso, Rabelais partilha muitos pontos com trabalhos de Erasmo, Luis Vivès e outros contemporâneos. Sobre os cuidados físicos, muito foi tirado dos antigos, tais como Galeno e Celso. A figuração de refeições enciclopédicas tem base em Plutarco, Simpósio, Ateneu, Banquete dos sofistas, e Macróbio, Saturnais. Ponócrates então começa uma mudança radical, como Timóteo que, segundo Quintiliano, na Instituição oratória, 2.3, cobrava um salário dobrado desses alunos que vinham de outros professores, porque davam mais trabalho de corrigir. Na nova pedagogia, vemos como mudanças bruscas são desaconselhadas pela obra de Hipócrates, e era esse também o lema da escola de medicina de Salerno, importantíssima na época. O heléboro de Antíciras era renomadíssimo desde a Antiguidade para o tratamento de problemas mentais; ele aparece nos Adágios de Erasmo e ainda será muito recomendado na Anatomia da melancolia de Robert Burton, um século depois; aqui é usado para curar a má educação teologal e formalista. Do mesmo modo, nos cuidados do corpo, em contraste higiênico com o pé de porco do capítulo anterior, temos a aroeira, considerada planta medicinal desde a Antiguidade greco-romana. Ao fim do dia, a prática pitagórica de recapitular tudo, de aparente cunho moral, é retirada de Cícero, Da velhice, 9.38, como exercício mnemônico.

Havia também ênfase em pronúncia correta como parte fundamental da retórica humanista. É em contraponto à pedagogia medieval que vem a lista de autores apreciados pelos humanistas, em duas séries de gregos e romanos (exceto por Marino, contemporâneo italiano que traduziu um tratado sobre os jardins de Paládio); a preferência por história natural era prática na corte de Margarida de Navarra e de Francisco I. No entanto, Gargântua tem tempo de ler "antigas proezas" para se divertir, numa clara referência aos romances de cavalaria, ainda muito admirados na época; ainda mais se levarmos em conta que, segundo Huchon, a tradução de Amadis de Gaula foi um sucesso na França em 1540. Também há a dedicação à música, como parte do Quadrivium. No entanto é importante notar que surgem diferenças até na grafia, pois se no capítulo anterior Gargântua escrevia em letras góticas, agora já se adapta à grafia humanista.

François Rabelais

Na formação matemática, Rabelais faz piada com Cuthbert Tunstall, bispo de Durham, famoso por um tratado de aritmética intitulado De arte supputandi *(Da arte de calcular), que foi editado em Paris em 1529; a expressão ao fim da passagem, para além da brincadeira entre inglês e alemão, indica a não compreensão da própria ciência.*

Sobre a sua formação bélica, fundamental para os príncipes da época, temos comparações também com o mundo antigo e detalhes curiosos, como dois exemplos de feitos de um gigante: a balestra de guerra (até 20 m de comprimento) era quase uma catapulta, e o arcabuz (que pesava cerca de 20 kg) não permitia mirar sem usar algum apoio, como faz Gargântua. Nos trabalhos de mira, o papagaio era, de fato, usado como alvo móvel, para aumentar a habilidade. Sobre a arte de montar, vários escritores romanos atestam como os partas (da atual Pérsia) eram capazes de ficar de costas sobre um cavalo em fuga enquanto continuavam lançando flechas contra o inimigo.

Nesse novo mundo, até os nomes dos servidores remetem à cultura antiga e a trabalhos úteis: Teodoro, derivado do grego θεόδωρος, *significa "dom de deus" (na primeira edição, lia-se Seraphin Calobarsy, anagrama de Phrancoys Rabelais); Anagnostes vem do grego* ἀναγνώστης, *"leitor" (a lição, na época, era de fato uma leitura seguida de explicação). Rizótomo é nome que vem do grego* ῥιζοτόμος, *"corta--raízes".*

Assim como no caso dos livros, também os exemplos de vidas dos antigos servem como modelos: a referência a Júlio César é tirada de Plutarco, Vida de César, *49.3; Milão de Crotona foi dos mais famosos atletas olímpicos gregos, que de fato teve essa fama, e reaparecerá mais uma vez como exemplo imitado por Gargântua; Estentor aparece na* Ilíada, *5.784-91, e também em Erasmo,* Adágios, *2.3.37; e Milão é assunto de Plínio,* História natural, *7.19 (na sequência, vale lembrar que a romã foi símbolo do império).*

Basché é uma aldeia da região de Chinon. Braque fica perto da Estrapade, tinha muitos jogos de palma; o jogo da "pela trígona" era feito com três jogadores. Ferrara era considerada um polo importante na produção de escudos e seus escudeiros eram famosos. Saint-Victor e Montmartre estão em lados opostos do rio Sena, a cerca de 7 km de distância.

A descrição do estômago como um cão está na Odisseia, *7.216.* [G.G.F.]

———

Quando Ponócrates percebeu o vicioso modo de vida de Gargântua, decidiu instituí-lo nas letras de outro jeito, porém nos primeiros dias tolerava, considerando que à natureza não aceita mutações súbitas sem uma reação violenta.

Então, para melhor começar sua obra, rogou a um médico erudito daquele tempo, chamado mestre Teodoro, para que avaliasse se era possível recuperar Gargântua para o bom caminho. Ele então o purgou canonicamente com heléboro de Antíciras e com esse medicamento o limpou de toda alteração e mau hábito cerebral. Desse jeito, também Ponócrates o fez esquecer tudo que tinha aprendido sob a tutela dos antigos preceptores, que nem Timóteo fizera com seus discípulos que tinham sido ensinados por outros músicos.

Para obter um melhor resultado, introduziu-o à companhia de pessoas cultas que por lá estavam; e pela emulação deles lhe cresceu o espírito e o desejo de estudar de outro modo e de mostrar a que veio.

Depois desse ritmo de estudo, conseguiu com que ele não perdesse nem uma horinha do dia, mas todo seu tempo consagrava às letras e ao honesto saber.

Despertava assim Gargântua por volta das quatro da manhã. Enquanto o esfregavam, lia alguma página das Divinas Escrituras em voz alta e clara, com uma pronúncia adequada ao assunto, e disso se encarregava um jovem pajem natural de Basché, chamado Anagnostes. A depender da proposta e do argumento da lição, muitas vezes se punha a reverenciar, adorar, rezar e suplicar ao bom Deus, pois que a leitura lhe mostrava sua majestade e julgamento maravilhosos.

Depois ia a lugares reservados para fazer a excreção das digestões naturais. Lá, o preceptor repetia o que tinha lido, explicando os pontos mais obscuros e difíceis.

Ao retornarem, observavam o estado celeste, se continuava como o perceberam na noite anterior, e em quais signos entrava o Sol e também a Lua para aquele dia.

Feito isso, ia se vestir, pentear, entoucar, aprumar e perfumar, e nesse meio-tempo lhe repetiam as lições do dia anterior. Ele mesmo recitava de cor e as aplicava a alguns exemplos práticos concernentes à condição humana, por vezes se estendendo até duas ou três horas, porém em geral já terminava no momento em que estava de todo vestido.

Depois por três boas horas lhe faziam a leitura.

Feito isso, saíam, sempre conversando acerca da leitura, e caminhavam para esportes em Braque ou pelos prados e jogavam bola, palma, pela trígona, exercitando com elegância o corpo tal como tinham às almas antes exercitado.

Jogavam com toda liberdade, porque abandonavam a partida quando bem quisessem, e no geral paravam quando já suavam todo o corpo ou então sentiam o cansaço. Logo que estivessem bem enxugados e massageados, trocavam de camisa e numa doce caminhada iam ver se o almoço estava pronto. Nessa espera, recitavam com clareza e eloquência algumas sentenças guardadas da lição.

Enquanto isso, o senhor apetite chegava e na hora mais certa se sentavam à mesa.

No início da refeição era lida alguma história agradável das antigas proezas, antes de tomar seu vinho. Então (se parecesse boa) continuavam a leitura, ou começavam a conversar alegremente juntos, falando nos primeiros meses sobre o poder, a propriedade, a eficácia e a natureza de tudo que era servido à mesa. Do pão, do vinho, da água, do sal, das carnes, peixes, frutos, ervas, raízes e de sua preparação. Nisso, em pouco tempo ele aprendeu todas as passagens dedicadas ao assunto escritas por Plínio, Ateneu, Dioscórides, Júlio Pólux, Galeno, Porfírio, Opiano, Políbio, Heliodoro, Aristóteles, Eliano e outros. Terminados esses temas, para terem mais certeza, mandavam trazer os tais livros à mesa. E tão bem e completamente retinha na memória as coisas ditas, que não havia mais médico que soubesse metade do que ele conhecia.

Depois discutiam as lições lidas pela manhã e, terminando a refeição com alguma marmelada, escovava os dentes com um ramo de aroeira, lavava as mãos e os olhos com uma boa água fresca e rendia graças a deus com belos cânticos feitos em louvor da munificência e bondade divina. Feito isso, traziam as cartas, não para jogar, mas para aprender mil refinamentos e invenções novas. Todas derivadas da aritmética.

Dessa forma, tomou afeição pela ciência numérica e todos os dias, depois do almoço e da ceia, nela passava um tempo com tanto prazer quanto costumava ter nos dados e no baralho. E aprendeu tão bem na teoria e na prática, que o inglês Tunstall, que escreveu largamente sobre o assunto, teve de confessar como de fato, em comparação com Gargântua, ele só sabia o alto alemão.

E não apenas nessa, mas nas outras ciências matemáticas, como geometria, astronomia e música. Pois enquanto esperava a concocção e digestão do repasto, faziam mil instrumentos e figuras geométricas divertidas, ou então praticavam os cânones astronômicos. Depois relaxavam cantando uma música com quatro ou cinco partes, ou um tema ao prazer da garganta.

Quanto aos instrumentos musicais, ele aprendeu a tocar alaúde, espineta, harpa, flauta alemã e a de nove furos, viola e sacabuxa.

Depois de uma hora nessa atividade, finalizada a digestão, se purgava dos excrementos naturais, depois retornava ao estudo principal por três horas ou mais, fosse a repassar a leitura matinal, ou a continuar o livro iniciado, ou a escrever, traçando e formando as letras antigas e romanas.

Feito isso, saíam do alojamento e com eles um jovem nobre de Touraine chamado Ginasta, o escudeiro, que apresentava a arte da cavalaria.

Trocando de roupa, montava num corcel, num rocim, num ginete, num bárbaro e num ligeiro, e nele fazia cem carreiras, fazia dar voltas no ar, saltar fossas, saltar paliçadas, contornar um círculo, tanto à direita quanto à esquerda.

Então ele não quebrava a lança. Porque o maior delírio do mundo é dizer "rompi dez lanças no torneio ou na batalha", um carpinteiro até que faria isso bem. Digno de toda glória é dizer que a lança quebrou dez dos seus inimigos.

Com a lança afiada, sólida e firme, quebrava uma porta, arrebentava uma árvore, atravessava um anel, levava uma sela de guerra, uma cota de malha, uma manopla.

Fazia tudo armado dos pés à cabeça. Quanto às fanfarras e volteios no cavalo, ninguém era melhor do que ele. O volteador de Ferrara não passava de um macaco, em comparação com ele. Em particular, aprendeu a pular rapidamente de um cavalo para outro, sem tocar na terra (esses eram chamados cavalos desultórios), a parar de cada lado com a lança em punho, a montar sem estribo e sem rédea, a guiar o cavalo a seu bel-prazer. Porque essas coisas auxiliam na disciplina militar.

François Rabelais

No outro dia se exercitava com o machado, que ele deslizava tão bem, com tanto vigor aplicava os picos, com tanta habilidade talhava redondo, que foi condecorado cavaleiro de armas no campo, em todas as categorias.

Depois brandia o chuço, sacava a espada de duas mãos, a espada bastarda, a espanhola, a adaga e o punhal, armado, desarmado, com escudo, com capa, com rodela.

Caçava cervo, cabrito-montês, urso, gamo, javali, lebre, perdiz, faisão, abetarda. Jogava com a esfera e a fazia voar no ar com o pé ou com o punho.

Lutava, corria, saltava, não com três passos e um salto, nem num pé só, nem no salto alemão. "Pois (dizia Ginasta) esses saltos são inúteis e sem serventia na guerra." Mas num só salto atravessava um fosso, voava sobre uma sebe, subia seis passos contra uma muralha e desse jeito trepava em janelas da altura de uma lança.

Nadava em águas profundas, de frente, de costas, de lado, com todo o corpo, só com os pés, com uma mão no ar levando um livro, até atravessar todo o curso do Sena sem molhá-lo, e trazendo nos dentes seu manto, que nem Júlio César; depois com uma só mão entrava com toda força num bar-

co, dali se lançava de novo à água, pulando de ponta, explorava o fundo, cruzava rochedos, mergulhava nos abismos e voragens. Depois virava o tal barco, controlava, dirigia rapidamente, lentamente, no fio d'água, contra a corrente, estacava em plena eclusa, com uma mão guiava, enquanto a outra esgrimia um grande remo, lançava velas, subia no mastro pelos cordames, corria sobre as vergas, ajustava a bússola, virava contra o vento as bolinas, firmava o timão.

Saindo da água rapidamente subia contra a montanha e descia com o mesmo ritmo, trepava nas árvores que nem um gato, saltava de uma para a outra que nem um esquilo, abatia os grossos galhos que nem um Milão; com dois punhais afiados e duas punções confiáveis subia no alto de uma casa que nem um rato, descia depois de alto em baixo num tal movimento de membros, que da queda saía sem qualquer machucado.

Lançava dardo, barra, pedra, azagaia, venábulo, chuço, alabarda, tensionava o arco, retesava nos rins as fortes balestras de guerra, mirava de olho com arcabuz, metia o canhão na carreta, para atirar no alvo ou no papagaio, de baixo a alto, de alto a baixo, de flanco, de costas que nem os partas.

Armavam-lhe um cabo partindo de uma elevada torre até a terra, e assim ele subia apenas com as mãos, depois descia tão rápido e tão firme, que nem num prado vocês fariam a mesma coisa.

Apoiavam-lhe uma longa percha entre duas árvores, onde ele se pendurava pelas mãos e por ela ia e vinha sem tocar os pés em nada, e nem correndo alguém poderia alcançá-lo.

E para exercitar o tórax e o pulmão gritava que nem todos os diabos. Escutei uma vez quando chamava Eudemão desde a porta de Saint-Victor até Montmartre. Estentor não tinha uma voz dessas na guerra de Troia.

E para tonificar os músculos fizeram-lhe dois lingotes de chumbo, cada um com o peso de oito mil e setecentos quintais, que ele chamava de halteres. Ele pegava do chão cada um com uma mão e erguia no ar acima da cabeça e os mantinha assim sem mover por três quartos de hora ou mais, sinal de força incomparável.

Brincava nas barras com os mais fortes. E quando chegava a hora, ficava com os pés tão firmes no chão que se expunha aos mais corajosos para ver se conseguiam movê-lo do lugar, que nem fazia Milão.

Na imitação deste último também trazia uma romã na mão e a entregava a quem conseguisse tomá-la.

Tendo empregado assim seu tempo, já esfregado, limpo e trocado de roupa, docemente retornavam e passando por alguns prados ou outros lugares arborizados, examinavam as árvores e plantas, comparando-as com os livros dos antigos que as tinham descrito, tais como Teofrasto, Dioscórides, Marino, Plínio, Nicandro, Macro e Galeno, e as levavam com as próprias mãos até o alojamento; e delas se incumbia um jovem pajem chamado Rizótomo com enxadas, picaretas, enxadões, pás, cortadeiras e outros instrumentos úteis na arborização.

Chegando ao alojamento, enquanto se preparava a ceia, repetiam algumas passagens do que fora lido e sentavam-se à mesa.

Notem aqui que o almoço era sóbrio e frugal, pois tão somente comia para refrear os latidos do estômago, mas a ceia era farta e variada. Porque consumia tudo que fosse necessário para se manter e alimentar. O que é a verdadeira dieta prescrita pela arte da boa e segura medicina, embora um bando de médicos imbecis, abobalhados nas oficinas dos sofistas, aconselhem o contrário.

Durante essa refeição, continuavam a lição do almoço o quanto agradasse; o resto se passava entre boas conversas, todas letradas e úteis.

Depois das devidas graças, dedicavam-se a cantar uma música, a tocar instrumentos harmoniosos, ou a pequenos passatempos com baralho, dados ou copos, e assim ficavam fazendo farra e se divertindo, por vezes até a hora de dormir, e algumas vezes iam visitar pessoas letradas ou que tivessem conhecido um país estrangeiro.

Alta noite, antes de se retirarem, iam à parte mais descoberta do alojamento ver a face do céu e ali observavam os cometas se alguns apareciam, as figuras, situações, aspectos, oposições e conjunções dos astros.

Depois, com seu preceptor recapitulava brevemente à moda dos pitagóricos tudo que tinha lido, visto, aprendido, feito e compreendido ao longo de todo o dia.

Por fim rezavam a Deus criador em adoração e profissão de fé, em louvor de sua imensa bondade e em graças por todo o tempo passado, entregando-se à sua divina clemência para todo o porvir. Feito isso, iam para cama.

Capítulo 24

Como Gargântua empregava seu tempo quando estava chuvoso

Apoterapia é palavra que remonta a Galeno, como prática de recuperação dos exercícios; aqui vemos como, nos dias de clima ruim, Gargântua descansava das atividades rotineiras com outra variedade, numa espécie de descanso por troca. Hormaechea, pela redundância das informações, considera este capítulo débil.

As leituras dos clássicos continuam: Geórgicas do poeta romano Virgílio, Trabalhos e dias do poeta grego Hesíodo, e Rusticus, poema latino do italiano Angelo Poliziano (1454-1494), figura importante da poesia renascentista em latim; nessa obra, Poliziano imita as Geórgicas. Em seguida, note-se que Gargântua e os seus compunham os poemas primeiramente em latim e depois os traduziam para formas tradicionais francesas. Também na lista de leituras e práticas entram Catão De re rustica (Da agricultura), 111, e Plínio, História natural, 16.35, que comentam as propriedades da hera, que serão questionadas no Terceiro livro, cap. 52.

Também entram aqui alguns escritores do novo pensamento: Nicolau Leônico Tomeu (1456-1531) foi filósofo albanês de Pádua, escreveu De ludo talario (Do jogo dos astrágalos), aqui é respeitado como divulgador do jogo, já sem pretensões divinatórias. João Láscaris (1445?-1535) foi um humanista grego refugiado de Constantinopla, ensinou grego a Budé, colaborou com Erasmo na composição dos Adágios e foi bibliotecário de Francisco I; não é portanto à toa que Rabelais se mostra próximo dele.

Chupa-cabra é recriação do original, onde se lê cinges verds ("macacos verdes"), como símbolo cômico de figura imaginária. As aldeias mencionadas são todas próximas e eram, de fato, frequentadas por estudantes da época. [G.G.F.]

———

Se acontecia de estar chuvoso e fechado, todo o tempo antes do almoço era empregado como de praxe, fora que mandava alumiar um fogo bem claro para corrigir a umidade do ar. Mas depois de almoçar, em vez dos exercícios, permaneciam na casa e, como apoterapia, farreavam fazendo bolas de feno, cortando e serrando lenha e malhando grãos na granja. Depois estudavam a arte da pintura e da escultura, ou recuperavam a prática do jogo

François Rabelais

dos astrágalos, tal como descrito por Leônico e tal como joga o nosso grande amigo Láscaris.

E ali jogando repassavam passagens dos autores antigos onde se faz alguma menção ou metáfora sobre o jogo. Igualmente iam ver como se forjavam os metais ou como se fundia a artilharia, ou então visitavam os lapidários, ourives e joalheiros, ou os alquimistas e moedeiros, ou os tapeceiros, os tecelões, os veludeiros, os relojoeiros, vidraceiros, impressores, organistas, tintureiros e outros artesãos do tipo, e, sempre bancando o vinho, aprendiam e analisavam a perícia e inventividade dos ofícios.

Saíam para escutar as lições públicas, os atos solenes, os ensaios, as declamações, as alegações dos nobres advogados, as prédicas dos pregadores evangélicos.

Passava por salões e locais destinados à esgrima e lá contra os mestres testava todos os bastões e lhes demonstrava por evidência como sabia mais que os outros. Em vez de arborizarem, visitavam as lojas dos farmaceutas, herboristas e boticários e cuidadosamente observavam frutas, raízes, folhas, gomas, sementes, unguentos exóticos, bem como o modo de adulterá-los.

Ia ver os saltimbancos e prestidigitadores e charlatães e observava seus gestos, suas artimanhas, suas piruetas e frases belas, principalmente os de Chauny na Picardia, porque por natureza são grandes loroteiros e excelentes caloteiros de bagatelas, sobretudo em matéria de chupa-cabra.

François Rabelais

Retornando para a ceia, comiam com mais sobriedade que nos outros dias e carnes mais ressecantes e extenuantes, para que a intempérie úmida do ar, transmitida ao corpo por uma forçosa vizinhança, fosse assim corrigida e não lhes criasse incômodo por superexcitação, como era de costume.

Assim se governava Gargântua e continuava o processo dia a dia, lucrando (como vocês já perceberam) tal como pode lucrar um jovem de bom senso para sua idade num exercício contínuo desses. E embora parecesse no começo difícil, com a continuação foi tão suave e gostoso, que mais parecia um passatempo régio do que um trabalho escolar.

No entanto Ponócrates, para que descansasse dessa veemente tensão dos espíritos, escolhia um vez por mês, um dia qualquer bem límpido e sereno, para vagarem de manhã fora da cidade e andarem a Gentilly, ou a Bologne-sur-Seine, ou a Montrougue, ou Pont-de-Charenton, ou a Vanves, ou a Saint-Cloud. E lá passavam o dia inteiro fazendo a maior farra imaginável, zoando, curtindo, tomando todas, brincando, cantando, dançando, despirocando num prado bonito, desaninhando passarinhos, pegando codornas, pescando rãs e lagostins.

Mas mesmo que esse dia corresse sem livros e leituras, não corria sem proveito. Pois num prado bonito recitavam de cor alguns versos suaves da *Agricultura* de Virgílio, de Hesíodo, do *Rústico* de Poliziano, compunham alguns suaves epigramas em latim, depois os vertiam em rondós e baladas de língua francesa.

E durante o banquete do vinho aguado separavam a água, tal como ensina Catão, *De re rustica* e Plínio, com um copo de hera: diluíam o vinho numa bacia de água, depois o retiravam com um funil, faziam a água passar de um copo para outro, construíam muitas engenhocas automáticas, ou seja, que se movem sozinhas.

François Rabelais

Capítulo 25

Como surgiu entre os boleiros de Lerné
e os compatriotas de Gargântua
a imensa disputa que resultou em grandes guerras

Aqui começa a guerra picrocolina que ocupará boa parte do romance, numa espécie de paródia das novelas de cavalaria e da poesia épica antiga que também retoma as guerras de Pantagruel *e das* Grandes crônicas. *Seu jogo cômico já começa pela briga rural que, nos próximos capítulos, descambará para delírios de supremacia mundial. Fouace é um bolo chato e arredondado, até hoje típico da região de Lerné, em Touraine.*

Antoine Rabelais, pai de Rabelais, foi senescal da cidade; sabemos também que ele moveu um processo contra Gaucher de Sainte-Marthe, senhor de Lerné, entre 1528 e 1537, o que pode ser lido alegoricamente neste capítulo, já que a família Rabelais produzia uvas. Outra leitura alegórica recorrente neste capítulo e nos subsequentes consiste em ver na guerra picrocolina uma paródia dos embates entre Carlos V e Franscico I. Quanto às figuras que dão início à discórdia, Forgier e Marquet eram nomes comuns da região, mas sabemos que Marquet era o nome de um aliado da família de Sainte-Marthe.

Caganela, no original, foyrars, *é um tipo de uva que provoca diarreia. A piada com os crentes de vindima é similar à que aparece na* Pantagruelina prognosticação, *cap. 9. Bater no centeio verde é expressão popular, porque, para soltar seus grãos, o centeio verde deve ser batido com muita força.*

Para entender o final do capítulo, é bom lembrar que muitos acreditavam que fazer o sinal da cruz com a mão esquerda seria mau agouro.

Parilly era uma antiga paróquia próxima de Chinon; Seuilly, uma abadia beneditina próxima de La Devinière; Cinais, uma aldeia também próxima. [G.G.F.]

Naquele tempo (era estação de vindima, no começo do outono), os pastores do interior estavam guardando as vinhas e impedindo que os estorninhos comessem as uvas.

No mesmo momento, os boleiros de Lerné passavam pela longa estrada levando dez ou doze cargas de fouace até a cidade.

Os tais pastores pediram educadamente para comprar a preço de mercado.

Pois reparem que é um prato celeste comer uvas com fouace quentinha, ainda mais se forem pinot, sauvignon, moscatel, bicane, ou caganela para os que estiverem com prisão de ventre. Porque fazem soltar o jato longe que nem uma lança, e até crendo que vão peidar alguns se cagam e por isso são chamados de crentes de vindima.

Com esse pedido os boleiros não sentiram a menor simpatia, mas (tanto pior) ainda por cima os ultrajaram demais, chamando-os de xepas, banguelas, sararás, panacas, mijões, zés-ruelas, nós cegos, bundas moles, lambe-sacos, pançudos, matracas, imprestáveis, broncos, cretinos, molengas, chumbregas, chibungos, duas caras, lerdezas, maltrapilhos, jacus, escrotos, metidinhos, zoadores, toscos, dingos, vaqueiros de bosta, pastores de merda e outros epítetos difamatórios, insistindo que não eram dignos de comer aquelas belas fouaces e que deveriam se contentar com pão grosseiro solado e broa.

Com esse ultraje, um deles, que se chamava Forgier, homem honesto da moléstia e solteiro notável, docemente respondeu: "Quando foi que nasceram os cornos, para ficaram assim tão babacas? Pois é, vocês costumavam vender de boa e agora recusam? Isso não é coisa de bom vizinho, nem fazemos isso com vocês, quando vêm aqui comprar um bom fruto para fazer bolos e fouaces; isso para nem falar que foi a preço de mercado que demos as nossas uvas; mas Merdeus, vocês vão se arrepender e vão um dia precisar da gente, aí vão pagar por isso, podem anotar."

Então Marquet, gonfaleiro da confraria dos boleiros, disse: "Na verdade, você está cantando de galo hoje, deve ter comido muito milho. Venha cá, venha cá, que eu lhe dou minha fouace." Então Forgier se aproximou todo ingênuo e tirou onze centavos do cinto, pensando que Marquet iria ceder uma fouace; mas este lançou seu chicote no meio das pernas com tanta brutalidade, que deu para ver a marca dos nós, depois tentou fugir, mas Forgier gritou "assassino" com toda força que tinha e ao mesmo tempo jogou um grosso bastão que levava por baixo do braço e o acertou na sutura coronal da testa sobre a artéria temporal do lado destro, de tal jeito que Marquet caiu da égua, mais parecendo morto que vivo.

Enquanto isso, os arrendatários que ali perto descascavam nozes acorreram com longas estacas e bateram nos boleiros que nem no centeio verde. Os outros pastores, ao ouvirem o grito de Forgier, vieram com suas fundas e estilingues e os perseguiram com pedradas tantas, que até parecia granizo. Por fim os alcançaram e tomaram das tais fouaces umas quatro ou cinco dúzias, no entanto pagaram como de praxe e deram cem nozes e três cestos de uvas brancas. Depois os boleiros ajudaram Marquet a montar, pois estava

todo arrebentado, e retornaram a Lerné sem prosseguir o caminho de Parilly, entre ameaças fortes e firmes aos vaqueiros, pastores e arrendatários de Seuilly e de Cinais.

Feito isso, os pastores e pastoras fizeram farra com as fouaces e boas uvas, divertindo-se ao som da gaita-de-fole e zoando dos boleiros metidos a besta, que tinham se dado mal, por não terem feito o sinal da cruz com a mão certa de manhã. E com grandes uvas caninas emplastaram as pernas de Forgier delicadamente e tão bem, que logo se curou.

Como os habitantes de Lerné, por ordem de seu rei Picrócolo fizeram um ataque surpresa contra os pastores de Gargântua

Neste capítulo aparece pela primeira vez a personagem fundamental de Picró-colo, nome que vem do grego, πικρόχολος, derivado de πικρός ("amargo") + χολή ("bile"), portanto "cheio bile amarga", "colérico", "esplenético". Seu destempero geral é a marca mais notável desde o nome, e nesse ponto é curioso como, em ou-tros momentos, também se aproxima da divisa de Carlos V, que era plus ultra ("mais além"), também pelas pretensões aparentemente ilimitadas. O nome dos outros per-sonagens está em francês transparente, que recriei em português.

Algumas cidades francesas da época realmente tinham um Capitólio, em imi-tação a Roma. Cavalos ligeiros eram cavalos com poucas armas, mais ágeis, que ser-viam sobretudo às missões de reconhecimento. [G.G.F.]

———

Os boleiros, retornando a Lerné, antes mesmo de beberem ou comerem, se dirigiram ao Capitólio e lá diante do rei Picrócolo, o terceiro com tal no-me, expuseram sua queixa, mostrando os cestos quebrados, os barretes es-tropiados, as roupas esfarrapadas, as fouaces afanadas e sobretudo Marquet todo machucado, dizendo que tudo tinha sido feito pelos pastores e arren-datários de Grangorja, perto da grande encruzilhada para lá de Seuilly.

Este sem pestanejar ficou possesso de fúria e sem interrogar nada mais além sobre como ou o quê, mandou correr um pregão por todo o país, cen-tro e confins, para que cada um sob pena de forca se reunisse armado na grande praça à frente do castelo, ao meio-dia.

Para dar mais consistência à sua empreitada, mandou rufar os tambo-res por toda a cidade; ele mesmo, enquanto preparavam o almoço, foi colo-car a artilharia nas carretas, desdobrar as insígnias e bandeiras e carregar muita munição, tanto para as armas quanto para as bocas.

Almoçando, dividiu encargos e com um édito destacou o senhor Andra-jo para a vanguarda, onde se contavam dezesseis mil e catorze arcabuzeiros, trinta e cinco mil e onze mercenários.

Da artilharia foi destacado o grande escudeiro Tiraonda, nela se contavam novecentos e catorze grandes peças de bronze e canhões, canhões duplos, basiliscos, serpentinas, colubrinas, bombardas, falcões, passavolantes, falconetes e mais. A retaguarda foi entregue ao duque de Rapavintém. Ao centro, estavam o rei e os príncipes do reino.

Assim sumariamente equipados, antes de pegarem a estrada, enviaram trezentos cavalos ligeiros sob a condução do capitão Engolevento, para fazer o reconhecimento do país e saber se alguma emboscada estava armada pelo campo. Porém, depois de escarafuncharem minuciosamente, viram que todo o país estava em paz e silêncio, sem uma assembleia sequer.

Ao ouvir isso, Picrócolo ordenou que todos marchassem sem demora sob sua insígnia.

Então, sem ordem ou controle, iniciaram a campanha uns misturados aos outros, destruindo e devastando tudo por onde passavam, sem poupar pobre ou rico, lugar sagrado ou profano, levavam bois, vacas, touros, vitelos, novilhas, cabritos, ovelhas, cabras e bodes, galinhas, capões, frangos, gansos, patos, marrecos, porcos, porcas, leitões, derrubavam as nozes, vindimavam as uvas, arrancavam os cepos, abatiam todos os frutos das árvores. Era uma desordem incomparável a que faziam.

E não encontraram uma só pessoa que oferecesse resistência, mas todos se rendiam, suplicando para serem tratados mais humanamente em consideração por terem sido sempre bons e amáveis vizinhos e por nunca terem cometido algum excesso ou ofensa contra eles, que justificasse assim de supetão esses maltratos, porque Deus os puniria em breve. Diante dessas críticas, respondiam apenas que eles iriam aprender a comer fouaces.

François Rabelais

Capítulo 27

Como um monge de Seuilly
salvou o horto da abadia
do saque dos inimigos

Aqui surge João do Picadinho, que será mais um parceiro de Gargântua; o nome original dessa personagem, Jean d'Entommeures, é feito com entommeure, equivalente ao atual entamure ("ferida", mas também "corte" ou mesmo o "primeiro pedaço cortado"), que varia entre violência e comida, por isso optei pela opção "picadinho", que pode sugerir um prato, ou o fato de que o frei João "faz picadinho" dos inimigos. Houve alguns comentadores que o comparassem a Jean Thenaud, figura importante do séc. XV, que escreveu Voyage et itinéraire de oultre mer *(Viagem e itinerário do além-mar). Note-se também que frei João é monge beneditino, tal como fora o próprio Rabelais por um período, na mesma abadia de Saint-Pierre, em Seuilly; aqui ele representa a virtude ativa, por contraste com a piedade meramente verbal dos outros monges. É assim que, durante a narrativa, a destruição da vinha pode representar o ataque à Igreja, uma metáfora recorrente nos textos do séc. XVI, como na bula papal contra Lutero,* Exsurge domine, *de 1520; por isso, é possível ver no capítulo uma alegoria do saque de Roma. Outro ponto importante é a crítica da vida monástica que aparece na passividade e, se podemos dizer, alienação dos monges diante de um ataque. Além disso, é bom lembrar que a flor-de-lis no pau da cruz usado como arma era base da heráldica régia francesa; nessa simbologia, João luta pela Igreja, mas também pela França; no entanto o fato de estarem apagadas pode sugerir que se trata de uma tentativa vã de defesa; Francisco I foi algumas vezes representado como um novo Constantino portando o bastão da cruz (que aqui verti por "pau" para aproveitar a paródia). Na longa lista de clamores dos monges, podemos ler a crítica evangélica à superstição católica dos santos e das relíquias; como não é necessário explicar todas, comento apenas as menos óbvias: La Lenou era, segundo Screech, antiga paróquia entre Chinon e Richelieu, o Santo Sudário mencionado é o sudário de Turim, e o incêndio de 1532 queimou apenas o relicário; e Cadouin era a abadia de Dordogne sob os cuidados de Geoffroy d'Estissac que detinha outro sudário famoso na época. No entanto, tudo mantém a lógica cômica, como percebemos ao fim, na comparação com Maugis, um dos personagens da canção de gesta* Les quatre fils Aymon, *formando assim uma base à paródia da epopeia medieval que se inicia na guerra picrocrolina.*

Macedo Poulsar, cujo nome original é Macé Polosse, é desconhecido, mas observei que indica dois tipos de uvas para vinho, por isso verti pelos dois tipos próxi-

mos: macedo e poulsard. São Tomás da Inglaterra, ou Thomas Beckett, foi arcebispo da Cantuária que, por defender os direitos da Igreja contra Henrique II da Inglaterra, acabou assassinado em sua própria catedral em 1170, e por isso foi canonizado como mártir.

Na primeira edição, em vez do canto sem sentido, os monges cantavam Impetum inimicorum ne timueritis *("Não temam o ataque dos inimigos"), responsa do breviário que foi posteriormente trocado pela batologia cômica, criticada em* Mateus 6:7 *e por Erasmo,* Adágios, 2.1.92, *que também pode ser entendida como crítica à polifonia musical, tal como fizera Erasmo, segundo Huchon. Há ainda outros trechos em latim clerical, tais como* ad capitulum capitulantes *("para chamar ao capítulo os capitulantes"),* contra hostium insidias *("contra as insídias dos inimigos") e* pro pace *("pela paz").* Da mihi potum *("dá-me de beber") é paródia da Vulgata em* Mateus 10:42, *mais uma vez jogando com a proverbial embriaguez do clero.* Confiteor. Miserere. In manus *("Eu confesso. Tem piedade. Em tuas mãos") é um ajuntado de citações litúrgicas.*

Vède é uma vila próxima a La Devinière, já mencionada no cap. 4; será recorrente de agora em diante. A velha escola de esgrima designa a antiga moda francesa, por oposição à nova esgrima de mestres italianos. A irônica expressão da foice era comum já no séc. XV. Faye-la-Vineuse era um caminho próximo a Chinon; o que cria um jogo no original entre a pronúncia de Faye e foi *(fé); em português o jogo funciona naturalmente, porque a pronúncia contemporânea de Faye é "fé".*

Screech propõe que a peste foi enviada não por Deus, mas por demônios, cf. cap. 45. [G.G.F.]

———

Assim fizeram e perturbaram, entre pilhagens e saques, até chegarem a Seuilly, e roubaram homens e mulheres e tomaram tudo até não mais poder, nada para eles era quente ou pesado demais. Mesmo que a peste estivesse espalhada na maior parte das casas, eles entravam por tudo, reviravam tudo que houvesse ali dentro e nunca nenhum caiu doente. O que é de admirar. Pois os cúrias, vicários, pregadores, médicos, cirurgiões e boticários, que ali visitavam, sanavam, curavam, pregavam e admoestavam aos doentes, foram todos mortos pela infecção, e esses saqueadores e assassinos do diabo nem sequer adoeceram. Como pode, meus senhores? Pensem nisso, por favor.

Assim pilhado o burgo, seguiram para a abadia num espantoso alvoroço, mas a encontraram bem fechada e trancada, então o exército marchou adiante, rumo ao vau de Vède, menos seis insígnias de infantaria e duzentas de lanceiros, que ali ficaram e romperam os muros do horto, para devastar toda a vindima.

Os pobres diabos dos monges não sabiam para que santo rezar e, em todo caso, soaram o *ad capitulum capitulantes*, assim se decretou que fariam uma bela procissão reforçada por belos antecantos e litanias *contra hostium insidias* e belas responsas *pro pace*.

Na abadia havia então um monge enclausurado chamado frei João do Picadinho, jovem valente, elegante, viçoso, habilidoso, ousado, corajoso, decidido, alto, esguio, bocudo, dotado de nariz avantajado, bom tratante de matinas, bom debridador de missas, bom engraxate de vigílias; para ir direto ao ponto, um verdadeiro frade, se é que já existiu algum desde que o mundo fradesco fradou a fradaria. De resto, um clérigo digno até os dentes, em matéria de breviário.

Esse aí, quando escutou o barulho que faziam os inimigos no horto da vinha, saiu para ver o que estavam fazendo. E ao perceber que estavam vindimando o horto onde estava a bebida de um ano inteiro, retorna ao coro da igreja, onde estavam os outros monges todos embasbacados que nem fundidores de sinos e, quando os viu cantando, *ini, ni, pe, ne, ne, ne, ne, ne, ne, ne, tum, ne, num, num, ini, i, mi, i, mi, co, o, ne, no, o, o, ne, no, ne, no, no, no, rum, ne, num, num*: "É (disse ele) um canto bom para cagado! Pelo amor de Deus, parem de cantar. Adeus cestos, a vindima terminou? Eu me entrego ao diabo, se eles não estão no nosso horto e não cortam tão bem os cepos e bagos, que, pelo corpo de Deus, ali só vai sobrar xepa para os próximos quatro anos. Pela pança de São Tiago, o que nós vamos beber nesse período, nós, uns pobres diabos? Senhor Deus, *da mihi potum*."

Então disse o prior do claustro: "O que é que esse pau-d'água está fazendo aqui? Podem levar à prisão por perturbar o serviço divino!

— Mas (disse o monge) o serviço de vino nós jamais perturbaremos, porque o senhor mesmo, prior, ama beber do melhor, como todo homem de bem. Nunca um nobre desprezou o bom vinho, esse é um apotegma monacal. No entanto essas responsas que vocês estão cantando aqui, por Deus, estão fora de hora.

Por que nossas horas do breviário no tempo de colheita e vindima são curtas e no advento e no inverno longas?

O finado e memorável frade Macedo Poulsard, um verdadeiro zelador (ou que eu vá para o inferno) de nossa religião, me disse, e me recordo muito bem, que era para que nessa estação nós pudéssemos melhor espremer e fermentar o vinho para depois chaparmos no inverno.

Escutem, ó senhores que amam o vinho; corpo de Deus, sigam-me; pois quero que o fogo de Santo Antônio me queime, se eles provarem do mosto aqueles que não acudiram a vinha! Pança de Deus, elas são os bens da igreja! Ah, não, não. Ao diabo! São Tomás da Inglaterra estava disposto a morrer por eles; se eu morrer, não serei santo também? Mas não vou morrer, pois eu é que vou fazer isso com os outros."

Dizendo isso, tirou o grande hábito e pegou o pau da cruz, feito com o cerne de sorveira, comprido que nem lança, redondo para caber na mão e salpicado com flores-de-lis praticamente apagadas. Assim saiu bonito de sotaina, com a batina enrolada de cachecol. E com seu pau da cruz rebentou tão bruscamente contra os inimigos, que sem ordem ou insígnias, sem trompa ou tambor no horto vindimavam. Pois os porta-bandeiras e porta-insígnias tinham deixado suas bandeiras e insígnias no canto dos muros, os tamboreiros tinham rasgado um lado dos tambores para encher de uvas, as trompas estavam repletas de cachos, cada um para o seu lado. Ele partiu para cima deles tão súbito, sem dizer lhufas, que os virou de pernas para o ar, que nem porcos, batendo a torto e a direito, como na velha escola de esgrima.

Com uns, fazia mingau do cérebro; com outros, quebrava braços e pernas; com outros, deslocava as vértebras do pescoço; com outros, rompia as mandíbulas, esmagava os dentes na goela, esmigalhava as omoplatas, esfacelava as coxas, destrinchava as ancas, picotava os antebraços.

Se alguém tentasse se esconder entre as sebes mais densas, lhe surrava toda a espinha dorsal e o espancava que nem um cachorro.

Se alguém salvar-se desejasse numa fuga, lhe fazia voar a cabeça aos pedaços pela sutura lambdoide.

Se alguém trepasse numa árvore, pensando que ali estaria seguro, com seu bastão o empalava pelos fundilhos.

Se algum velho conhecido gritasse "Ah, frei João, meu amigo, frei João, eu me rendo.

— Com certeza (ele dizia). Mas também vai render a alma a todos os diabos." E de supetão sentava o pau. E se alguém fosse tomado da temeridade de resistir cara a cara, ele mostrava a força dos músculos; porque lhe atravessava o peito pelo mediastino e pelo coração. A outros dava no diafragma, revirando o estômago, e morriam na hora; e a outros tão violentamente acertava no umbigo, o que lhes fazia sair as tripas; a outros por entre os bagos atravessava o olho-do-cu. Podem acreditar que era o espetáculo mais horrendo que já se viu.

Uns clamavam por Santa Bárbara.

Outros por São Jorge.

Outros por São Mierra.

Outros por Nossa Senhora de Cunault. De Loreto. De Boas Novas. De La Lenou. De Rivière. Uns rezavam para Santiago. Outros para o Santo Su-

dário de Chambéry, mas esse queimou tão feio três meses depois, que não deu para salvar nem um fiapo.

Outros por Cadouin.

Outros por São João de Angély.

Outros por Santo Eutrópio de Saintes, por São Mesme de Chinon, por São Martinho de Candes, por São Clodoaldo de Cinais; pelas relíquias de Javarsay e por mil outros santos menores.

Uns morriam sem falar. Outros falavam sem morrer. Uns morriam falando. Outros falando e morrendo.

Outros gritavam a plenos pulmões "Confissão! Confissão! *Confiteor. Miserere. In manus.*"

Tão grande foi a gritaria dos feridos, que o prior da abadia e todos os monges saíram. Quando notaram aqueles pobres coitados tão estropiados na vinha e feridos de morte, aceitaram as confissões. Mas enquanto os padres se divertiam na confissão, os fradinhos correram ao lugar onde estava o frei João e perguntaram em que poderiam ajudar.

Ao que respondeu que degolassem os que jaziam por terra. Então deixando as grandes capas num caramanchão ali pertinho, começaram a degolar e eliminar os que ele tinha ferido de morte. Vocês sabem que ferramentas usaram? Aquelas faquinhas que as crianças daqui usam para abrir as nozes.

Depois com seu pau da cruz ganhou a brecha que deixaram os inimigos. Alguns dos fradinhos levaram as insígnias e bandeiras aos quartos para fazerem jarreteiras. Mas quando os que tinham confessado quiseram sair por aquela brecha, o monge os enchia de porrada dizendo: "Os confessos e arrependidos que ganharam seu perdão vão ao Paraíso direto, que nem uma foice ou o caminho de Faye." Assim, com sua façanha desbarataram todos os homens do exército que tinham entrado no horto, num número de treze mil seiscentos e vinte e dois, fora mulheres e crianças, como todos sabem.

Nunca o eremita Maugis teve uma tamanha valentia com seu bordão contra os sarracenos (do qual se escreveu nas gestas d'*Os quatro filhos de Aymon*) como a do monge no embate contra os inimigos com seu pau da cruz.

Capítulo 28

Como Picrócolo tomou de assalto
La Roche-Clermault
e o pesar e relutância de Grangorja
em fazer guerra

*A relutância de Grangorja reflete o espírito erasmiano de conciliação propos-
to em Consultatio de bello turcico (Consulta sobre a guerra turca), de 1530; assim
Grangorja, como príncipe evangélico e humanista, vira instrumento divino para retomar a "ovelha desgarrada" que é Picrócolo. Em sua fala, Grangorja termina também por apresentar o modelo feudal de senhor e vassalo.*

*"Espírito malino" é concepção platônica, passando por Erasmo, Adágios,
1.1.72, sobre o genius malus ("mau gênio"). Pillot pode evocar pile ("pilha" ou
"amontoado"). O nome de Basco evoca os bascos, que tinham fama de serem bons
corredores.*

*La Roche-Clermault era castelo próximo a La Devinière, em cuja senhoria a
família de Rabelais detinha terras.* [G.G.F.]

———

Enquanto o monge escaramuçava, como já dissemos, contra os invaso-
res do horto, Picrócolo com toda pressa cruzou o vau de Vède com seus homens e atacou La Roche-Clermault, onde não houve nenhuma resistência;
então, como já era noite, decidiu abrigar naquela cidade a si e aos seus e re-
frescar sua cólera pungente.

Pela manhã tomou de assalto os bastiões e o castelo e o reforçou muito
bem e o abasteceu de munições necessárias, pensando em ali ter um refúgio,
caso fosse atacado. Pois o lugar era forte, por arte e natureza, por conta de
sua localização e planejamento.

Bom, deixemos esse grupo lá e voltemos ao nosso bom Gargântua, que
está em Paris dedicadíssimo ao estudo das boas letras e a exercícios atléticos,
e ao velho e bom Grangorja, seu pai, que depois de jantar aquece as bolas
numa linda, clara e grande lareira, enquanto espera grelhar as castanhas, escreve na brasa com um bastão chamuscado na ponta, usado para atiçar o
fogo, e conta à mulher e à família belas histórias do passado.

Um dos pastores que guardavam as vinhas, chamado Pillot, naquela hora seguiu até lá e relatou todos os excessos e pilhagens que vinha fazendo Picrócolo, rei de Lerné, em suas terras de domínios e como ele pilhou, devastou, saqueou todo o país, menos o horto de Seuilly, que o frei João do Picadinho salvara por honra própria, e que agora estava o tal rei em La Roche-Clermault e que lá com toda diligência buscava reforçar a si e aos seus.

"Ai, ai, disse Grangorja, o que é isso, meu povo? Estou sonhando, ou é verdade o que me disseram? Picrócolo, meu velho amigo de anos, por raça e aliança, vem me atacar? Quem o move? Quem o incita? Quem o guia? Quem deu esse conselho? Ah, ah, ah, ah, ah. Meu Deus, meu salvador, me ajude, me inspire, me ilumine sobre o que fazer.

Eu declaro, juro perante o senhor — e assim me seja favorável — que jamais causei desgosto para ele ou dano para os seus, nem em suas terras fiz pilhagem, mas muito pelo contrário sempre o socorri com homens, dinheiro, favor e conselho toda vez que percebi que seria para sua vantagem. Que ele me venha então ultrajar, só pode ser um espírito malino. Bom Deus, o senhor conhece minha coragem, porque nada lhe pode ser ocultado. Se por acaso ele estiver louco de fúria e o senhor me envia para revigorar seu cérebro, dê-me o poder e a sabedoria para rendê-lo ao jugo do seu santo querer e dar-lhe uma boa lição.

Ah, ah, ah, meu povo, meus amigos e meus fiéis servidores, eu vou ter que apoquentar vocês com pedidos de ajuda? Oh, minha velhice agora só pedia repouso, a vida inteira eu só busquei a paz. Mas é necessário — estou vendo — que agora com o arnês eu carregue meus pobres ombros fatigados e fracos e que em minha mão trêmula eu tome a lança e a maça para socorrer e proteger meus pobres súditos. A razão assim demanda, porque seu labor me sustém e seu suor me alimenta, a mim, aos meus filhos e à minha família.

Apesar disso, não vou fazer guerra antes de tentar todas as artes e meios de paz; disso estou resolvido."

Em seguida mandou convocar o conselho e expôs o estado da questão. E concluíram que seria enviado um homem prudente até Picrócolo, para saber por que de supetão ele abandonou seu repouso e invadiu terras às quais não tinha nenhum direito. Além disso, mandariam buscar Gargântua e os seus, para manterem o país e o defenderem neste momento de necessidade. Grangorja gostou do todo e ordenou que assim fosse feito.

Naquele instante mesmo mandou Basco, seu lacaio, ir num pé e voltar no outro buscando Gargântua. E escrevia o seguinte:

Capítulo 29

O teor da carta
que Grangorja escrevia para Gargântua

Como atenta Huchon, a epístola (ou carta) era um gênero da arte oratória em voga no começo do século XVI, tratado por Erasmo em Libellus de conscribendis epistolis *(Libelo de como escrever epístolas), de 1521; nesse livro, Erasmo cria categorias de cartas, de modo que poderíamos definir a de Grangorja como carta familiar, de estilo ciceroniano. Nela, Grangorja continua a defender a moderação contra a guerra, que só deve ser praticada quando justa e sem outro recurso; nesse caso, a astúcia é bem vinda, como vemos também na* Utopia *de More. Um ponto da epístola remonta à longa discussão sobre o livre-arbítrio entre Erasmo, que a afirmava em* De libero arbitrio *(Do livre-arbítrio) em 1524, e Lutero, que a negava em* De seruo arbitrio *(Do arbítrio servil) em 1526; como em tantos outros momentos, Rabelais fica próximo das teses erasmianas, com base em Santo Agostinho, que, defendendo o livre-arbítrio, ainda assim aposta na graça divina.*

"Se o conselho não está no lar" é um adágio de Cícero, Dos deveres, *1.22.76. Vinte de setembro é o período das vindimas.* [G.G.F.]

───────

"O fervor dos seus estudos exigia, por muito tempo, que eu não o chamasse desse filosófico repouso, se a presunção de nossos amigos e antigos confederados não viesse agora frustrar a segurança da minha velhice. Mas já que é meu fatal destino ser atormentado por aqueles em quem mais me apoiei, é forçoso chamar você para o auxílio do povo e dos bens que por direito natural lhe são confiados.

Pois assim como débeis são os braços por fora, se o conselho não está no lar, vão também é o estudo e o conselho é inútil, se no momento oportuno não for com virtude executado e conduzido a seu efeito.

Minha intenção não é provocar, antes apaziguar; não atacar, mas defender; não conquistar, mas proteger meus fiéis súditos e terras hereditárias. Nelas entrou hostilmente Picrócolo, sem causa ou razão, e a cada dia prossegue sua furiosa empreitada, com excessos intoleráveis para pessoas livres.

Eu me dei o dever de moderar sua cólera tirânica, oferecendo tudo que julgava ser capaz de contentá-lo, e muitas vezes enviei amavelmente até ele, para que escutasse em quê, por quem e como ele se sentia ultrajado, mas dele não obtive resposta além do desafio voluntário de que em minhas terras pretendia apenas o direito de usufruto.

Com isso, percebi que Deus eterno o abandonou às rédeas de seu livre--arbítrio e ao seu próprio juízo, que só pode ser maligno, se por graça divina não for continuamente guiado; e que foi para restringi-lo a seu dever e reconduzi-lo ao bom senso que ele mo enviou sob essas molestas insígnias.

Portanto, meu filho muito amado, o mais rápido que puder, depois de ler esta carta, retorne com pressa para socorrer não tanto a mim (embora por piedade natural bem o deva), quanto ao seu povo, que você com razão pode salvar e proteger. A ação deve ser feita com o menor derramamento de sangue possível. E, se possível e por meios mais eficientes, astúcias e artimanhas da guerra, nós salvaremos todas as almas e as mandaremos alegres aos seus domicílios.

Caríssimo filho, a paz de Cristo, nosso redentor, esteja com você. Cumprimente Ponócrates, Ginasta e Eudemão por mim.

A vinte de setembro.

Seu pai Gargântua"

Capítulo 30

Como Ulrich Gallet
foi enviado até Picrócolo

Seguindo a proposta de Grangorja, primeiro há um empenho por pacificar os ânimos e evitar a guerra. Ulrich Gallet é alusão a Jean Gallet, advogado do rei de Chinon e parente de Rabelais, que foi até Paris para representar os comerciantes e barqueiros da região contra o senhor de Lerné, Gaucher de Sainte-Marthe. [G.G.F.]

———

Uma vez ditada e assinada a carta, Grangorja mandou Ulrich Gallet, mestre de petições, homem sábio e prudente, cuja virtude e bom juízo ele havia comprovado em diversos e contenciosos casos, para que fosse até Picrócolo apresentar o que haviam decretado.

No mesmo instante partiu o bom homem Gallet e, cruzado o vau, perguntou ao moleiro sobre a situação de Picrócolo, e ele respondeu que o povo não tinha deixado nem galo nem galinha e que estavam encerrados em La Roche-Clermault e que o aconselhava a não seguir adiante, por paúra da patrulha, porque a fúria deles andava enorme. Ele acreditou facinho e naquela noite se alojou com o moleiro.

Na manhã seguinte seguiu com a trombeta até a portão do castelo e pediu aos guardas que o levassem para conversar com o rei, para seu próprio bem.

Anunciadas essas palavras ao rei, este não consentiu de jeito maneira que abrissem o portão, mas seguiu até o bastião e disse ao embaixador: "Qual é a novidade? O que o senhor quer falar?" Então o embaixador expôs o seguinte:

Capítulo 31

A arenga que fez Gallet a Picrócolo

Embora menos ridícula que outras arengas paródicas rabelaisianas, o estilo ciceroniano elevadíssimo e truncado de Gallet também pode ser lido sob a chave do riso moderado; por isso busquei recriar sua linguagem rebuscada humanista e latinizante.

"Justo retribuidor de nossas empreitadas" é alusão a Romanos 2:6. "Espécies" e "fantasmas ludificatórios" são termos da escolástica: espécies são imagens incorpóreas irradiadas pelos objetos; fantasmas são as imagens conservadas na memória. Tomás de Aquino afirmava que o demônio poderia nos enganar por interferência nesses dois tipos de imagem; esse argumento era usado com certa frequência, na época de Rabelais, para descrever os inimigos como enganados de seu dever cristão; assim estaria Carlos V, na leitura alegórica, afastado da cristandade e tomado pelo diabo; daí que a lista das três primeiras gentes "bárbaras" possa aludir à vitória de Carlos VIII sobre esses povos de Poitiers, Bretanha e Mans, em 1488.

Canárias, apesar do eco do nome, parece ser um país inventado. Isabela foi a primeira cidade fundada por Colombo no atual Haiti. Besante era moeda bizantina que foi usada até os sécs. XII-XIII na França, mas fora de uso no tempo de Rabelais. Idos de maio é o mesmo que 15 de maio: o latinismo se adequa ao estilo elocutório da arenga. [G.G.F.]

———

"Mais justa causa de dor nascer não pode entre os humanos, senão quando, pelo lugar donde por direito se esperava graça e benevolência, advêm aflição e dano. E não sem motivo (embora sem razão) muitos, diante de tal acidente, consideraram tal indignidade menos tolerável do que a própria vida e, no caso em que por força ou outro meio não puderam corrigir, eles próprios se privaram de tal luz.

Então espanto não há se o rei Grangorja, meu mestre, diante da furiosa e hostil vinda do senhor, tomado foi de grande desprazer e perturbado em seu entendimento; espantoso seria se não o tivessem comovido esses excessos incomparáveis que em suas terras e súditos foram pelo senhor e pelos seus cometidos, nos quais não se omitiu exemplo algum de desumanidade.

Fato que causou desgosto para ele, a causa do cordial afeto que sempre acalentou por seus súditos, que nenhum mortal homem superar saberia; não obstante, sua estima humana mais lhe desgosta, uma vez que pelo senhor e pelos seus decorreram tais desgostos e malfeitos.

Pois ao longo de toda memória e antiguidade tiveram o senhor e seus pais uma amizade com ele e todos os seus ancestrais concebida, a qual até o presente como que sagrada e inviolavelmente unida tinham os senhores mantido, guardado e entretido, se bem que não apenas a ele e aos seus, como também as nações bárbaras, os poitevinos, bretões, mansonenses e aqueles que habitam outras ilhas de Canárias e Isabela consideraram que seria tão fácil demolir o firmamento e os abismos erigir sobre as nuvens quanto desfazer sua aliança; e tanto a temeram em suas empreitadas, que nunca ousaram provocar, irritar ou prejudicar a um, por medo do outro.

Há mais. Essa sagrada amizade tanto encheu este céu, que poucos povos hoje habitam por todo o continente e as ilhas do oceano que nunca tenham ambiciosamente aspirado a serem recebidos nela sob os pactos pelos senhores mesmos condicionados; nisso estimando tanto à sua confederação quanto às próprias terras e domínios deles. De sorte que por toda memória nunca houve príncipe nem liga tão presunçosa ou soberba a ponto de ousar um assalto, nem digo às terras dos senhores, mas àquelas dos confederados. E se, por conselho precipitado, alguns chegaram a intentar qualquer caso de levante, ouvindo o nome e o título da aliança dos senhores, súbito desistiram de tal empresa.

Que fúria afinal move o senhor agora, quebrada toda aliança, conculcada toda amizade, trespassado todo direito, a invadir com hostilidade suas terras, sem em nada ter sido por ele o senhor ou os seus danificado, ofendido ou provocado? Onde está a boa fé? Onde está a boa lei? Onde a razão? Onde a humanidade? Onde o temor a Deus? Pensa que tais ultrajes seriam escondidos dos espíritos eternos e de Deus soberano, que é justo retribuidor de nossas empreitadas? Se pensa, está enganado, pois que todas as coisas virão a seu julgamento. São os fatais destinos, ou influências astrais que querem dar cabo da sua tranquilidade e repouso? Assim têm todas as coisas seu fim e ciclo. E quando chegam ao ponto superlativo, solapam em ruínas, visto que não podem por muito tempo em tal estado permanecer. É o fim daqueles cujas fortunas e prosperidades não podem por razão e temperança moderar.

Porém, se assim estiver predestinado, e devem agora sua felicidade e repouso ter fim, necessário era que fosse apoquentando meu rei, por quem o senhor pôde se estabelecer?

Se a sua casa deve se arruinar, necessário era que tal ruína tombasse sobre os átrios daquele que a adornou? A coisa está tão fora dos limites da razão, tão alheia ao bom senso, que apenas por um humano entendimento seria concebível, e mesmo assim permaneceria inacreditável entre os estrangeiros, até que o efeito assegurado e testemunhado os faça compreender que nada é santo ou sagrado a quem se emancipou de Deus e da razão para seguir seus afetos perversos.

Se algum erro foi por nós cometido aos seus súditos e domínio, se por nós algum favor foi concedido aos seus malquistos, se aos seus afazeres não prestamos auxílio, se por nós seu nome e honra foram ofendidos; ou melhor dizendo: se o espírito caluniador, tentando levar o senhor ao mal por meio de falazes espécies e fantasmas ludificatórios, pôs em seu entendimento que contra si faríamos qualquer coisa indigna de nossa antiga amizade, o senhor deveria primeiro inquirir sobre a verdade, depois nos admoestar. E tanto nós teríamos a seu bom grado prestado satisfação, que haveria ocasião de o contentar. Mas (ó Deus eterno) qual foi a sua empreitada?

Queria o senhor como tirano pérfido pilhar e dissipar o reino de meu mestre? Acaso o julgou tão ignavo e estúpido, que não desejaria, ou tão desprovido de homens, de dinheiro, de conselho e de arte militar, que não poderia resistir aos seus iníquos assaltos? Parta daqui imediatamente e amanhã para sempre retorne às suas terras, sem pelo caminho fazer qualquer tumulto ou violência. E pague mil besantes de ouro pelo preju feito nestas terras. Metade o senhor entregará amanhã, e o resto pagará nos idos de maio próximo, deixando-nos como reféns os duques de Rodamoinho, de Bundacurta e de Bagatelas, junto com o príncipe de Sarnas e o visconde de Chatos."

Capítulo 32

Como Grangorja, para comprar a paz, mandou devolver as fouaces

A busca pela paz espelha a Querela pacis *(Querela da paz) de Erasmo, publicada em 1517, que foi um sucesso de vendas nas décadas subsequentes; nesse livro, Francisco I é louvado brevemente como exemplo de pacificador.*

Há dois provérbios neste capítulo: "quem unge vilão sente o pungido, quem punge vilão será ungido" é provérbio de origem medieval; e "da pança vem a dança" é provérbio que aparece já em Villon, Testamento, *v. 200.*

Felipe é uma moeda com origem em Felipe da Macedônia, depois, por extensão, designa as moedas de ouro em geral. Os barbeiros, no tempo de Rabelais, exerciam funções similares à dos cirurgiões. La Pomardière era uma quinta de Seuilly, que pertencia à família de Rabelais, já mencionada em Pantagruel, *cap. 9.* [G.G.F.]

––––––

Aqui se calou o bom Gallet, mas Picrócolo a toda a fala não respondeu nada além de: "Venha buscar! Venha buscar! Eles têm colhões e pilões. Vão moer as suas fouaces." Então retorna a Grangorja, que se encontrava de joelhos, cabeça descoberta, inclinado num cantinho do gabinete, rogando a Deus para que amolecesse a cólera de Picrócolo e o fizesse voltar a si, sem ter de apelar para a força. Quando viu o bom homen de retorno, perguntou: "Ah, meu amigo, meu amigo, quais são as novas que me traz?

— Não deu em nada, disse Gallet, esse homem perdeu completamente o bom senso e abandonou a Deus.

— Certo, mas, disse Grangorja, meu amigo, que causa ele alega para tais excessos?

— Ele não me apresentou, disse Gallet, causa nenhuma. Apenas falou, na sua cólera, umas palavras sobre fouaces. Não sei se ofenderam os seus boleiros.

— Eu quero, disse Grangorja, escutar melhor antes de decidir o que deve ser feito."

Então mandou se informar sobre o caso e descobriu em verdade que tinham tomado pela força algumas fouaces de seus homens e que Marquet tinha levado uma paulada na cabeça; que entretanto tudo tinha sido bem pago e que o tal Marquet tinha primeiro ferido Forgier com uma chicotada nas pernas. E parecia a todo o conselho que com toda força ele deveria se defender.

"No entanto, disse Grangorja, como a questão não passa de umas poucas fouaces, vou tentar satisfazê-lo, porque sinto um desgosto profundo em declarar guerra."

Então inquiriu quantas fouaces foram pegas e, ao ouvir quatro ou cinco dúzias, mandou que fizessem cinco carretadas na mesma noite e que uma fosse de fouaces da melhor manteiga, melhor gema de ovo, melhor açafrão e melhores temperos para serem distribuídas para Marquet, e que, pelos danos, lhe daria setecentos mil e três felipes para pagar aos barbeiros que dele trataram e que, ainda por cima, lhe dessem a quinta de La Pomardière, zona perpetuamente franca para si e para os seus. Para cuidar de tudo e conduzir o caso foi enviado Gallet. Este, pelo caminho, mandou colher perto de La Saulaie imensos ramos de caniços e juncos e mandou munir em torno das carretas e cada um dos carreteiros levou um na mão, para assim dar a entender que apenas demandavam paz e que vinham para comprá-la. Chegando ao portão, pediram para falar com Picrócolo da parte de Grangorja.

Picrócolo não quis deixar que entrassem nem foi falar com eles e mandou anunciar que estava ocupado, mas que poderia dizer o que queriam ao capitão Tiraonda, que armava uma peça de artilharia sobre as muralhas. Então lhe disse o bom homem: "Senhor, para tirá-los de toda esta disputa e eliminar toda desculpa de não retornarem a nossa aliança primeira, entregamos agora as fouaces que deram origem à controvérsia. Cinco dúzias tomaram os nossos; elas foram bem pagas, mas amamos tanto a paz que trouxemos cinco carretadas, das quais esta aqui será para Marquet, que mais se queixa.

Além disso, para garantir total satisfação, aqui estão setecentos mil e três felipes que lhe entrego e, pelos danos que poderia alegar, concedo a quinta de La Pomardière perpetuamente para si e para os seus, em posse alodial. Veja aqui o contrato da transação. Juro por Deus que de agora em diante vivemos em paz e vocês podem seguir para suas terras alegremente, deixando este lugar, ao qual não têm direito, como bem confessaram. E amigos como dantes."

Tiraonda relatou tudo a Picrócolo e ainda envenenou sua coragem, dizendo: "Esses calhordas estão morrendo de medo. Por Deus, Grangorja está se cagando, pobre manguaceiro, não tem jeito para ir à guerra, mas só para esvaziar frascos.

Tenho cá para mim que devemos reter as fouaces e o dinheiro e, no mais, nos apressarmos em munir o espaço e dar sequência à nossa aventura. Acham que estão lidando com um pamonha, para o pascer com fouaces? Veja só: o bom tratamento e a grande familiaridade que até agora o senhor lhes concedeu fez com que se tornasse desprezível aos olhos deles. Quem unge vilão, sente o pungido. Quem punge vilão, será ungido.

— Isso, isso, isso, disse Picrócolo, por São Tiago, eles vão ver só! Faça como falou.

— Só uma coisa, disse Tiraonda, eu quero prevenir ao senhor. Aqui estamos mal abastecidos e mal munidos de arreios de boca.

Se Grangorja nos sitiasse, eu me arrancaria todos os dentes desde agora; se sobrassem apenas três, para os seus homens e para mim, danaríamos a comer demais a nossa despensa.

— Nós, disse Picrócolo, teremos comida de sobra. Estamos aqui para comer ou batalhar?

— Para batalhar, sem dúvida, disse Tiraonda. Mas da pança vem a dança. E onde reina a fome, se exila a força.

— Já chega, disse Picrócolo. Tome o que eles trouxeram."

Então pegaram dinheiro e fouaces e bois e carretas e os mandaram de volta sem nada dizer, exceto que não voltassem a chegar mais perto, pois no dia seguinte eles diriam. Assim, sem nada lograr retornaram até Grangorja e relataram tudo, ajuntando que não havia mais nenhuma esperança de paz, senão por viva e forte guerra.

Capítulo 33

Como certos governantes de Picrócolo, em decisão precipitada, o colocaram no pior dos perigos

Todo este capítulo hilário e mordaz pode ser lido como uma sátira às pretensões imperialistas de Carlos V e a seu lema, plus ultra, *"mais além", com impressionante precisão geográfica e histórica que explico em notas de rodapé. No entanto tudo é literariamente construído a partir de imitações do* Navigium *(O navio) de Luciano, do diálogo entre Pirro e Cíneas na* Vida de Pirro *de Plutarco, e também nas aspirações do rei da França na* Utopia *de Thomas More. Assim, Picrócolo conversa com Equefrão, um nome significativo derivado do grego* ἐχέφρων *("prudente", "sensato"), já que é a única figura razoável do grupo.*

Dois dados importantes são mencionados. Em primeiro lugar, um dos problemas das campanhas de Carlos V era a falta de dinheiro, o que o levava a fazer constantes empréstimos. Além disso, a prática de Barba Ruiva (aliado de Carlos V) de dividir o exército é considerada absurda por Rabelais em sua carta a Geoffroy d'Estissac; com isso ele foi derrotado por Solimão.

A última frase do capítulo, pronunciada por Picrócolo, é atribuída a Felipe VI, antes da batalha de Cassel, em 1328, ou deformação da fala de Ciro, em Xenofonte, que seria algo como "quem se ama que me siga". Já a primeira fala de Picrócolo só é compreensível se lembrarmos que a alta nobreza da Espanha podia ficar diante do rei com seus chapéus.

As duas falas, atribuídas a Salomão e Marcul (ou Marculfo) são retiradas dos Dialogues de Salomon et Marcoul *(Diálogos de Salomão e Marcul) num pseudo-embate entre sabedoria erudita e popular famoso na Idade Média.*

A imagem do papa com medo recorda o saque de Roma em 1527, pelas mãos de Carlos V. Eu grafo Solomão porque a grafia Solomon era censurada pela Sorbonne, porém Rabelais segue a prática de Erasmo a partir dos evangelistas. Sobre Festina lente, cf. *final da nota ao cap. 9. "O que vamos beber nesses desertos" é alusão a Êxodo 15:22-5 e Mateus 6:31. Os lansquenetes eram soldados mercenários do povo suíço e do povo alemão. Sardanápalo é representado como o típico rei desmedido em seus prazeres, muitas vezes representado fiando entre as mulheres.* [G.G.F.]

Tomadas as fouaces, compareceram diante de Picrócolo o duque de Bagatelas, o conde Espadachim e o capitão Merdalha, que lhe disseram: "Sir, hoje nós o tornaremos o mais feliz, o mais cavalheiresco príncipe de todos os tempos desde a morte de Alexandre da Macedônia.

— Ponham, ponham seus chapéus, disse Picrócolo.

— Muitíssimo obrigado (disseram), sir, só cumprimos o nosso dever. O plano é o seguinte: o senhor deixará aqui algum capitão na guarnição com um pequeno grupo para guardar o lugar, que nos parece bem forte, tanto por natureza, quanto pelos bastiões feitos por ideia sua. O seu exército partirá em dois, como o senhor julgar melhor.

Uma parte vai cair sobre Grangorja e os seus. E com ela, no primeiro assalto, ele será desbaratado. Nisso o senhor vai recuperar pilhas e pilhas de dinheiro.

Pois esse vilão esbanja bufunfa; e vilão é como nós o chamamos, porque um nobre príncipe nunca tem um vintém. Entesourar é coisa de vilão.

A outra parte, enquanto isso, vai seguir para Aunis, Saintonge, Angoumis e Gasconha, além de Périgord, Médoc e Landes.

Sem resistência, vão tomar cidades, castelos e fortes. Em Bayonne, em Saint-Jean-de-Luz e Hondarribia vão se apossar de todos os navios, e costeando até a Galícia e Portugal, devem pilhar todos os lugares marítimos, até Lisboa, onde o senhor terá o reforço de todo equipamento necessário para um conquistador.

Corvodecristo! A Espanha vai se render, pois não passam de uns caipiras.

O senhor vai passar pelo estreito de Sibila;[53] lá deve erigir duas colunas mais magníficas que as de Hércules, em perpétua memória de seu nome. E será nomeado o tal estreito como Mar Picrocolino.

Passado o Mar Picrocolino, eis Barba Ruiva[54] que se rende como seu escravo.

— Eu (disse Picrócolo) vou conceder minha mercê.

— Com certeza (disseram), desde que ele se batize.

---

[53] Sibila é deformação de Sevilha, com referência ao estreito de Gibraltar, em alusão às duas colunas míticas que Hércules teria erigido no estreito de Gibraltar e que apareciam no emblema de Carlos V.

[54] Trata-se de Khair ed-Din (1470-1546), famoso corsário de Francisco I que atacava Carlos V. A tomada de Túnis por Barba Ruiva se deu em 1534, evento muito próximo da publicação do livro.

E o senhor sitiará os reinos de Túnis, Hipo,[55] Argélia, Bona, Cirene,[56] em suma, com audácia, toda a Barbária.[57]

Passando além, o senhor tomará em sua mão Maiorca, Menorca, Sardenha, Córsega e outras ilhas do Mar Lígure e das Baleares.

Costeando pela esquerda, vai dominar toda a Gália Narbonense,[58] Provença, e Alóbroges, Gênova, Florença, Lucca e — já era! — Roma. O pobre senhor do papa já está morrendo de medo.

— Dou minha palavra, disse Picrócolo, que não vou beijar sua pantufa.

— Tomada a Itália, eis Nápoles, Calábria, Apúlia e Sicília todas num mesmo saco, junto com Malta.

Eu bem gostaria que os divertidos cavaleiros outrora de Rodes fizessem alguma resistência, só para ver a urina deles.[59]

— Eu iria (disse Picrócolo) com gosto até Loreto.

— Não, não, disseram eles; isso vai ser na volta.

De lá vamos tomar Cândia,[60] Chipre, Rodes e as ilhas Cícladas até desembarcarmos em Moreia. Nós a tomaremos. Por São Niniano, Deus guarde Jerusalém, pois o sultão não se compara ao poder do senhor.

— Eu (disse ele) mandarei levantar o templo de Solomão.

— Não, disseram eles, não ainda, espere um pouco: nunca aja de supetão em suas empreitadas.

Sabe o que dizia Otaviano Augusto? *Festina lente.*

Antes convém deter a Ásia Menor, Cária, Lícia, Panfília, Cilícia, Lídia, Frígia, Mísia, Bitínia, Carrásia, Atália, Samagária, Castamonu, Luga, Sebaste,[61] até o Eufrates.

— E nós veremos, disse Picrócolo, a Babilônia e o monte Sinai?

---

[55] Atual Bizerta, na Tunísia, antes conhecida como Hipo Acra ou Hipo Diárrito ou Hipo Zárito.

[56] Argélia, Bona e Cirene foram acrescentadas na edição de 1542, como alusão à campanha infeliz de Carlos V em 1541 na Argélia.

[57] África do Norte.

[58] Nome romano do que hoje é Langedoc, no sul da França. Alóbroges era o nome de um antigo povo celta na Gália Narbonense.

[59] Os cavaleiros de São João de Jerusalém foram expulsos de Rodes por Solimão II em 1522 e depois alocados por Carlos V na ilha de Malta em 1530. O exame de urina servia para avaliar doenças.

[60] Nome de Creta quando foi colônia de Veneza, do séc. XIII até o XVII.

[61] Boa parte dos nomes são derivados dos romanos, mas indicam todos lugares reais da Ásia Menor. Samagária e Luga são desconhecidas.

— Por enquanto, disseram, não é necessário. Já não é muito trabalho ter transposto o mar Hircânio,[62] cavalgado pelas duas Armênias e pelas três Arábias.

— Juro que estamos exaustos. Pobres soldados.

— (Quê? disseram eles).

— O que vamos beber nesses desertos? Pois lá Juliano Augusto e toda sua tropa morreram de sede, segundo dizem.[63]

— Nós (disseram eles) já resolvemos tudo. Pelo mar da Síria o senhor tem nove mil e catorze navios carregados dos melhores vinhos do mundo, eles chegarão até Jafa. Lá se encontram duzentos e vinte mil camelos e mil e seiscentos elefantes, que o senhor capturou numa caça perto de Sijilmassa, ao entrar na Líbia; sem contar toda a caravana de Meca. Não serviriam vinho de sobra?

— Claro, mas, disse ele, não bebemos fresco.

— Por todo o poder da pesca, disseram eles, um valente, um conquistador, um pretendente e aspirante ao império universal não pode sempre ter conforto.

Louvado seja Deus, que veio salvar o senhor e os seus incólumes até o rio Tigre.

— Mas, disse ele, o que está fazendo enquanto isso a parte do nosso exército que desbarata aquele vilão pau-d'água do Grangorja?

— Eles não curtem folga (disseram eles), logo vamos revê-los. Já tomaram pelo senhor a Bretanha, Normandia, Flandres, Hainaut, Brabante, Artois, Holanda, Zelândia, passaram pelo Reno por cima da pança dos suíços e lansquenetes, e parte deles sobrepujou Luxemburgo, Lorena, Champagne, Saboia, até Lyon, onde encontraram suas guarnições que retornavam das conquistas navais do mar Mediterrâneo.

E se reuniram na Boêmia, depois de saquearem a Suábia, Wittemberg, Baviera, Áustria, Morávia e Estíria.

Depois partiram para cima de Lübeck, Noruega, Suécia, Dácia,[64] Gotalândia, Groenlândia, as cidades hanseáticas, até o mar Glacial.

Feito isso, conquistaram as ilhas Órcades e subjugaram a Escócia, Inglaterra e Irlanda.

---

[62] Mar Cáspio.

[63] Juliano, o Apóstata, morreu em campanha contra os persas em 363 d.C.

[64] Atual Dinamarca.

De lá, navegando pelo mar Arenoso[65] e pela Sarmácia, venceram e dominaram a Prússia, Polônia, Lituânia, Rússia, Valáquia, Transilvânia e Hungria, Bulgária, Turquia, chegaram a Constantinopla.[66]

— E nós vamos, disse Picrócolo, nos reunir logo? É que eu quero ser também imperador de Trebizonda.

E não vamos matar todos esses cães dos turcos e maometanos?

— Mas que diabo, disseram eles, vamos fazer então?

O senhor dará os bens e terras deles a quem lhe serviu honradamente.

— A razão (disse ele) assim exige: é a equidade.

Dou-lhes a Carmânia, a Síria e toda Palestina.

— Ah, sir, disseram eles, é mesmo a sua cara: muitíssimo obrigado. Que Deus lhe dê prosperidade, sempre."

Ali presente estava um velho nobre, experimentado em muitos perigos, um verdadeiro veterano de guerra, chamado Equefrão, que ao ouvir essa conversa disse:

"Tenho muito medo que toda essa empreitada mais parece a farsa da jarra de leite, que um cordoeiro usava para ficar rico num sonho; depois que a jarra quebrou, não teve mais o que comer.

O que vocês pretendem com essas belas conquistas? Qual será o fim de tantos trabalhos e travessias?

— Será, disse Picrócolo, que depois de retornarmos, poderemos descansar no maior conforto." Então disse Equefrão: "E se nunca retornarem? Porque essa viagem é longa e perigosa. Não seria melhor descansar agora mesmo, sem corrermos tanto risco?

— Ah, disse Espadachim, meu Deus, olhem que belo babaca, mas vamos nos esconder no canto da chaminé e lá vamos ficar com as senhoras perdendo nossa vida e nosso tempo, enfileirando pérolas ou fiando que nem Sardanápalo. Quem não se aventura, não tem cavalo nem mula: foi o que disse Salomão.

— Quem muito (disse Equefrão) se aventura, perde cavalo e mula: foi o que respondeu Marcul.

— Chega, disse Picrócolo, sigamos adiante. Só temo o diabo das legiões de Grangorja; enquanto estamos na Mesopotâmia, se nos pegarem pelo rabo, tem remédio?

---

[65] Talvez o mar Báltico.

[66] Essas conquistas apontam para os feitos de Carlos V até 1535, que seguia pela África e pelo oeste europeu, enquanto seu irmão Ferdinando atacava a Hungria e os turcos.

— Tem um ótimo, disse Merdalha: uma pequena comissão, que o senhor enviará aos moscovitas, num instante trará ao campo quatrocentos e cinquenta mil combatentes de elite. Ah, se o senhor me fizer lugar-tenente, eu mataria duas cajadadas com um coelho só. Eu mordo, eu ataco, eu acerto, eu pego, eu mato, eu nego.

— Vamos, vamos, disse Picrócolo, que se prepare tudo, e quem me ama que me siga.

François Rabelais

Capítulo 34

Como Gargântua deixou a cidade de Paris para socorrer seu país e como Ginasta encontrou os inimigos

Como contraponto à geografia dos planos mirabolantes de Picrócolo, retorna-mos aos entornos de Chinon e La Devinière, da infância de Rabelais: Nonain foi a primeira ponte sobre o Vienne, entre La Roche-Clermault e Chinon, datada do séc. XII; Parilly era uma paróquia com nome proveniente de família de Anjou; Goguet, Vède, Vaugaudry e Billard eram pequenas posses da região; e Vauguyon era um do-mínio de Parilly.

Na cena de Ginasta com Tripeido, convém lembrar que era praxe o escudeiro provar alimentos de seu senhor, para garantir que não estivessem envenenados. O vinho de La Foye-Monjault é um cru da região de Niort, em Deux-Sèvres.

Aurum potabile (ouro potável) era feito a partir de cloreto de ouro e conside-rado um santo remédio. Proficiat é expressão latina para as boas-vindas aos bispos no seu entronamento. Galante (no original, Prelinguant), é nome derivado de esper-lingant, que em em languedoc significa "elegante". [G.G.F.]

———

No mesmo momento, Gargântua, que saíra de Paris logo assim que le-ra a carta de seu pai, em cima da grande égua, já tinha cruzado a ponte de Nonain, ele, Ponócrates, Ginasta e Eudemão, que para o seguir pegaram ca-valos de posta; o resto do grupo vinha por jornadas normais, trazendo todos os livros e aparato filosófico.

Chegando a Parilly, foi informado pelo feitor de Goguet sobre como Picrócolo tinha reforçado La Roche-Clermault e enviado o capitão Tripeido com grande exército para assaltar o bosque de Vède e Vaugaudry, e que eles tinham roubado inclusive galinhas até o lagar de Billard, e que era uma coi-sa muito estranha e dura de acreditar nos excessos que cometiam por todo o país. Nisso sentiu pavor e não sabia bem o que dizer e o que fazer. Mas Ponócrates o aconselhou a rumarem para o senhor de La Vauguyon, que desde sempre tinha sido seu amigo e confederado; por ele seriam melhor in-formados sobre todo o caso. Assim agiram de pronto e o encontraram bem disposto em dar ajuda; e era da opinião de que deviam enviar algum dos seus para fazer reconhecimento do país e saber como estavam os inimigos, a fim de procederem com um plano em função da circunstância e do momento presente.

Ginasta se ofereceu para ir, mas concluíram que seria melhor que ele levasse consigo alguém que conhecesse as estradas, veredas e rios daquelas bandas.

Então partiram ele e Galante, escudeiro de Vauguyon, e sem alarde espiaram todos os cantos.

Enquanto isso, Gargântua se recuperou e repousou um pouco com os seus e mandou dar à égua um bocadinho de aveia: foram setenta e quatro barricas e três alqueires.

Ginasta e seu parceiro tanto cavalgaram, que encontraram os inimigos todos espalhados e desordenados, pilhando e roubando tudo que podiam, e logo que os perceberam ao longe, partiram para cima em bando para saquear; então ele gritou: "Senhores, eu sou um pobre diabo, peço que tenham piedade de mim. Ainda tenho alguma moeda, que podemos beber, porque é *aurum potabile*, e este cavalo aqui será vendido para pagar minhas boas-vindas; feito isso, me acolham entre vocês, pois nunca se viu um homem capaz de pegar, lardear, assar, temperar e, juro por Deus, destrinchar e marinar um frango melhor do que eu, que aqui estou; e para o meu *proficiat*, brindo a todos os parceiros."

Então destampou seu cantil e sem botar o nariz ali dentro bebeu com vontade.

Os pangós observavam como ele escancarava a bocarra e botava a língua para fora, que nem uma lebre que espera para beber; mas Tripeido, o capitão, nessa hora veio ver o que estava acontecendo.

A ele Ginasta ofereceu a garrafa, dizendo: "Tome, capitão, beba sem medo, que eu acabei de provar: é vinho de La Foye-Monjault.

— O quê, disse Tripeido, esse brucutu está tirando com a nossa cara. Quem é você?

— Eu sou (disse Ginasta) um pobre diabo.

— Ah, disse Tripeido, se é um pobre diabo, passe reto, pois todo pobre diabo passa por tudo sem pagar pedágio nem gabela. Mas não costumo ver pobres diabos assim bem montados; então o senhor diabo pode arriar, que eu vou ficar com o rocim, e se ele não me levar direitinho, o mestre diabo aqui vai me levar. Pois eu adoro que um diabo desses me carregue."

Capítulo 35

Como Ginasta espertamente
matou o capitão Tripeido
e outros homens de Picrócolo

Neste capítulo, Ginasta faz jus a seu nome, enquanto aproveita a ambiguida-
de da fala de Tiraonda, numa clara crítica aos supersticiosos. Agios ho theos *("San-*
to é Deus"), em grego, conforme a liturgia da Sexta-Feira Santa. Ab hoste maligno
libera nos domine *("Liberte-nos do inimigo maligno, senhor"), fórmula de litania;*
o "inimigo" é o diabo.

*Os francos-talpinos (*francs-taupins) *eram uma milícia rural de má reputação,*
criada por Carlos VII e desfeita por Luís XII. Um autor com esse nome aparece na
lista dos livros da biblioteca de Saint-Victor, em Pantagruel, *cap. 7.*

Lansquenete era um tipo de espada curta usada pelos mercenários lansquene-
tes, cf. nota ao cap. 33. [G.G.F.]

———

Ouvindo essas palavras, alguns deles começaram a ter paúra e a fazer
sinal da cruz com as duas mãos, pensando que ele fosse um diabo disfarçado, e um deles chamado Zé Dascouve, capitão dos francos-talpinos, tirou o
livro de horas da braguilha e berrou bem alto: "*Agios ho theos*. Se você é de
Deus, fale! Se você é de outro, vade-retro!" E nada de vade-retro, o que ouviram muitos do bando e abandonaram a companhia.

Tudo notava e considerava Ginasta, portanto fez que ia descer do cavalo e, quando estava pendurado de um lado da montaria, girou bem esperto a estribeira, com sua espada bastarda de lado, e passando por baixo se
lançou no ar e firmou com os dois pés sobre a sela com a bunda virada para
a cabeça do cavalo. Depois disse: "Meu cazzo é pelo avesso." Então, onde
estava, fez uma pirueta de um pé só e, virando pela esquerda, não errou ao
voltar ao próprio assento sem qualquer mudança.

Ao que disse Tripeido: "Ah, não vou fazer isso agora, por bom motivo.
— Que merda, disse Ginasta, eu errei, vou desfazer o salto.

Então com toda força e agilidade fez pela direita a mesma pirueta de
antes. Feito isso, pôs o polegar da destra sobre o arção da sela e levantou o
corpo inteiro no ar, sustentando todo o corpo sobre o músculo e o nervo do

tal polegar e assim rodou três vezes; na quarta, virando o corpo inteiro sem tocar em nada, se ergueu entre as duas orelhas do cavalo, sustendo o corpo inteiro no ar sobre o polegar da esquerda; nessa posição fez a virada do molinete, depois batendo a palma da mão direita no meio da sela, deu um impulso até se sentar na garupa, que nem as senhoritas.

Feito isso, com a maior tranquilidade passa a perna direita sobre a sela e se apruma em posição de cavaleiro, na garupa. "Mas (disse ele) vale mais eu me postar entre os arções." Então, se apoiando sobre os polegares das duas mãos na garupa à sua frente, virou de bunda para cima da cabeça e ficou no meio dos arções por um bom tempo, depois num pulo ergueu o corpo no ar e então parou de pés juntos sobre os arções e ali deu mais de cem voltas, os braços em cruz, e berrava a plenos pulmões: "Que raiva, diabos, que raiva, que raiva, me levem, diabos me levem, me levem." Enquanto assim rodava, os pangós embasbacados diziam uns aos outros: "Merdeus!, é um duende, ou um diabo disfarçado. *Ab hoste maligno libera nos domine.*"

E danaram a fugir pela estrada, olhando para trás, que nem um cachorro que catou uma asa de ganso.

Então Ginasta, vendo que estava em vantagem, arria do cavalo, desembainha a espada e com grandes golpes acertou os mais parrudos e com sopapos que faziam uma pilha de vulnerados, tombados e feridos de morte, sem que ninguém reagisse, pensando que era um diabo famigerado, tanto pelas maravilhosas piruetas que tinha feito, quanto pela conversa de Tripeido, que o chamara de pobre diabo.

Apenas Tripeido à traição tentou romper seu cérebro com a espada lansquenete, mas ele estava bem armado e do tal golpe sentiu apenas o baque e num supetão virando-se deu uma estocada volante no tal Tripeido, e quando este tentou se cobrir pelo alto, acertou num só golpe o estômago, o cólon e metade do fígado, o que o fez cair por terra, e caindo rendeu mais de quatro potes de sopa e a alma misturada nessa sopa.

Feito isso, Ginasta se retira, considerando que os casos do acaso não devem ser continuados até o fim do ciclo e que melhor é que todos os cavaleiros tratem com reverência a sua boa fortuna, sem quererem molestar ou importunar. E montando no cavalo, dá com as esporas, seguindo reto seu caminho até La Vauguyon, e Galante a seu lado.

Capítulo 36

Como Gargântua demoliu
o castelo do vau de Vède
e como atravessaram o vau

Nessa paródia épica, o tamanho de Gargântua e de sua égua volta a fazer diferença na narrativa depois de quase quinze capítulos, criando um riso pelo exagero. Hormaechea nos lembra que a indiferença na travessia do rio cheio de cadáveres pode lembrar o banquete entre os dipsodos mortos em Pantagruel, cap. 26.

Stratgemata (Estratagemas) é o título de uma obra perdida de Rabelais escrita em latim e que sabemos que foi traduzida para o francês por Claude Massuau em 1542.

Note-se que, se frei João usou uma cruz para o combate, Gargântua usa uma árvore de São Martinho (associado ao vinho) como cajado. Na verdade, segundo a lenda, o cajado teria sido plantado por São Brício, companheiro de São Martinho.

A referência a Eliano está em De natura animalium (Da natureza dos animais), 16.25; certamente ela agradaria aos interessados por cavalaria. Um pouco adiante, a informação atribuída a Homero está arrevesada; na verdade, segundo Eliano, Diomedes, rei da Trácia, alimentava seus cavalos com carne humana. [G.G.F.]

———

Chegando, foi relatar como encontrou os inimigos e o estratagema que aplicou, sozinho contra toda a caterva, afirmando que não passavam de uns gatunos, saqueadores e bandoleiros que ignoram toda disciplina militar. E que eles próprios poderiam sem medo pegar a estrada, porque seria facinho tocá-los que nem bichos.

Então montou Gargântua em sua grande égua, acompanhado como já dissemos. E ao encontrar pelo caminho uma alta e grande árvore (que comumente é chamada árvore de São Martinho, porque acreditavam que era um cajado outrora plantado por São Martinho), disse: "Era bem disso que eu precisava. Essa árvore vai me servir de cajado e de lança." E a arrancou bem fácil da terra e desbastou seus galhos e a preparou como bem quis.

Nesse meio-tempo, a égua mijou para aliviar a pança, mas foi de uma abundância tal, que resultou em sete léguas de dilúvio e derivou todo o mijo até o vau de Vède e tanto encheu o fio d'água que todo aquele bando de inimigos em pleno horror se afogou, fora alguns que tinham tomado o caminho pelas barrancas da esquerda.

Gargântua, chegando à beira do bosque de Vède, foi avisado por Eudemão que dentro do castelo tinha ainda um punhado de inimigos; para descobrir, Gargântua gritou de esgoelar-se: "Vocês estão aí, ou não? Se estão, não estejam mais; se não estão, nem tenho o que dizer." Mas um ribaldo artilheiro que estava no barbacã deu um tiro de canhão que o pegou pela têmpora direita furiosamente, que no entanto fez o mesmo mal que se tivessem jogado uma ameixa. "O que é isso?, disse Gargântua, jogando na gente essas sementes de uva? Essa vindima vai custar caro." Pensando de verdade que a bala fosse uma semente de uva.

Aqueles que estavam dentro do castelo entretidos pela pilha, ao ouvirem o barulho, correram para as torres e fortificações e deram mais de vinte e cinco mil tiros de falconetes e arcabuzes, todos mirando na cabeça, e foram tantos tiros contra ele, que acabou gritando: "Ponócrates, meu amigo, essas moscas aqui estão me deixando cego; me passe um galho qualquer desses salgueiros para espantá-las", pensando que os chumbos das pedras de artilharia fossem mutucas. Ponócrates o informou que essas moscas eram tiros de artilharia lançados desde o castelo.

Então bateu a grande árvore contra o castelo e com grandes golpes abateu as torres e fortificações e solapou tudo por terra. Desse modo, foram todos rotos e despedaçados aqueles que estavam lá dentro.

Partindo de lá, chegaram à ponte do moinho e encontraram todo o vau coberto de cadáveres, num mundaréu tamanho, que entupiram o fluxo do moinho, e eram bem aqueles que tinham perecido no dilúvio urinal da égua. Ali danaram a pensar como poderiam passar, dado o impedimento dos defuntos. Mas Ginasta disse: "Se os diabos passaram por aqui, eu passo fácil.

— Os diabos (disse Eudemão) passaram para carregar as almas dos danados.

— Meu São Niniano! (disse Ponócrates). Pela simples lógica, ele vai passar.

— Certo, certo, disse Ginasta, se não empacar no caminho." E batendo as esporas no cavalo passou tranquilamente ao outro lado, sem que o cavalo tivesse um medinho sequer dos cadáveres. Porque ele o tinha acostumado (segundo a doutrina de Eliano) a não temer as almas ou os cadáveres. Isso sem matar as pessoas, que nem Diomedes matava os trácios, e Ulisses metia os corpos dos inimigos debaixo das patas dos cavalos, segundo relata Homero; mas enfiando um boneco no meio do feno e fazendo com que passasse regularmente por ele, enquanto lhe dava aveia.

Os três outros o seguiram sem contratempos, fora Eudemão, cujo cavalo entuchou a pata até o joelho na barriga de um grande e gordo patife afogado do avesso e não conseguiu mais retirar; assim ficou atolado, até que Gargântua com a ponta do seu bastão afundou o resto das tripas do patife na água, enquanto o cavalo levantava a pata.

E (um milagre da hipiatria) foi o tal cavalo curado de uma exostose que tinha naquela pata, só pelo toque nas entranhas desses tremendos jecas.

Capítulo 37

Como Gargântua, ao se pentear,
derrubou dos cabelos as balas de artilharia

Aqui Rabelais continua a comédia do gigantismo com o pente do herói, radicalizando ainda mais a visão desproporcional de Grangorja e Gargântua; se este confundiu balas de canhão com sementes de uva, aquele as confunde com minúsculos piolhos. Por fim, o texto retorna ao exagero da comida no banquete, com uma lista enorme de carnes e aves de caça.

O Supplementum de fato existe, escrito por Giacopo Filippo Foresti (Felipe de Bergamo), em 1503, como suplemento ao seu Supplementum cronicarum (Suplemento às crônicas), de 1483; embora, é claro, a referência não esteja lá, servindo apenas como sátira à prática de comentários sobre comentários sobre comentários.

Importante notar que a misoginia do segundo parágrafo é pronunciada por Alcofribas, não Rabelais diretamente, o que nos deixa num vazio sobre as opiniões do autor. Seja como for, é notável como o livro é absolutamente voltado para as figuras masculinas e que piadas contra mulheres eram típicas antes, durante e depois do tempo de Rabelais.

A cena então abre para uma crítica a métodos escolares; os "gaviões de Montaigu" são os piolhos; e a resposta de Ponócrates é uma crítica aos modelos escolares em voga no séc. XVI, graças a Jean Standonck, famosos pelo regime de privações e violência e representados pelo Colégio de Montaigu, em Paris, sob regência de Noël Béda, lugar onde estudaram Calvino, Erasmo e Ignácio de Loyola. Em contraponto, seria melhor o Cemitério dos Santos Inocentes, lugar já mencionado em Pantagruel, cap. 7 e 16, repleto de pobres e alquimistas.

A história de Sansão está em Juízes 16:26-31. Turpenay era abadia próxima a Chinon, cujo superior era Philippe Hurault de Chiverny, desde 1525; Grammond, feudo de Chinon; Les Essars, região também próxima. [G.G.F.]

———

Saídos do rio Vède, logo depois deram no castelo de Grangorja, que estava esperando todo ansioso.

Com a chegada, festejaram entre abraços, nunca se viu gente mais alegre. O *Supplementum Supplementi Chronicorum* diz que Gargamela ali morreu de alegria; eu mesmo não sei de nada, e estou pouco me lixando por ela ou qualquer outro.

A verdade é que Gargântua, ao trocar de roupa e passar o pente (que tinha cem canas de comprimento com dentes de elefante inteiros), derrubava a cada penteada mais de sete balas e projéteis que tinham ficado nos cabelos durante a demolição do bosque de Vède.

Ao ver a cena, Grangorja, seu pai, pensou que fossem piolhos e disse: "Então, meu filho, por acaso você trouxe para cá os gaviões de Montaigu? Eu não sabia que você morava lá."

Aí Ponócrates respondeu: "Senhor, não vá pensar que eu o coloquei no colégio de piolhice chamado Montaigu; melhor seria botá-lo entre os dingos do Cemitério dos Santos Inocentes, pela crueldade e patifaria imensa que vi naquele lugar. Muito mais bem tratados são os forçados entre os mouros e tártaros, os assassinos na prisão criminal e também os cães desta casa do que aqueles esculhambados do tal colégio.

E, se fosse rei de Paris, que o diabo me carregue se eu não tacaria fogo ali dentro, para fazer queimarem o principal e os regentes, que consentem que essa desumanidade diante dos seus olhos seja perpetrada."

Então pegando um dos balaços disse: "São balas de canhão que acertaram o seu filho Gargântua, quando passou pelo bosque de Vède, por traição dos seus inimigos.

Mas eles receberam a justa paga e todos bateram as botas na queda do castelo; que nem os filisteus, graças à astúcia de Sansão, e aqueles que oprimiram a torre de Siloé, descritos em *Lucas*, 13.

Tenho cá para mim que devemos persegui-los enquanto a sorte está do nosso lado.

Pois a Ocasião tem todos os cabelos na frente, e quando passa da linha, não dá mais para chamar de volta: ela é careca por trás da cabeça e nunca mais retorna.

— Verdade, disse Grangorja, mas não agorinha, porque eu quero festejar com vocês esta noite e dar a melhor das boas-vindas."

François Rabelais

Dito isso, preparou a ceia e como um extra foram assados dezesseis bois, três novilhas, trinta e dois bezerros, sessenta e três cabritos, noventa e cinco ovelhas, trezentas leitoas aleitadas em bom mosto, duzentas e vinte perdizes, setecentas galinholas, quatrocentos capões de Loudun e Cornualha, seis mil frangos e outros tantos pombos, seiscentas cocás, mil e quatrocentas lebres, trezentas e três abetardas e mil e setecentos galetos; quanto à caça, não deu para cobrir na hora, fora onze javalis enviados pelo abade de Turpenay e dezoito bichos do mato dados pelo senhor de Grammond, junto com vinte faisões enviados pelo senhor de Essars e algumas dúzias de piraús, galinhas-d'água, cercetas, abetouros, maçaricos, tarambolas, francolins, gansos-do-mato, narcejões, abibes, tadornas, colhereiros, garças, garcinhas, galeirões, garcetas, cegonhas, pavoncinhos, flamingos (que são fenicópteros), pilritos, galinhas-da-índia, peruas, muita almôndega e guisado à beça. Não faltavam víveres em fartura que foram preparados com primor por Lambemolho, Ragu e Mascagraço, cozinheiros de Grangorja. Janot Miquel e Secacopo providenciaram uma belezura de bebida.

Capítulo 38

Como Gargântua comeu na salada
seis peregrinos

Nesta nova cena cômica de gigantismo, Rabelais aproveita para ridicularizar os peregrinos, que eram censurados pelos evangélicos e protestantes em geral como fetichismo supersticioso. Eles reaparecerão no cap. 45.

O salmo mencionado ao fim é o 124, citado quase integralmente na Vulgata; cito a tradução de Almeida, como de praxe: Cum exurgerent homines in nos, forte uiuos deglutissent nos *[Quando os homens se levantaram contra nós, eles nos teriam engolido vivos];* Cum irasceretur furor eorum in nos: forsitan aqua absorbuisset nos *[quando a sua ira se acendeu contra nós. Então as águas teriam transbordado sobre nós];* Torrentem pertransiuit anima nostra *[e a corrente teria passado sobre nossa alma];* forsitan pertransisset anima nostra aquam intolerabilem *[Então as águas altivas teriam passado sobre a nossa alma];* Benedictus dominus qui non dedit nos in captionem dentibus eorum. Anima nostra sicut passer erepta est de laqueo uenantium *[Bendito seja o Senhor, que não nos deu por presa aos seus dentes. A nossa alma escapou, como um pássaro do laço dos passarinheiros];* Laqueus contritus est *[o laço quebrou-se];* et nos liberati sumus. Adiutorium nostrum *[e nós escapamos. O nosso socorro]. Segundo Screech, os Salmos eram muitas vezes aplicados a eventos contemporâneos, na corte francesa; porém, ao mesmo tempo, os renascentistas gostavam de fazer troça do que costumava ser considerado sério; seja como for, é possível ler aqui também uma crítica à leitura ao pé da letra das Escrituras, tal como faz Jacansou, ao retirar a abertura e o encerramento do salmo, que revelam seu caráter original de ação de graças.*

Saint-Sébastien d'Aignes é um lugar famoso pelas peregrinações. Cîteaux é mosteiro em Borgonha, de fato célebre por uma cuba imensa para colheita de uvas. Os miguelinos eram peregrinos de Mont-Saint-Michel, que pulavam parte do percurso em que havia areia movediça. Ancenis fica perto de Nantes. [G.G.F.]

———

O caso requer que contemos o que aconteceu com seis peregrinos que vinham de Saint-Sébastien, perto de Nantes, que, para se abrigarem naquela noite, com medo dos inimigos, se esconderam no jardim, por cima das ervilhas, entre couves e alfaces. Gargântua andava um pouco ressequido e perguntou se poderiam buscar alfaces para fazer uma salada.

E ao ouvir que ali tinha das mais bonitas e grandes do país, porque eram grandes que nem ameixeiras e nogueiras, decidiu ir ele mesmo até lá e pegou na mão um punhado que pareceu bom, junto levou os seis peregrinos, que sentiam um pavor tão grande que nem ousavam falar ou tossir.

Ao lavá-las primeiro na fonte, os peregrinos diziam em voz baixa uns aos outros: "O que que a gente vai fazer? Estamos nos afogando no meio das alfaces, será que falamos? Mas se falarmos, ele vai nos matar como espiões." E enquanto assim debatiam, Gargântua os meteu junto com as alfaces num prato da casa, grande que nem a cuba de Cîteaux, e com azeite, vinagre e sal começou a comer para se revigorar antes da ceia, e tinha já engolido cinco dos peregrinos, o sexto estava no prato, debaixo de uma alface, fora o cajado que aparecia por cima.

Quando Grangorja o viu, disse a Gargântua: "Acho que aquilo ali é um chifre de caramujo, não coma!

— Por quê? disse Gargântua. São bons neste mês do ano."

E pegando o cajado junto ergueu o peregrino e o comeu com gosto. Depois bebeu um espantoso trago de vinho pinot e esperaram que preparassem a ceia.

Os peregrinos assim devorados escapavam como podiam da mó dos seus dentes e achavam que iam jogá-los na masmorra mais funda das prisões. E quando Gargântua tomou o grande trago, pensaram que iam se afogar na boca e a torrente de vinho quase que os levou ao abismo do estômago; no entanto, saltando com seus cajados, que nem miguelinos, ficaram a salvo na beirada dos dentes.

Mas, por azar, um deles que tateava com seu cajado o país para descobrir se estavam em segurança, acertou rude na fenda de um dente oco e feriu o nervo da mandíbula, o que causou uma dor fortíssima em Gargântua, que começou a gritar de raiva o que sofria.

Então, para se aliviar do mal, mandou trazer seu cura-dentes e saindo até a nogueira das gralhas, desaninhou os senhores peregrinos.

Catou um pelas pernas, outro pelos ombros, outro pelo bissaco, outro pela bolsa, outro pelo cachecol e o pobre coitado que o feriu com o cajado ele pegou pela braguilha, embora isso tenha sido a sorte grande, porque pegou um cancro, que o martirizava desde o tempo em que tinham passado por Ancenis.

Desaninhados, os peregrinos fugiram no trote pelas vinhas, e isso aliviou sua dor.

Naquele momento foi chamado por Eudemão para a ceia, porque tudo estava pronto.

"Primeiro eu vou (disse ele) mijar minha desgraça."

Então mijou às pampas, tanto que a urina cortou o caminho dos peregrinos, e foram obrigados a cruzar o imenso canal.

Passando pela beira do bosquezinho de La Touche, no caminho todos, menos Forneiro, caíram numa armadilha de pegar lobos.

Dela escaparam graças ao empenho do tal Forneiro, que cortou todos os laços e cordames.

Saindo de lá, pelo resto da noite se deitaram numa choupana perto de Coudray.

E lá foram consolados de tanta desgraça pelas belas palavras de um companheiro chamado Jacansou, que demonstrou como essa aventura tinha sido predita por Davi, *Salmos*: "*Cum exurgerent homines in nos, forte uiuos deglutissent nos*, quando fomos comidos na salada, com sal. *Cum irasceretur furor eorum in nos: forsitan aqua absorbuisset nos*, quando deu aquele

François Rabelais

grande trago. *Torrentem pertransiuit anima nostra*, quando cruzamos o canal, *forsitan pertransisset anima nostra aquam intolerabilem*, da sua urina que cortou nosso caminho.

Benedictus dominus qui non dedit nos in captionem dentibus eorum. Anima nostra sicut passer erepta est de laqueo uenantium, quando caímos na armadilha. *Laqueus contritus est*, graças a Forneiro, *et nos liberati sumus. Adiutorium nostrum*, etc."

François Rabelais

Capítulo 39

Como o monge foi festejado por Gargântua
e suas belas palavras durante a ceia

Neste capítulo em clima de conversa lúdica e jocosa, frei João apresenta alguns ecos interessantes com o próprio Rabelais, que na época da escrita do Gargântua era um monge beneditino que havia largado de vez a capa para viver irregularmente (em 10 de dezembro de 1535, ele escreve uma súplica ao papa, pedindo absolvição pelo abandono da vida monástica). João também faz jogos que lembram o cap. 5, mas também joga com a pronúncia do latim em francês: Germinanuit radix Jesse *("Germinou a raiz de Jessé"), variante da abertura de Isaías, 11:1, poderia ser pronunciado, na época, um pouco como* Je r'nie ma vie: redis, j'ai sé *("Renego a minha vida, repito, tenho sede"), em chiste com a beberagem do vinho. Frei João, no entanto, não é igual a Rabelais, pois mostra pouco interesse pela erudição renascentista; a frase* magis magnos clericos non sunt magis magnos sapiente *está em latim macarrônico e agramatical: "os maiores clérigos não são os mais cultos"; frase citada depois por Montaigne.*

A lista de exemplos humanos no primeiro parágrafo é feita toda de grandes generais romanos, exceto Temístocles, grego. Depposita capa *("Retirada a capa") é fórmula litúrgica latina, quando o oficiante retira sua capa. "De todo peixe, menos tenca..." é recriação a partir de um provérbio da Picardia citado por Henri Estienne:* de tout poisson, fors que la tanche,/ pren le dos et laisse la panche *("de todo peixe, fora a tenca,/ pegue a traseira e deixe a tripa").*

"Corpo de Deus Bayard" era a blasfêmia favorita do cavaleiro Bayard (1475-1524), em alusão ao Corpus Christi. O uso de coxa de lebracho para gota é conselho de Plínio, História natural, *28.16. Todo o parágrafo iniciado com "Que o diabo me falhe" é citação de uma afirmação atribuída ao rei Clóvis I, quando ouvia a leitura da paixão de Cristo. Logo adiante vem a referência à batalha de Pavia, em 1524, em que Francisco I foi abandonado por seu exército e tomado prisioneiro pelas forças de Carlos V.*

Coulaine é cidade próxima a Chinon. Bellonière era posse dos senhores de Basché. Malebrel (nome original, Maulevrier) faz trocadilho com o lebréu, levrier, *por isso traduzi o nome, apesar de ser uma fortaleza pertencente a Lerné.*

A cuba de São Bento ficava no convento beneditino de Bolonha (lembre-se que frei João é beneditino). Cláudio de Haulx-Barrois é figura desconhecida. [G.G.F.]

Quando Gargântua se sentou à mesa e a primeira leva de petiscos foi devorada, Grangorja começou a contar a origem e a causa da guerra movida entre ele e Picrócolo e chegou ao ponto de narrar como frei João do Picadinho tinha triunfado na defesa do horto da abadia e o louvou acima das façanhas de Camilo, Cipião, Pompeu, César e Temístocles.

Então pediu Gargântua que imediatamente mandassem buscá-lo, para que com ele conversasse sobre o que devia fazer. Ouvindo a ordem, foi buscá-lo o mordomo e o trouxe alegremente com seu pau da cruz sobre a mula de Grangorja. Quando chegou, mil carícias, mil abraços, mil bons dias foram dados. "Ah, frei João, meu amigo. Frei João, meu grande primo, frei João, pelos diabos. Se achegue, meu amigo. Num quebra-ossos! Ê, bagudo que eu vou matar de tanto aperto!" E frei João ria; nunca se viu um homem tão gentil e amável.

"Aqui, aqui, disse Gargântua, tem um banquinho aqui do meu lado.

— É bem o que eu quero (disse o monge), se assim o senhor prefere. Garçom, me traga água: vire, meu filho, pode virar, que ela vai me revigorar o fígado; passe para cá, que vou gargarejar.

— *Deposita cappa*, disse Ginasta, vamos tirar essa capa.

— Oh, por Deus (disse o monge), meu nobre, tem um capítulo em *statutis ordinis* [nos estatutos da ordem], que não aceitaria esta situação.

— À merda (disse Ginasta), à merda o seu capítulo. Essa capa rompe os ombros. Arranque logo.

— Meu amigo (disse o monge), deixe aqui comigo, pois juro por Deus que bebo até melhor. Ela me alegra o corpo inteiro. Se a deixo de lado, os senhores garçons vão fazer jarreteiras com ela, que nem fizeram certa feita em Coulaine. Além disso, estou sem apetite. Mas se me sento à mesa com este hábito, por Deus, eu bebo por você e seu cavalo. De boa.

Deus guarde de todo mal este grupo! Eu já tinha ceado. Mas por isso eu não vou comer nem uma migalha a menos. Porque tenho um estômago de pedra, fundo que nem a cuba de São Bento, sempre aberto que nem carteira de advogado.

De todo peixe, menos tenca, peguem a asa da perdiz, ou a coxa de uma freira, não é morte galhofeira morrer de jeba erguida? Nosso prior tem uma queda pelo branco do capão.

— Nisso (disse Ginasta) ele não parece uma raposa, porque dos capões, frangos e galinhas que elas pegam, nunca comem o branco.

— Por quê? (disse o monge).

— Por que (respondeu Ginasta) não têm cozinheiros para cozinhar. E se não for bem cozido, continua vermelho, e não branco. O vermelho das

François Rabelais

carnes é indício de que não foram bem cozidas. Fora a lagosta e o caranguejo, que se cardealizam no cozido.

— Corpo de Deus Bayard, disse o monge, o enfermeiro da nossa abadia não teve a cabeça bem cozida, porque tem os olhos vermelhos que nem gamela de amieiro. Esta coxa de lebracho é boa para quem tem gota.

Mudando de pau para cavaco, por que é que as coxas das donzelas estão sempre frescas?

— Esse problema (disse Gargântua) não aparece em Aristóteles, nem em Alexandre de Afrodísias, nem em Plutarco.

— É (disse o monge) por três motivos que o lugar é naturalmente fresco.

Primo, porque água escorre de cima em baixo.

Secundo, porque é um lugar umbroso, obscuro, tenebroso, onde o Sol nunca reluz.

E em terceiro lugar, porque é continuamente ventado pelos ventos do buraco do rego, da camisa e dos sopros de braguilha.

Vamos então, garçom, molhar o beiço. Pop, pop, pop! Que Deus é bom e bom vinho nos conceda! Juro por Deus: se vivesse no tempo de Jesus Cristo, eu impediria que os judeus o prendessem no Jardim das Oliveiras.

Que o diabo me falhe, se eu falhasse em cortar os jarretes dos senhores apóstolos, que fugiram covardemente ao fim da farta ceia e deixaram seu bom mestre em apuros.

Detesto mais que peixe o homem que foge quando deve puxar a faca. Ah, se eu fosse rei da França por uns oitenta ou cem anos!

Por Deus, eu cortaria os rabos, que nem cães, desses que fugiram de Pavia. Peguem a febre quartã! Por que não morreram logo lá, antes de deixarem seu bom príncipe num mato sem cachorro? Não seria melhor e mais honroso morrer com virtude batalhando do que viver fugindo com vileza?

Não vamos comer gansos este ano. Ah, meu amigo, me passe esse porco. Diancho! Acabou a mostarda! *Germinauit radix Jesse.* Renego a minha vida, morro de sede! Esse vinho não é dos piores.

Qual vinho vocês tomam em Paris? Que o diabo me carregue, se não mantive por mais de seis meses uma casa aberta para quem chegasse. Conhecem o grão Cláudio de Haulx-Barrois? Que parça de primeira! Mas que mosca o picou? Só sabe estudar, desde sei lá quando. Eu não estudo é nadinha. Na nossa abadia, a gente não estuda nunca, por paúra de caxumba.

Nosso falecido abade dizia que é coisa abominável ver um monge culto.

Por Deus, senhor meu amigo, *magis magnos clericos non sunt magis magnos sapientes.* Vocês não viram o tanto de lebre que deu este ano. Não consegui recuperar nem açor nem falcão em parte alguma. O senhor da Bellonière tinha me prometido um falcão-borni, mas faz pouco me escreveu que ele andou perdendo o fôlego.

As perdizes vão comer nossas orelhas este ano. Eu não gosto nem um pouquinho de arapucas. Me escorre a coriza.

Se não corro, se não me agito, não me sinto tranquilo.

É verdade que ao saltar moitas e arbustos, minha capa engancha uns pelos. Eu apanhei um lebréu de primeira.

Que o diabo me leve, se escapar uma lebre.

Um lacaio o levava ao senhor de Malebrel, eu o afanei. Fiz mal?

— De jeito maneira, frei João (disse Ginasta), de jeito maneira, por todos os diabos!

— Então, disse o monge, aos tais diabos, enquanto eles durarem.

Pela virtude de Deus, o que faria com ele esse cambaio?

Corpo de Deus, ele gosta muito mais se lhe dão de presente um par de bifes!

— O que que é isso? (disse Ponócrates). Deu de blasfemar, frei João?

— É só (disse o monge) para ornar a linguagem. São toques de retórica ciceroniana.”

Capítulo 40

Por que os monges
são refugados pelo mundo
e por que uns têm o nariz maior que outros

A conversa cômica com frei João continua na sobremesa, com a crítica violenta à instituição monástica e aos monges ociosos. A comparação dos monges com zangões é inspirada em Plutarco, Como distinguir o amigo do bajulador, *23, que também compara o bajulador a um macaco. Também são atacados os promotores, que tinham fama de serem facilmente comprados, daí a imagem dos cavalos que tomam talagadas. O final do capítulo fica mais teológico: a intercessão do Espírito ecoa* Romanos, 8:26; *a imagem do oleiro com o vaso evoca* Romanos, 19:21. *Por fim, a citação do salmo 123,* Ad formam nasi cognoscitur ad te leuaui *("Pela forma do nariz se reconhece o A ti levanto"), aqui é lida em chave sexual.*

A discussão sobre aleitamento tem base num capítulo da obra de Ambroise Paré, De la géneration *(Da geração).* Ignauum fucos pecus a presepibus arcent *("Levam zangões, esse gado indolente, para longe dos lares"), Virgílio Marão,* Geórgicas, 4.168. *"Cécias atrai as nuvens" está em Erasmo,* Adágios, 1.5.62, *Cécias é o vento nordeste. "Porque comem a merda do mundo" alude a* Oseias 4:8.

Etroc é região de Vendée famosa pelas castanhas. [G.G.F.]

"Juro por Deus (disse Eudemão) que fico pasmo de ver a honestidade desse monge. Porque ele diverte todos nós. Mas como é que pode a gente rechaçar os monges das melhores companhias, chamando de empata-foda, que nem as abelhas que escorraçam os zangões de perto das colmeias. *Ignauum fucos pecus* (disse Marão) *a presepibus arcent.*"

Nisso respondeu Gargântua: "Nada é mais verdadeiro que o fato de que a capa e o capuz atraem pepinos, ofensas e achincalhes do mundo, igual que nem o vento chamado Cécias atrai as nuvens.

A causa peremptória é: porque comem a merda do mundo, ou seja, os pecados, e que nem uns mascamerdas a gente os rejeita em suas latrinas, que são os conventos e abadias, afastados do debate político, que nem as latrinas de uma casa.

Mas se vocês compreendem por que um macaco numa família é sempre zoado e sacaneado, compreendem também porque os monges são por todos refugados, seja por velhos ou jovens.

O macaco não vigia a casa que nem o cachorro, não puxa o arado que nem o boi, não produz leite nem lã que nem a ovelha, não carrega fardos que nem o cavalo.

Ele vive a cagar e fazer presepada, e é por isso que de todo lado sofre zoada e paulada.

Do mesmo jeito, um monge (falo dos monges ociosos) não trabalha que nem o camponês, não protege o país que nem o guerreiro, não cura as doenças que nem o médico, não prega nem doutrina o mundo que nem um bom doutor evangélico e pedagogo, não carrega bens e objetos necessários que nem o comerciante.

É por causa disso que todo mundo os esculacha e abomina.

— Certo, mas (disse Grangorja) eles rezam a Deus por nós.

— Nada disso (respondeu Gargântua). A verdade é que molestam toda a vizinhança de tanto dobrarem os sinos.

(— Certo, disse o monge, uma missa, umas matinas, umas vésperas bem soadas, já estão meio recitadas.)

— Eles resmungam um bocado de legendas e salmos sem entender patavinas. Contam pilhas de pai-nosso lardeados de longos *Ave Maria*, sem pensar nem entender. E isso eu chamo é de zombadeus, não de oração.

Mas que Deus os ajude, se rezam por nós, e não por medo de perderem seus pães e sopas gordas. Todos os verdadeiros cristãos, de todos as condições, em todos os lugares, em todos os tempos rezam a Deus, e o Espírito reza e intercede por eles; e Deus os acolhe em graça. Essa é a mentalidade do nosso bom frei João. Por isso todos o querem em sua companhia.

Ele não é carola, ele não é maltrapilho, ele é honesto, alegre, determinado, bom companheiro.

Ele trabalha, ele labora, ele defende os oprimidos, ele conforta os aflitos, ele consola os sofredores, ele protege o horto da abadia.

— Eu faço (disse o monge) muito mais.

Pois, enquanto despacho nossas matinas e aniversários de falecimento no coro, também faço cordas de balestra, limpo virotes e setas, faço redes e bolsos para prender coelhos. Nunca fico ocioso. Mas bora beber, bora beber. Me veja a fruta. São castanhas do bosque de Etroc. Com um bom vinho novo, vocês vão apaziguar no peido. Ainda não se empolgaram? Juro por Deus que entorno talagadas, que nem cavalo de promotor.”

Ginasta disse: “Frei João, tire esse ranho escorrendo no nariz.

— Haha (disse o monge), será que corro o risco de me afogar, já estou com água pelo nariz? Não, não. *Quare? Quia* [Por quê? Porque] se ela bem sai, não entra mais. Peguei o antídoto em vinhais.

Ah, meu amigo, quem tivesse botas de inverno com esse couro poderia arriscar pescar ostras. Pois nunca entraria água.

— Por quê (disse Gargântua), me diz, o frei João tem bom nariz?

— Porque (respondeu Grangorja) assim quis Deus, que nos criou com tal forma e tal fim segundo seu divino arbítrio, que nem um oleiro ao fazer seus vasos.

— Porque (disse Ponócrates) chegou primeiro à feira de narebas. Pegou os melhores e maiores.

— Mas o que é isso! (disse o monge). Segundo a vera filosofia monástica, é porque minha ama tinha tetas moles e ao mamar o meu nariz afundava que nem na manteiga, levantava e crescia que nem massa com fermento.

As tetas duras das amas deixam as crianças com nariz chato. Mas ande, ande, *ad formam nasi cognoscitur ad te leuaui*. Eu nunca como compotas. Garçom, traga o marafo. *Item* para as torradas.

Capítulo 41

Como o monge botou Gargântua para dormir, e das suas horas e breviário

Este capítulo continua as piadas sobre a vida monacal. O segundo dos sete salmos de penitência (6, 32, 37, 51, 101, 129 e 142) se inicia com as palavras Beati quorum *("Bem-aventurado aquele" na tradução de Almeida). Há ainda outras piadas com textos bíblicos, tais como "O sábado foi feito por causa do homem, e não o homem por causa do sábado", em* Marcos 2:27; e Venite apotemus *("Vinde, bebamos"), paródia tradicional de* Venite adoremus *("Vinde, adoremos"), em Salmos 95:6, que costumava ser cantado nas matinas. Esse tipo de piada aparece também em* Breuis oratio penetrat celos, longua potatio euacuat cyphos *("Com breves orações o céu se abraça, com longas chapações se acaba a taça").*

Fecando é minha recriação para Fécamp, um monastério beneditino, pois soa como trocadilho de déféquant *("defecando"), que pode funcionar em português. O adágio latino de frei João já havia sido utilizado por outros autores e aparece em Egídio Nucerino,* Proverbes communs, *de 1558, embora a primeira parte já aparecesse no* Epicureus *de Erasmo.*

"Fazer a purga do falcão" e "ir atrás da pluma" são metáforas da falcoaria, entre remédios para fazer o pássaro vomitar e práticas de trato com as plumas.

*"Ah, Reinaldo, esperte e desperte, Ah, Reinaldo, esperte-se" (*Ho Regnault reveille toy veille, o Regnault reveille toy*) era o refrão de uma canção muito popular à época.* [G.G.F.]

Terminada a ceia, discutiram sobre a situação presente e concluiu-se que lá pela meia-noite eles sairiam em patrulha para saber que guarda e vigilância estavam fazendo os inimigos. Até lá, descansariam um pouco para se revigorarem.

Mas Gargântua não achava nenhuma posição para dormir.

Então o monge lhe disse:

"Eu nunca durmo de boa, a não ser quando faço sermão, ou quando rezo a Deus.

Por isso peço, vamos começar nós dois os sete salmos para ver se não dormimos num instantinho."

A ideia agradou muito a Gargântua.

E começando o primeiro salmo, já na parte do *Beati quorum*, dormiram os dois.

Mas o monge não deixou de acordar antes da meia-noite, de tão acostumado que estava com a hora das matinas claustrais.

Tendo acordado, acordou todo mundo, cantando a plenos pulmões a canção *Ah, Reinaldo, esperte e desperte, Ah, Reinaldo, esperte-se.*

Quando todos acordaram, ele disse: "Senhores, a gente costuma dizer que as matinas começam na tosse, e as ceias no gole. Bora inverter, e comecemos agora as matinas no gole, e à noite na entrada da ceia vamos ver quem tosse melhor."

Nisso disse Gargântua: "Beber logo depois de dormir? Nunca ouvi falar disso nas receitas médicas. Primeiro a gente precisa limpar o estômago dos restos e excrementos.

— Isso, disse o monge, é que é receita médica.

Cem diabos me tomem o corpo, se não existem mais velhos manguaceiros do que velhos médicos. Eu fiz assim um pacto com o meu apetite, que todo dia ele se deita comigo (e para isso eu mantenho tudo em ordem durante o dia), e também comigo ele acorda. Podem fazer a purga do falcão como quiserem, eu vou atrás da minha pluma.

— Que pluma (disse Gargântua) é essa?

— Meu breviário, disse o monge.

Porque igual aos falcoeiros, que antes de alimentar seus pássaros oferecem pés de galinha para purgar o cérebro do catarro e dar mais apetite, também eu, quando pego o deleitoso breviário pela manhã, limpo todo o pulmão e fico no ponto para beber.

— Qual é o rito (disse Gargântua) que o senhor segue ao dizer essas belas horas?

— Sigo o rito (disse o monge) de Fecando, com três salmos e três lições, ou nada se não quiser. Eu nunca me submeto às horas, as horas foram feitas por causa do homem, e não o homem por causa das horas. Por isso, trato as minhas que nem estribeiras, que recolho e estendo como der na telha. *Breuis oratio penetrat celos, longua potatio euacuat cyphos.*

Onde isso está escrito?

— Eu juro (disse Ponócrates) que não sei, meu bom baguinho, mas você é bom demais!

— Nesse ponto (disse o monge), somos parecidos. Mas *Venite apotemus.*" Serviram grelhados a dar com pau e belas sopas com pão, e bebeu o monge ao bel-prazer.

Alguns fizeram companhia, outros se abstiveram.

Depois, cada um começou a se armar e equipar. E armar o monge a contragosto, porque ele não queria nenhuma arma além do escapulário à frente do estômago e do pau da cruz em punho. No entanto a gosto deles foi armado dos pés à cabeça e montado num bom corcel do reino de Nápoles, com um enorme bracamarte ao lado.

Junto a Gargântua, Ponócrates, Ginasta, Eudemão e vinte e cinco dos mais corajosos homens da casa de Grangorja, todos armados até os dentes, com lança em punho, montados que nem São Jorge, todos com um arcabuzeiro na garupa.

Capítulo 42

Como o monge encorajou seus companheiros e como se pendurou numa árvore

As decretais do papa Gregório IX tinham a rubrica De frigidis et maleficiatis *("Sobre frígidos e enfeitiçados"), acerca dos impotentes por mau-olhado, que aqui sofrem zombaria; chamar a excomunhão de "trissulca" acaba por comparar parodicamente o papa a Júpiter, com seu raio trissulco.* De contemptu mundi *(Sobre o desprezo do mundo) é título frequente de temas morais, como é o caso de uma obra homônima de Erasmo e também de Lotário de Segni (papa Inocêncio III).*

Há ainda dois trechos em latim macarrônico monacal: Monachus in claustro non ualet oua duo, sed quando extra ualet triginta *("um monge no claustro não vale dois ovos, mas quando está fora vale bem uns trinta"); e* tempore et loco prelibatis *("na hora e no lugar certos").*

A história de Absalão, filho de Davi, dependurado pelos cabelos está em II Samuel 18:9-18. "Pelo morto que deu" é trocadilho tradutório com "pelo corpo de Deus", para emular par la mort bieu.

O senhor de Meurles é figura desconhecida. [G.G.F.]

Assim vão os nobres campeões rumo à aventura, bem decididos a compreender qual encontro convém perseguir e de qual convém se resguardar, quando chegar o dia da grande e terrível batalha.

E o monge os encorajou dizendo: "Meus filhos, não temam nem hesitem. Eu os conduzirei com segurança. Deus e São Bento estejam conosco. Se eu tivesse força como tenho coragem, pelo morto que deu, eu os depenaria que nem a um pato. Não tenho medo de nada, fora a artilharia. Sei, porém, uma oração que me mostrou o ajudante de sacristão da nossa abadia, que protege a pessoa contra todas as bocas de fogo. Mas ela não vai me adiantar de nada. Porque não boto nenhuma fé nela. No entanto meu pau da cruz fará o diabo.

Juro por Deus: se um de vocês bancar a pata, eu me entrego ao capeta se eu não o fizer monge em meu lugar nem embrulhar com minha capa. Ela tem um remédio contra a covardia. Nunca ouviram falar do lebréu do senhor de Meurles, que não valia nada para os campos? Ele passou uma capa no seu pescoço, pelo corpo de Deus, nunca mais escapou lebre nem raposa na sua frente, além disso cobriu todas as cadelas do país, esse que antes era impotente; como em *De frigidis et maleficiatis*."

O monge, ao dizer essas palavras colérico, passou sob uma nogueira rumo a La Saulaie e enganchou a viseira do elmo na saliência de um grande galho da nogueira. Apesar disso, deu fortemente com as esporas no cavalo, que era coceguento com picadas, de modo que o cavalo partiu para cima e o monge, tentando soltar a viseira do gancho, larga a rédea e com a mão se pendura nos galhos; enquanto isso, o cavalo se solta debaixo dele.

Dessa forma, ficou o monge pendurado na nogueira, clamando por ajuda e pela morte, protestando traição. Eudemão foi o primeiro a perceber e chamando Gargântua: "Sir, venha ver Absalão pendurado." Gargântua ao vir observou a situação do monge e o jeito que ele pendia e disse a Eudemão: "Mandou mal ao compará-lo a Absalão. Pois Absalão se pendurou pelos cabelos, mas o monge de cabeça rapada se pendurou foi pelas orelhas.

— Me ajudem (disse o monge), pelo diabo. Isso lá é hora de conversa fiada? Vocês parecem uns pregadores decretalistas, que dizem que quem vir seu próximo em perigo de morte deve, sob pena de excomunhão trissulca, dar conselhos e se confessar para estar em estado de graça, antes de ajudá-lo.

Então, quando eu vir um deles tombado no rio, a ponto de se afogar, em vez de ajudá-los a se salvar e de esticar a mão, eu vou fazer um lindo e longo sermão *De contempu mundi, et fuga seculi*, e depois que estiver morto durinho é que eu vou pescar.

— Não se mexa (disse Ginasta), meu pequeno, eu vou salvá-lo, porque você é um *monachus* muito gentilzinho. *Monachus in claustro non ualet oua duo, sed quando extra ualet triginta*. Dependurados eu já vi mais de quinhentos, mas nunca vi um que tivesse mais graça de penduricalho; se eu tivesse esse charme, ia querer ficar assim pendurado a vida toda.

— Por acaso vocês (disse o monge) terminaram a pregação? Ajudem, por Deus, se pelo outro vocês não querem. Juro pelo hábito que estou vestindo que vocês se arrependerão *tempore et loco prelibatis*."

Então apeou Ginasta de seu cavalo e trepando na nogueira levantou o monge pelos gorjais com uma mão e com a outra soltou a viseira do gancho da árvore, e assim o deixou cair por terra e pulou atrás. Depois de descido, o monge se desfez de todo o arnês e jogou uma peça atrás da outra pelo campo e, pegando de volta seu pau da cruz, montou de novo no cavalo, que Eudemão tinha retido na fuga. Assim partiram alegremente no rumo de La Saulaie.

Capítulo 43

Como a patrulha de Picrócolo
foi encontrada por Gargântua.
E como o monge matou o capitão Vainafrente
e depois virou prisioneiro entre os inimigos

Retornamos à paródia das batalhas de cavalaria, na região de Chinon; Maladrerie era um leprosário, onde hoje é a aldeia de Saint-Lazare.

O uso de estolas como cachecol era prática de ordens sacras, como talismãs de proteção contra forças demoníacas; a elas se acrescenta a água gringoriana, que funde o nome de São Gregório (que propunha mistura de água, vinho e cinzas para purificar as igrejas) com o de Pierre Gringoire, popular escritor francês da época; nos dois casos, Rabelais zomba das superstições.

A expressão "deixar uma ponte de prata para os inimigos" aparece em Erasmo, Apotegmas, 8, 14, a partir de Afonso de Aragão. A expressão avoir le moine, que aqui traduzi com "estão com o monge", tinha o sentido de "ser enganado", embora seja usada em sentido literal, num chiste às avessas. [G.G.F.]

––––––

Picrócolo, diante do relato daqueles que tinham fugido da derrota quando Tripeido foi estripado, tomado foi de grande fúria ao ouvir que os diabos tinham corrido sobre seus homens e armou o conselho à noite, onde Açodado e Tiraonda concluíram que seu poder era tamanho que poderia derrotar todos os diabos do inferno se por acaso aparecessem. Nisso Picrócolo não acreditava tanto, mas também não desconfiava.

Por isso enviou sob a condução do conde Vainafrente, para explorar o país, seiscentos cavaleiros, todos montados em corcéis ligeiros numa patrulha, todos bem aspergidos de água benta, e cada um trazia por insígnia uma estola à guisa de cachecol, se porventura encontrassem os diabos, pois tanto por força dessa água gringoriana quanto das estolas, eles iriam se esvanecer e sumir.

Correram então até chegar perto de La Vauguyon e La Maladrerie, mas ali não encontraram ninguém com quem falar, por isso retornaram por cima, e na cabana e palhoça pastoral, perto de Coudray, encontraram os cinco peregrinos. Levaram-nos presos e amarrados, que nem fossem espiões, apesar das exclamações, preces e súplicas que fizeram. Descendo até Seuilly, foram ouvidos por Gargântua. Que disse aos seus homens: "Companheiros, lá vem um bando e estão em um número mais de dez vezes maior que a gente: vamos bater de frente?

— E que diacho (disse o monge) é que a gente vai fazer? Vocês avaliam os homens pelo número, e não pela virtude e a audácia?"

Depois bradou: "Batamos de frente, diabos, de frente!" Ao ouvirem isso, os inimigos pensavam com certeza que fossem diabos de verdade, então começaram a fugir desenfreados, exceto Vainafrente, que deitou a lança em riste e feriu com todo ímpeto o monge no meio do peitoral, mas ao dar de encontro à capa espantosa, amassou o ferro, que nem se batesse uma velinha contra uma bigorna.

Então o monge com seu pau da cruz deu-lhe uma entre o colo e o cangote, no osso acrômio, e foi tão rude que o balangou e fez perder todos os sentidos e o movimento, e assim se espatifou aos pés do cavalo.

Vendo a estola que ele trazia como cachecol, disse a Gargântua: "Esses aqui são uns padrecos, não dão nem para um começo de monge; por São João, eu sou um monge por inteiro e vou matar vocês que nem moscas."

Depois a grande galope correu atrás deles, tanto que apanhou os últimos e os abatia que nem centeio, batendo a torto e a direito. Ginasta interrogou na hora a Gargântua se deviam persegui-los.

Ao que disse Gargântua: "Nem a pau. Pois segundo a verdadeira disciplina militar, nunca se deve deixar o inimigo a ponto de desespero. Porque tal constrangimento multiplica sua força e aumenta a coragem, que já estava abatida e minguada. E não há melhor remédio de salvação para homens baratinados e escangalhados do que não esperar mais salvação. Quantas vitórias foram tomadas das mãos dos vencedores pelos vencidos, por não se contentarem com o razoável, mas tentarem de todo modo massacrar e destruir por inteiro os inimigos, sem querer deixar unzinho que fosse para levar a notícia.

Abram sempre aos inimigos as portas e os caminhos, melhor fazer para eles uma ponte de prata, a fim de despachá-los.

— Verdade, mas (disse Ginasta) eles estão com o monge.

— Estão (disse Gargântua) com o monge? Dou minha palavra de honra que vai ser pior para eles. Mas, por via das dúvidas, não nos retiremos ainda; vamos esperar aqui em silêncio. Pois acho que já compreendi a tática dos nossos inimigos: eles se guiam pelo acaso, não por um plano."

Assim ficaram esperando embaixo das nogueiras, enquanto o monge perseguia detonando todos que encontrava, sem misericórdia por nenhum.

Até que ele deu com um cavaleiro que levava na garupa um dos pobres peregrinos, e quando já o ia botar no saco, gritou o peregrino:

"Ah, senhor prior, meu amigo, senhor prior, me salve, eu imploro." Ouvindo essas palavras, voltaram-se os inimigos e, ao verem que lá estava apenas o monge fazendo todo o escândalo, o encheram de pancadas, que nem enchem de paus um jumento, mas ele não sentia nada, principalmente quando acertavam na capa, de tão dura que era sua pele.

Logo o entregaram à guarda de dois arqueiros e, voltando as rédeas, não viram mais ninguém no ataque e por isso estimaram que Gargântua tinha fugido com seu bando. Então correram para o nogueiral com a maior velocidade para encontrá-los e deixaram ali o monge sozinho com os dois arqueiros de guarda. Gargântua escutou o barulho e o relincho dos cavalos e disse aos seus homens: "Companheiros, estou escutando a marcha dos nossos inimigos e já entrevejo alguns deles chegando em massa contra nós; vamos fechar o grupo aqui e manter ordem no caminho, desse jeito poderemos recebê-los, para ruína deles e honra nossa."

Capítulo 44

Como o monge se livrou dos guardas
e como a patrulha de Picrócolo foi desbaratada

Segundo Screech, este capítulo é uma "comédia de crueldade médica no melhor de Rabelais", pelos detalhes anatômicos na descrição da violência similar ao cap. 27. Os únicos termos completamente sem uso que mantive foram "esfagítida", tirado do grego σφαγή, a veia jugular, e "adena", do grego ἀδήν, com o sentido de glândula.

O símile do jumento picado é tirado de Virgílio, também usado por Erasmo, Adágios, 2.8.54. A mutuca é junônica, por relembrar a deusa romana Juno, que tinha atormentado com mutucas a jovem Io transformada numa vaca. "Terror pânico" também é tópica erasmiana em Adágios, 3.7.3, derivada do deus Pã, é a primeira atestação do termo em francês.

Há aqui um novo uso do conceito escolástico de species, *imagem incorporal irradiada pelos objetos, já aparecido no cap. 31.* [G.G.F.]

———

O monge, ao vê-los assim partirem desordenados, conjeturou que iriam atacar Gargântua e o seus homens e se contristou maravilhosamente por não conseguir socorrer. Depois reparou na cara do seus dois arqueiros de guarda, que correriam com gosto atrás da tropa para pilhar qualquer coisa e sempre olhavam para o vale por onde o resto descera.

Além disso, silogizou dizendo: "Esses caras aqui estão bem mal-treinados para as armas. Porque nem pediram para jurar, nem me tomaram o bracamarte."

Num supetão, sacou o tal bracamarte e feriu o arqueiro que o detinha pela direita, cortando inteiramente as veias jugulares e as artérias esfagítidas do pescoço junto com a úvula, até as duas adenas; ao retirar a lâmina, arregaçou a moela espinhal entre a segunda e a terceira vértebra, e eis que tombou o arqueiro mortinho da silva.

E o monge, voltando seu cavalo à esquerda, correu para cima do outro, que ao ver o parceiro morto e o monge com vantagem, berrava com tudo: "Ai, senhor prior, eu me entrego, senhor prior, meu bom amigo, senhor prior." E o monge berrou igualzinho: "Senhor posterior, meu amigo, senhor posterior, vai levar na posterior.

— Ai (dizia o arqueiro), senhor prior, meu queridão, senhor prior, que Deus o faça abade.

— Pelo hábito (dizia o monge) que visto, eu o nomeio cardeal. Quer subornos dos homens de religião? Vai é ganhar agorinha um chapéu vermelho pela minha mão." E o arqueiro berrava: "Senhor prior, senhor prior, senhor futuro abade, senhor cardeal, senhor tudo. Ai, ai, ui, não senhor prior, meu pitchuquinho de senhor prior, eu me entrego!

— E eu o entrego (disse o monge) a todos os diabos!"

Então num golpe só talhou a cabeça, cortando a testa nos ossos petrosos erguendo as suturas bregmáticas e a comissura sagital, com grande parte do osso coronal, e ao fazer isso cortou as duas meninges e abriu profundamente os dois posteriores ventrículos do cérebro e deixou o crânio dependurado sobre as espáduas por trás da pele do pericrânio, na forma de uma touca doutoral, negro por fora, vermelho por dentro. Assim tombou já duro na terra.

Feito isso, o monge deu com as esporas no cavalo e seguiu a senda que pegavam os inimigos, que tinham encontrado Gargântua e seus companheiros na estrada e que estavam tão reduzidos graças ao enorme morticínio levado a cabo por Gargântua com sua grande árvore, Ginasta, Ponócrates, Eudemão e outros, que já começavam a bater em retirada com empenho, apavorados e perturbados dos sentidos e das ideias, que nem se visse a própria cara e espécie da morte diante dos olhos.

E que nem quando vocês veem um jumento com um mutuca junônica no cu, ou tomando a picada de uma mosca, e que dana a correr de lá para cá, sem rumo nem direção, jogando a carga por terra, rompendo freio e rédea, sem nem sequer respirar ou repousar, e ninguém sabe a causa disso, porque não dá para ver o que o aflige, assim é que fugiam esses homens desprovidos de senso, sem saberem por que fugiam, pois apenas os perseguia o terror pânico concebido em suas almas.

Ao ver o monge que todo o pensamento deles estava concentrado em dar no pé, apeia do cavalo e sobe numa grande pedra que estava no caminho e com seu enorme bracamarte acertava esses fujões com toda força do braço, sem se poupar nem resguardar.

Tantos ele matou e derribou por terra, que seu bracamarte quebrou no meio. Então pensou consigo que já tinha massacrado e chacinado o bastante e que o resto devia escapar para levar a notícia. Por isso pegou no punho o machado de um desses que jaziam mortos e voltou de novo sobre a pedra, passando o tempo a ver fugir os inimigos, que tropeçavam pelos cadáveres, embora fizesse todos deixarem suas picas, espadas, lanças e arcabuzes; e àqueles que levavam os peregrinos presos ele apeava e entregava seus cavalos aos tais peregrinos, que ele retinha consigo na beira da sebe. Com Tiraonda, que ele manteve prisioneiro.

Capítulo 45

Como o monge levou os peregrinos
e as belas palavras
que lhes disse Grangorja

Aqui temos uma dura crítica à superstição por trás das peregrinações, com a ideia de que pestes e pragas só poderiam vir dos demônios, nunca de Deus e dos santos. São Paulo condenou tais práticas, ao priorizar as famílias dos cristãos em 1 Timóteo 5:8 *e* Gálatas 6:10; *além disso, Erasmo de Roterdã já criticava todo o culto católico aos santos no* Elogio da loucura. *O argumento sobre os crimes contra o corpo e os crimes contra a alma dos falsos pregadores está embasado em* Mateus 10:28, *pois ainda segundo* Mateus 24:24 *essas figuras "enganariam até os escolhidos". Ao fim, com a ênfase sobre o governo sábio do rei para afastar os charlatões, toda a cena é encerrada filosoficamente com referência platônica (*República, 5 473d), *retomada por Erasmo em* Adágios, 1.3.1. *Ao fim, a referência a Paulo se encontra em* Efésios 4-5.

As cidades mencionadas pelos peregrinos estão todas nas imediações de Berry, próxima a Chinon, com povoados que de fato haviam sofrido com a peste entre 1524 e 1526. Villemerdin foi a recriação que fiz de Villebrenin, que ecoa bren *("merda"), chiste a partir de Villebernin. Trinchaleão é na verdade tradução ao pé da letra de Antoine Tranchelion, abade beneditino em Buzançay.*

A expressão "passar o monge para alguém", no original bailler le moyne à quelc'un, *tem o sentido aproximado do nosso "passar a perna". Véjove era uma divindade sabina com nome aplicado a Júpiter em seu caráter subterrâneo e maligno (cf. Cícero,* Da natureza dos deuses, 3.62). *São Genulfo é o mesmo do francês Saint-Genou, que por sua vez ecoa* genoux, *os joelhos, provocando uma brincadeira com a gota. Carolo é uma moeda de prata com nome tirado de Carlos VIII, que reinou no fim do séc. XV. [G.G.F.]*

Terminada aquela patrulha, retirou-se Gargântua com seus homens, fora o monge, e ao despontar o dia chegaram até Grangorja, que em seu leito rezava a Deus por sua salvação e vitória. Ao vê-los todos sãos e salvos, os abraçou de coração e perguntou por notícias do monge. Mas Gargântua respondeu que sem dúvida seus inimigos estavam com o monge. "Nesse caso (disse Grangorja) vão passar um mau bocado." E foi bem o que aconteceu.

Por isso é que ainda está em uso o ditado de "passar o monge para alguém".

Então ordenou que preparassem um ótimo café da manhã para revigorar a todos. Tudo pronto, Gargântua foi chamado, mas ele sofria tanto porque o monge não comparecia, que não queria mais beber nem comer.

Num supetão o monge chega e desde o portão da corte interior gritou: "Vinho fresco, vinho fresco, Ginasta, meu amigo!" Ginasta saiu e viu que era o frei João que trazia cinco peregrinos e Tiraonda como prisioneiro, então saiu Gargântua na frente e fizeram as melhores boas-vindas possíveis e o levaram diante de Grangorja, que o interrogou sobre toda a sua aventura.

O monge dizia tudo: como o tinham capturado e como se livrou dos arqueiros e a carnagem que realizou no caminho e como resgatou os peregrinos e trouxe o capitão Tiraonda.

Depois danaram a comer alegremente todos juntos. Enquanto isso, Grangorja interrogava os peregrinos sobre seu país de origem, de onde vinham e aonde iam.

Jacansou por todos respondeu:

"Senhor, eu sou de Saint-Genou em Berry,

Este é de Palluau,

Este é de Onzay,

Este é de Argy.

E este é de Villemerdin. Estamos vindo de Saint-Sébastien, perto de Nantes, regressando em pequenas etapas.

— Certo, mas (disse Grangorja) o que vocês iam fazer em Saint-Sébastien?

— Íamos (disse Jacansou) oferecer para ele nossos votos contra a peste.

— Ah (disse Grangorja), pobres coitados, e vocês acham que a peste vem de São Sebastião?

— Com certeza (respondeu Jacansou), os nossos pregadores afirmaram isso.

— Sim (disse Grangorja), então os falsos profetas lhes anunciam essas balelas? Então blasfemam desse jeito contra os justos e santos de Deus, deixando-os iguais aos diabos, que só fazem mal entre os humanos? Como escreve Homero que a peste foi lançada sobre a armada dos gregos por Apolo e como os poetas forjam um monte de Véjoves e deuses malignos. Assim pregava em Cinais um carola dizendo que Santo Antônio provocava inflamação nas pernas.

Santo Eutrópio fazia os hidrópicos.

São Gildas os loucos.

São Genulfo os gotosos. Mas eu dei um castigo tão exemplar nele, embora me chamasse de herético, que desde então nenhum outro carola ousou entrar nas minhas terras. E fico boquiaberto que o rei de vocês permita que preguem em seu reino essas esparrelas. Porque esses aí merecem mais castigo que aqueles que por meio de artes mágicas ou de outras maquinações fossem capazes de mandar a peste pelo país. A peste mata apenas o corpo. Mas esses impostores envenenam as almas."

Enquanto dizia essas palavras, entrou o monge decididíssimo e perguntou: "De onde vocês são, pobres diabos?

— De Saint-Genou, disseram.

— E como é (disse o monge) que se porta o abade Trinchaleão, bom manguaceiro? E os monges, que farra eles fazem? Pelo corpo de Deus, eles bolinam as mulheres de vocês enquanto saem na romaria.

— Eita (disse Jacansou), eu não me preocupo com a minha. Pois quem a viu de dia não arrisca o pescoço para ver de noite.

— Essa aí (disse o monge) foi uma cartada ruim. Ela pode ser feia que nem Prosérpina, mas, por Deus, vai levar uma encoxada, se tiver monges por perto. Pois um bom operário bota indiferentemente todas as peças para trabalhar. Que eu pegue a pudendagra, se elas não estiverem embuchadas quando vocês retornarem. Pois a mera sombra do campanário de uma abadia já é fértil.

— É (disse Gargântua) que nem a água do Nilo, no Egito, se acreditarem em Estrabão, e Plínio, livro 7, cap. 3., afirma que se aplica aos cereais, às roupas e aos corpos."

Então disse Grangorja: "Podem partir, seus pobres coitados, em nome de Deus Criador, e que ele seja seu guia perpétuo. De agora em diante não caiam tão fácil nessas ociosas e inúteis viagens. Cuidem das suas famílias, trabalhem cada um na sua vocação, instruam seus filhos e vivam como nos ensina o bom apóstolo São Paulo. Fazendo isso, vocês terão a guarda de Deus, dos anjos e dos santos consigo, e não haverá mais peste nem mal capazes de os afligir."

Depois os levou Gargântua para tomarem sua refeição na sala; porém os peregrinos apenas suspiravam e disseram a Gargântua:

"Ah, como é feliz o país que tem por senhor um homem desses. Nós fomos mais edificados e instruídos nesta conversa com ele do que em todos os sermões que nos pregaram em nossa cidade.

— É (disse Gargântua) bem o que diz Platão, livro 5, *De republica*, as repúblicas só serão felizes quando os reis filosofarem, ou os filósofos reinarem." Depois mandou encherem os bissacos de víveres, as garrafas de vinho, e a cada um deles deu um cavalo para descansar o resto do caminho além de uns carolos para viverem.

Capítulo 46

Como Grangorja tratou humanamente
o prisioneiro Tiraonda

Aqui temos um contraste entre uma cavalaria de valor, segundo preceitos erasmianos de paz e reconciliação humanista, e a mera pilhagem atribuída a Carlos V; em Santo Agostinho, A cidade de Deus, 4.4.5, lemos como ele considera as conquistas imperiais como latrocinium. *A referência a Platão,* República, *420c, vem por meio de Erasmo,* Institutio principis christiani *(Formação do príncipe cristão).*

As últimas palavras de Gargântua a Tiraonda, designando Deus como avaliador, ecoam Apocalipse 19:2 e Romanos 12:19.

Saluts eram moedas de ouro feitas com marca da saudação evangélica. Vienne, em Dauphiné, era uma região famosa pela produção de lâminas e espadas.

Cícero, Filípicas, *5.12.32, afirma que* primum nervos belli, pecuniam infinitam *("em primeiro lugar, os nervos da guerra são dinheiro infinito").* [G.G.F.]

─────

Tiraonda foi apresentado a Grangorja e interrogado por este sobre a empreitada e os planos de Picrócolo: que fim ele pretendia com essa tumultuosa zorra. Ao que respondeu que seu fim e intenção era conquistar todo o país, se pudesse, por causa da injúria feita contra seus boleiros.

"É (disse Grangorja) empreitada demais, quem muito abarca pouco aperta. Já não é mais tempo de conquistar desse jeito os reinos com danos contra seu próximo, irmão, cristão; essa imitação dos antigos Hércules, Alexandres, Aníbals, Cipiões, Césares e outros dessa laia é contrária à profissão do Evangelho, pelo qual somos ordenados a guardar, salvar, reger e administrar cada um seu país e suas terras, sem hostilmente invadir os outros. Coisa que os sarracenos e bárbaros de antigamente chamavam de proezas, agora nós chamamos de bandidagem e malfeito.

Melhor seria ficar em casa regiamente governando, em vez de insultar a minha como inimigo a pilhando, porque se bem governasse a teria ampliado, mas ao me pilhar será destruído. Podem partir, em nome de Deus: procurem uma boa empreitada, demonstrem ao seu rei os erros que vocês viram e nunca mais o aconselhem tendo em mente o lucro particular, porque junto com o que é comum também se perde aquilo que é próprio.

Quanto ao resgate de vocês, concedo por inteiro e desejo que lhes entreguem armas e cavalo, como deve ser feito entre vizinhos e velhos amigos, já que essa nossa divergência não é uma guerra propriamente.

Como Platão, livro 5, *De republica*, queria que não fosse nomeada guerra, mas sedição, quando os gregos moviam armas uns contra os outros. Se isso por azar acontece, ele ordena que se use de toda moderação.

Se vocês chamarem de guerra, só pode ser superficial: não entra de jeito nenhum no mais profundo gabinete dos nossos corações. Pois nenhum de nós sofreu ultraje da honra, e no fim das contas está em questão apenas reparar uma falta cometida pelos nossos, quero dizer, pelos seus e nossos. A qual, mesmo que a conhecessem, vocês deveriam deixar passar, pois as personagens da querela eram mais dignas de desprezo que de recordação, ainda mais se indenizadas conforme o dano, como eu mesmo ofereci. Deus será o justo avaliador do nosso diferendo; e peço-lhe que antes pela morte me tire desta vida e os bens me arrase diante dos olhos, do que seja por mim ou pelos meus ofendido."

Terminadas essas palavras, chamou o monge e diante de todos lhe perguntou: "Frei João, meu bom amigo, foi o senhor quem capturou o capitão Tiraonda aqui presente?

— Sir (disse o monge), ele está presente, tem idade e discrição. Prefiro que vocês descubram por confissão dele, em vez da palavra minha." Então disse Tiraonda: "Senhor, foi ele de fato quem me capturou, e abertamente me entrego como prisioneiro.

— E o senhor por acaso (disse Grangorja ao monge) pediu resgate por ele?

— Não, disse o monge. Com isso nem me preocupo.

— Quanto (disse Grangorja) deseja pela captura?

— Nadica de nada (disse o monge), isso não me importa." Então ordenou Grangorja que, em presença de Tiraonda, fossem entregues ao monge sessenta e dois mil *saluts* pela captura. Isso foi feito enquanto preparavam a colação do tal Tiraonda, ao qual perguntou Grangorja se gostaria de permanecer consigo, ou se preferia retornar ao outro rei. Tiraonda respondeu que tomaria o partido que lhe fosse aconselhado. "Então (disse Grangorja) retorne ao seu rei, e Deus esteja com você."

Depois lhe deu uma bela espada de Vienne, com bainha de ouro feita com belas vinhetas de ourivesaria, e um colar de ouro que pesava setecentos e dois mil marcos, guarnecido de finas pedrarias, num valor de cento e sessenta mil ducados e dez mil escudos, como um presente honorável.

Depois dessa conversa, montou Tiraonda em seu cavalo. Gargântua designou trinta homens de armas para sua segurança e vinte e seis arqueiros sob as ordens de Ginasta, para que o levassem até os portões de La Roche-Clermault, se fosse necessário.

Depois que partiu, o monge entregou a Grangorja os sessenta e dois mil *saluts* que tinha recebido, dizendo: "Sir, não é hora de conceder esses dons. Espere o fim da guerra, porque ninguém sabe os imprevistos que podem sobrevir. E guerra feita sem boa provisão de dinheiro, só tem um suspiro de vigor.

Os nervos das batalhas são a grana.

— Então (disse Grangorja) no fim eu vou lhe conceder uma honesta recompensa, e a todos aqueles que me servirem bem."

Capítulo 47

Como Grangorja mandou chamar suas legiões
e como Tiraonda matou Açodado
e depois foi morto por ordens de Picrócolo

*Este capítulo funciona por oposição ao capítulo anterior, mostrando em Picró-
colo um contraponto negativo às virtudes do regente humanista representado por
Grangorja.*

*As localidades mencionadas no primeiro parágrafo pertencem às redondezas
de Chinon e Cinais, embora algumas ainda não estejam identificadas. Sabemos que
Francisco I criou de fato várias novas infantarias em 24 de julho de 1534, para re-
por a perda das forças suíças. Melun, a cerca de 40 km de Paris, fica à beira do rio
Sena; o ditado aqui mencionado faz referência ao momento em que as enguias pes-
cadas em Melun eram "gritadas" (ou seja "apregoadas") no mercado parisiense com
a frase "anguilles de Melun!". [G.G.F.]*

Naqueles mesmos dias, os povos de Bessé, de Vieux-Marché, do burgo
de Saint-Jacques, de Trainneau, de Parilly, de Rivière, de Roches Saint-Paul,
de Vau-Breton, de Pointille, de Bréhémont, de Pont de Clam, de Cravant, de
Grandmont. de Bourdes, de Lavillaumer, de Huismes, de Segré, de Ussé, de
Saint-Louand, de Panzoult, de Coudeaux, de Véron, de Coulaine, de Chou-
zé, de Varennes, de Bourgueil, de L'Île-Bouchard, de Croulay, de Narsay, de
Candes, de Montsoreau e de outros lugares nas redondezas enviaram até
Grangorja suas embaixadas para lhe dizerem que estavam a par dos males
que vinha fazendo Picrócolo e que, dada sua antiga confederação, lhe ofere-
ciam todo o poder, tanto de homens quanto de dinheiro e de outros aparatos
de guerra.

O dinheiro de todos, devido aos pactos que detinham, chegava a cento
e trinta e quatro milhões e dois escudos e meio de ouro. Os homens eram
quinze mil homens de armas, trinta e dois mil cavalos ligeiros, oitenta e nove mil arcabuzeiros, cento e quarenta mil aventureiros, onze mil e duzentos
canhões, canhões duplos, basiliscos e falconetes. Pioneiros em quarenta e sete mil, tudo remunerado e vitualhado para seis meses e quatro dias. Tal oferta Gargântua não recusou, nem aceitou de todo.

Mas com grandeza agradeceu e disse que daria cabo à guerra com tal estratagema que não haveria necessidade de incomodar tanta gente de bem.

Apenas enviou quem conduzisse em ordem as legiões que mantinha regularmente em suas praças de La Devinière, de Chavigny, de Gravot e Quinquenays, chegando ao número de seis mil homens de infantaria, vinte e seis mil arcabuzeiros, duzentas grandes peças de artilharia, vinte e dois mil pioneiros e seis mil cavalos ligeiros, todos em companhias bem servidas por tesoureiros, por vivandeiros, por ferradores, por armeiros e outros necessários à linha de batalha; tão bem instruídos na arte militar, tão bem armados, tão bem preparados para reconhecer e seguir suas insígnias, tão rápidos em ouvir e obedecer seus capitães, tão expeditos na corrida, tão fortes no choque, tão prudentes na aventura, que mais pareciam uma harmonia de órgãos e acerto de relógios do que um exército ou esquadra.

Quando Tiraonda chegou, se apresentou a Picrócolo e relatou com detalhes tudo que tinha feito e visto. Ao fim, aconselhou-o com fortes palavras que se fizesse um acordo com Grangorja, que tinha se revelado o maior homem de bem do mundo, para ajustar que não valia a pena e fazia sentido molestar desse modo seus vizinhos, dos quais sempre tiveram apenas todo bem. Quanto ao principal: eles só sairiam dessa empreitada com grandes danos e infelicidade.

Pois o poder de Picrócolo não era tanto, para que Grangorja não o botasse de boa no saco. Mal terminava tais palavras, Açodado disse bem alto: "Muito infeliz é o príncipe servido por tais homens assim facilmente corrompidos, como vejo que foi o caso de Tiraonda. Pois vejo sua coragem tão alterada que com gosto teria se unido aos nossos inimigos para contra nós batalhar e nos trair, se eles o quisessem manter por lá; porém, assim como a virtude é por todos, amigos e inimigos, sempre louvada e estimada, também a maldade é logo conhecida e suspeita. Se por acaso dela os inimigos se servem para o próprio lucro, ainda assim sempre abominam os malvados e traidores." Sem suportar essas palavras, Tiraonda puxou a espada e varou Açodado um pouco acima do mamilo esquerdo, no que este morreu de pronto.

Ao tirar a lâmina do corpo, disse francamente: "Assim morra quem fiéis servidores difamar!"

Picrócolo num súbito se enfureceu e vendo a espada e a bainha variegada disse: "Deram-lhe essa arma para, em minha presença, matar com malícia meu tão bom amigo Açodado?"

Então ordenou a seus arqueiros que o fizessem em pedaços.

Coisa que foi feita na hora e com tanta crueldade que a câmara ficou toda pavimentada de sangue. Depois mandou inumar com honras o corpo de Açodado e jogar o de Tiraonda por cima das muralhas para o fosso.

A notícia desses ultrajes ficou conhecida por todo o exército, ao que grande parte começou a murmurar contra Picrócolo, tanto que Catavinho disse: "Senhor, não sei o que vai sair desta empreitada. Vejo os seus homens pouco firmes na coragem. Consideram que estamos aqui mal providos de víveres e já muito lesados em número, depois de duas ou três saídas.

Além disso, lá vem um grande reforço de homens aos seus inimigos. Se formos sitiados uma só vez, não consigo ver como evitar nossa ruína total.

— Merda, merda, disse Picrócolo, vocês parecem as enguias de Melun, gritam antes de serem esfolados: ao menos deixem que eles venham."

Capítulo 48

Como Gargântua atacou Picrócolo
em La Roche-Clermault
e desbaratou o exército do tal Picrócolo

Nesta nova batalha, o gigantismo de Gargântua cede lugar ao interesse por es-tratagemas de guerra. Lembre-se que Rabelais publicou um livro chamado Stratage-mata *em torno de 1539, dedicado a Guillaume Du Bellay, mas que se perdeu. O co-mentário sobre os franceses é retirado de Júlio César sobre os gauleses em Tito Lí-vio 10.28, via Erasmo,* Apotegmas, *6.*

Le Puy-Girard fica ao sul de La Roche-Clermault. O caminho de Loudun até Chinon passava por Bessé, La Roche-Clermault e Parilly. Vaugaudry é outro local próximo a La Devinière.

O nome Frontista vem do grego φροντιστής ("cuidadoso", "reflexivo"); Se-basto também deriva do grego σεβαστός ("augusto", "venerável"). [G.G.F.]

————

Gargântua tomou mando total sobre o exército, seu pai permaneceu no forte. E dando-lhe coragem por meio de boas palavras, prometeu grandes dons àqueles que realizassem façanhas.

Depois ganharam o vau de Vède e por meio de barcos e pontes ligeiras o atravessaram de uma vez. Depois, considerando a sede da cidade, que fi-cava em lugar alto e vantajoso, deliberou naquela noite sobre o que fazer. Mas Ginasta lhe disse: "Senhor, é de tal porte a compleição e a natureza dos franceses, que só valem no primeiro assalto. Aí ficam piores que os diabos. Porém, se descansam, valem menos que mulheres. Sou da opinião que ago-ra, já que os homens tomaram um ar e comeram, o senhor devia fazer o ata-que." A opinião foi aprovada.

Então avançou todo o exército a campo aberto, deixando os subsídios na parte da subida.

O monge levou consigo seis insígnias de infantaria e duzentos homens de armas e com grande empenho atravessou o charco e chegou por cima de Le Puy, na grande estrada de Loudun.

Enquanto isso, o ataque continuava, os homens de Picrócolo não sabiam se era melhor sair para recebê-los ou proteger a cidade sem se mexerem.

Mas em fúria saiu com uma tropa de gendarmes de sua casa e lá foi recebido e festejado com grandes tiros de canhão que saraivavam rumo à colina; nisso os gargantuístas se retiraram até o vale, para melhor dar lugar à artilharia. Os homens da cidade defendiam o melhor que podiam, mas os tiros passavam por cima sem ferir ninguém. Alguns da tropa, a salvo da artilharia, partiram para cima dos nossos, mas pouco conseguiram, pois todos foram recebidos entre os ranques e lá derrubados por terra. Ao verem isso, queriam bater em retirada, mas nesse momento o monge já tinha ocupado a passagem.

Por isso danaram numa fuga sem pé nem cabeça. Alguns queriam partir para a caça, mas o monge os reteve, com receio de que, ao perseguir os fujões perderiam a formação e que nesse instante os homens da cidade descarregassem sobre eles. Depois, esperando algum espaço, sem que ninguém comparecesse ao seu encontro, enviou o duque Frontista para admoestar Gargântua a fim de que avançasse para ganhar a ladeira esquerda, para impedir a retirada de Picrócolo por aquele portão.

Foi o que fez Gargântua com todo empenho e ali enviou quatro legiões da companhia de Sebasto, no entanto não conseguiram tão presto ganhar o alto antes de darem de cara com Picrócolo e quem com ele vinha disperso.

Então investiram com tanto vigor, embora em grande parte fossem machucados por quem estava em cima dos muros, a força de golpes e de artilharia.

Ao ver essa cena, Gargântua seguiu com tudo para socorrê-los, e começou sua artilharia a atingir aquele setor das muralhas, tanto que toda a força da cidade foi para ali convocada.

O monge, ao ver que a frente que detinha estava desnudada de homens e guardas, magnanimamente partiu para o forte e tanto fez que subiu nele com alguns dos seus, pensando que maior paúra e pavor causa quem chega de surpresa num conflito do que quem, no mesmo momento, combate com toda força.

Entretanto não fez nenhum terror, até que todos os seus ganhassem a muralha, fora os duzentos homens de armas que, pelo sim, pelo não, deixou de fora. Depois gritou medonhamente junto com os seus e, sem resistência, mataram os guardas daquele portão e lá abriram aos homens de armas e com a maior violência acorreram juntos até o portão oriental, onde o pau comia. E por trás reviraram toda a força inimiga.

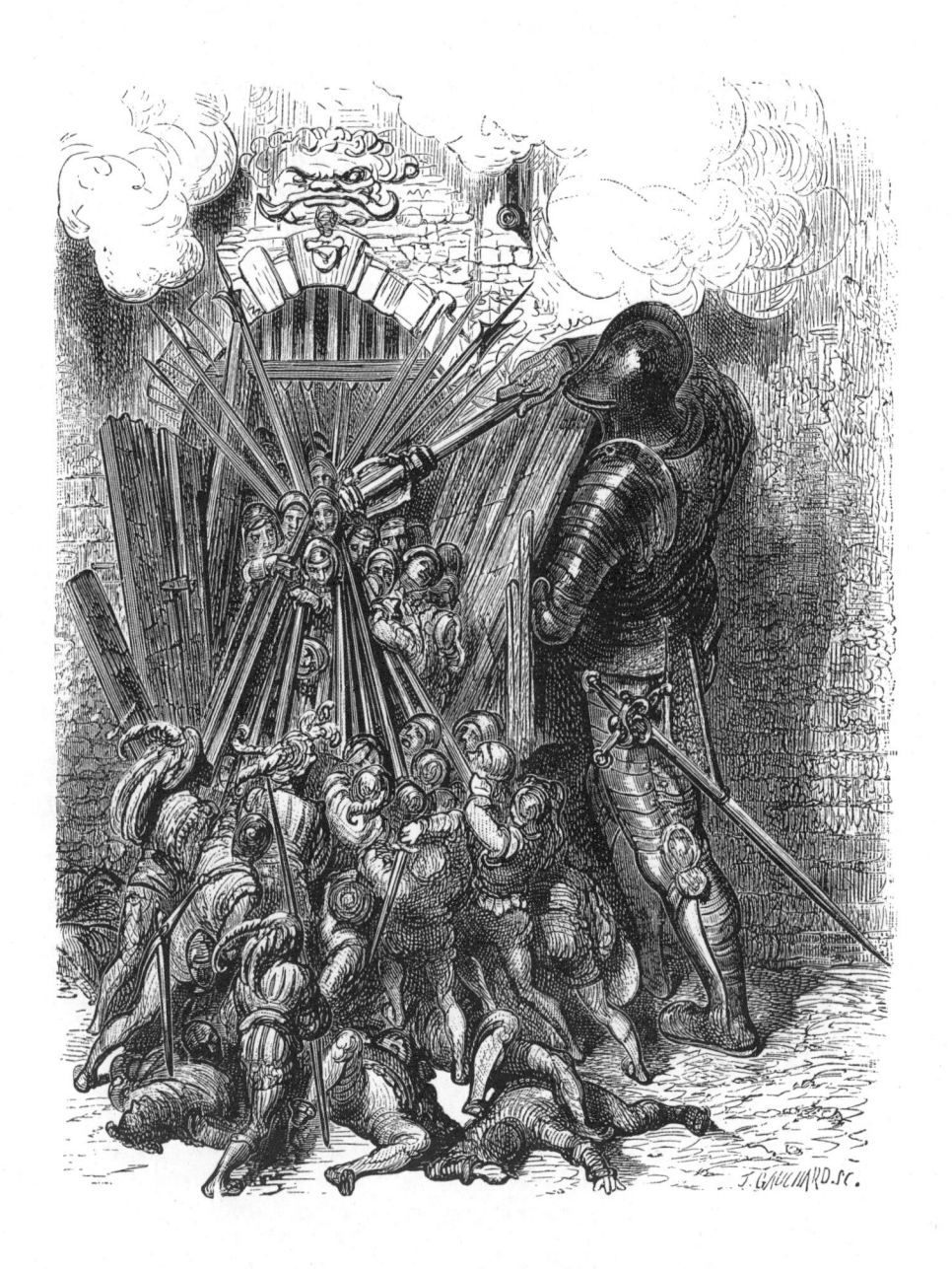

Vendo os sitiadores por todos os lados e que os gargantuístas tinham tomado a cidade, se renderam à mercê do monge.

O monge mandou entregarem seus bastões e armas e que todos entrassem e se trancassem nas igrejas, confiscando todos os paus da cruz e postando homens nos portões, para impedir que saíssem. Em seguida, abrindo o portão oriental, saiu em socorro de Gargântua.

Mas Picrócolo pensava que o socorro vinha da cidade para si e por arrogância se arriscou mais do que antes, até que Gargântua se pôs a gritar: "Frei João, meu amigo, frei João, em boa hora aqui nos chega."

Então, ao perceberem Picrócolo e os seus a cena de desespero, partiram em fuga por todos os lados. Gargântua os perseguiu até perto de Vaugaudry, matando e massacrando, depois tocou a retirada.

François Rabelais

Capítulo 49

Como Picrócolo em fuga
foi surpreendido por infortúnios
e o que fez Gargântua depois da batalha

Neste fim em tom menor de Picrócolo, temos ainda sua característica mais marcante: a cólera. Hormaechea vê aqui uma pequena vingança contra Carlos V, perceptível ao leitor francês da época. Galogruas, no original cocquecigrues, *é um termo inventado, que parece provir de* coq *("galo") e* grue *("grua"). O termo já aparecera em* Pantagruel, cap. *9, e retornará como nome de um personagem cozinheiro no* Livro quarto.

Tolmero é nome derivado do grego τολμηρός *("coragem", "audácia"). Port-Huault fica perto de Azay-le-Rideau.* [G.G.F.]

Picrócolo assim desesperado fugiu para L'Île-Bochard, e no caminho de Rivière seu cavalo tombou por terra; com isso ele ficou tão indignado, que o matou com a espada em plena cólera e depois, sem encontrar mais ninguém que o remontasse, quis pegar um jegue do moinho que estava ali perto; porém os moleiros lhe deram uma chuva de pauladas e o espoliaram de suas roupas e lhe deram para se cobrir uma casaca esbodegada.

Assim partiu o pobre colérico; em seguida, ao cruzar as águas de Port--Huault e contar seus infortúnios, foi avisado por uma velha mandinga que seu reino só lhe seria devolvido com a chegada dos galogruas. Depois disso ninguém sabe o que se deu com ele.

No entanto me disseram que agora é um pobre ganha-pão em Lyon, colérico como dantes. E que sempre fuça com todos os estrangeiros sobre a vinda dos galogruas, com certeza na espera da profecia da velha, para com tal vinda ser reintegrado a seu reino.

Depois de sua retirada, Gargântua primeiro recenseou os homens e viu que poucos deles tinham perecido em batalha, a saber: alguns da infantaria da tropa do capitão Tolmero e Ponócrates, que tomou um tiro de arcabuz no gibão.

Depois mandou se revigorarem cada um em sua tropa e ordenou aos tesoureiros que essa refeição fosse paga e que não se fizesse qualquer ultraje na cidade, já que agora ela era sua, e que depois do repasto eles comparecessem na praça em frente ao castelo, pois lá seriam pagos por seis meses.

Isso feito, mandou se reunirem diante de si na tal praça todos que lá restavam da parte de Picrócolo; na presença deles e de todos os seus príncipes e capitães falou o seguinte:

Capítulo 50

A fala concional
que fez Gargântua aos vencidos

A fala de Gargântua foge ao modelo que vinha dominando o livro pois emula o estilo complexo de certa prosa humanista de toques ciceronianos que remete aos Elementos de retórica (1521) de Melâncton; no entanto, por vezes, parece paródica por seus exageros e suas mentiras, por isso busquei recriá-la numa sintaxe por vezes truncada.

Temos aqui uma referência histórica conhecida, a batalha de Saint-Aubin-du--Cormier, de 1488, quando as forças do infante Carlos VIII derrotaram Francisco II de Orléans, senhor de Parthenay. Já a pilhagem feita pelos haitianos (Hispaniola foi o nome dado por Colombo ao Haiti) é pura invenção, e Alfárbal das Canárias é ficção rabelaisiana, tal como o estapafúrdio vento oeste-nordeste.

A referência aos reis católicos é certamente uma crítica aberta a Carlos V de Espanha, que se denominava Rex Catholicus, porém que aprisionara Francisco I na batalha de Pavia para depois forçar o Tratado de Madri em 1526. Nesse tratado, Francisco I era obrigado a pagar um caríssimo resgate, a se casar com a irmã de Carlos, deixar de lado a política na Itália e enviar dois filhos para a Espanha como penhores do tratado.

As referências a Moisés e Júlio César dialogam, respectivamente com Números 12:3 e Cícero, Pro Ligario, 38. [G.G.F.]

———

"Nossos pais, avós e ancestrais, desde tempos imemoriais, tiveram a seguinte inclinação e natureza: que às batalhas por eles consumadas preferiram erigir como memorial dos triunfos e das vitórias seus troféus e monumentos nos corações dos vencidos, por sua graça, e não nas terras por eles conquistadas, por meio da arquitetura. Pois mais estimavam a viva sustenção dos humanos adquirida pela liberalidade que a muda inscrição de arcos, colunas e pirâmides, sujeita às calamidades do ar e à inveja de um qualquer. Recordar bastante os senhores podem a mansuetude de que se utilizaram contra os bretões na Batalha de Saint-Aubin-du-Cormier e na demolição de Parthenay. O senhores já escutaram e ainda escutam acerca do bom trata-

mento que eles concederam aos bárbaros de Hispaniola, que haviam pilhado, despovoado e saqueado as fronteiras marítimas de Sables-d'Olone e de Talmont.

Todo este céu se encheu de louvores e gratulações que os senhores mesmos com seus pais fizeram enquanto Alfárbal, rei de Canárias, insatisfeito com suas fortunas, invadiu furiosamente o país de Aunis, exercendo da pirática em todas as ilhas armóricas e regiões confins. Foi em justa batalha naval capturado e vencido por meu pai, que Deus o reja e guarde. Mas então? Ao passo que os outros reis e imperadores, inclusive aqueles que se nomeiam católicos, te-lo-iam miseravelmente tratado, duramente aprisionado e cobrado resgate imenso, ele o tratou cortesmente, amavelmente o alojou consigo em seu palácio e por incrível generosidade o mandou de volta em salvo-conduto, repleto de dádivas, repleto de graças, repleto de todos os ofícios da amizade. O que lhe aconteceu? Tendo retornado às terras, mandou reunir todos os príncipes e estados de seu reino, expôs-lhes a humanidade que em nós havia visto e rogou-lhes que sobre isso deliberassem, de modo que o mundo aí tivesse exemplo, tal como havia já em nós de graciosidade honesta, também neles de honestidade graciosa. Assim se decretou por consentimento unânime que ofereceriam inteiramente suas terras, domínios e reino para que comandássemos segundo nosso arbítrio.

Alfárbal em pessoa súbito retornou com nove mil e trinta e oito grandes naus onerárias, que portavam não apenas os tesouros de sua casa e estirpe real, mas quase de todo o país. Pois ao embarcar para lançar velas ao vento oeste-nordeste, cada um à porfia lançava dentro delas ouro, prata, anéis, joias, especiarias, drogas e perfumes aromáticos, papagaios, pelicanos, macacas, civetas, ginetas, porcos-espinhos. Não havia um só filho de mãe bem-reputada que ali não lançasse o que houvesse de mais singular. Chegado, quis beijar os pés de meu supracitado pai, fato estimado indigno e intolerável, outrossim foi abraçado socialmente; ofereceu seus presentes, que não foram aceitos, por demasiado excessivos; entregou-se como mancípio e servo voluntário a si e a sua posteridade, o que não foi aceito, por não parecer equânime; cedeu pelo decreto dos estados suas terras e reino oferecendo a transação e o transporte com firma, selados e ratificados por todos aqueles que o fazer deviam, o que foi totalmente recusado, e os contratos jogados ao fogo.

O fim foi que meu supracitado pai começou a lamentar de piedade e a chorar copiosamente, considerando o franco desejo e simplicidade dos canários; e com palavras seletas e sentenças decorosas diminuiu a evergesia que lhes tinha feito, dizendo que não lhes tinha feito bem algum, que não valia mais do que um botão e que, se algo de honestidade lhes havia demonstrado, era o mínimo esperado. Porém tanto mais incensava Alfárbal. Qual foi o desenlace?

Em lugar de por seu resgate pagar a soma mais extrema, pois que se poderia tiranicamente exigir vinte vezes cem mil escudos e reter por reféns seus primogênitos, eles se tornaram tributários perpétuos, obrigados a nos conceder, por cada um, dois milhões em ouro refinado em vinte e quatro quilates. Assim nos pagaram no primeiro ano; no segundo, por seu franco desejo, pagaram dois milhões e trezentos mil escudos; no terceiro, dois milhões e seiscentos mil; no quarto, três milhões; e assim acrescem sempre de bom grado, até sermos obrigados a inibi-los, para que nada mais nos tragam.

É a natureza da gratuidade. Pois o tempo, que a todas as coisas rói e decresce, aumenta e acresce as benfeitorias; porque uma evergesia liberalmente feita ao homem de razão cresce contínua em seu nobre pensamento e recordação.

Sem desejar portanto de algum modo degenerar da generosidade hereditária de meus pais, agora os absolvo e liberto e os torno francos e livres como dantes.

Com abundância serão na saída dos portões pagos, cada um por três meses, para que possam se retirar às suas casas e às suas famílias, e os conduzirão salvaguardados seiscentos homens de armas e oito mil homens a pé sob a condução de meu escudeiro Alexandre, a fim de que os paisanos não os ultrajem.

Deus esteja com os senhores. Lamento de coração que não esteja aqui Picrócolo. Pois eu lhe teria dado a entender que, sem meu desejo, sem intuito de crescer meus bens ou meu nome, é que se fez esta guerra. Porém como está desaparecido e não se sabe onde ou como esvaneceu, quero que o reino seja concedido a seu filho, que, por estar ainda em demasiado pouca idade (pois que não tem ainda cinco anos completos), será governado e instruído pelos antigos príncipes e sábios do reino.

Visto que um reino assim desolado seria facilmente arruinado se não se refreasse a cobiça e avareza de seus administrados, ordeno e desejo que Ponócrates permaneça acima de todos os seus governantes como intendente, com autoridade para o que se requeira e assíduo ao lado do infante, até que o perceba idôneo para sozinho reger e reinar.

Considero que uma facilidade demasiado enervada e dissoluta em perdoar malfeitores lhes serve de ocasião para mais ligeiramente recaírem no malfeito, por uma perniciosa confiança na graça.

Considero que Moisés, o mais doce homem de seu tempo a pisar sobre a terra, acremente punia os amotinados e sediciosos do povo de Israel.

Considero que Júlio César, imperador tão generoso que dele diz Cícero que sua fortuna em nada mais soberana fora do que ele pudera, e que sua maior virtude nada mais era do que sempre querer salvar e perdoar a um qualquer. Não obstante tudo isso, em certos momentos puniu rigorosamente os autores de rebelião.

Com tais exemplos, desejo que me entreguem, antes da partida: primeiramente o bom Marquet, que foi a fonte e causa primeira desta guerra por sua vã arrogância; segundamente, seus companheiros boleiros, que foram negligentes em lhe corrigir a cabeça insana naquele momento. E finalmente todos os conselheiros, capitães, oficiais e domésticos de Picrócolo que o tiverem incitado, loado ou aconselhado a sair de seus limites para assim nos inquietar."

Capítulo 51

Como os vencedores gargantuístas
foram recompensados após a batalha

Depois de louvar os feitos do pai Grangorja, Gargântua agora mostra sua generosidade humanista. A história de Assuero com seu banquete de 180 dias é narrada em Ester 1:1-8.

Ao falar do filho infante de Picrócolo, temos clara alusão ao ainda infante Felipe II, filho de Carlos V, nascido em 1527. O col d'Agnello nos Alpes Marítimos foi atravessado por Francisco I em 1515. É importante lembrar que a imprensa foi introduzida na França em 1470 e depois estabelecida no Louvre por Francisco I. Como o trabalho com esse maquinário demandava muita força física, é possível ver nele um tipo de punição, ainda que muito mais leve do que as que vemos em Panta-gruel, cap. 31.

Aqui aparecem novos capitães, todos com nomes tirados do grego: Itíbolo, "golpe certo" ou "sagaz"; Acamas, "incansável"; Quironax, "mestre das mãos"; Sofrão, "prudente", para fechar o número de dez, como nas legiões romanas. Os locais são da região de Chinon, e apenas Le Rivau e Ligré são nomes novos. [G.G.F.]

———

Feita a fala concional de Gargântua, foram entregues os sediciosos requeridos, exceto Espadachim, Merdalha e Bagatelas, que tinham fugido seis horas antes da batalha. Um até a colina de Agnello sem parar, outro até o vale de Vire, e outro até Logroño, sem olhar para trás, nem tomar fôlego no caminho, e dois boleiros que morreram naquele dia.

Nenhum mal lhes fez Gargântua, a não ser ordenar que trabalhassem nas prensas da imprensa que tinha acabado de fundar.

Depois àqueles que tinham morrido mandou com honras enterrar no vale de Noyrettes e no campo de Brûlevieille. Os feridos ele mandou curar e tratar em seu grande nosocômio. Depois tomou conta dos danos feitos à cidade e aos habitantes e mandou reembolsar todas as suas perdas, mediante confissão e declaração. E ali mandou construir um forte castelo, designando pessoas e guardas para no porvir melhor se defenderem contra imprevistas zaragatas.

Ao partir, agradeceu gentilmente a todos os soldados de suas legiões que tinham participado nessa vitória e os enviou invernar em seus quartéis e guarnições. Fora alguns da legião decúmana, que ele tinha visto fazendo proezas naquele dia, e os capitães das tropas que ele conduziu consigo até Grangorja.

Ao ver que chegavam, o bom homem ficou tão alegre, que nem seria possível descrever. Então fez para eles o festim mais magnífico, mais farto e mais gostoso que já se viu desde o tempo do rei Assuero.

Na saída da mesa, distribuiu a cada um deles uma partilha igualitária de seu buffet que pesava um milhão e oitocentos mil e catorze besantes de ouro em grandes vasos à moda antiga, grandes potes, grandes bacias, grandes taças, copos, vasilhas, candelabros, cálatos, nacelas, floreiras, bomboneiras e outro recipiente todo de ouro maciço, além da pedraria, esmalte e lavrado que em valor excedia ao preço de toda a matéria. E mais, mandou dar de seus cofres para cada um deles um milhão e duzentos mil escudos contados. E com fartura a cada um deles concedeu perpetuamente (a não ser que morressem sem herdeiros) seus castelos e terras vizinhas segundo a maior conveniência. A Ponócrates deu La Roche-Clermault, a Ginasta Le Coudray, a Eudemão Montpensier. Le Riveau a Tolmero, a Itíbolo Montsoreau, a Acamas Candes, Varenne a Quironax, Gravot a Sebasto, Quinquenays a Alexandre, Ligré a Sofrão, e fez o mesmo com suas outras posses.

Capítulo 52

Como Gargântua
mandou construir para o monge
a abadia de Telema

Muitos livros de cavalaria terminam com a construção de uma abadia, tema em Rabelais transfigurado na antiabadia de Telema; por isso aqui começa a discussão teórica sobre a nova ordem que seguisse os moldes evangélicos humanistas; daí o nome Telema, derivado do grego θέλημα, *que no Novo Testamento designa a vontade, divina ou humana. Ela também pode estar associada a Telêmia, a guia espiritual de Polífilo na* Hypnerotomachia Poliphili *(1499). Na ideia geral, talvez possamos concordar com Screech, quando este descreve a abadia como a atmosfera de um "cristianismo platonizante", embora haja muita consciência corpórea ao tratar de sexo e casamento e das causas gerais de envio de jovens a mosteiros: o próprio Rabelais, depois de ser franciscano e beneditino, pediu autorização papal para se casar e assumir filhos.*

Além disso, nunca podemos deixar de lado a autoironia de Rabelais, já que frei João não é exatamente um ideal evangélico. A dúvida sobre governar os outros sem governar a si é proverbialmente atribuída a Sócrates. Porém, como observa Hormaechea, é curioso observar que quem organiza as regras da abadia é Gargântua, e não João, que aparece apenas para fazer jogos de palavras e piadas. [G.G.F.]

———

Faltava apenas o monge por presentear. Para ele Gargântua queria ofertar a abadia de Seuilly, mas ele recusou. Quis lhe dar a abadia de Bourgueil, ou de Saint-Florent, a que lhe apetecesse, ou as duas, se tomasse gosto. Porém o monge deu a resposta peremptória de que como monge não queria encargo nem governo, "Porque como é (dizia ele) que eu poderia governar outros, se não sei governar a mim mesmo? Se o senhor acha que fiz bem e que poderia no futuro cumprir um serviço agradável, me outorgue fundar uma abadia do meu gosto."

A demanda agradou a Gargântua, e este ofereceu todo o seu país de Telema à beira do Loire, a duas léguas da grande floresta de Port-Huault. E ele pediu a Gargântua que instituísse sua ordem ao contrário de todas as outras.

"Primeiro então (disse Gargântua) não precisamos levantar muralhas em torno, pois todas as outras abadias são fortemente muradas.

— Certo, disse o monge. E não sem motivo: onde tem muro atrás e na frente, tem muito murmúrio, inveja e conspiração mútua." Além disso, já que em alguns conventos deste mundo existe a praxe de, se alguma mulher entrar (falo das carolas e pudicas), limparem o lugar por onde elas passam, foi aqui ordenado que se um religioso ou religiosa ali entrasse fortuitamente, limpariam com esmero todos os lugares por onde passarem.

E já que em todas as religiões do mundo tudo é mesurado, limitado e regrado pelas horas, foi decretado que não teremos relógio nem quadrante algum.

Mas a depender das ocasiões e oportunidades é que todas as funções serão divididas.

"Pois (dizia Gargântua) a mais verdadeira perda de tempo que eu já vi é contar as horas. Que ganho tem nisso? E a maior piração do mundo é se governar ao som de um sino, e não ditado pelo bom senso e pela inteligência."

Item, já que naquele tempo não se metia mulheres numa ordem, a não ser que fossem caolhas, cambetas, carcundas, barangas, bruacas, surtadas, tapadas, malfeitas e taradas, nem os homens, a não ser que catarrentos, estropiados, patetas e fardos do lar.

"Por falar nisso (disse o monge), se uma mulher não é bonita nem gostosa, dá pano para manga?

— Só se for para botar numa ordem, disse Gargântua.

— Certo, disse o monge, e para fazer camisas?" Ordenaram que lá só seriam acolhidas as bonitas, pitéus e jeitosas; e os bonitos, pitéus e jeitosos.

Item, já que nos conventos de mulheres não entravam homens a não ser na surdina e na maracutaia, decretaram que ali não teria mulher se não tivesse homem, nem homem se não tivesse mulher.

Item, já que tanto os homens quanto as mulheres acolhidos na ordem, após o ano de provação, eram forçados e constrangidos a lá permanecerem perpetuamente o resto de suas vidas, ficou estabelecido que tanto os homens quanto as mulheres ali acolhidos sairiam quando lhes desse na telha, de jeito franco e pleno.

Item, já que em geral os religiosos faziam três votos, a saber, de castidade, pobreza e obediência, ali com toda honra poderiam se casar, ficar ricos e viver em liberdade.

Quanto à idade legal, as mulheres seriam acolhidas dos dez aos quinze anos, os homens dos doze aos dezoito.

Capítulo 53

Como foi construída e dotada
a abadia dos telemitas

O capítulo é uma pérola da esteganografia rabelaisiana, que faz toda a construção oscilar simbolicamente entre abadia e palácio régio, muito provavelmente baseado nos castelos construídos por Francisco I depois de retornar do cativeiro, a saber, os castelos de Chambord, às margens do Loire, e de Madrid, no Bois de Boulogne. Esses dois castelos apresentam 32 aposentos (número pitagórico da sabedoria, segundo Agrippa), sem distinção hierárquica, que são exagerados aqui para 9.332. Outro ponto de imitação são as cores dourado e azul, da realeza. Embora tenha muitos detalhes, não é um plano minucioso, já que nem trata de banheiros, claustros e cozinhas, por exemplo.

Sobre o castelo de Madrid, já destruído, é provável que seu nome seja uma homenagem inversa do rei a sua prisão espanhola; se assim for, tal como o castelo de Madrid é um anti-alcácer, também a abadia de Telema é uma antiprisão, como afirma Huchon.

É de se notar ainda que toda a abadia é organizada em seis partes (número que, na matemática renascentista, favoreceria o casamento e a harmonia), e os nomes das torres são todos tirados do grego: Ártica significa "norte", Calaer, "belo ar", Anátola, "leste", Mesembrina, "meridional" ou "sulista", Hespéria, "oeste", e Críera, "gélida".

Os outros castelos mencionados são de Bonnivet, inaugurado em 1525 pelo almirante Guillaume Goufier Bonnivet; e o de Chantilly, construído por Anne de Montmorency no lugar do castelo de Orgemont. Dive é um riacho das proximidades, que aparece com produção hiperbólica. As moedas mencionadas representam as da época: os carneiros (moeda com desenho do velocino de ouro), escudos de sol (moeda de Luís XI com desenho do Sol), rosa (moeda inglesa com uma rosa de York e Lancastre) e Plêiades (moeda inventada, que teria as estrelas).

O termo "capela", que aqui traduz chapelle, *tem acepção muito mais ampla do que a religiosa neste contexto. Toscano designa o dialeto italiano por excelência, por ser o mais difundido na época. Por fim, "letras antigas" designam caracteres romanos, em vez dos góticos.* [G.G.F.]

_____

Para a construção e aprovisionamento da abadia, Gargântua mandou entregar contados dois milhões setecentos mil oitocentos e trinta e um carneiros de lã farta, e para cada ano até que tudo estivesse perfeito designou na receita do Dive mil seiscentos sessenta e nove mil escudos de sol e outras tantas estrelas das Plêiades.

Para a fundação e manutenção deu perpetuamente dois milhões trezentos e nove mil quinhentos e catorze nobres da rosa com renda indenizadas, amortizados e solúveis para cada ano na porta da abadia. E de tudo entregou escritura lavrada.

A fundação tinha figura hexagonal de modo que em cada ângulo estava construída uma grande torre redonda com a capacidade de sessenta passos de diâmetro. Todas parelhas na grossura e no porte.

O rio Loire fluía pelo lado do Setentrião. Em sua ribanceira se assentava uma das torres, chamada Ártica. E voltada ao Oriente estava outra chamada Calaer. A seguinte Anátola. Depois Mesembrina, depois Hespéria. A última Críera.

Entre cada torre havia o espaço de trezentos e doze passos. O todo foi construído em seis andares, contando as adegas do subsolo como o primeiro. O segundo era arqueado que nem alça de cesto. O resto era revestido de gipsita de Flandres com forma de bunda de candeeiro, a parte de cima coberta de ardósia fina, com cumeeira de chumbo com figuras de bonequinhos e animaizinhos bem sortidos e dourados com calhas que saíam da muralha entre os transeptos, pintados em forma diagonal de ouro e azul, até o chão, onde terminavam em grandes dutos que conduziam ao rio por baixo do edifício.

A tal construção era cem vezes mais magnífica que Bonnivet, Chambord ou Chantilly. Pois ela tinha nove mil cento e trinta e dois aposentos, cada um guarnecido de antecâmara, gabinete, guarda-roupa, capela e saída para uma grande sala. Entre cada uma das torres, no meio do corpo central do edifício, ficava uma escada caracol interna ao mesmo corpo.

Seus degraus eram em parte de pórfiro, em parte de pedra numídica, em parte de mármore serpentino, com largura de vinte e dois pés e espessura de três dedos, com doze lances entre cada patamar. Em cada patamar havia duas belas arcadas à moda antiga, por onde passava a claridade, e por elas era possível entrar num gabinete com claraboia da mesma largura que a tal escada, subindo até a parte de cima do telhado e lá terminando num pavilhão. Por essa escada se chegava, de cada lado, a uma grande sala, e das salas aos aposentos.

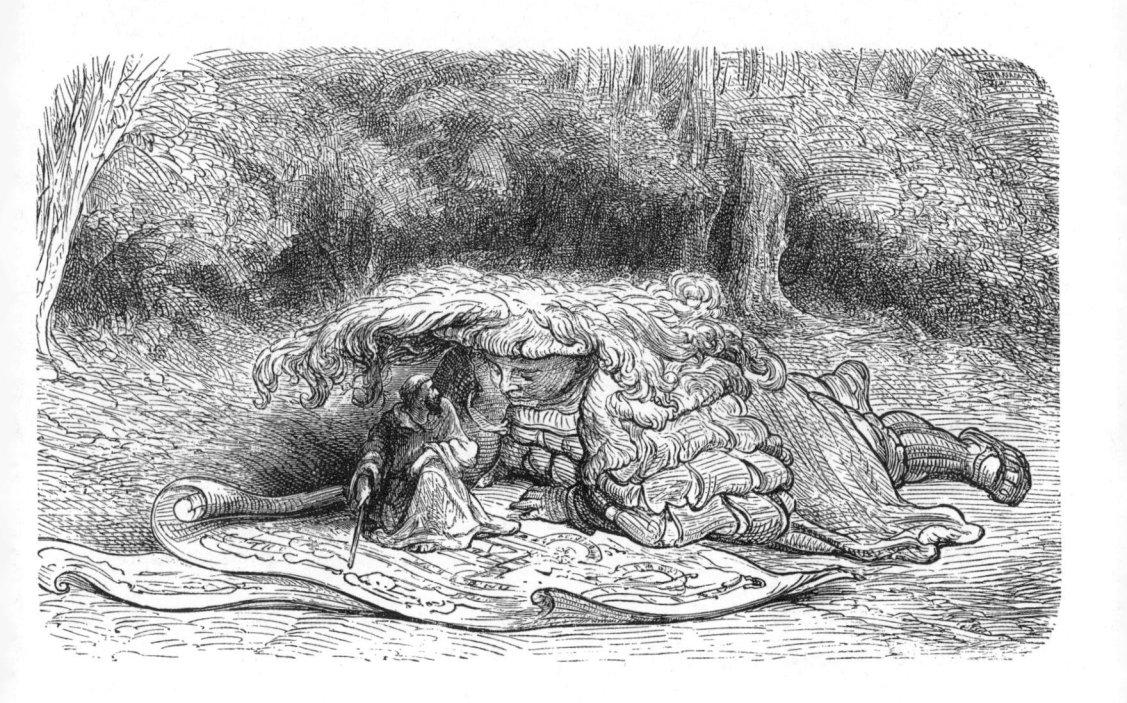

Entre a torre Ártica e a Críera ficavam as belas e imensas bibliotecas em grego, latim, hebraico, francês, toscano e espanhol, repartidas nos diversos andares segundo a língua.

No meio estava uma maravilhosa escada, cuja entrada passava por fora do prédio em uma arcada com seis toesas de largura. Era feita com tamanha simetria e capacidade, que seis homens de armas com lança em riste poderiam subir juntos em linha até o topo do edifício.

Entre a torre Anátola e a Mesembrina ficavam as belas e imensas galerias, todas pintadas com antigas proezas, histórias e descrições da terra. No meio havia uma subida e porta similares àquela que já descrevemos pelo lado do rio.

Sobre essa porta estava escrito com grandes letras antigas o seguinte:

Capítulo 54

Inscrição na grande porta de Telema

Este poema de pura virtuose recupera a forma dos "pregões", cris, típicos no tempo de Rabelais para introduzir um Mistério, e que repeliam e convidavam o público enquanto o dividiam em grupos, uma forma ligada à poética dos rhétoriqueurs. Como bem nota Screech, apesar de não ter muros, a abadia de Telema tem seus meios para manter os inimigos do lado de fora, ao mesmo tempo em que prega a ideia de uma aristocracia evangélica (note-se que essa riqueza é aceita, em contraposição àquela dos homens venais).

Danger (aqui para ser pronunciado à inglesa, "dânger") é o marido enciumado do Roman de la rose. [G.G.F.]

———

Cá não entrem carolas e bigodos,
Macacos gordos, sonsos esfalfados,
Beatos, tolos, muito mais que os godos
E os ostrogodos dantes dos magodos,
Cheios de engodos, logo empantufados,
Dingos mofados, sempre encafifados,
Fartos e inflados, motes de tabus:
Maus fados! Sumam junto aos seus chabus.

Esse modo imundo
Me encheria o mundo
Todo de imundez.
Por desfaçatez
Perco o bem que abundo
Nesse modo imundo.

Cá não entrem juristas avarentos,
Cleros marrentos, mó do popular,

Escribas, fariseus mais lazarentos,
Juízes birrentos que os bentos de Trentos
E cães sarnentos buscam cabular.
O seu salário nunca sai do lar.
Podem pular! Aqui não tem excesso,
Nada que vá render um bom processo.

Processo e disputa
Ninguém mais reputa
Se aqui se imputar.
Querem disputar?
Vão, filhos da puta:
Processo e disputa.

Cá não entrem usuras e agiotas,
Glutões idiotas, gente que acumula,
Comedores de névoas, vis marmotas,
Retos, cambotas, sempre enchendo as botas
Sem ter as cotas quanto mais se emula.
Quem se estimula e somas mais sumula
Sem picar mula é bicho tão mofino:
Que a morte dê castigo sisifino!

Fino desumano
Desses que eu irmano
Pra bem longe: vem
Onde não convém.
Suma, carcamano,
Fino desumano.

Cá não entrem estúpidos mastins,
Tarde ou matina, velhos já no fosso,
Nem sediciosos cheios de motins,
Diabos, festins de Danger e butins,
Gregos, latins, pior que cão molosso,
Colosso de varíola até seu osso:
Levem o troço para quem os honra,
Caracachentos plenos de desonra.

Honra, bem, prazer
Convém aprazer
No melhor acordo.
São é que eu acordo.
Assim podem trazer
Honra, bem, prazer.

Cá entrará você, seja bem-vindo,
Seja indo ou vindo, o nobre cavaleiro.
Neste lugar quem chega sobrevindo
É bem-revindo, estaremos servindo
A feio e lindo, mais do que milheiro.
Hospitaleiro lar com bom celeiro
Ao companheiro alegre, meu comparsa,
Pois todo mundo aqui é sempre parça.

Parça meu, gentil,
Sereno, sutil,
Longe da vileza,
Essa é a beleza
Útil e infantil,
Parça meu, gentil.

Cá entrarão vocês que o Evangelho
pregam de joelho contra a barafunda,
Pois ninguém vai meter o seu bedelho,
Nem há pentelho neste porto velho
Que suje o mundo com escrita imunda.
Entrem, que aqui se funda a fé profunda!
Nada os confunda: aqui a voz que lavra
Mostra inimigos da santa palavra.

À palavra santa
Ninguém mais descanta
Em chão sacrossanto,
Quando em todo canto
Todo mundo canta
A palavra santa.

François Rabelais

Cá entrarão vocês, de alta paragem,
Firme coragem. Damas, por favor.
Flor de beleza, de celeste imagem,
Corpo em miragem, prudentes quando agem,
que em tal passagem têm lugar de honor:
O alto senhor que lhes deu tal penhor
Com pundonor, dispensando ouro e vez
Como a despensa cheia dos ourives.

Ourives nos dão
ouro e vez, perdão
A quem perde e doa.
Para quem perdoa
Belo galardão
Ourives nos dão.

Cy n'entrez pas Hypocrites, bigotz,
Vieulx matagotz, marmiteux boursouflez,
Torcoulz, badaulx plus que n'egoient les Gotz,
Ny Ostrogotz, precurseurs des magotz,
Haires, cagotz, caffars empantouflez,
Gueux mitouflez, frapars escorniflez,
Befflez, enflez, fagoteurs de tabus
Tirez ailleurs pour vendre voz abus.

Voz abus meschans
Rempliroient mes champs
De meschanceté.
Et par faulseté
Troubleroient mes chants
Voz abus meschans.

Cy n'entrez pas maschefains practiciens,
Clers, basauchiens mangeurs du populaire.
Officiaulx, scribes, et pharisiens,
Juges, anciens, qui les bons parroiciens
Ainsi que chiens mettez au capulaire.
Vostre salaire est au patibulaire.

Allez y braire: ici n'est faict excés,
Dont en voz cours on deust mouvoir procés.

Procés et debatz
Peu font cy d'ebatz
Où l'on vient s'esbatre.
À vous pour debatre
Soient en pleins cabatz
Procés et debatz.

Cy n'entrez pas vous usuriers chichars,
Briffaulx, leschars, qui tousjours amassez,
Grippeminaulx, avalleurs de frimars,
Courbez, camars, qui en vous coquemars
De mille marcs jà n'auriez assez.
Poinct esguassez n'estes quand cabassez
Et entassez, poiltrons à chiche face.
La male mort en ce pas vous deface.

Face non humaine
De telz gens qu'on maine
Raire ailleurs: ceans
Ne seroit seans.
Vuidez ce dommaine
Face non humaine.

Cy n'entrez pas vous rassotez mastins,
Soirs ny matins, vieux chagrins et jaloux,
Ny vous aussi seditieux mutins,
Larves, lutins, de Dangier palatins,
Grecz ou Latins plus à craindre que Loups,
Ny vous gualous verollez jusque à l'ous:
Portez vos loups ailleurs paistre en bonheur,
Croustelevez remplis de deshonneur.

Honneur, los, deduict
Ceans est deduict
Par joyeux acords.
Tous sont sains au corps.

François Rabelais

Par ce bien leur duict
Honneur, los, deduict.

Cy entrez vous, et bien soyez venuz
Et parvenuz tous nobles chevaliers.
Cy est le lieu où sont les revenuz
Bien advenuz: affin que entretenuz
Grands et menuz, tous soyez à milliers.
Mes familiers serez et peculiers,
Frisques gualliers, joyeux, plaisans mignons,
En general tous gentilz compaignons.

Compaignons gentilz,
Serains et subtilz
Hors de vilité,
De civilité
Cy sont les oustilz,
Compaignons gentilz.

Cy entrez vous qui le sainct evangile
En sens agile annoncez, quoy qu'on gronde,
Ceans aurez un refuge et bastille
Contre l'hostile erreur, qui tant postille
Par son faulx stile empoizonner le monde.
Entrez, qu'on fonde icy la foy profonde
Puis qu'on confonde et par voix, et par rolle
Les ennemys de la saincte parolle.

La parolle saincte,
Jà ne soit extaincte
En ce lieu tressainct.
Chascun en soit ceinct,
Chascune ayt enceincte
La parolle saincte.

Cy entrez vous dames de hault paraige
En franc couraige. Entrez y en bon heur.
Fleurs de beaulté, à celeste visaige,
À droict corsaige, à maintien prude et saige:

En ce passaige est le sejour d'honneur.
Le hault seigneur, qui du lieu fut donneur
Et guerdonneur, pour vous l'a ordonné,
Et pour frayer à tout prou or donné.

Or donné par don
Ordonne pardon
À cil qui le donne.
Et très bien guerdonne
Tout mortel preud'hom
Or donné par don.

François Rabelais

Capítulo 55

Como era o solar dos telemitas

Aqui continua a descrição da abadia, em tom mais realista, voltado para a organização do cotidiano de seus habitantes, que vivem com bastante luxo e sem qualquer trabalho indicado, num ambiente que também remonta às imagens da Hypnerotomachia Poliphili *atribuída a Francesco Colonna, ao mesmo tempo em que retoma a educação de Gargântua no cap. 23.*

Mesmo na aparente seriedade do retrato, há piadas, como a água que jorra dos orifícios das Graças (em parte inspirado na Fonte das Graças de Colonna) ou mesmo a menção aos chifres de unicórnios e hipopótamos, embora Hormaechea nos lembre que, na época, havia quem de fato mostrasse supostos chifres de unicórnio.

Cândios são os habitantes de Creta, quando esta ainda se chamava oficialmente Cândia. Veneza e Sarmácia realmente forneciam animais para falcoaria. Os primeiros espelhos de cristal, que chegaram de Veneza à França em 1530, eram bem pequenos. A água de anjo era feita com uma mistura de flor de íris, de rosa e sândalo; Huchon defende que seria água de murta. [G.G.F.]

─────────

No meio do pátio tinha uma fonte magnífica de lindo alabastro.

Por cima, as três Graças com seus cornos da abundância. E lançavam água pelos mamilos, boca, orelhas, olhos e outras aberturas corporais.

A parte de dentro do edifício, acima do tal pátio, se erguia sobre grandes pilares de calcedônia e pórfiro e belos arcos à moda antiga. Dentro deles havia belas galerias longas e amplas, enfeitadas com pinturas e chifres de cervos, unicórnios, rinocerontes, hipopótamos, dentes de elefantes e outras coisas admiráveis.

O alojamento das mulheres ia da torre Ártica até a porta Mesembrina. Os homens ocupavam o resto.

Na frente desse alojamento feminino, para que se divertissem, entre as duas primeiras torres, por fora estavam as liças, o hipódromo, o teatro e as piscinas, com banhos miríficos de três níveis, bem aparelhadas com todo equipamento e fartas águas de mirra; perto do rio ficava o belo jardim de recreio. No meio dele o belo labirinto.

Entre as duas outras torres ficavam os jogos de palma e pela.

Do lado da torre Críera ficava o pomar cheio de todas as árvores frutíferas, todas ordenadas em ordem quincunce. No fundo havia um grande parque, repleto de animais selvagens.

Entre as terceiras torres ficavam as bases para arcabuz, arco e balestra. As cozinhas fora da torre Hespéria, com apenas um andar. O estábulo depois das cozinhas.

A falcoaria na frente deles, governada por falcoeiros experientes na arte.

E anualmente abastecida por cândios, venezianos e sármatas com todas as espécies de pássaros exemplares.

Águias, Gerifaltes, Açores,

Sacres, Bornis, Falcões,

Gaviões, Esmerilhões,

E outros, tão bem amestrados e domesticados, que ao partirem do castelo para se divertirem nos campos pegavam tudo que encontrassem.

O canil ficava um pouco mais longe, na direção do parque.

Salas, câmaras e gabinetes eram todos atapetados com vários tipos, segundo a estação do ano.

Todo o pavimento era acarpetado com baeta verde. As camas tinham lençóis bordados.

Cada antecâmara tinha um espelho de cristal embutido em ouro fino, emoldurado em bordas de pérolas e era tão grande, que podia realmente representar qualquer pessoa.

Na saída das salas do alojamento feminino ficavam perfumistas e cabeleireiros, por cujas mãos passavam os homens quando visitavam as mulheres. Eles proviam toda manhã as câmaras das mulheres com água de rosas, água de laranjeira e água de anjo, e a cada uma traziam uma preciosa cassoleta exalando todas as drogas aromáticas.

Capítulo 56

Como se vestiam os religiosos
e religiosas de Telema

A descrição das vestimentas, que lembra o cap. 21, mantém o caráter aristo-crático já anunciado, em contraste com o tradicional voto de pobreza dos monges. Hormaechea atenta como a rusticidade de frei João não parece condizer com o que lemos aqui. O tradutor espanhol sugere muito bem que podemos ter ideia dessas roupas nos quadros Eleonora di Toledo col figlio Giovanni, *de Bronzino,* Antea, *de Parmigianino, e* La bella, *de Ticiano. É também curioso observar a preponderância feminina nesta obra em que quase só vemos homens, enquanto as mulheres ocupam papéis muito secundários.*

Há outro ponto notável: as cores de base das roupas masculinas são negro, branco e vermelho, ou seja, as três cores da grande obra alquímica (nigredo, albedo e rubedo).

Optei por manter o estranho "reformadas" (reforméez no original) por aludir ao mesmo tempo às reformas de vários conventos no séc. XVI e à Reforma. Camelo (camelot) designa um tecido originalmente feito com pelos de camelo. Nausicleto vem do grego ναυσικλειτός, *"famoso pelos barcos", um epíteto homérico que indica o trabalho de mercador. As ilhas Canibais são as Pequenas Antilhas do Sul. A receita de dar pérolas aos galos aparece em Averróis.*

Tomei a liberdade de traduzir sympathie *por sintonia, mais ao gosto contemporâneo; o conceito de simpatia, no Renascimento, era usado para designar a correspondência dos afetos e sua harmonia.* [G.G.F.]

———

As mulheres no começo da fundação se vestiam ao bel-prazer e talante. Depois foram reformadas graças ao seu desejo mais franco, deste jeito:

Elas usavam meias de cor escarlate ou grã, e as tais meias passavam três dedos acima do joelho, exatamente. A ourela tinha uns belos bordados e debruns.

As jarreteiras tinha a mesma cor dos braceletes e cobriam os joelhos por cima e por baixo.

Os sapatos, escarpins e pantufas de veludo carmesim, vermelho ou violeta, denteados com barba de lagostim.

François Rabelais

Por cima da camisa vestiam uma linda vasquinha com um lindo came-lo de seda.

Sobre ela vestiam crinolina de tafetá branco, vermelho, castanho, cinza, etc.

Por cima, a cota de tafetá argênteo com bordados de ouro fino e arabescos feitos na agulha, ou conforme preferissem ou segundo a disposição aérea, com cetim, damasco, veludo alaranjado, acastanhado, verde, cinzento, azul, amarelo claro, vermelho, carmesim, branco, pano dourado, tecido prateado, com canutilho, com bordado, conforme as festas.

Os vestidos segundo a estação, com pano dourado ou friso de prata, com cetim vermelho coberto de canutilho de ouro, com tafetá branco, azul, preto, castanho, sarja, com cetim, camelo de seda, veludo, tecido prateado, fio de ouro, veludo ou cetim perfilado de ouro com diversos modelos.

No verão, durante certos dias, em vez de vestidos usavam lindas marlotas com os panos já ditos, ou manteletes à mourisca, de veludo violeta com friso de ouro sobre canutilho de prata, ou com cordão de ouro enfeitadas com costuras de perolinhas indianas. E sempre o lindo penacho com as cores combinando com os manguitos e bem enfeitadas com berloques dourados.

No inverno, vestidos de tafetá com as mesmas cores: peles de lobos, de cervos, de ginetas negras, de martas da Calábria, de zibelinas, e outras peles preciosas.

Os rosários, anéis, correntes, colares eram de finas pedrarias, carbúnculos, rubis, diamantes, safiras, esmeraldas, turquesas, granadas, ágatas, berilos, pérolas pequenas e grandes, de excelência.

Os tocados e penteados variavam conforme o tempo: no inverno à moda francesa; na primavera à espanhola; no verão à toscana. Exceto festas e domingos, quando vestiam toucado francês, por ser mais honrado e mais condizente com a castidade das casadas.

Os homens tinham sua própria moda, meias de baixo de estamenha ou sarja drapeada de escarlate, de grã, branco ou preto.

Os calções de veludo com as mesmas cores ou bem próximas, bordados e denteados a seu capricho.

O gibão de tecido dourado, prateado, de veludo, cetim, damasco, tafetá, com as mesmas cores, denteados, bordados e emperequetados no último.

Os alamares de seda com as mesmas cores, com agulhetas de ouro bem esmaltadas.

Os saios e samarras de tecido dourado, pano dourado, tecido prateado, veludo perfilado a gosto. As túnicas tão preciosas quanto as das damas.

Os cíngulos de seda com as cores do gibão, todos com uma bela espada de lado, de punho dourado, bainha de veludo da cor das meias, com conteira de ouro e ourivesaria.

O punhal igual.

O gorro de veludo negro, enfeitado de muitas joias e botões de ouro.

A pena branca, por cima pequena, delicadamente dividida por lantejoulas de ouro; na ponta delas pendiam berloques, bonitos rubis, esmeraldas, etc.

Porém havia uma tal sintonia entre os homens e as mulheres, que a cada dia se vestiam igualzinhos. E para não falhar, havia alguns homens com a tarefa de dizer aos homens a cada manhã qual librê as damas queriam naquele dia usar. Pois tudo era feito ao talante das mulheres. Com essas roupas tão apropriadas e enfeites tão ricos, não vão vocês pensar que eles e elas per-

François Rabelais

dessem algum tempo, pois os roupeiros tinham toda a veste prontinha a cada manhã, e as camareiras eram tão espertas, que num segundo ficavam prontas e vestidas dos pés à cabeça.

E para preparar esses enfeites do melhor jeito, em volta do bosque de Telema havia uma grande casa com mais de meia légua, bem clara e organizada, onde moravam os ourives, lapidários, bordadores, alfaiates, fiadores de ouro, veludeiros, tapeceiros e tecelões, e lá cumpria cada um seu metiê, e tudo para os tais religiosos e religiosas.

Eles recebiam seus materiais e estofos pelas mãos do senhor Nausicleto, que a cada ano trazia sete navios das Ilhas de Perlas e Canibais, carregados de lingotes de ouro, de seda crua, de pérolas e pedrarias. Se as pérolas maiores envelheciam e perdiam sua natureza branca, com suas artes eles as renovavam, dando de comer a uns bons galos, que nem a gente purga os falcões.

Capítulo 57

Como eram as regras dos telemitas
para o seu modo de vida

"Faze o que tu queres", *emblema da abadia, é uma regra hoje famosa também pelos preceitos de Aleister Crowley. Esse emblema não sugere pura liberdade, mas deve ser ligado ao* Ἀγάπη *(amor), que traz Gargântua. Juntas, elas formam o resumo ético de Santo Agostinho,* dilige et quod uis fac *("ama e faze o que tu queres"); seu vínculo com a liberdade pode ser visto em* Gálatas 5:1 *ou na definição de liberdade dada por Cícero em seus* Paradoxos, 5.1.34: potestas uiuendi ut uelis *("poder de viver como bem quer"). Parece, no entanto, que tal utopia ética só pode se dar com a pressuposição de sindérese (capacidade espiritual inata para a apreensão dos princípios da ética segundo a escolástica, a partir de Aristóteles) dos membros dessa comunidade, que aqui aparece sob a égide da honra.*

"Buscamos coisas proibidas e desejamos o que nos é negado" é citação de Ovídio, Arte de amar, *3.4.* [G.G.F.]

———

Toda a vida deles estava empregada não pelas leis, estatutos ou regras, mas segundo sua vontade e livre-arbítrio. Se levantavam da cama quando dava na telha, bebiam, comiam, trabalhavam, dormiam quando bem desejassem. Ninguém os despertava, ninguém os obrigava nem a beber, nem a comer, nem a fazer qualquer outra coisa. Assim tinha estabelecido Gargântua. Em sua regra havia apenas uma cláusula. *Faze o que tu queres.*

Porque pessoas livres, bem-nascidas, bem-educadas, que conversam em companhias honestas, têm por natureza um instinto e aguilhão que sempre as incita a feitos virtuosos e as afasta dos vícios, e a isso chamamos honra. Quando por vil sujeição e constrangimento eles são abatidos e submetidos, se afastam do nobre afeto pelo qual à virtude de coração tendiam, a fim de soltarem e deporem esse jugo da servidão. Pois todos os dias nós buscamos coisas proibidas e desejamos o que nos é negado.

Graças a essa liberdade, entraram numa louvável emulação de fazerem todos aquilo que a um só parecia agradar.

Se um ou uma deles dissesse "vamos beber", todos bebiam. Se dissesse "vamos jogar", todos jogavam. Se dissesse "vamos curtir o campo", todos

iam. Se era para falcoar ou caçar, as mulheres montadas em lindas hacaneias com seu palafrém ornado, e com punhos delicadamente enluvados levava cada um ou um gavião, ou um borni, ou um esmerilhão; os homens levavam os outros pássaros.

Tinham tanta nobreza de formação, que nenhum deles, nenhuma delas não sabia ler, escrever, cantar, tocar instrumentos harmoniosos, falar em cinco ou seis línguas e mesmo compor tanto em carme quanto em frase solta.

Nunca se viram cavaleiros tão valentes, tão elegantes, tão habilidosos a pé e a cavalo, mais viçosos, mais espertos, mais ágeis com os bastões, do que eles.

Nunca se viram mulheres tão dignas, tão delicadas, menos chatas, mais cultas em mão e agulha, para todo ato mulheril honesto e livre, do que elas.

Por isso, quando chegava a hora de algum deles partir da abadia, fosse a pedido dos pais, ou porque por outros motivos desejasse sair, consigo levava uma das mulheres, aquela que o tivesse tomado por devoto, e assim se casavam. E se bem tivessem vivido em Telema, com devoção e amizade, ainda melhor tocariam a vida no casamento, porque se entreamavam até o fim de seus dias que nem na primeira noite de núpcias.

Não posso me esquecer de descrever para vocês um enigma que foi encontrado na fundação da abadia, numa grande lâmina de bronze. Era o seguinte:

Capítulo 58

Enigma em profecia

Exceto pelos dois primeiros versos e os dez últimos, o enigma — gênero que gozava de certo prestígio à época — não é de Rabelais, mas sim de Mellin de Saint--Gelais (1491-1558), que de fato descrevia obscuramente o jogo de palma, com notas elucidativas na edição lançada em 1574. Trata-se de um jogo similar ao nosso tênis, com uma corda ou linha que funcionava no lugar da atual rede. Com os acréscimos e a leitura de Gargântua, os tons apocalípticos do poema original se desdobram em leitura teológica. Separei visualmente os versos de lavra rabelaisiana para facilitar sua identificação ao leitor. Os dois primeiros claramente ecoam a abertura da Balade des pendus *de François Villon.*

Em Mateus 24:13 lemos: "Aquele que perseverar até o fim, esse será salvo". E também em 11:28: "Vinde a mim, todos os que estais cansados e oprimidos, e eu vos aliviarei". Nesse contexto é importante lembrar a noção de "escândalo", que implica perda de fé por medo de perseguição; é o que lemos em Mateus 11:6: "E bem--aventurado é aquele que não se escandalizar em mim". A ideia de cristãos eleitos terá amplo eco na obra de Calvino, por exemplo. As referências a perseguições contra evangélicos tinham base histórica, sobretudo a partir de 1532, com um ponto fundamental no Caso dos Cartazes em 1534 (cf. nota ao cap. 17), contemporâneo exato da primeira edição de Gargântua. *Em 1535 Francisco I convida Melâncton, um defensor da linha moderada, para realizar reformas em Paris; nessa sequência também o patrono de Rabelais, o bispo Jean Du Bellay, terá grande importância.*

Zeus aprisionou embaixo do Etna o gigante Tifeu, no mito para explicar os movimentos vulcânicos; Inárime é a ilha de Ísquia, tal como citada por Virgílio, Eneida, 9.716, *que segundo a lenda teria seus abalos sísmicos causados pelos movimentos do gigante.*

Goderan foi bispo de Saintes no séc. XI e sepultado em Maillezais, onde entrou Rabelais depois de abandonar os franciscanos. A referência a Merlim, fundamental nas Grandes crônicas *e no* Verdadeiro Gargântua, *é também um eco com o nome de Mellin de Saint-Gelais.* [G.G.F.]

François Rabelais

Pobres mortais que à alegria esperam:
Os que me escutam por certo prosperam.

Se for possível crer com engajamento
Que pelos corpos lá do firmamento
O humano espírito estará por vir
Para contar as coisas do porvir,
Se for possível por poder divino
Ter ciência do futuro que previno
Para assim nós confiarmos no discurso
Que demonstra o destino do percurso,
Juro saber e conto a quem coopera
Que no próximo inverno, sem espera,
Quem sabe até mais cedo, aqui por perto,
A nova espécie de homem mais desperto,
Que farto de ócio, acídia e covardia,
Irá sem medo em plena luz do dia
Para incitar as mais diversas gentes
A fazerem litígios divergentes.
E a quem quiser ouvir e acreditar
(Seja qual for o preço a creditar)
Vai entrar em debates aparentes
Entre os próprios amigos e parentes.
E o filho ousar armar do disparate
De dar ao próprio pai um desbarate,
E mesmo os grandes nobres, bem criados,
Se verão assaltados por criados,
E os deveres de honor e reverência
Perderão sua própria deferência,
Dirão para subirem na revolta,
Para depois buscarem uma volta.
Aí vai ter crescido o quiproquó
Com todos se tratando de mocó,
Que nem histórias cheias de moções
Provocariam tantas emoções:
Veremos muitos homens de valor
No esporão de seu viço e no calor
De acreditarem na ânsia alucinada
Morrendo em flor, vivendo quase nada.

E ninguém vai deixar de lado a obra
Por onde o próprio empenho se desdobra.
Só para quando encher todos espaços
Com ruídos no céu, na terra passos.
Pois todos seguirão a certidão
Da tola e ignorante multidão.
E o mais tapado é que será juiz:
Ah, dilúvio penoso e infeliz,
Falo dilúvio, mas não me atrapalho,
Pois não perde seu tempo o tal trabalho
E dele a terra nunca se liberta:
Mesmo quando produz, inteira aberta,
Súbitas águas, onde os moderados
Entre combates serão devorados.
Merecem! Pois seu coração doado
A combater não terá perdoado
Nem mesmo os inocentes animais,
Mas com nervos e partes viscerais
Não aos deuses farão seu sacrifício
Mas aos mortais, num já comum ofício.
Agora deixo cada qual pensar
Como é que tudo vai se dispensar
E qual repouso nesta dura ronda
Terá o corpo da máquina redonda.
Os felizes, que dela mais terão,
De gastá-la bem menos se absterão
E logo tentarão qualquer maneira
De assujeitá-la como prisioneira,
Que essa pobre, com seu peito desfeito
Vai recorrer a quem a tinha feito;
Para agravar o seu triste acidente,
O claro Sol, chegando ao ocidente
Há de deitar sobre ela um breu sem cura,
Pior que eclipse ou pura noite escura,
Perderá de uma vez a liberdade
Junto ao favor celeste e clara herdade.
Será por muito tempo abandonada,
Mas antes de se arruinar ao nada

François Rabelais

Demonstrará com todo seu alento
Um tremor tão imenso e violento,
Que nem o Etna foi tão estressado
No filho de Titã arremessado,
Que não se poderia comparar
A Inárime num brusco disparar
Quando Tifeu tão forte crepitou
Que montes sobre o mar precipitou.
Será em pouco tempo conformada
A triste estado e tanto transformada
Que nós veremos os seus possessores
Cedendo tudo para os sucessores,
Mas logo há de chegar o bom momento
Para dar fim a tão longo tormento,
As águas vistas numa só tirada
Farão todos pensar em retirada.
No entanto, dantes da partida, a mente
Poderá ver nos ares claramente
O acre calor do mais imenso fogo
Para dar fim às águas e ao afogo.

Depois que os acidentes findam pleitos,
Virá a alegre ceia dos eleitos,
Bem satisfeitos com maná dos céus,
Receberão a recompensa aos seus
Bens de riqueza. E os outros no fim
Serão desnudos. E por isso, enfim,
Com trabalho a tal ponto terminado,
Todos terão seu lote destinado.
Eis o acordo! A louvar e entreverar
Quem pode até o fim perseverar.

Pauvres humains qui bon heur attendez
Levez vos cueurs, et mes dictz entendez.

S'il est permis de croyre fermement
Que par les corps qui sont au firmament,
Humain esprit de soy puisse advenir
À prononcer les choses à venir:
Ou si l'on peut par divine puissance
Du sort futur avoir la cognoissance,
Tant que l'on juge en asseuré discours
Des ans loingtains la destinée et cours,
Je fois sçavoir à qui le veult entendre,
Que cest Hyver prochain sans plus attendre
Voyre plus tost en ce lieu où nous sommes
Il sortira une maniere d'hommes
Las du repoz, et faschez du sejour,
Qui franchement iront, et de plein jour,
Subourner gens de toutes qualitez
À different et partialitez.
Et qui vouldra les croyre et escouter:
(Quoy qu'il en doibve advenir et couster)
Ilz feront mettre en debatz apparentz
Amys entre eulx et les proches parents.
Le filz hardy ne craindra l'improfere
De se bender contre son propre pere,
Mesmes les grandz de noble lieu sailliz
De leurs subjectz se verront assailliz.

François Rabelais

Et le debvoir d'honneur et reverence
Perdra pour lors tout ordre et difference,
Car ilz diront que chascun à son tour
Doibt aller hault, et puis faire retour.
Et sur ce poinct aura tant de meslées,
Tant de discordz, venues, et allées,
Que nulle histoyre, ou sont les grands merveilles
A faict recit d'esmotions pareilles,
Lors se verra maint homme de valeur
Par l'esguillon de jeunesse et chaleur
Et croire trop ce fervent appetit
Mourir en fleur, et vivre bien petit.
Et ne pourra nul laisser cest ouvrage,
Si une fois il y met le couraige:
Qu'il n'ayt empli par noises et debatz
Le ciel de bruit, et la terre de pas.
Alors auront non moindre authorité
Hommes sans foy, que gens de vérité:
Car tous suyvront la créance et estude
De l'ignorante et sotte multitude.
Dont le plus lourd sera receu pour juge.
O dommaigeable et penible deluge,
Deluge (dy je) et à bonne raison,
Car ce travail ne perdra sa saison
Ny n'en sera delivrée la terre:
Jusques à tant qu'il en sorte à grand erre
Soubdaines eaux, dont les plus attrempez
En combatant seront pris et trempez,
Et à bon droict: car leur Cueur adonné
À ce combat, n'aura point perdonné
Mesme aux troppeaux des innocentes bestes
Que de leurs nerfz, et boyaulx deshonnestes
Il ne soit faict, non aux dieux sacrifice
Mais au mortelz ordinaire service.
Or maintenant je vous laisse penser
Comment le tout se pourra dispenser.
Et quel repoz en noise si profonde
Aura le corps de la machine ronde.
Les plus heureux qui plus d'elle tiendront

Moins de la perdre et gaster s'abstiendront,
Et tascheront en plus d'une maniere
À l'asservir et rendre prisonniere,
En tel endroict que la pauvre deffaicte
N'aura recours qu'à celluy qui l'a faicte
Et pour le pis de son triste accident
Le clair Soleil, ains que estre en occident
Lairra espandre obscurité sur elle
Plus que d'eclipse, ou de nuyct naturelle.
Dont en un coup perdra sa liberté,
Et du hault ciel la faveur et clarté.
Ou pour le moins demeurera déserte,
Mais elle avant ceste ruyne et perte
Aura longtemps monstré sensiblement
Un violent et si grand tremblement,
Que lors Ethna ne feust tant agitée,
Quand sur un filz de Titan fut jectée.
Et plus soubdain ne doibt estre estimé
Le mouvement que feit Inarimé
Quand Tiphoeus si fort se despita,
Que dens la mer les montz precipita.
Ainsi sera en peu d'heure rengée
À triste estat, et si souvent changée,
Que mesmes ceulx qui tenue l'auront
Aulx survenants occuper la lairront,
Lors sera prés le temps bon et propice
De mettre fin à ce long exercice:
Car les grands eaulx dont oyez deviser
Feront chascun la retraicte adviser.
Et toutesfoys devant le partement
On pourra veoir en l'air apertement
L'aspre chaleur d'une grand flamme esprise,
Pour mettre à fin les eaulx et l'entreprise.

Reste en aprés ces accidens parfaictz
Que les esleuz joyeusement refaictz
Soient de tous biens, et de manne celeste
Et d'abondant par recompense honeste
Enrichiz soient. Les aultres en la fin

François Rabelais

Soient denuez. C'est la raison, affin
Que ce travail en tel poinct terminé
Un chascun ayt son sort predestiné.
Tel feut l'accord. O qu'est à reverer,
Cil qui en fin pourra perseverer.

Terminada a leitura desse monumento, Gargântua suspirou profundamente e disse aos presentes:

"Não é de agora que as pessoas conduzidas à crença evangélica são perseguidas. Mas bem-aventurado é aquele que não se escandaliza e que tem sempre como meta o que Deus com seu querido filho nos prefixou, sem que seu afetos carnais o distraíssem ou desviassem."

O monge disse: "O que o senhor entende que esteja neste enigma designado e significado?

— Quê? (disse Gargântua). O curso e a manutenção da verdade divina.

— Por São Goderan! (disse o monge). Essa é a minha explicação. O estilo é do profeta Merlim, e vocês podem dar as alegorias e interpretações mais sérias que quiserem. E delirar, vocês e o mundo inteiro, como bem quiserem. Quanto a mim, acho que não há nenhum sentido oculto, além de uma descrição do jogo de palma em obscuras palavras. Os que vão 'incitar as mais diversas gentes' são organizadores de partidas, que costumam ser amigos. E depois de feitos os dois 'ofícios', sai do jogo quem estava dentro e outro entra em seu lugar. Acreditam no primeiro, que diz se a bola está em cima ou embaixo da linha. As 'águas' são os suores. As linhas das raquetes são feitas de 'nervos e partes viscerais' de carneiro ou de cabras. A 'máquina redonda' é a pelota ou bola. Depois do jogo a gente descansa na frente de uma fogueira e troca de camisa. E com gosto é que a gente come, mas com mais alegria ainda aqueles que ganharam. E boa farra!"

FIM

Sobre o autor

François Rabelais (1483-1553) foi um intelectual e verdadeiro polímata francês do Renascimento, e é considerado um dos maiores escritores de todos os tempos. De sua vida, sabemos até hoje poucas coisas com precisão, embora tenhamos alguns dados esparsos que podem nos apresentar um retrato intelectual aproximado. Apesar de ser conhecido quase só por suas obras ficcionais em torno dos hilários Gargântua e Pantagruel (com o dois livros homônimos de cada personagem e mais três volumes voltados para as aventuras de Pantagruel), temos dele ainda uma obra curiosíssima entre cartas, prognosticações e almanaques de época, prefácios de edições gregas e latinas, poemas em francês, latim e grego, e até mesmo uma súplica em latim ao papa.

Nascido numa data incerta (1483?), Rabelais veio de uma burguesia de vínculos rurais e se alçou até o alto escalão da nobreza francesa: teve primeiro uma formação em direito, foi em seguida monge franciscano, depois beneditino, abraçou a apostasia, teve três filhos, chegou a ser médico e secretário da família Du Bellay, atuou em embaixadas diplomáticas e foi talvez até espião internacional em serviço da coroa francesa, tudo isso enquanto traduzia do grego ao latim, estudava hebraico, um pouco de árabe e pesquisava outras línguas vivas e mortas.

Sua obra é marcada pela contínua experimentação do período, a inovação impressionante da língua francesa, e uma erudição típica dos maiores nomes do Renascimento europeu. Rabelais uniu o mais alto conhecimento do século XVI a um riso desbragado e único que até hoje nos espanta. Faleceu, não sabemos por que motivo, em 1553, porém mesmo depois de sua morte continuaram aparecendo alguns livros atribuídos ao seu nome, já prestigiado em vida.

Sobre o tradutor

Guilherme Gontijo Flores nasceu em Brasília, em 1984. É poeta, tradutor e professor de latim na Universidade Federal do Paraná. Publicou os livros de poesia *brasa enganosa* (Patuá, 2013), *Tróiades* (Patuá, 2015, site <www.troiades.com.br>), *l'azur Blasé* (Kotter/Ateliê, 2016), *ADUMBRA* (Contravento, 2016), *Naharia* (Kotter, 2017), *carvão : : capim* (Editora 34, 2018), *avessa: áporo-antígona* (Cultura e Barbárie/quaseditora, 2020) e *Todos os nomes que talvez tivéssemos* (Kotter/Patuá, 2020), além do romance *História de Joia* (Todavia, 2019).

Como tradutor, publicou, entre outros: *A anatomia da melancolia*, de Robert Burton (4 vols., Editora UFPR, 2011-2013, vencedor dos prêmios APCA e Jabuti de tradução), *Elegias de Sexto Propércio* (Autêntica, 2014, vencedor do Prêmio Paulo Rónai de tradução, da Fundação Biblioteca Nacional), *Fragmentos completos de Safo* (Editora 34, 2017, vencedor do Prêmio APCA de tradução) e *Epigramas de Calímaco* (Autêntica, 2019).

Foi um dos organizadores da antologia *Por que calar nossos amores? Poesia homerótica latina* (Autêntica, 2017). É coeditor do blog e revista *escamandro: poesia tradução crítica* (<www.escamandro.wordpress.com>). Nos últimos anos vem trabalhando com tradução e performance de poesia antiga e participa do grupo Pecora Loca.

Sobre o ilustrador

Pintor, gravador, escultor e desenhista, Gustave Doré nasceu em Estrasburgo, na França, em 1833. Em 1847 muda-se com o pai para Paris e, nesse mesmo ano, ainda adolescente, publica seu primeiro álbum, *Os trabalhos de Hércules*, precursor das histórias em quadrinhos. Jovem prodígio, dedica-se então a ilustrar os clássicos da literatura, como *Gargântua e Pantagruel* de Rabelais (1854 e 1873), *A Divina Comédia* de Dante (1857), *A tempestade* de Shakespeare (1860), *Contos de Perrault* (1862), *D. Quixote* de Cervantes (1863), *Paraíso perdido* de Milton (1866), *O conto do velho marinheiro* de Coleridge (1870) e *Orlando furioso* de Ariosto (1877), criando, com o auxílio de uma bem treinada equipe de gravadores, imagens que se tornaram emblemáticas dessas obras. Consagrado como um dos maiores ilustradores do século XIX, Gustave Doré morreu em Paris, em 1883.

Este livro foi composto em Sabon pela Franciosi & Malta, com CTP e impressão da Edições Loyola em papel Pólen Soft 80 g/m² da Cia. Suzano de Papel e Celulose para a Editora 34, em agosto de 2021.